KB166136

다시
시작해도
될까요

다시 시작해도 될까요 2

초판 인쇄 | 2016년 6월 14일
초판 발행 | 2016년 6월 17일

지 은 이 | 최고운
펴 낸 이 | 이춘이
펴 낸 곳 | 도서출판 로담

등록번호 | 제 396-2011-000014호
등록일자 | 2011년 1월 19일
주   소 | 경기도 파주시 문발로 115, 세종출판벤처타운 201-A호
전   화 | (031) 8071-5201
팩   스 | (031) 8071-5204
E - mail | bear6370@hanmail.net

ISBN 979-11-5641-063-8 [04810]
      979-11-5641-061-4 [Set]

값 9,800원

다시
시작해도
될까요

○ 최고운 장편소설

RODAM PREMIUM ROMANCE STORY

로담

프롤로그 - 그해 겨울

크리스마스를 코앞에 둔 어느 겨울날. 은아는 사무실 창가에 서서 눈 내리는 풍경을 바라보고 있었다. 그 풍경 속에는 하얗게 쌓여 가는 눈송이도 있었지만, 거리를 거니는 사람들도 함께 있었다. 사무실이 주택가 골목 안에 있었기에 가족 단위로 지나가는 사람들이 대부분이었는데, 다들 어쩐지 들떠 있는 것 같아 보였다.

은아는 행복해 보이는 사람들을 보며 조금 씁쓸한 표정을 지었다. 연말이라는 상황은 누군가에게는 설렘을, 누군가에게는 외로움을, 또 누군가에게는 그리움을 느끼게 해 주었다.

"저 차는 아까부터 왜 계속……."

은아에게 씁쓸한 감정을 전해 주는 것은 단란해 보이는 가족들만이 아니었다. 조금 전부터 계속 왔다 갔다 하던 차 한 대가 그녀의 심경을 거스르는 중이었다.

'왜 하필 저 차야.'

그녀가 알고 있는 사람의 차와 같은 종류의 자동차. 벌써 2년이나 지났지만 잊으려야 잊을 수 없는 사람이 타던 차와 같은 종류의 자동차가 계속 골목을 배회하고 있었다.

'난 또 왜 같은 차 하나 봤다고 이러고 있는 거고.'

괜히 지나가는 자동차를 노려보다가 깊은 한숨을 쉬었다. 그녀의 숨결이 창가에 닿아 뿌연 흔적을 남기고 사라져 갔다.

'이제 진짜 잊을 때도 됐는데.'

유난히 그 사람이 생각나는 날이 있다. 똑같은 일상, 특별할 것 없는 하루를 보내다가도 사소한 것 하나에 그 사람이 생각나 버리는 날이. 그래서 마음 한쪽이 저릿하게 아려 오는 그런 날이. 아무래도 오늘이 바로 그날인가 보다.

"웬 한숨이야?"

"아, 깜짝이야!"

이런저런 생각에 잠겨 있는데 나직한 목소리 하나가 사색의 시간을 방해했다. 이 사무실의 주인이자, 그녀의 고용주인 최한성 변호사였다.

"딱히 놀라게 할 생각은 없었는데. 무슨 생각을 그렇게 심각하게 해?"

한성이 은아의 어깨에 팔을 떡하니 올리며 물었다. 그는 가영의 소개로 알게 되어 지금까지 같은 사무실에서 일해 오고 있었다. 함께한 지 2년이 돼 가면서 제법 친한 관계가 된 터였다.

"심각하긴 누가 심각하다고 그래요."

은아가 어깨에 올려져 있는 팔을 무심하게 쳐 내며 대답했다. 아무리 그래도 고용주라면 조심할 법도 한데 그런 거라곤 전혀 없는 행동이었다. 고용주인 그도 무례한 사무직원의 행실에 대해서 그다지 주의를 주는 바가 없었다.

"엄청 심각해 보이던데. 왜, 밖에 뭐라도 있어?"

한성이 은아의 옆에 서서 그녀가 바라보고 있던 곳을 둘러보았다. 하지만 딱히 특별할 건 없었다. 그에 다시 은아에게로 시선을 돌렸다.

"흐음, 아니면 누구 기다리는 사람 있어?"

그의 질문에 속으로 뜨끔한 은아가 잠깐 숨을 멈췄다가 아무렇지 않은 듯 손사래를 저었다.

"기다리긴 누굴 기다려요. 오늘은 예약 손님도 없는데."

"그러게. 그런데 이상하게 종종 그런 얼굴을 한단 말이지."

"나 참. 내 얼굴이 뭐가 어때서요."

"꼭 주인 기다리는 강아지 같은 얼굴이라고, 너."

한성은 그 직업에 맞게 예리한 구석이 있었다. 그리고 한번 궁금한 게 생기면 끝까지 물고 늘어지는 성격이기도 했다. 그런 그를 알기에 은아는 일부러 말도 안 되는 트집을 잡으며 화제를 돌리려 했다.

"사람을 보고 개, 같다고 하다니. 너무한 거 아니에요?"

"아니, 내가 또 언제 개 같다고 했다 그래."

"그냥 그렇다고요. 그리고 딴 게 아니라 오늘 저녁에 뭐 먹을지 고민하고 있었어요."

"으음, 그거라면 뭐. 확실히 심각하게 고민할 만한 거리지."

은아의 말에 한성이 납득했다는 듯 고개를 끄덕였다.

"그래서. 일은 다 끝냈어요? 5시 되기 전에 끝내겠다고 호언장담했었잖아요."

"인생이라는 게 참, 생각대로 되지가 않네. 5시까진 절대 무리야. 6시 전에 끝낼지도 간당간당하고."

"그럼 전 시간 되면 먼저 퇴근할게요. 어차피 제가 할 일도 없잖아요."

예의상이라도 끝날 때까지 기다려 주겠다는 말 한마디 없는 은아를 보고, 한성이 단호하게 고개를 저었다.

"안 돼. 오늘 회식이야. 그러니까 끝날 때까지 기다려."

"회식은 무슨."

"무려 삼겹살, 고기 먹을 건데?"

"소 정도 사 주시면 몰라도 돼지는 정중히 사양하겠습니다. 삼겹살은 사랑해 마지않는 그분이랑 맘껏 드세요."

한성은 사랑하는 여자와 함께 지내기 위해서 검사 일까지 그만두고 지방으로 내려온 거라고 알려져 있었다. 왜 일을 그만두냐는 동료들의 질문에 '사랑하는 사람 때문에.'라고 대답한 탓에 이례적인 별종이라고 소문이 난 것이다. 은아도 가영을 통해서 그 소문을 전해 들은 바 있었다.

"비싸게 굴긴. 아, 그런데 할 일이 있긴 있다. 간단한 다과 좀 준비해 줘. 곧 후배 하나 올 거야."

"네? 누구 온다는 말 없었잖아요."

"그래서 지금 말하고 있잖아. 뭐 대단한 것까진 필요 없고, 평소에 준비하던 거 정도면 돼."

"아니, 그게……."

은아가 곤란하다는 듯 말끝을 흐렸다. 하필이면 다과가 전부 떨어졌던 것이다. 오늘은 예약 손님도 없었고 내일부터 연휴이기도 해서 쉬는 동안 장을 봐 둘 생각이었는데, 이렇게 뜬금없이 누군가 오게 될 줄은 몰랐다.

"지금 아무것도 없는데, 언제 오신다고 했어요? 나가서 사 올게요."

"됐어. 없으면 없는 대로 뭐……. 아니면 저기 빵 같은 거 줘도 되고."

한성이 턱 끝으로 은아의 책상을 가리켰다. 그곳에는 은아가 사 두었던 빵이 한가득 쌓여 있었다.

"말이 되는 소릴 해요. 아, 저것도 치워야 되는데."

은아가 책상으로 가서 지갑을 꺼내 들었다.

"일단 뭐라도 사 올 테니까, 선배는 이것 좀 치워 주세요."

"그럴 필요 없다니까. 야, 고은아!"

은아는 한성의 부름을 뒤로한 채 사무실 밖으로 나섰다. 1층으로 내려가니 여전히 눈이 내리고 있었다. 아니, 눈이 녹아서 거의 비가 내리는 수준이었다. 우산을 가지고 나올까, 잠시 고민하던 은아가 사무실에도 우산이 없다는 것을 떠올리고 어쩔 수 없이 빗속을 달려가기 시작했다.

 지방의 어느 골목길. 한참 동안 길을 헤매던 준현이 드디어 목적지를 발견하고 차를 멈춰 세웠다. 그의 시선은 아주 조그맣게 있는 변호사 사무실 간판을 향해 있었다. 여기에 사무실이 있을 거라곤 생각도 못 하고 몇 번이나 지나친 곳이었다.

 준현은 낮은 한숨을 쉬더니 뒷좌석에서 검정색 장우산을 꺼내 들고 차에서 내렸다. 그는 길 가운데 서서 건물 전경을 한 번 훑어보고 건물 안으로 들어섰다. 2층으로 올라온 준현이 사무실 문을 열자, 딸랑거리는 종소리와 함께 폭풍 같은 잔소리가 이어졌다.

"갈 필요 없다니까 꼭 말 안 듣지. 그렇게 밖에 비도 오는데 어딜 가려고 한 거야."

 한성은 사무실 안으로 들어온 사람이 누구인지 확인도 하지 않고 말을 하고 있었다. 준현은 아무래도 그 타박이 자신을 향하고 있는 것은 아닌 것 같아서 간단한 인사말을 건넸다.

"오랜만입니다, 선배님."

그의 인사에 한성이 그제야 준현을 돌아보았다.

"어, 너 이 자식."

한성이 들고 있던 빵을 내려놓고 준현에게 다가가 주먹으로 어깨를 툭 쳤다.

"하늘 같은 선배님이 변호사 사무실 개업한 지가 언젠데 이제야 얼굴 비추고 말이야."

"선배님이 벌여 놓고 가신 일 떠맡느라 그랬습니다."

"그래, 너 대검으로 갔다는 소식은 들었다. 그래도 그렇지, 일 그만둔 선배는 떨어진 끈이다 이거야?"

한성은 일부러 후배를 골탕 먹이려고 곤란해할 법한 말만 이어 갔다. 이쯤 되면 준현은 특유의 다정한 미소를 지으며 선배를 달래려 할 것이다. 하지만 오늘의 준현은 지금까지 알고 있던 후배의 모습이 아니었다.

"떨어진 끈 취급 안 받으려면 다시 올라오세요."

"뭐, 뭐?"

햇살처럼 따사로운 웃음이 아닌 비릿한 미소를 잔뜩 머금은 한마디에, 한성이 당황해서 되물었다. 그러고 보니 준현은 이 사무실에 들어오고 나서 제대로 웃어 보인 적이 한 번도 없었다.

"어쭈, 우리 순둥이가 못 본 사이에 좀 변한 것 같은데. 일단 저기 앉아서 얘기하자."

한성이 준현을 접대용 소파로 이끌었다.

"마침 먹을 만한 게 다 떨어져서 우리 직원이 뭐 좀 사러 나갔거든. 그래서 지금 대접할 게 없네."

"괜찮습니다. 제가 갑자기 찾아와서 그런 거니까요."

그렇다 해도 언제 고객이 찾아올지 모르는 변호사 사무실에 손님 접대할 만한 것이 없다니. 누구인진 몰라도 사무직원이 제대로 된 사람은 아닌 것 같았다.

"아니면 빵이라도 하나 먹을래? 직원 애가 빵을 또 그렇게 좋아하거든."

처음 들어왔을 때에도 한성은 빵을 정리하고 있었다. 준현이 책상에 수북이 쌓여 있는 빵을 보며 어금니를 악물었다. 어쩐지 누군가를 생각나게 하는 풍경이었다. 준현은 일부러 그곳에서 시선을 돌렸다. 아직은, 떠올리고 싶지 않은 기억이다.

"아주 입에 달고 산다, 그냥. 그렇게 먹어 대는데 살은 어떻게 안 찌나 몰라."

한성은 그런 그녀가 귀여워 죽겠다는 표정을 하고 있었다. 어느 순간부터 은아를 떠올리기만 해도 저절로 미소가 지어졌다.

"애가 또 비싸게 굴긴 엄청 비싸게 굴어요. 오늘도 삼겹살 사 주겠다는데 돼지는 사양하겠대. 나 참, 웃기는 녀석 아니냐?"

준현은 함박웃음을 머금고 있는 한성을 건조하게 바라보았다. 한성은 준현의 시선이 닿은 줄도 모르고 바깥을 보며 중얼거렸다.

"비도 오는데 어디까지 갔나 모르겠네. 하여간 제 몸은 죽어라 안 챙겨요. 지금도 오는 비 다 맞고 돌아다니고 있을 거야."

누군가를 떠올리며 미소를 머금는 일, 누군가를 걱정하며 전전긍긍하는 일. 준현은 더 이상 하지 않게 된 일이었다. 아니, 하지 못하게 된 일이었다.

그래서일까. 준현은 지금의 자리가 너무도 불편했다. 어떤 한 사람을 생각나게 하는 이 장소에 있는 것도, 그는 이미 잃어버린 감정을 다른 사람이 고스란히 드러내는 걸 지켜보고 있는 것도.

"크흠. 선배님, 하던 얘기 계속해도 되겠습니까?"

그래서 일부러 더 딱딱하게 말하고 있는 건지도 모르겠다.

"아, 그래. 이거 내가 사람 앞에 두고 딴생각만 했네. 그래서 우리 후배님이 왜 이 먼 곳까지 행차하셨을까."

"알고 있으시잖아요. 서울에는 언제 오실 생각입니까?"

준현은 다짜고짜 본론부터 끌고 들어왔다. 그에 한성이 잠깐 웃음을 멈췄다가 다시 여유롭게 웃어 보였다.

"서울에 갈 일이 있어야 가지. 굳이 그 번잡한 곳까지 안 가도 생활이 다 되더라니까. 서울 벗어나면 큰일이라도 나는 줄 아는 사람들, 생각 좀 바꿔야 돼."

얼마 전부터 준현과 배원호 부장검사에게서 숱하게 연락이 오기 시작했다. 큰 세력 하나를 잡으려고 하는데, 일손이 부족하니 와서 좀 도와 달라는 거였다. 두 사람의 계속되는 부탁에도 한성은 끝없이 거절의 의사를 밝혔다. 그 결과, 준현이 여기까지 직접 찾아오게 된 것이다.

"믿고 일을 맡길 만한 사람이 없어요. 선배님이 좀 도와주셔야 될 것 같습니다. 이번 사건은 선배님도 관심 있어 하셨던 건이잖아요."

"그렇긴 하지. 그런데 난 이제 검사도 아니고 내 개인 사정도 있어서 안 될 것 같은데. 이 말을 몇 번이나 했는지 모르겠네."

한성은 웃으며 말하고 있었지만, 그 어투에서 짜증스러움이 양껏 묻어 나오고 있었다. 하지만 준현은 그것에 굴하지 않고 말을 이어 갔다.

"이번 총선에서도 대대적으로 움직일 모양이에요. 이것저것 가닥을 잡아 가고 있긴 한데, 상대가 상대인지라 도와줄 사람이 필요합니다."

"나도 도와주고 싶긴 한데, 내 사정도 그다지 좋지만은 않아서 말이야."

사정이라. 준현이 항간에 떠돌고 있던 소문을 떠올렸다.

"그런 것보다 지금 이 문제가 시급한 건 아시지 않습니까."

"그런 것보다라니. 우리 후배가 말이 좀 심하네. 김 검사가 싹수가 없어졌다는 소식도 듣긴 했는데, 정말이었나 보네."

"박재환 부장검사가 벌써 검찰 세력을 장악하려 하고 있어요."

"그런 얘길 민간인한테 막 해도 되는 거야? 그러지 말고 여기까지 왔는데 막창이나 먹으러 가자. 오랜만에 내가 한턱 쏠 테니까."

"선배님."

진지하게 얘기를 하길 꺼려하는 한성의 모습에 준현이 목소리에 힘을 주어 그를 불렀다. 그에 한성이 기가 차다는 듯 웃으며 말했다.

"많이 컸다, 김준현. 그렇게 무게 잡고 부르면 어쩔 건데, 네가."

두 사람 사이에 묘한 신경전이 오고 갔다. 그들은 잔뜩 날이 선 시선을 주고받으며 침묵을 유지하고 있었다.

"……."

사무실 안 공기가 무겁게 가라앉았다. 시간이 얼마간 흘렀지만 여전히 누구 하나 먼저 말을 꺼내는 법이 없었다. 창틀에 빗물이 떨어지는 소리가 청명하게 울렸다. 대화 소리가 사라지고 나니, 주변의 소리가 더욱 크게 울리는 것 같았다.

그때 사무실 문이 열리는 소리가 들려왔다. 그에 서로를 바라보고 있던 두 사람의 눈동자가 문 쪽으로 향했다.

가는 날이 장날이라고, 은아가 찾은 카페는 사람들로 가득했다. 내리던 눈이 갑자기 비로 변해서일까. 한순간에 늘어난 손님들로 카페 직원들도 분주하게 움직이고 있었다.

"아, 미리 좀 사 둘걸."

은아가 때늦은 후회의 한숨을 내쉬었다. 쉬는 동안 대형 마트에 가서 싸게 사려고 했던 것이 화근이었다.

"그거 몇 푼 좀 아끼겠다고……."

그녀는 줄어들 생각을 하지 않는 줄을 바라보며 입술을 질끈 깨물었다. 대기 시간이 길어질수록 조급함은 더욱 커져만 갔다. 가능하다면 새치기라도 하고 싶은 심정이었다.

"하여간, 누가 오면 온다고 빨리 말해 줘야 할 것 아냐."

"주문하신 머핀, 조각 케이크 포장 나왔습니다."

은아가 한성에게 잘못을 돌리며 중얼거리고 있는데, 드디어 주문한 음식이 나왔다는 소식이 들렸다. 그녀는 재빨리 받아 들고 카페를 나서려 했다. 그런데 빗발이 조금 전보다 더욱 거세진 것이 보였다.

은아가 우산을 하나 구할 수 없을까, 하는 생각에 주변을 둘러보았다. 요즘은 카페에서도 우산을 판매하는 곳이 있던데, 이곳은 그런 것도 없는 모양이다. 은아는 음료를 만들고 있는 직원에게 다가가서 조심스럽게 물었다.

"저기, 혹시 우산 하나 얻을 수 있을까요? 잠깐만 쓰고 돌려드릴게요."

"그게 좀……."

"아니면 비닐 몇 개만 더 주실 수 있으세요?"

은아는 직원에게 얻은 비닐을 우산 삼아 쓰고 사무실로 향했다. 음식이 망가지지 않는 선에서 최대한 속도를 내서 걷고 또 걸었다.

"은아 씨, 웬 비를 그렇게 맞고 그래. 우산 없어?"

"아, 안녕하세요. 그런데 제가 지금 좀 급해서요."

겨우 건물 안에 도착한 은아는 건물 관리인과 스치듯 인사를 하고 계단을 올랐다. 그리고 부디 늦지 않았길 바라며 사무실 문을 열었다.

"고은아! 꼴이 그게 뭐야!"

사무실 안에 들어서자마자 한성의 고함이 이어졌다. 그는 걸려 있던 수건을 집어 들고 한달음에 은아에게 달려왔다.

"내가 안 사 와도 된다고 말했지!"

은아의 긴 머리에서 물이 뚝뚝 떨어져 바닥을 적시고 있었다. 한성은 젖은 머리를 수건으로 털어 주며 타박을 이어 갔다.

"이 날씨에 비까지 맞고, 감기라도 들면 어쩌려고 그러는 거야."

"손님은요?"

그녀가 찾은 사무실에는 한성, 혼자만 있었다.

"아직 안 온 거예요?"

"안 오긴. 벌써 왔다 갔어, 인마."

"벌써요?"

"그래. 관리인 아저씨가 건물 앞에 차 빼 달라고 해서 그냥 갔어."

최대한 빨리 온다고 했는데, 아무래도 늦은 모양이다. 은아가 허탈함에 한숨을 쉬었다. 물론 이번 일로 한성에게 혼나거나 하진 않겠지만, 일 처리를 제대로 못 했다는 사실에 기운이 빠졌다.

"그래도 빵 몇 개 쥐여 보냈으니까 너무 신경 쓰진 말고. 아, 그리고 우산도 하나 얻었지."

한성이 은아의 머리를 털어 주다 말고, 접대용 소파 쪽으로 가서 바닥에 놓여 있는 검정색 장우산을 들어 보였다.

"자기는 차 있으니까 됐다고, 이거 두고 가지 뭐야. 자식, 많이 변한 것 같더니 이런 점은 또 안 변했다니까."

"그거 참, 다행이네요."

어린애처럼 웃어 보이는 한성의 모습에 고개를 절레절레 저었다. 그녀는 바리바리 싸 온 음식을 테이블에 올려 두고 수건으로 젖은 몸을 말렸다.

"그런데 저 먼저 퇴근하면 안 될까요? 보시다시피 꼴이 이래서요."

"아, 그렇겠네. 그래, 먼저 퇴근해."

"고맙습니다."

고용주의 허락이 떨어지자, 은아는 짐을 챙기기 시작했다. 한성은 그런 은아를 쳐다보다가 퍼뜩 말을 이었다.

"아니다. 그냥 지금 같이 퇴근하자. 우산도 하나밖에 없고."

"우산이라면 걱정 마요. 어차피 젖은 거 전 그냥 가면 돼요."

한성이 심드렁하게 말하는 은아에게 다가가 손가락으로 이마를 툭 때렸다.

"말도 안 되는 소리 하지 마. 지금도 덜덜 떨고 있으면서, 여기서 비 더 맞았다가 어쩌려고 그래. 제발 몸 좀 아껴라."

티를 안 내려고 나름 노력하긴 했는데, 그게 다 보인 모양이다. 그의 말대로 추운 겨울 날씨에 비를 맞은 탓에 그녀의 몸은 가늘게 떨리고 있었다. 은아가 한성에게 맞은 이마를 손바닥으로 문지르며 낮게 말했다.

"일, 아직 덜 끝냈잖아요."

"내일 와서 하면 돼. 쉬는 날은 좀 제대로 쉬어 볼까 했는데 어쩔 수 없지, 뭐."

그렇게 은아와 한성은 검정색 장우산 아래에서 비를 피하며 함께 집으로 가게 되었다. 은아의 어깨에는 한성의 코트가 덮여 있었다. 한사코 거절하는데도 한성이 꾸역꾸역 입혀 놓은 거였다.

"이러니까 동네 어르신들 사이에 이상한 말 도는 거잖아요."

"왜, 무슨 얘기가 도는데?"

"우리보고 신혼부부 아니냐고요. 말도 안 돼, 진짜."

은아는 다시 떠올려도 기가 찬지 헛웃음을 뱉어 냈다. 한성도 말도 안 되는 이야기에 웃음보가 터졌다.

"하하하하. 뭐라고? 신혼부부?"

"저번에 저한테 몇 번 물으시는데, 아니라고 해명하느라 애먹었어요."

"음, 하긴. 오해하실 법도 하네. 같은 사무실에서 일하겠다, 같은 집에서 살겠다. 허구한 날 붙어 다녔으니."

"같은 집은 무슨. 1층, 2층. 엄연히 전혀 다른 집이거든요."

은아는 2년째, 한성의 집 2층에서 세를 들어 살고 있었다. 2년 동안 같은 집, 같은 사무실에서 함께 생활했으니 두 사람이 친해진 것은 어찌 보면 당연한 수순이었다.

"그리고 뭘 또 허구한 날 붙어 다녀요. 어쩌다 보니 아주 조금 자주 같이 다닌 거지. 어디 가서 그런 얘기하지 마요. 선배님, 사랑하는 그분이 들으시면 엄청 질투하시겠어요."

"그런 걸로 질투하는 그런 여자 아니거든. 마음이 얼마나 태평양 같은데."

티격태격하며 걷는 사이, 두 사람은 어느새 집에 거의 도착해 가고 있었다.

"어? 우산 없을 줄 알았는데, 어떻게 용케 쓰고 오네."

막 모퉁이를 돌아선 무렵, 골목 앞에서 우산을 들고 서 있던 한 중년 여성이 그들에게 말을 걸어왔다. 그에 한성이 은아에게 우산을 맡기고 그 여성에게 달려갔다.

"비 오는데 왜 나와 있고 그래!"

그녀는 한성의 어머니인 현숙이었다. 현숙은 비를 맞고 달려오는 아들의 모습에, 조금이라도 더 비를 덜 맞게 하려고 마찬가지로 한성에게 다가갔다.

"우산 잘 쓰고 오다가 이게 다 뭐야."

그녀는 잠깐 사이에 젖은 한성의 머리를 손으로 털어 주었다.

"어머니, 다녀왔습니다."

은아도 걸음을 재촉해 두 사람이 있는 곳에 도착했다. 한성을 챙기던 현숙이 은아 쪽으로 고개를 돌렸다가 미간을 좁혔다.

"은아, 넌 또 왜 이렇게 젖었고. 누가 보면 오는 비, 네가 다 맞은 줄 알겠다."

"그러게요. 어쩌다 보니 그렇게 됐어요."

"빨리 씻고 내려와. 날이 날이기도 하고, 오늘따라 생각나서 고기 잔뜩 사 놨으니까."

현숙의 말에 한성이 반색을 하며 말했다.

"이야, 역시 뭔가 통한다니까. 내가 고기 먹고 싶었던 건 또 어떻게 알고."

"어머니, 전 괜찮은데……."

"괜찮긴. 너 없으면 애랑 둘이 무슨 재미로 먹어. 어차피 내일 쉬는 날이잖아. 술도 사 놨으니까 잔말 말고 내려와."

한성의 제안이라면 몇 백 번이고 무시할 수 있었지만, 은아는 현숙에게만은 약해질 수밖에 없었다. 현숙은 낯선 지역에 덜컥 오게 된 은아에게 엄마 대신이 되어 준 존재였다. 그런 그녀의 말을 어떻게 무시할 수 있을까.

"네, 씻고 내려갈게요."

"그럼, 그래야지. 둘 다 얼른 들어가자. 이러다 너희 감기 걸리겠다."

우산 두 개가 나란히 골목길 안으로 걸어가더니, 어느 주택 안으로 쏙 들어가 버린다. 사위가 점점 어두워지고, 가로등이 하나둘씩 켜져 갔다. 추적추적 내리던 비는 차가운 밤의 공기에 얼어붙어 다시금 눈이 되어 소르르 내리기 시작했다. 이층 집으로 들어간 은아가 나올 무렵에는 계단 위에 눈이 한 겹 쌓인 후였다.

　달궈진 불판 위에 선홍빛 고기가 한두 겹 깔리고, 지글거리는 소리가 청각을 자극했다. 세 사람은 거실에 옹기종기 모여 삼겹살을 구워 먹고 있었다. 한성이 잘 구워진 고기를 먹기 좋은 크기로 자르자, 현숙이 쌈 하나를 싸서 그의 입에 넣어 주었다.

　"은아, 너도 얼른 먹어. 고기 타겠다."

　"안 그래도 열심히 먹고 있어요."

　먹고 있다고 말하긴 했지만, 은아의 젓가락질 속도는 현저히 느려지고 있었다. 이미 배가 차오르기 시작한 것이다.

　"왜 이렇게 못 먹어. 자, 아, 해."

　그것을 보다 못한 현숙이 은아의 입에도 커다란 쌈을 넣어 주고야 만다. 은아가 입을 가리고 오물거리며 말했다.

　"어머니도 드세요."

　"응, 난 많이 먹었어."

　"에이, 별로 드시지도 않았잖아요."

　은아도 재빨리 쌈을 싸서, 현숙에게 주었다. 두 사람의 모습에 한성이 정작 고기 굽는 사람은 신경도 안 써 준다고 투덜거렸고, 은아가 한성의 접시에 고기 몇 점을 넣어 주었다.

　"자, 여기 많이 드세요. 삼겹살 먹고 싶다고 그렇게 노래를 하셨는데."

　"너 먹던 것까지 뺏어 먹을 생각은 없거든."

한성이 고기를 다시 은아의 접시로 옮겨 넣었다.

"빵은 그렇게 많이 먹으면서 다른 건 왜 먹는 둥 마는 둥이야. 너, 그러는 거 몸에 얼마나 안 좋은지 알아?"

"선배가 술, 담배 하는 거에 비하면 빵 정도는 아무것도 아니거든요."

"나 지금 금연 중이거든?"

"네, 네. 이제 5일쯤 되셨죠."

"흡연자가 5일 동안 담배 안 피우는 게 얼마나 힘든 일인 줄 알아? 그리고 내가 왜 네 선배야. 난 이가영한테 선배였던 적은 있어도 너한테 그랬던 기억 없거든."

"변호사님이라고 부르지 말라면서요."

"그래, 변호사님 대신 오빠라고 부르라고 몇 백 번도 더 말했었지."

고기를 먹다 말고 은아와 한성의 실랑이가 이어졌다. 현숙이 그런 두 사람을 재미있다는 듯 바라보다가 한마디 던졌다.

"그래서, 너희 결혼은 언제 할 거니?"

"어머니!"

"엄마!"

은아는 2년 동안 이곳에서 살면서 진짜 가족에게서도 느껴 보지 못한 가족 간의 정을 많이 느낄 수 있게 되었다. 그녀에게 있어 현숙은 엄마였고, 한성도 오빠나 다름없었다. 두 사람과의 유대는 은아에게 버팀목이 되어 주었고, 살아갈 힘을 주었다.

"아, 오늘 정말 기분 좋다. 은아야, 나도 술 한 잔 줄래?"

기분 좋게 웃으며 잔을 내미는 현숙의 모습에 은아가 곤란하다는 얼굴로 한성을 바라보았다. 그에 한성이 어쩔 수 없다는 듯 고개를 끄덕였고, 은아가 단호하게 못을 박으며 현숙의 잔을 채워 주었다.

"대신 딱 한 잔만이에요. 더는 절대 안 돼요."

"하여간 너희들 무서워서 술 한 잔이나 제대로 하겠니?"

현숙은 2년 전에 말기 위암 판정을 받은 바 있었다. 일가친척 없이 현숙과 한성, 둘뿐이었던 탓에 한성은 어머니의 곁을 지키기 위해 일까지 그만두고 이곳으로 온 터였다.

"크흐, 이게 뭐라고, 어찌나 먹고 싶던지."

현숙이 반도 채 안 되는 술을 입에 탁, 털어 넣고는 쓰게 한 번 웃었다. 은아는 현숙이 술잔을 내려놓기가 무섭게 미리 싸둔 쌈을 내밀었다. 그에 현숙은 은아의 쌈을 살짝 밀어내고는 진지한 표정을 지었다.

"너희, 이제 서울로 올라가는 게 어떠니."

갑작스러운 그녀의 말에 쌈을 들고 있던 은아도, 고기를 굽고 있던 한성도 움직임을 멈추었다.

"그래, 내가 욕심 좀 부렸지. 살날이 얼마 안 남았다고 하니까, 성이 너랑 같이 살 비비고 살고 싶더라. 너 어릴 땐 내가 돈 번다고, 너 커서는 공부하러 저 먼 데 가 버려서 우리 아들 제대로 안아 주지도 못했는데. 남은 기간은 그렇게 하면서 살고 싶더라."

두 사람은 현숙의 말이 이어지는 동안에 어떤 말도 하지 못하고 그녀의 말을 듣기만 하고 있었다.

　"그런데 너희들이랑 같이 살다 보니 이승에 미련이 생겼는지, 이 몸뚱어리가 죽을 생각을 안 하네. 이거 봐. 죽을 날 받아 놨던 사람이 이젠 이렇게 술도 마시고, 멀쩡하기만 하잖아."

　"어머니……."

　"오늘 병원 갔다 왔는데, 의사 선생님도 이젠 건강하다고 하셨어. 그러니까 내가 더 미안해지기 전에 둘 다 서울로 올라가. 난 이제 혼자서도 괜찮으니까."

　현숙의 말이 끝나고 나서 한동안 무거운 침묵이 이어졌다. 지금 이 순간에 어떤 말을 하는 게 좋을지, 적당한 말을 찾을 수가 없었다.

　바깥에는 잠깐 그쳤던 눈이 다시 내리기 시작했다. 2층에서 내려올 때 생긴 은아의 발자국에 눈송이가 하나둘 내려앉았다. 그리고 대문 밖, 문턱에 누군가가 머물다 간 흔적에도 새하얀 얼음 알갱이가 쌓여 가고 있었다.

1화. 다시, 봄

　따스한 햇살, 싱그러운 바람, 이제 막 피어나기 시작한 꽃과 나무. 무언가를 시작하기 딱 좋은 계절인 3월의 어느 봄날. 은아는 법률 사무소 '가은'의 새로운 출발을 알리기 위해 분주하게 움직이고 있었다.

　서울서부지방검찰청 옆, 재민의 빵집 건물 2층에 위치한 이 사무소에는 변호사인 최한성, 이가영, 사무장인 서일환, 사무직원인 고은아가 함께하고 있었다. 현숙의 끊임없는 설득에 의해 서울로 오게 된 은아와 한성이 마침 검사 일을 그만둔 가영과 같이 법률 사무소를 차린 것이다. 은아 혼자서 두 사람을 보필

하기엔 무리가 있다는 판단에 사무장도 채용을 했고, 그 결과 네 사람이 함께 이 사무소를 이끌어 가게 되었다.

"은아 씨, 1층에 방문객 드릴 기념품 도착했다는데. 확인 좀 부탁해."

"네."

사무장의 말에 방명록을 정리하던 은아가 재빨리 1층으로 내려갔다. 이른 시각이었지만 사람들이 생각보다 빨리 오기 시작한 터라 정신이 없었다. 은아는 손바닥으로 볼을 두어 번 두드리고는 현관으로 나갔다.

"왜 아무도 없어?"

그런데 출입구에는 기념품이 들어 있을 것 같은 커다란 상자 하나만 덜렁 놓여 있고 아무도 없었다. 은아는 주위를 둘러보다가 상자 안을 확인했다. 역시나 그녀가 주문한 기념품이었다.

"이 사람들이, 물건만 덜렁 갖다 놓으면 다야?"

다행히 물건에 이상은 없었지만, 이 커다란 걸 어떻게 2층으로 옮기느냐 하는 것이 문제였다. 지금 한성과 가영은 손님을 맞느라 정신이 없었고, 일환도 바쁜 것 같았다. 고로, 그녀가 혼자서 이 많은 것을 옮겨야 한다는 것이다.

상자를 살짝 들어 보니 꽤 무거웠지만 못 들고 갈 정도는 아니었다. 은아는 어쩔 수 없이 심호흡을 한 번 하고 기념품을 옮기려 했다.

"잠시만요!"

그때 주위가 시끄러워지면서 직원들이 화환을 들고 오는 게 보였다. 은아가 그쪽으로 다가가 물었다.

"변호사 사무실 찾아오신 거예요?"

"네, 이거 어디에 놔둘까요."

"저 따라오세요."

은아는 기념품이 든 상자를 일단 두고, 직원들을 사무실로 이끌었다. 화환을 적당한 위치에 두고 나서 한숨 돌리려는데, 출장 뷔페 음식 추가한 목록을 봐 달라고 해서 확인을 해야 했다. 이어서 방명록을 적을 펜이 안 나온다고 해서 펜을 구해다 주었고, 그 외에도 이런저런 이유로 바쁘게 움직였다.

"은아 씨, 아침도 못 먹었다며? 적당히 먹어 가면서 해."

일환이 빠른 걸음으로 지나가다가 지쳐 보이는 은아를 보고 한마디 했다.

"그리고 거기 먼지도 좀 털고."

그의 눈길이 닿은 곳을 따라 시선을 아래로 내려 보니, 검정 색 정장 치마에 먼지가 뿌옇게 묻어 있는 것이 보였다. 은아는 뒤돌아서 먼지를 털어 낸 다음, 다른 할 일이 없는지 주위를 둘 러보았다. 아까보다 사람이 더 늘어난 것 같았다.

'인맥 끝내준다는 자랑이 완전 거짓말은 아니었던 모양이네.'

개업식을 준비하는 내내 한성과 가영은 음식이든, 선물이든 무조건 많이 준비해야 한다고 입버릇처럼 말하곤 했었다. 심지 어 자기 손님이 더 많을 거라고, 경쟁 아닌 경쟁을 펼치기도 했다. 은아는 준비하면서 웃고 떠들었던 시간을 떠올리며 살짝 미소를 지었다.

"맞다, 기념품."

그렇게 잠깐의 여유를 즐기고 있는데, 기념품을 1층에 놔두고 온 것이 떠올랐다. 그러고 보니 치마에 묻어 있던 먼지도 상자를 들 때 묻은 모양이다. 은아는 치마를 한 번 더 털어 내며 기념품 상자를 가지러 가려고 했다.

"어?"

사람들 사이를 지나 밖으로 나가려는데, 어쩐지 익숙한 한 사람이 그녀의 시야 안에 들어왔다. 스치듯 본 게 전부였지만 은아는 자기도 모르게 그쪽으로 고개를 돌리고 말았다.

"아……"

입술 사이로 탄식과도 같은 신음이 흘러나왔다. 몸이 차갑게 얼어붙는 것 같았다. 하지만 그러는 것도 잠시, 평온하게 뛰고 있던 심장이 빠르게 박차를 가하며 온몸에 열꽃이 피어올랐다. 은아는 정신이 아득해져서 어떤 말도 이을 수 없었다. 숨조차 쉴 수 없었다.

김준현. 서울에 올라온 이상 언젠가 한 번은 그를 만날지도 모르겠다고 생각하긴 했었다. 만약 그렇게 되면 예쁘게 웃어야지, 하고 결심도 했었다. 벌써 2년이나 흘렀으니 그때쯤엔 덤덤하게 그를 볼 수 있을 거라고 생각했다.

하지만 지금 이 순간, 은아는 예쁘게는커녕 웃을 수조차도 없었다. 그와 눈이 마주친 순간부터 눈시울이 뜨거워지고 숨이 막혀 왔다. 그의 시선은 보이지 않는 사슬이 되어 그녀의 몸을 옥죄고 있었다. 2년이라는 시간은 훌쩍 사라져 버리고, 그때의 마음, 그날의 감정만이 남아서 그녀의 마음을 뒤흔들고 있었다.

언제부터 보고 있었던 걸까.

방금 전에 준현을 발견하고 양껏 그를 의식하고 있는 그녀와 달리, 준현은 꽤 오랫동안 은아를 지켜보고 있었던 것 같았다. 그녀를 마주한 순간에도 그는 어떠한 미동도 보이지 않았다. 따뜻함이라곤 찾아볼 수조차 없는 눈빛. 그저 차갑게 식어 버린 눈길을 그녀에게 보내오고 있을 뿐이었다.

은아는 그의 서늘한 시선을 온몸으로 받다가, 버티지 못하고 고개를 돌렸다. 그러고는 눈을 질끈 감고 숨을 고르다가 다시 그에게로 천천히 시선을 돌려 보았다. 다행이라고 해야 할지 불행이라고 해야 할지, 그는 더 이상 그녀를 바라보고 있지 않았다. 왠지 모를 아쉬움이 가슴에 내려앉았다.

"야, 고은아! 대박!"

은아가 준현을 힐끗 바라보고 있는데, 가영이 수선을 피우며 그녀에게 다가왔다.

"선배 놈이랑 김준현 검사가 알던 사이였대! 아까 전에 그 사람 온 거 보고 얼마나 놀랐는지. 너한테 바로 말해 주고 싶었는데, 사람들 때문에 지금……. 너, 벌써 봤구나."

"나, 1층에서 기념품 좀 가지고 올게."

은아는 준현에 대한 이야기를 하지 않으려고 일부러 발걸음을 재촉했다. 다리가 후들거리는 것 같았지만 애써 힘을 꽉 주고 한 걸음, 한 걸음 옮겼다.

"기념품? 뭐 더 주문한 거 있어? 아까 보니까 사무장님이 나눠 주고 계시던데. 그런데 너……."

"이 겸! 아니, 이 변!"

가영이 뭐라 더 말하려는데 누군가가 가영을 찾는 소리가 들렸다. 은아는 얼른 가 보라고 말한 뒤 출입구 쪽으로 나갔다. 가영의 말대로 사무장이 기념품을 나누어 주고 있었다. 은아가 그가 있는 곳으로 다가가서 물었다.

"이걸 혼자 다 가져오셨어요? 저 부르시지 그러셨어요. 아까 전에 제가 가져다 놓는다는 걸 깜박해서."

"응? 은아 씨가 갖다 놓은 거 아니었어? 보니까 여기 있던데."

"아, 그래요? 선배가 갖다 놨나……. 그럼 혹시 더 시키실 일은 없으세요?"

"없어, 없어. 은아 씨, 일 찾아서 하려고 하지 말고 들어가서 쉬고 있어."

"그냥 여기 같이 있을게요."

은아는 안으로 들어가기 싫어서 일부러 사무장의 옆을 지키고 있었다. 괜히 잘 정돈되어 있는 기념품들을 한 번 더 뒤적이기도 하고, 사람들이 쓴 방명록을 들춰 보기도 했다. 물론 흰 것은 종이고 검은 것은 글자일 뿐, 무슨 글이 쓰여 있는지 눈에 들어오진 않았다.

쓸데없는 행동을 하고 있는 그녀를 보며, 사무장이 물었다.

"왜, 안에 있기 불편해?"

"불편하긴요. 아니다. 아무래도 모르는 사람들밖에 없으니까 조금 불편하긴 하죠."

"그래? 은아 씨도 검찰청에서 잠깐 일했다고 하지 않았어? 아는 사람이 아무도 없어?"

"말 그대로 아주 잠깐이었기도 하고, 변호사님들은 대검에서 일했잖아요. 전 다른 곳에 있었거든요."

"흐음, 그렇구나. 어디 있었는데?"

사람이 없는 동안 잠깐 대화를 나누려 하는데, 누군가가 사무실에서 나오는 것이 보였다. 그에 사무장이 기념품을 들고, 그들에게 다가갔다.

"아이고, 이제 가시려고요. 은아 씨, 쉬라고 하자마자 이래서 미안한데 들어가서 이 변호사님 좀 불러 줘."

준현이 있는 곳으로 돌아가지 않기 위해 그렇게 용을 썼건만. 결국에는 들어갈 일이 생기고야 말았다. 은아는 들어가기 전에 흐트러진 머리카락과 옷차림을 다시금 정리했다. 그러다 저도 모르게 피식 웃었다.

'나 지금 그 사람한테 예쁘게 보이고 싶은 거야?'

기가 찼다. 이제 와서 그에게 잘 보이고 싶다니. 먼저 떠나 버린 것은 자신이면서, 몰래 도망가 버린 것은 자신이면서. 이제 와서 그와 뭘 하고 싶었던 걸까.

'웃겨, 고은아. 눈물겨운 상봉이라도 하고 싶었던 거야, 뭐야.'

정작 그는 아무렇지도 않아 보이는데, 혼자서 열 올리고 있는 모습에 헛웃음이 나왔다. 그와 눈 한 번 마주친 것만으로 모든 사고가 정지되는 것만 같았다. 그러면서도 내심 떨리고 긴장되는 마음을 감출 길이 없었다.

그런데 준현은 시종일관 차가운 눈빛을 유지하더니, 어느 순간부터 그녀를 쳐다보지도 않았다. 마치 더 이상 내 마음에 네가 없다, 고 말하고 있는 것 같았다. 그런 그의 모습에 마음이 너무 아팠다. 아쉬움과 실망감에 심장이 저며 들었다.

'도대체 뭘 기대했던 거냐고……'

은아는 옷매무새를 정리하던 것을 멈추고 안으로 들어가서 주변을 둘러보았다. 준현과 다시 마주하는 일이 없도록, 최대한 빨리 가영을 찾으려 했다. 하지만 그 많은 사람들 속에서도 김준현이라는 남자는 어찌나 잘 보이는지. 아니, 어찌 된 게 그만 보이는 건지. 그런 스스로에게 너무도 화가 났다.

그녀는 자기도 모르게 그를 향해 버리는 눈동자를 애써 부여잡고, 가영을 찾는 데 집중하려고 했다. 다행히 멀지 않은 곳에서 가영이 다른 사람들과 대화를 나누고 있는 게 보였다.

"실례합니다. 이 변호사님 손님이 지금 가야 한다고 하셔서요."

"잠시 다녀올게."

은아의 말에 가영이 함께 있던 사람들에게 양해를 구하고 밖으로 나가려 했다. 은아도 그런 친구의 뒤를 따라 걸어갔다.

"고은아 씨!"

그런데 등 뒤에서 한성이 그녀를 부르는 소리가 들려왔다. 은아는 못 들은 척하고 걸음을 재촉하려 했다. 한성과 준현이 함께 있는 것을 이미 확인한 뒤였기 때문이다. 슬쩍 뒤를 돌아본 가영이 작게 중얼거렸다.

"하여간 저 인간, 도움이 안 된다니까. 야, 그냥 빨리 나가자."

은아도 그에 동의하고 고개를 끄덕였다. 두 사람은 한성의 부름을 뒤로한 채 사무소 밖으로 빠져나가려 했다.

"뭐야, 내가 부르는 거 못 들었어?"

하지만 이 눈치 없는 인간은 대답이 없으면 그런가 보다 하고 넘기면 될 것을, 득달같이 쫓아와 그녀의 어깨를 붙잡고 돌려세운다. 사정을 다 알고 있는 가영이 도와주길 바랐지만, 손님이 기다리고 있는 터라 그럴 수도 없는 노릇이었다.

"나 먼저 간다."

가영은 고개를 저으며 출입문 쪽으로 나갔다. 그런 가영의 뒷모습을 지친 듯 바라보던 은아가 신경질적으로 그의 손을 털어 내며 말했다.

"아, 왜요. 도대체 무슨 급한 용무기에 여기까지 쫓아와요, 쫓아오길."

강하게 쏘아붙이는 은아의 모습에 한성이 당황해서 조금 머뭇거렸다.

"아니, 그냥. 사람이 부르는데 대답이 없기에."

"대답 좀 안 했다고 이래요?"

은아가 준현이 있는 곳을 살짝 쳐다보았다. 아니나 다를까, 그의 건조한 시선이 그녀를 향하고 있었다. 은아는 누가 뭐라 한 적도 없는데 본능적으로 한성에게서 한 발 물러났다.

"별다른 볼일 없으면 이만 가 볼게요."

"성격 참 급하기는. 볼일이 있긴 있지."

깔끔하게 매듭을 짓고 사라지려는데 한성이 다시 한 번 그녀를 붙잡았다.

"옛날에 나랑 친했던 대학 후배 하나 있는데 안면이나 좀 트라고."

"아뇨, 전 별로……."

"저번에 네가 비까지 쫄딱 맞아 가면서 뭐 사러 갔던 거 기억나지? 그때 왔던 놈인데, 그래, 그때 쓴 우산도 저 녀석 거다. 따지고 보면 이런 인연이 또 어디 있냐."

한성의 말에 은아의 안색이 새파래졌다. 그날이라면 똑똑히 기억하고 있었다. 그런데 그때 온 후배가 준현이었다고? 그럼, 그때 만났을지도 몰랐다는 거 아닌가. 은아는 그랬을지도 모른다고 상상하는 것만으로도 아찔해지는 것 같았다. 서울로 오면서 조금은 각오를 하고 만났는데도 이 정돈데, 그날 봤으면 정말 감당하기 어려웠을 것이다.

"이리 와 봐, 빨리."

은아가 잠시 정신을 놓은 사이에 한성이 그녀의 어깨를 감싸 안고 준현이 있는 곳으로 끌고 갔다. 그리고 준현에게 은아를 소개해 주었다.

"너, 접때 우리 사무실 왔을 때 내가 말했지? 빵 엄청 좋아하는 녀석 하나 있다고. 걔가 얘야. 서로 인사들 해."

정신을 차리고 보니, 은아는 한성에게 거의 안기다시피 한 상태로 준현과 마주 서게 되었다. 그녀의 머릿속이 다시 복잡해져 갔다. 여기서 알은척을 해야 할까, 모르는 척을 해야 할까. 둘 다 딱히 좋은 선택지는 아닌 것 같았다.

은아는 이런저런 생각을 하느라 정신이 팔려, 한성의 팔이 그녀의 어깨에 올라가 있다는 것도 눈치채지 못하고 있었다.

준현의 시선이 한성의 팔에 잠시 닿았다가 떨어졌다. 지금까지 미동도 없던 그의 눈동자가 아주 미세하게 떨리고 있었다. 하지만 아주 작은 움직임이었고, 워낙에 담담한 표정이었기에 그의 떨림을 알아채는 사람은 없었다.

"오랜만입니다, 고은아 씨."

은아가 애꿎은 입술만 깨물고 있는데, 준현이 먼저 인사를 건네 왔다. 그의 담백한 인사에 은아가 준현을 가만히 보고 있다가 같이 인사를 했다.

"아, 네. 오랜만이에요, 검사님."

2년 만에 재회를 하는 거였으니, 그의 말대로 오랜만은 오랜만이었다. 그런데 한때는 서로 사랑했던 두 사람의 재회에 처음 오고 가는 말이 이런 단순한 인사말이라니. 은아는 조금 맥이 빠지는 기분이었다.

"둘이 아는 사이야?"

"네. 그냥, 2년 전에 같은 사무실에서 근무한 적이 있었어요."

준현의 대답에 은아는 가슴이 시큰거리는 것을 느낄 수 있었다. 그리고 두 사람이 그녀가 생각한 것보다 더 간단하게 정의될 수 있는 사이라는 것도 깨닫게 되었다. 같은 사무실에서 근무한 적이 있는 사이. 2년이라는 시간은 두 사람의 관계를 딱 그 정도의 관계로 만들어 버리고 말았다.

"그래? 거참 신기하네. 그런데 왜 서로 알은척 안 했어?"

은아는 준현이 대답하기 전에 먼저 입을 열었다. 준현이 하는 말을 계속 듣고 있다간 더 큰 상처를 받을 것 같았기 때문이다.

"겨우 두 달 조금 넘게 일한 게 다인데요, 뭘. 알아도 서로 알은척하기 민망한 그런 사이 있잖아요."

준현의 입에서 이러한 말이 나오면 마음이 아플 것 같아서 선수를 쳤긴 한데, 막상 그녀의 입으로 말하고 나니 아프긴 매한가지였다.

"그럼 이제부터 친해지면 되겠네. 앞으로 볼 일도 많을 텐데."

"네?"

은아가 고개를 돌려 한성을 올려다보았다. 그녀의 미간에 작은 우물이 깊게 패어 있었다.

"뭘 그렇게 놀라고 그래."

"아뇨, 그냥. 검사님 대검에서 일하시잖아요. 그런데 볼 일 많을 거라고 하니까 조금 뜻밖이라서."

"김 검, 대검에서 일하는 것도 알고 있었어? 뭐, 아무튼. 그렇긴 한데 김 검사, 이번에 서부지검 공판부로 발령받았거든. 종종 법정에서도 보게 될 거야."

이어지는 한성의 말에 은아의 얼굴이 경악으로 물들었다. 그녀는 처음 사무소 위치가 서부지검 근처로 결정됐을 때, 조금 불편하긴 했지만 준현이 있을 대검 근처가 아니라 다행이라고 안도를 했었다.

이곳에 오면 그와 함께했던 날들이 더 선명하게 기억나겠지만 그 정도는 감당하자, 그렇게 생각했었다. 그런데 준현이 서부지검으로 발령받았다니. 법정에서도 종종 보게 될 거라니! 절대 있어선 안 될 일이다.

"농담…… 이죠? 검사님이 왜 굳이 서부지검에 오시겠어요. 그것도 수사 부서도 아니고, 공판부에."

은아가 제발 농담이라고 해 달라는 표정으로 한성을 응시했다.

"농담은 무슨. 이런 걸로 농담을 왜 해?"

"사정상 그렇게 됐습니다. 잘 부탁합니다, 고은아 씨."

하지만 현실은 그리 녹록지 않았다. 가만히 있던 준현도 이 말도 안 되는 상황이 현실이라고 못 박아 주고 있었다.

"이거 참, 여기서 반가운 얼굴을 다 만나네."

은아가 믿고 싶지 않은 현실에 방황하고 있는데, 조금 떨어진 곳에서 중후한 남성의 목소리가 들려왔다. 박재환 부장검사가 세 사람이 있는 곳으로 다가오고 있었다.

"이가영 검사가 변호사 사무실 개업했다기에 잠깐 보러 왔는데, 준현이 너도 여기 있었구나. 그렇게 한번 보자고 해도 얼굴 한번 안 비추더니."

준현과의 재회에 어안이 벙벙해져 있던 은아의 얼굴에 깊은 어둠이 내려앉았다. 박 부장의 등장으로 은아는 냉정함을 되찾을 수 있게 되었다.

"음, 그런데 이쪽은……."

박 부장이 은아의 어깨에 둘러져 있는 한성의 팔을 보며 말끝을 흐렸다. 그에 한성이 장난스럽게 올려 둔 팔을 내리고, 재환에게 인사를 건넸다.

"안녕하십니까, 박재환 부장님. 저는 이 변호사와 같이 일하게 된 최한성 변호사라고 합니다."

"아아. 최 변호사 얘기라면 종종 들었지. 특이하긴 한데 아주 능력 있는 친구라고. 내가 대검으로 옮기기 전에 검사 일을 그만두었다고 들었는데. 이 검사도 그렇고 같이 일했으면 좋았을 텐데, 이것 참 아쉽네."

"저야말로 부장님과 함께 일할 수 있는 기회를 놓쳐서 안타깝기 그지없습니다."

"하하하. 젊은 친구가 말 한번 예쁘게 하는구먼. 서로 아는 사이 같은데 준현이 너도 이런 건 좀 배워 둬라."

갑자기 세 사람 사이에 끼인 재환은 준현과 한성에게만 말을 걸 뿐, 은아에게는 눈길조차 주지 않았다. 은밀한 거래, 아니 은밀한 협박까지 한 사이인데, 그는 고은아라는 존재 자체를 무시하고 있었다.

"그럼, 말씀 편히 나누세요."

은아도 딱히 재환과 대화를 나누고 싶은 생각은 없었기에, 꾸벅 인사를 하고 그 자리에서 물러나려 했다.

"잠깐, 아가씨. 가는 길에 이것 좀 버려 주겠나?"

재환이 가려는 은아를 불러 세우고 구겨진 종이컵을 내밀었다. 모두의 시선이 그가 내민 쓰레기에 향했다. 그리고 아주 잠깐의 시간 동안 침묵이 흘렀다. 물론 쓰레기를 버려 달라는 부탁 정도는 할 수 있는 일이다. 하지만 문제는 재환의 말투와 태도에 있었다. 그는 은아가 한참 아랫사람이라도 되는 것처럼 행동하고 있었던 것이다.

'자기 처지 정도는 잘 알아야지.'

은아를 내려다보는 재환의 눈동자가 그렇게 말하고 있는 것 같았다. 사람을 깔보는 듯한 눈빛. 한 인간을 비참하게 만들어 버리는 시선이었다.

'그래, 대단하신 검사님이랑 일개 사무직원은 레벨 자체가 다르다 이거지.'

은아는 속으로 쓴웃음을 흘렸다. 하지만 겉으로는 그러한 감정을 티 내지 않았다. 그녀는 박 부장의 행동에 대해 화를 내거나 기분 나빠하기는커녕 방긋 미소를 지으며 고개를 끄덕였다.

"네, 버려 드릴게요."

"야, 네가 그걸 왜!"

은아가 상큼해 보이기까지 한 웃음을 내보이며 종이컵을 받으려는데, 한성이 버럭 소리를 지르며 공중에 있는 그녀의 손을 낚아챘다. 그의 커다란 손이 은아의 작은 손을 강하게 움켜쥐었다. 은아가 그의 손아귀에서 벗어나려고 손목을 살짝 비틀어 봤지만 억센 힘에 빠져나갈 수가 없었다.

"이건 제가 버려 드리겠습니다. 저도 이만 가 봐야 할 것 같아서요."

한성은 그렇게 말하고는 재환의 손바닥에 놓여 있는 쓰레기를 집어 들었다.

"변호사님은 다른 손님들께 바로 가 봐야 하니까 그냥 저 주세요. 이런 쓰레기 하나 버리는 것 정도야 쉬운 일인데요, 뭘."

은아가 한성을 보며 말하다가 고개를 돌려 재환과 눈을 마주했다.

"사람인 척 숨어 사는 쓰레기들 처리하는 게 어려워서 그렇지. 이 정도는 아무것도 아니에요."

은아는 쓰레기라는 단어를 더욱 힘주어 말하며 비릿한 웃음을 짓는 것도 잊지 않았다.

'이런 정도의 일로는 나한테 상처는커녕 어떤 감흥도 못 줄 겁니다.'

그녀는 여유롭게 미소 지으며 재환의 행동에 화답했다. 그런 은아의 모습에 한성은 입이 떡 벌어졌고, 준현은 입술 양 끝을 엄지와 검지로 지그시 눌렀다.

"그럼 좋은 시간 되세요."

은아는 한성이 멍하게 있는 사이에 그의 손에서 빠져나와 종이컵까지 뺏어 들고 꾸벅, 인사를 했다. 그리고 미련 한 톨 남기지 않겠다는 듯, 가벼운 몸놀림으로 그들에게서 돌아섰다.

시간이 흘러, 어느덧 개업식은 종반부를 향해 달려가고 있었다. 사무소를 방문할 사람들은 대다수 왔다 간 상태였고, 거의 마무리만 남은 상황이었다.

은아는 사람들이 보낸 화환과 화분의 명단을 작성하고 있었다. 행사 하나를 치렀을 뿐인데, 오늘 하루 사이에 몇 년 치 수명이 줄어든 것만 같았다. 일 자체는 그렇게 힘들지 않았지만, 그녀를 떠나게 만든 장본인과 그녀의 옛 연인을 한꺼번에 마주했더니 정신적으로 너무 힘들어졌던 것이다.

"아이고, 무서운 동생님. 여기서 또 수고를 하고 계시네요."

은아가 지친 얼굴로 명단을 적어 가고 있는데, 한성이 다가와 음료수 하나를 내밀었다. 그는 아까 전 은아가 재환에게 한 방 먹인 이후로 그녀를 무서운 동생님이라고 부르고 있었다. 놀리는 어투가 다분한 그의 말에 은아가 입술을 사리물었다.

"그만 좀 놀려요."

"놀리는 거 아닌데? 이게 다 멋있어서 그러는 거지. 이야, 나는 아무리 썩은 줄이라도 일단은 부장검사라서 아첨 떨기 바빴는데. 우리 동생님은 대검 실세를 똑바로 쳐다보면서 당신은 쓰레기다, 라고 말했으니."

"그렇게까지 말한 적은 없거든요."

"문맥상, 분위기상 거의 그거나 진배없는 말이었지. 멋져, 멋져."

한성이 양손으로 엄지를 척, 하고 들었다. 그에 은아도 피식, 웃음을 터트렸다.

"하여간, 실없다니까. 아직 손님들 있는 거 아니에요? 얼른 들어가 보기나 해요."

"걱정 마. 이가영이 알아서 하고 있으니까."

"그러니까 들어가란 말이에요. 선배가 여기 있으면 내 친구가 선배 몫만큼 더 고생하잖아."

"이가영이랑 너, 사무소 이름도 너희 둘 이름 따서 짓더니 이렇게 나 왕따 시키기 있어?"

"왕따 시키긴 누가 왕따 시켜요. 당연히 해야 할 일을 하라고 말한 것뿐인데."

"됐어. 벌써 삐쳤으니까 계속 여기 있을 거다."

한성은 밖으로 나와서 딱히 하는 일도 없으면서 은아의 뒤를 졸졸 따라다녔다. 은아는 그런 그를 최대한 무시하며 하던 일에 집중하려 했다.

"그런데 너, 박재환 부장이랑도 아는 사이였어? 분위기가 오늘 처음 본 느낌은 아닌 것 같던데."

이어지는 그의 질문에도 모르쇠로 일관하며 명단을 작성하려
고 했다.

"야, 같이 산 지 2년쯤 됐으면 자기 얘기도 좀 하고 그래라.
어찌 된 애가 자기 얘기를 통 하는 법이 없어."

하지만 연신 말을 걸어오는 사람을 두고 일에 집중하는 것이
쉬운 일은 아니었다. 더군다나 한성은 '네가 언제까지 버티나
두고 보자' 하는 기세로 질문 공세를 퍼붓고 있었으니 더욱 힘
들 수밖에 없었다.

"제발 그만 좀 해요!"

은아가 더 이상 못 참고 한마디 하며 돌아보았다. 그런데 한
성이 여태껏 본 적 없는 심각한 표정을 짓고 있는 게 아닌가.
그는 화환 하나를 노려보며 이를 악물고 있었다.

"왜 그래요?"

그녀의 질문에도 그는 아무런 대답이 없었다.

"도대체 뭐 때문에……."

은아는 한성의 시선을 따라 고개를 돌려 보았다. 그곳에는
은아도 이상하게 생각했던 화환 하나가 놓여 있었다.

"아, 이거. 안 그래도 발신자도 없고, 화환 자체도 특이해서
이상하다 싶었는데. 선배가 아는 사람이 보낸 거예요?"

화환의 꽃들은 온통 빨간색으로 가득 차 있었다. 빨간색 중
에서도 핏빛의 붉은색을 띠고 있어서 축하용 화환으로는 어울

리지 않아 보였다.

"……들어가 볼게."

한성이 굳은 얼굴로 사무실 안으로 들어가려는데, 은아가 그런 그를 붙잡았다.

"지금 그 얼굴로 어딜 들어가겠다는 거예요?"

"내 얼굴이 왜."

"거울이라도 보여 주고 싶네, 진짜. 그리고 목소리도 완전 가라앉았거든요. 그러지 말고 어디 다른 데 가서 기분 전환이라도 하고 와요. 손님들이 찾으면 연락할 테니까."

은아의 말에 한성이 잠시 고민하는가 싶더니 한숨을 쉬며 고개를 끄덕였다.

"그래. 잠시만 좀 갔다 올게."

한성이 은아의 어깨를 툭툭 두드리고는 사무실 반대편 복도로 걸어갔다. 은아는 한성의 뒷모습을 쳐다보다가 현숙이 했던 말을 떠올렸다.

"일 그만둔 게 나 때문만은 아닌 것 같더라고. 무슨 일이 있었던 것 같긴 한데. 은아 네가 좀 물어봐 줄래? 아무래도 나보다는 젊은 사람들끼리 더 말이 통할 거 아냐."

당시 은아는 현숙의 부탁을 정중하게 거절했더랬다. 그때는 다른 사람의 말 못 할 사연을 감당할 자신이 없었기 때문이다.

물론 그것은 지금도 마찬가지였다. 은아는 한성의 뒷모습에서 고개를 돌렸다.

'그래, 세상에 사연 없는 사람이 어디 있겠어.'

은아는 자조적인 한숨을 내쉬며 하고 있던 일을 계속 이어 갔다. 아니, 그렇게 하려고 했다.

"고은아 씨."

하지만 한성이 사라짐과 동시에 또 다른 손님이 그녀를 찾았다.

"어디 가서 잠깐 이야기 좀 할까."

그는 특유의 중후한 미소를 드러내며 은아에게 다가왔다. 은아는 그가 지적에 올 때까지 보고만 있다가 천천히 입을 열었다.

"부장님이랑 제가 더 할 얘기가 남아 있던가요?"

"원래는 없어야 했지. 그런데 고은아 씨가 이곳에 온 이상, 얘기가 달라지지 않겠나. 마침 방해꾼도 사라져 줬겠다, 잠시 시간 좀 내지."

재환은 은아의 대답은 들을 생각도 하지 않고, 한성이 간 방향과 반대편으로 걸어가기 시작했다. 은아도 그런 재환의 뒷모습을 보고 있다가 그를 따라 발걸음을 옮겼다. 그와 마주친 이상 한 번은 이런 일이 있지 않을까, 생각을 해 두긴 했었다. 은아는 미리 대비해 두었던 말들을 머릿속으로 되뇌며 주먹을 꽉 움켜쥐었다.

두 사람은 사무실을 지나쳐 비상계단에 도착할 때까지 어떠한 말도 섞지 않았다. 할 말이 있다며 은아를 부른 당사자도 입을 꾹 다물고 있었다. 두 사람 사이에 불편한 침묵의 기운이 감돌았다.

"아무리 그래도 고은아 씨가 약속을 어길 사람으로는 안 보였는데. 내가 고은아 씨를 잘못 본 건가?"

먼저 말을 꺼낸 것은 재환이었다.

"나는 약속을 잘 이행하고 있는데, 왜 고은아 씨는 지금 여기에 있는 거지? 자네가 이러면 나도 약속을 어길 수밖에 없지 않나."

재환은 적당한 비난, 적당한 협박을 섞어 가며 은아를 휘저으려 했다. 거기에 위에서 아래로 짓눌러 오는 시선, 단호한 목소리까지. 그는 어떻게 해야 상대를 자기 뜻대로 움직일 수 있는지 잘 알고 있는 사람이었다. 다른 사람을 조종하려면 그 사람에게 적당한 공포감을 심어 주어야 한다. 바로 지금처럼.

"시간이 좀 지났다고 내가 아무것도 못 할 것 같은가?"

은아는 그의 위압적인 태도에 몸을 흠칫 떨었다. 저도 모르게 턱 근육이 굳어서 파르르 떨리는 것만 같았다. 하지만 그에 굴하지 않고 다시금 자세를 바로 했다.

"여자는 어디서든 예뻐 보여야 해. 등 곧게 펴고, 얼굴 똑바로 들고. 당당해지기만 하면 안 예쁜 여자는 없거든."

은아의 어깨가 힘없이 움츠러들 때마다 현숙이 했던 말이었다.

"고은아. 넌 충분히 사랑받을 자격이 있고, 사랑받을 수 있는 애야. 그 증거로 여자는 별로 안 좋아하는 내가 널 이렇게 좋아하잖니."

한성의 집에 머물면서 현숙에게 사랑을 받다 보니, 은아는 텅 비어 있던 마음이 따뜻함으로 채워져서 충만해져 가는 것을 느낄 수 있었다. 그렇게 그녀는 더 단단한 사람이 될 수 있었고, 지금까지 버틸 수 있었다. 타인의 인정과 사랑. 그것이 그녀가 당당해질 수 있는 이유였다.

"보통 그런 걸 약속이라고 하진 않죠. 협박이라고 하지."

위에서 한껏 내리누르는 압박감에도 불구하고 은아는 당당하게 고개를 들었다. 그녀를 짓밟으려는 상대에게서 시선을 돌리지 않았다.

"그리고 이제 와서 다시 그 사건을 거론하시려고요? 굳이 부장님 입으로? 부장님이 그렇게 생각이 부족한 행동을 하실 분은 아니라고 생각했는데. 제 생각이 틀렸나요?"

딱히 그의 대답을 바란 질문이 아니었다. 은아는 재환이 뭐라 말하기 전에 미리 생각해 두었던 말을 차분히 쏟아 내었다.

"제가 2년 전에는 정신이 너무 없어서 부장님이 시킨 대로 다 했었는데요. 시간이 지나면서 생각해 보니까 여러 가지 의문이 들더라고요. 왜 부장님은 날 떠나게 하고 싶은 걸까. 혹시 그 사건에 부장님이 관련되어 있는 것은 아닐까. 박재환 부장 검사님이 어떤 범죄 사건의 비호 세력인 것은 아닐까."

2년 전, 재환의 사무실에서 이와 비슷한 상황이 연출된 적이 있었다. 하지만 지금은 입장이 완전히 달라져 있었다.

"지금은 제 추측일 뿐인 이런 이야기가 밖에 돌기라도 한다면……. 그래도 괜찮으시겠어요?"

"증거는 있나? 사람들이 증거도 없이 그런 말을 믿을 리가 없을 텐데."

"글쎄요. 소문이라는 건 참 무섭죠. 확실한 것도 아닌데 한번 퍼지기 시작하면 걷잡을 수가 없거든요. 특히 이런 쪽으로 안 좋은 이야기들은 더욱더."

은아는 2년 전에 재환이 그녀에게 했던 말을 그대로 인용하며 그를 공격해 가고 있었다.

"사람들은 과연 일개 사무직원이 범죄 사건에 연관됐다는 말에 더 반응할까요, 대검의 부장검사가 범죄 사건에 연관됐다는 말에 더 반응할까요?"

"지금, 날 협박하는 건가?"

"부장님이 저한테 하셨던 말 그대로 따라 해 본 건데. 이런 게 협박이라는 거 인정하시는 거네요."

은아의 말에 재환이 입을 꾹 다물었다. 그의 얼굴에 패색이 짙은 어둠이 내려앉았다.

"더 하실 말씀이 없는 것 같네요. 그럼 전 이만 가 볼게요."

은아가 표정이 굳어 있는 재환에게 꾸벅, 인사를 하고 비상계단에서 나가려고 했다. 문을 연 그녀는 살짝 고개를 돌려 마지막 한마디를 남기고 사라졌다.

"아, 그리고 너무 걱정하지 마세요. 어떤 분이 먼저 말도 안되는 소문을 내는 게 아니라면, 저도 증거도 없이 추측을 퍼트리는 일은 안 할 거니까요."

은아가 나간 후, 얼마간 멍하니 서 있던 재환이 허탈함에 웃음을 터트렸다. 저런 새파란 애송이에게 한 방 먹을 줄이야. 너무 기가 차다 보니 웃음밖에 나오지 않았다.

"아무래도 일이 생각처럼 풀리진 않는 것 같습니다."

그때 계단 아래쪽에서 누군가의 목소리가 들리는가 싶더니 발자국 소리도 함께 들려오기 시작했다.

"언제부터 듣고 있었던 거냐."

"쫓아오라고 일부러 사무실을 지나친 거였잖습니까."

확실히 따라오게 할 생각으로 사무실을 지나친 거였다. 그가 재환을 주시하고 있었다는 것을 알고 있었으니까. 은아와 함께 가는 모습을 보이면 어디든 숨어서 그들을 지켜볼 거라고 생각했었다.

"그래……. 그랬었지."

원래의 계획은 준현이 보는 앞에서 은아를 철저하게 짓밟아 줄 생각이었다. 네가 어떻게 행동하느냐에 따라 이 여자가 또다시 다칠 수 있다고, 준현에게 여실히 보여 주려고 했었다. 2년 전, 재환이 협박한 사람은 은아만이 아니었던 것이다.

그는 지금껏 은아를 볼모로 잡고 준현의 손발을 묶어 두었다.

은아가 서울에 온 것은 예상 밖의 일이었지만, 그녀가 준현의 약점이라는 사실은 변하지 않았다. 아니, 그럴 거라고 생각했다. 그런데 은아가 저렇게 나올 줄이야.

"고은아 씨 말이야. 꼭 2년 전의 널 보는 것 같더구나. 네가 여태껏 그 여자한테 목매는 이유도 조금은 알겠어."

재환이 아주 조금은 인정해 주겠다는 표정으로 고개를 끄덕였다.

"그런데 저렇게 활개 치고 다니다가 너처럼 날개가 푹 꺾이는 일은 없어야 할 텐데 말이야."

"방금 전 상황을 보면 그렇게 될 것 같진 않습니다만."

"그러게. 2년 사이에 저렇게까지 변했을 줄이야. 이거 참……. 곤란하게 됐군."

재환이 낮게 중얼거렸다.

"이 방법이 안 통하면 다른 일을 또 만들 수밖에 없는데. 일이 귀찮게 됐어."

재환은 은성의 일이 아니라도 은아를 망가트릴 방법은 많다고 준현에게 말하고 있었다. 그에 준현의 눈빛이 날카롭게 번뜩였다.

"고은아, 건드리지 마."

"글쎄. 나도 네가 그 여자를 옆에 두지만 않으면 쓸데없이 일 만들 생각은 없다. 그렇게 노려보는 것도 좀 그만하고. 이게 다 널 위해서 하는 일이니까."

재환이 코앞까지 다가온 준현의 팔을 잡고, 팔꿈치에 묻은 먼지를 털어 주었다.

"귀한 도련님한테 이런 먼지가 묻어선 안 되지 않겠나."

준현은 재환이 잡은 팔을 강하게 뿌리치고 낮게 으르렁거렸다. 그의 죽일 것 같은 시선에 노련한 박 부장도 살짝 긴장을 할 정도였다.

"언제까지 당신들 뜻대로 될 거라고 생각하지 마."

"오랜만에 좋은 눈빛을 하는구나. 항상 다 죽어 가는 얼굴을 한다고 사모님 걱정이 이만저만이 아니시던데."

"다시 한 번 말하는데 고은아, 건드리지 마. 당신들이 벌인 일은 굳이 그 마약 사건이 아니라도 많은 것 같으니까."

서슬 퍼런 준현의 모습에 재환이 안타깝다는 듯 고개를 저었다.

"도대체 언제까지 이럴 작정인 거냐. 아무리 그래도 너희 아버진데. 언제까지 이렇게 척질 거야. 아들하고 얘기하는 것뿐인데도 도청당할까 봐 아들 몸수색해야 하는 회장님 마음이 어떻겠어."

고양이 쥐 생각해 주는 격이었다. 준현은 이러한 재환의 모습에 더욱 혐오감이 밀려오는 것 같았다.

"사모님은 또 어쩌시고. 아무것도 모르는 우리 사모님, 요즘 네 걱정에 밤잠도 설치시던데. 혹시라도 일이 잘못돼서 아들 손에 남편이 잡혀가는 모습을 보게라도 되시면…… 그 뒷감당은 어쩌려고 그러나."

하지만 '어머니' 언급은 준현에게 조금 큰 타격을 주었다. 어머니에 대한 걱정은 그의 아버지를 붙잡을 생각을 하면서부터 함께 해 왔던 것이었다. 재환은 준현의 몸에 힘이 살짝 빠진 것을 확인하고 속으로 회심의 미소를 지었다.

"그리고 준현아, 싸움을 하려거든 약점을 보이질 말았어야지. 네가 이렇게 여기 있는 건 여전히 저 여자가 네 약점이라는 뜻 아니냐."

철저하게 상대를 약해지게 만들고 나서 다시 한 번 공격. 재환은 그렇게 준현의 손발을 옭아매려 하고 있었다.

"……이렇게까지 하지 않아도 그 자리에는 나갈 생각입니다."

준현이 주먹을 꽉 움켜쥐고, 이를 악물고 말했다.

"그렇다면 다행이구나. 혹시나 옛 연인을 보고 뒤늦게 불이라도 붙으면 어쩌나 걱정이었는데. 약속 시간과 장소는 알고 있겠지. 다음 주 일요일 2시, 로열 호텔. 늦으면 안 된다."

재환이 그 말을 마지막으로 준현의 어깨를 한 번 힘 있게 움켜쥐더니 비상계단을 빠져나갔다. 홀로 남은 준현이 깊게 한숨을 쉬었다. 2년이라는 시간 동안 그의 아버지와 재환, 두 사람을 잡기 위해 많은 증거를 모아 왔다. 하지만 여전히 그는 그가 감당하기 힘든 딜레마에 잠겨 있어야 했다.

"하아……."

창밖에는 완연한 봄이 찾아오고 있었다. 하지만 그의 마음에는 여전히 서릿발 같은 한겨울이 이어지고 있었다.

2화. 안녕이란 말 대신

　재민의 빵집. 준현은 가게 한쪽 테이블에 자리 잡고 창밖을 하염없이 바라보고 있었다. 재민은 그런 친구를 보며 고개를 저었다. 그는 준현이 무엇을 보고 있는지 알고 있었던 것이다.

　준현의 시선 끝에는 웨이브 진 긴 머리를 살짝 쓸어 올리는 한 여자가 있었다. 그녀는 당당하게 걸음을 내딛으며 이 건물 2층으로 올라갔다. 여자의 모습이 시야 안에서 완전히 사라진 후에도 그의 시선은 한동안 그곳에 머물렀다.

　"미친놈."

　재민이 테이블에 빵과 커피를 올려놓으며 중얼거렸다. 벌써 며칠째 저 짓을 반복하고 있었는지 모른다.

"그럴 거면 그냥 가서 잡아."

"무슨 소리야."

준현이 모른 척하며 커피를 한 모금 마셨다.

"네가 이 시간마다 여기 출근 도장 찍는 거, 왜 그러는지 내가 모를 줄 알아?"

"글쎄. 무슨 소린지 모르겠다니까."

"하여간, 가게 유리를 밖에서도 다 보이는 걸로 바꿔 버리든지 해야지. 변태처럼 숨어서 이게 뭐야?"

재민의 빵집 벽은 안에서는 밖이 보이지만, 밖에서는 안이 보이지 않는 특수 유리로 이루어져 있었다. 그랬기에 준현이 대놓고 누군가를 바라볼 수 있었던 것이다.

"그러기만 해 봐."

창유리를 바꿔 버리겠다는 친구의 말에 준현이 낮게 읊조렸다.

"허! 내 가게, 내가 바꾸겠다는데 네가 왜? 그리고 부탁을 할 거면 정중하게 해야지. 우리 검사님은 학교 다니면서 그런 것도 안 배웠나? 자, 따라 해 봐. 유리 바꾸지 말아 주세요. 부탁합니다."

"……부탁합니다. 유리 바꾸지 말아 주시죠."

준현은 재민이 정말로 유리를 바꿔 버릴 사람이란 걸 알기에 그가 시키는 대로 하는 수밖에 없었다. 자존심 하나 때문에 그의 유일한 안식처를 포기할 수는 없는 노릇이다.

"뭐, 아무튼. 예뻐지긴 엄청 예뻐졌더라."

재민이 킬킬 웃으며, 준현의 맞은편에 앉았다. 그는 자기 몫의 커피를 한 모금 마시고 말을 이어 갔다.

"고은아 씨 말이야. 머리 기르니까 완전 여신이던데. 그간 네 몰골 생각하면 가서 욕이라도 해 주고 싶었는데. 너무 예뻐서 나도 모르게 빵 하나 줬잖아."

"너, 그 말 그대로 다은 씨한테 전해 줘도 되겠지? 안 그래도 오늘 상담하는 날인데."

준현의 말에 재민이 사형 선고라도 받은 것처럼 얼어붙었다.

"아, 안 돼. 그거 말하면 그 여자, 날 죽일 거야. 차라리 맞는 게 낫지, 정신적으로 몰아붙여서 날 말려 죽일 거라고."

"부탁할 거면 어떻게 해야 하는지 알고 있겠지."

"이런……. 부탁, 합니다. 말하지 말아 주세요."

준현과 재민이 쓸데없는 말싸움을 벌이고 있는데, 바깥에 한성이 지나가는 것이 보였다. 은아가 들어간 방향으로 곧장 들어가 버리는 그의 모습에 재민이 미간을 좁혔다.

"야, 그런데 너. 고은아 씨, 누가 채 가기라도 하면 어쩌려고 그래. 특히 요즘 저 인간 포스가 심상치가 않다고."

"그렇게 돼도 어쩔 수 없지."

그냥 보고 있는 수밖에. 준현이 씁쓸한 표정으로 두 사람이 들어간 입구를 바라보았다.

"야, 이 미친놈아. 넌 진짜 아무렇지도 않냐?"

아무렇지 않을 리가 없었다. 준현은 개업식 날, 그가 보는 앞에서 은아의 어깨를 감싸 안던 한성의 모습을 떠올렸다. 그때 그의 손을 얼마나 쳐 내고 싶었는지 모른다.

"아무렇지 않으면 어쩔 건데."

"그 표정이나 어떻게 좀 하고, 그런 말해라."

"……."

"너, 우리 형이랑 너희 아버지 때문에 그래? 이제 그 사람들 말 들을 필요 없잖아. 그냥 네가 하고 싶은 대로 해."

재환은 재민의 나이 차 많이 나는 형이었다. 다만, 그렇게 우애가 좋은 형제는 아니었다.

"그러려고 그동안 악착같이 증거 모은 거 아냐. 이번에 국회 의원 로비했던 것도 물증까지 다 잡았잖아. 심증에, 물증에, 증인까지 있으면서 뭘 더 망설여?"

"……아직 더 확실한 증인 찾을 때까지 기다려야지."

"그래, 그 문제는 그렇다 치자. 그럼 왜 은아 씨는 안 잡는 건데? 아직 못 잊었잖아. 아침마다 이럴 정도잖아, 너."

"늦었다. 나 이만 간다."

준현이 대답을 미루고 자리에서 일어났다. 하지만 재민이 그런 친구의 팔을 붙잡았다.

"어디 가. 아직 시간 남은 거 알거든."

"그럼 나보고 어쩌라고. 아무것도 모르는 척하고 다시 고백이라도 할까?"

"야……."

"우리 아버지가 그 여자 오빠 죽이려고 했고, 모든 죄 다 덮어씌운 걸 아는데. 나 때문에 그렇게 있을 곳도 잃어버리고 도망치듯 떠난 걸 아는데. 아무 일도 없었다는 듯이 다시 사랑한다고 말할까? 그렇게 할까?"

지금까지 참아 온 감정이, 억눌러 온 울화가 봇물 터지듯 쏟아져 나왔다. 잔뜩 흥분한 친구의 모습에 재민이 잡고 있던 팔을 놓았다.

"난 그렇게 못 해. 그런 뻔뻔한 짓 못 한다고."

준현이 그렇게 말하고는 빵집에서 나가려고 했다. 잠시 멍하게 있던 재민이 다시 준현의 어깨를 잡았다.

"너 지금 얼굴 장난 아니야. 열 좀 식히고 가."

준현의 얼굴은 열이 올라 잔뜩 상기되어 있었다. 준현도 재민의 말에 수긍하고 다시 자리에 앉았다. 재민은 냉장고로 가서 생수를 가져와 준현의 앞에 놓았다.

"이것도 좀 마시고."

준현이 500㎖ 생수를 거의 들이붓고 있을 때, 재민이 낮게 한숨을 쉬며 말했다.

"그럼 너 진짜 거기 가는 거냐? 말이 식사 자리지, 거의 상견례나 다름없는 자리잖아. 너 이러다 결혼까지 가는 건……. 으으."

재민이 생각도 하기 싫다는 듯 몸서리를 쳤다.

"너랑 상견례 하기로 한 그 여자, 들리는 얘기로는 진짜 장난 아니던데. 완전 또라이래, 또라이. 집안 하나 믿고 그냥 막 나가는 거지."

"네 입으로 그런 말하면 안 찔리냐?"

준현의 말에 재민이 살짝 움찔했다. 재민도 집안 믿고 막 나가는 미친놈으로 정평이 나 있었던 것이다.

"뭐, 아무튼. 지금 그게 중요한 게 아니잖아. 너 거기 나갔다가 그 여자한테 잘못 코라도 꿰이면 어쩔 거야."

"그 자리에 가겠다는 말은 했어도 가서 얌전히 있겠다는 말은 한 적 없는데."

준현이 한쪽 입꼬리를 올리며 음습한 미소를 지어 보였다. 그렇다. 그는 상견례나 다름없는 그 자리에 나가겠다는 말을 하긴 했어도, 그 자리의 격식에 맞게 행동하겠다는 말을 한 적은 없었다.

로열 호텔, 스카이라운지. 서울 시내가 고스란히 보이는 창가 자리. 은아는 창밖으로 보이는 서울 전경을 내려다보다가 가영에게 고개를 돌렸다.

"밥 사 주겠다고 해서 따라오긴 했는데. 너무 무리하는 거 아냐?"

일요일 오전. 가영은 이른 아침부터 은아의 집에 쳐들어와서 그녀에게 얼른 차려입으라고 윽박지르더니 여기까지 도착한 참이었다. 가영이 메뉴판을 뒤적이다가 시계를 슬쩍 보았다.

"오늘 여기서 내 이복언니 상견례 있거든. 우리 큰어머니께서 식사 자리에 계속 같이 있는 건 좀 그렇고, 예의상 잠깐 들러서 인사나 하고 가라신다."

가영의 사정을 조금 알고 있는 은아가 말없이 고개를 끄덕였다.

"음, 2시 약속이라고 했으니까 우리 밥 다 먹을 때쯤 그쪽에선 만나기 시작하겠다. 이따가 잠깐 다녀올게."

"그건 상관없는데. 그렇게 싫은 얼굴 할 거면 애초에 일 있어서 못 간다고 하지 그랬어."

가영은 온몸으로 가기 싫어 죽겠다는 오라를 뿜어내고 있었다.

"내가 그 집 사생아인 건 웬만한 인간들은 다 아는 사실인데, 거기에 나만 빠지면 또 이상한 말들이 나올 거라나. 하여간 남들 시선은 엄청 신경 쓴다니까."

"고생이다, 너도."

"밥 다 먹고 어디 쇼핑이라도 가자. 기분 전환이라도 해야지."

"그래, 그러자. 지금은 일단 뭐 먹을지부터 정할까?"

"오케이."

두 사람은 애써 밝게 웃어 보이며 메뉴를 훑어보기 시작했다. 특히나 기분이 별로 좋지 않았던 가영은 먹을 걸로 스트레스를 풀어 보겠다며 음식을 잔뜩 주문하기에 이르렀다. 보통 때 같았으면 그러는 친구를 말렸겠지만, 은아는 가영이 하는 대로 가만히 내버려 두었다.

'조금 말릴 걸 그랬나.'

은아가 테이블을 가득 채운 음식들을 보며 속으로 한숨을 쉬었다. 도저히 두 명이서 다 먹을 수 있는 양이 아니었던 것이다.

"너무 많이 시킨 거 아냐?"

"응? 뭐가?"

하지만 은아의 걱정과는 다르게 가영은 엄청난 속도로 가공할 만한 양의 음식을 위 속에 집어넣기 시작했다. 그에 은아가 약간 질린 표정으로 물 잔을 내밀었다.

"아니, 물도 마셔 가면서 천천히 좀 먹으라고."

그렇게 전투적인 식사 시간이 끝나고, 포만감으로 기분이 좋아진 가영이 배를 두드리며 등받이에 등을 기대었다. 은아는 거의 빈 접시만 남은 테이블을 내려다보며 고개를 저었다.

"으아, 이제 좀 살 것 같다."

"너무 배불러서 죽을 것 같은 게 아니라?"

"그 모녀 만나려면 이 정도는 먹어 줘야 되거든. 그냥 얼굴만 봐도 스트레스가 팍팍 쌓이는 게, 어찌 보면 그것도 능력이야."

"그래도 언니 쪽이랑은 사이 괜찮은 거 아니었어?"

"사이가 괜찮다기보다는 서로 관심이 없는 거지. 그래도 큰어머니처럼 괴롭히지는 않으니까 사이가 좋다고 해야 하나."

가영이 심드렁하게 말하다가 풋, 하고 웃어 버린다.

"왜 혼자 웃고 그래?"

"아니, 갑자기 옛날 생각이 나서. 처음 그 집에 들어가고 얼마 안 됐을 때, 큰어머니가 나 엄청 구박했거든. 그때 언니가 나 괴롭히지 말라고 말리는 거야."

"그래? 의외네."

"그러면서 하는 말이, 애는 태어난 것밖에 없는데 그게 무슨 죄냐고, 족치려면 애네 엄마 족치러 가자고, 나도 그 여자 우는 꼴 꼭 보고 싶다고. 그러는 거 있지. 그때가 초등학생 때였지, 아마?"

은아가 입을 떡하니 벌리고 있다가, 입술을 사리물었다.

"난 가끔 네가 그런 말 아무렇지 않게 할 때마다 무슨 말을 해야 할지 모르겠다."

"이미 다 지난 일이니까."

두 사람 사이에 얼마간 침묵이 머물렀다. 아무리 지난 일이어도 묵혀 둔 상처는 아플 터인데, 가영은 아픈 티를 내는 법이 없었다.

은아가 그런 친구를 보며 살짝 미간을 좁혔다. 하지만 아픈 티를 내지 않는 건 그녀도 마찬가지였으니 뭐라 할 처지는 되지 못했다. 그나마 그녀가 할 수 있는 최선은 이 무거운 화제에서 벗어나는 거였다.

"그런데 너희 언니 말이야. 저번에도 결혼한다는 이야기 나오지 않았어? 오래 사귄 남자랑 곧 결혼할 거라고. 그렇게 들었던 것 같은데."

"어⋯⋯. 음⋯⋯."

은아의 물음에 가영이 입을 꾹 다물고 뜸을 들였다. 나름 다른 화제로 돌린다고 돌린 건데 딱히 좋은 화제는 아니었던 모양이다.

"그냥 어쩌다 보니 잘 안 됐어. 사실 나도 이세영이 상견례 한다기에 의외다 싶었거든. 이런 자리에 곱게 나올 인물은 아닌데."

은아도 고개를 끄덕였다. 그녀가 생각하기에도 가영의 언니가 부모님이 정한 상대와 결혼할, 그런 사람은 아니었던 것이다.

"또 되게 웃긴 게 오늘 처음 만나는 자린데 이렇게 가족끼리 다 만나는 거래."

"그래?"

은아는 별 관심이 없는 듯 가볍게 대답하며 물을 한 모금 마셨다.

"맞선이랑 상견례를 동시에 하는 거 아냐. 이러다 결혼까지 번갯불에 콩 구워 먹듯 하는 거 아닌가 몰라."

"그러게. 그런 결혼하는 사람들은 어떤 사람들일지 궁금하네. 너희 언니는 옛날부터 어떻게 생겼을지 궁금했었고."

"룸에서 만나기로 했다던데, 지금 가 보면 될 듯. 궁금하면 너도 같이 가 볼래? 혹시 알아? 룸 밖에서도 살짝 보일지."

가영이 시계를 확인하고는 가방을 들고 자리에서 일어났다.

"됐습니다. 난 여기서 기다릴게."

"아, 왜. 인사하고 여기까지 다시 오는 것도 귀찮거든. 정말 얼굴만 비출 거니까 같이 가자."

가영은 싫다는 은아를 끌고 꾸역꾸역 룸 앞까지 도착했다. 그녀는 귀찮은 기색이 역력한 은아를 앞에 세워 두고, 한쪽 구석에서 옷매무새를 가다듬었다.

"그럼 갔다 올게."

"오냐."

수정 화장까지 마친 가영이 영업용 미소를 얼굴에 잔뜩 장전하고 노크를 했다. 그리고 굳게 닫혀 있던 문을 열었다.

"안녕하세요. 이가영입니다."

가영이 안으로 들어서자 잠깐 대화가 멈추는가 싶더니, 가영의 아버지인 이 회장이 만면에 미소를 보이며 소개했다.

"우리 둘째입니다. 너는 제시간에 꼭 참석하랬더니, 왜 이제야 온 거냐."

"가영이 오늘 일 있다고 했잖아요. 바쁘다기에 얼굴만이라도 비추고 가라고 했어요, 내가."

"이거 참, 반갑습니다. 따님들이 하나같이 예뻐서 이 회장님은 좋으시겠습니다."

"이런 말하면 팔불출이라고 할지 모르겠지만, 우리 둘째가 머리도 참 좋습니다. 얼마 전까지 대검에서 검사 일 하다가 이제 막 변호사 사무실 개업까지 했지 뭡니까. 하하하."

우리 큰어머니 또 속 타시겠네. 어른들이 대화를 나누는 동안 가영이 속으로 비릿하게 웃으며 주변을 둘러보았다. 그러다 어떤 남자를 발견하고 표정이 굳었다.

"어? 우리 준현이도 얼마 전까지 대검에서 일하고 있었는데. 어쩌면 두 사람, 아는 사이일지도 모르겠네요."

준현의 어머니의 말에 사람들의 시선이 준현과 가영에게 향했다. 가영은 굳어진 표정을 애써 풀고 웃으며 말했다.

"김준현 검사님이야, 능력 있다고 대검에 소문이 난걸요."

"그래요? 우리 준현이 사회생활은 어떤지 궁금했는데 잘됐네. 그렇게 서 있지 말고 이리 와서 앉아서 얘기해요."

"저도 그러고 싶은데…… . 제가 얼마 전에 변호사 사무소를 열어서 그런지 일이 너무 많아서요. 아무래도 정말 인사만 드리고 가야 할 것 같습니다."

가 봐야 한다는 가영의 말에 준현의 어머니가 특히나 아쉬워하는 기색을 보였다. 그와 달리 가영의 큰어머니는 얼른 가 보라는 표정을 짓고 있었고, 언니인 세영은 어찌 되든 별 관심이 없는 것 같았다.

"죄송합니다. 좋은 시간 되세요."

가영이 그 인사를 마지막으로 빠르게 룸에서 벗어났다. 밖으로 나가자 은아가 룸 밖, 벽에 기대어 있는 것이 보였다.

"……봤어?"

"뭘?"

가영의 질문에 은아가 덤덤하게 대답했다. 아무렇지 않아 보이는 친구의 모습에 가영이 안도의 한숨을 쉬었다. 안에서 억지로 미소를 지어 가며 말하는 동안에도 얼마나 걱정했었는지 모른다. 혹시나 은아가 준현을 봤을까 봐.

"이세영 얼굴 봤냐고. 너, 궁금하다고 했었잖아."

"그 잠깐 사이에 어떻게 보냐. 그런데 정말 금방 나왔네."

"우리 아빠 알잖아. 완전 팔불출. 아빠가 내 자랑 시작하니까, 우리 큰어머니 심기가 많이 불편해지시는 것 같아서. 어우, 빨리 가자. 여기 한시도 더 있기 싫다."

가영은 은아의 팔을 잡아끌고 계산대로 향했다. 재빨리 카드를 꺼내 들고 순식간에 계산도 마쳤다. 그렇게 그 악의 소굴을 벗어나려고 했다.

"아!"

그런데 하필이면 이 순간, 배가 아파질 줄이야.

"아, 나, 잠깐 화장실……."

가영이 배를 움켜쥐고 자세를 숙였다. 은아가 그런 친구의 모습에 고개를 저었다.

"어쩐지 너무 많이 먹더라니. 여기 있을 테니까 빨리 갔다 와."

"같이 좀 가지……. 하여튼 잠깐만 기다리고 있어."

은아는 총총걸음으로 화장실로 가는 가영을 보며 피식, 웃음을 터트렸다. 그러다 일순간 웃음기는 사라지고 얼굴 가득 어둠이 드리워졌다.

"말도 안 돼."

지금 생각해도 말도 안 되는 일이었다. 어떻게 볼 수 있었던 것일까. 문을 열고 닫는 그 잠깐 사이에, 어쩌다 그 남자를 보고야 만 것일까. 궁금증에 안쪽을 쳐다본 것이 실수라면 실수였다. 아무리 궁금해도 그곳을 봐선 안 되는 거였다.

'어떻게 그 자리에서 눈이 마주치느냔 말이야.'

아직도 심장이 벌렁거리는 것만 같았다. 가영이 문을 열고 들어가는 사이에 마주친 두 사람의 시선. 잠깐 사이였지만, 그의 눈동자에 놀라는 기색이 차오르는 것을 확인할 수 있었다. 아마도 그녀의 눈동자도 그와 다르지 않았을 것이다.

"하아……."

은아는 최대한 그에 대한 생각을 하지 않으려 애쓰며 심호흡을 했다. 하지만 아무리 생각하지 않으려 해도 머릿속에 여러 가지 생각들이 복잡하게 얽혀 들고 있었다. 그가 왜 거기에 있는 걸까. 정말 결혼이라도 하는 걸까. 하필이면 상대가 가영의 언니라니.

"김준현 씨, 우리 이제 진짜 끝인가 보다."

은아가 레스토랑 입구에 멀거니 서서 혼잣말로 중얼거렸다. 작은 소리였지만 입으로 소리를 내고, 그 소리를 귀로 듣고 나니 정말로 끝을 확인한 것 같은 기분이 들었다.

"어?"

그런데 그러는 것도 잠깐, 누군가 은아의 팔을 잡아당겼다. 은아는 누군지 모를 힘에 이끌려 저도 모르게 달리기를 시작했다. 강한 힘으로 그녀를 붙잡은 그 손은 어딘지 모르게 익숙한, 너무 익숙해서 눈물이 날 것 같은 손이었다.

"준현 씨?"

은아가 앞서 달려가는 남자의 이름을 불렀다. 하지만 은아를 붙잡은 손의 주인은 아무런 대답이 없었다. 아니, 아무런 대답을 할 수가 없었다.

'빌어먹을⋯⋯.'

분명히 괜찮았다. 예상치 못한 상황에서 은아와 마주친 탓에 조금 당황하긴 했지만, 그때까지만 해도 나름 평정을 유지할 수 있었다.

준현은 가영이 나가고 나서, 원래 계획했던 대로 상견례 자리에 큰 파란을 일으키고 유유히 빠져나온 참이었다. 이미 은아는 가 버렸을 거라 생각하고, 최대한 마음을 가라앉히며 계산도 마쳤다. 그런데 그 순간 그녀를 다시 보게 될 줄은 몰랐다. 그것도 곧 울어 버릴 것 같은 얼굴을 한 그녀를 말이다.

'미치겠다.'

접으려고 했다. 은아를 향하는 마음을, 감정을 모두 저버리려고 했다. 그것이 그가 그녀를 위해 할 수 있는 최선이라고 생각했다.

'미치겠다. 고은아, 너 때문에.'

하지만 처연하게 서 있는 은아의 모습을 본 순간, 다리가 먼저 그녀를 향해 달려가기 시작했다. 머리를 배반한 손이 그녀의 팔을 붙잡아 버렸다. 지금도 머리에서는 손을 놓으라고 외치고 있었지만, 그의 몸은 그 명령을 철저하게 무시하고 있었다.

그렇게 두 사람은 내려가는 엘리베이터에 몸을 실었다. 은아와 준현 외에도 꽤 많은 사람들이 타고 있었기에 두 사람 사이의 거리는 0에 가까웠다. 자칫하면 숨결이 닿을 수도 있는 거리. 은아는 혹시나 그녀의 날숨이 그에게 닿을까 봐 호흡조차 조심스럽게 내뱉었다. 그 때문에 숨이 가빠진 은아가 고개를 모로 돌려 숨을 길게 뱉어 내다가 눈을 살짝 들어 보았다.

가장 먼저 보인 것은 날렵한 선을 그리고 있는 그의 턱 선이었다. 그 아래로 남성다운 굴곡을 보이고 있는 목젖도 눈에 띄었다. 은아가 저도 모르게 마른침을 꿀꺽 삼켰다. 그런데 그와 동시에 준현의 목젖도 살짝 요동치는 것이 보였다.

"잠시만 좀 내리겠습니다."

왠지 모를 묘한 긴장감을 유지하고 있는데, 누군가 엘리베이터에서 빠져나가느라 두 사람 사이의 거리가 더욱 가까워졌다. 사람들에게 밀려 완전히 밀착된 탓에 그의 단단한 몸의 감촉이 여실히 느껴졌다. 그에 은아가 눈을 질끈 감았다. 두근두근. 시야가 차단되고 나니 귀가 더 예민해져서 누구 것인지 모를 심장 소리가 들려오는 것 같았다.

"아이고, 이걸 어째. 사람이 엄청 많네."

그때 어느 객실 층에서 엘리베이터가 또 한 번 멈추었다. 열린 문 앞에는 나이가 지긋하신 할머니와 중년 여인이 있었는데, 엘리베이터가 만원이었기에 그들이 탈 수가 없었다.

"일단 우리가 내리죠."

준현이 은아의 귓가에 속삭이자, 은아도 고개를 끄덕였다. 두 사람은 사람들 사이를 헤쳐 나와 자리를 양보했다.

"먼저 내려가세요."

"어유, 고마워요."

두 사람 대신 할머니와 중년 여인을 태운 엘리베이터마저 내려가 버리자, 객실 층에는 은아와 준현만이 남게 되었다. 누구 하나 말을 꺼내는 사람이 없었기에 텅 빈 복도에는 침묵만이 자리 잡고 있었다. 무거운 침묵을 견디지 못한 은아가 무슨 말이라도 할까 싶어 입을 열려고 했다. 그런데 그녀의 손에 들린 휴대폰이 진동을 울리기 시작했다.

"어, 가영아."

온 정신을 준현에게 집중하느라, 가영을 까맣게 잊고 있었다. 은아가 미안함이 가득 담긴 목소리로 친구의 이름을 불렀다.

"나 지금 잠깐 좀 내려왔어. 응, 아니, 누굴 잠깐 만나서……."

은아가 몸을 살짝 돌려서 가영과 통화를 계속했다. 그녀는 몸을 돌린 탓에 준현의 표정이 잔뜩 굳은 것을 보지 못했다. 은아의 입에서 흘러나온 가영의 이름에 준현은 그제야 정신이 번쩍 드는 것 같았다.

'이가영 변호사…….'

그는 은아가 사라진 직후, 그녀를 찾기 위해 가영을 찾아간 적이 있었다.

"은아, 만나면 도대체 어떻게 할 건데요?"

은아의 행방을 찾는 준현에게 가영이 차갑게 내뱉은 말이었다. 지금 만난다 해서 당신이 뭘 할 수 있냐고. 둘이 만나 봤자 더 괴로울 뿐이지 않겠냐고. 차갑게 뱉어진 그 말이 준현의 폐부를 깊게 찔러 왔다. 그럼에도 그는 아무런 대답도 하지 못했다. 그녀의 말대로 그때의 그가 할 수 있는 건 없었으니까. 게다가 가영이 한 말은 그뿐만이 아니었다.

"3년 전에 마약 사건을 일으켰던 제약 회사가 성일 기업이랑 관계가 있을지도 모른다는 정보가 있던데……. 검사님도 알고 있었군요."

이후 준현의 설명을 들은 가영은 기나긴 한숨을 쉬며 그에게 말했다.

"은아한테 다가갈 생각하지 마요. 사랑하는 남자의 아버지가 모든 사건의 진범이었고, 자기 오빠를 그렇게 만든 사람이었다니. 너무 가혹하잖아요. 그런 걸 은아한테 겪게 할 생각은 아니죠?"

준현이 그때의 기억을 떠올리며 어금니를 꽉 깨물었다. 도대체 지금 그가 무슨 짓을 저지르고 있었던 걸까. 자칫 잘못하면 은아에게 더 큰 상처를 줄 수도 있는 건데. 어떻게 그 사실을 간과하고, 이런 짓을 저지를 수 있었던 걸까.

"친구한테는 잠깐 일이 생겼다고 말해 뒀어요. 그런데 지금 어디 가는 길이에요?"

통화를 끝낸 은아가 다시 준현을 향해 돌아서며 물었다. 준현은 은아를 바라보지 않고 정면을 쳐다보며 대답했다.

"아무 데도 안 갑니다. 이만 친구한테 돌아가요."

갑자기 돌변한 그의 태도에 은아가 미간을 좁히며 되물었다.

"네?"

그에 준현이 은아를 향해 돌아보며 차갑게 다시 말했다.

"돌아가라고 했습니다."

은아가 기가 찬 듯 헛웃음을 터트렸다.

"지금 이 상황, 내가 어떻게 받아들여야 하는 거예요?"

정말 끝이라고 생각했다. 정말 끝이라고 생각하고 있었는데, 그가 다가와 그녀의 팔을 잡아끌었다. 뜬금없는 그의 행동에 어리둥절하긴 했지만, 설레는 감정이 더욱 크게 다가왔기에 아무 말 없이 그의 뒤를 따랐다. 그런데 뭐? 이제 와서 돌아가 보라고?

"검사님 지금 이러는 거, 제가 어떻게 받아들여야 하냐고요."

반복된 은아의 질문에 준현이 말없이 한숨을 쉬었다. 하지만 은아는 납득할 만한 대답을 듣기 전까진 물러날 생각이 없는 듯했다.

'안아 주고 싶었습니다. 더 이상 은아 씨가 울지 않도록. 다른 누구도 아닌 내가 안아 주고 싶었습니다.'

차마 은아에게는 하지 못할 말. 준현은 그 말을 마음속 깊이 묻어 두고 진심과는 다른 차디찬 말을 내뱉어 갔다.

"확인, 해 보고 싶었습니다."

"뭘요?"

준현이 은아의 손을 잡아 들었다. 그의 커다란 손이 그녀의 작은 손을 감아쥐었다. 서로의 손끝에 녹아드는 그리운 감촉에 마음이 저려 왔지만, 두 사람은 얼굴에 티를 내지 않았다.

"이 손을 잡으면 여전히 떨릴지, 아니면 아무렇지 않을지. 확인해 보고 싶었습니다."

"……그래서, 확인은 다 했어요?"

"다 했으니까 가 보라고 했겠죠. 이렇게 잡고 있어도 별다른 감흥이 없네요."

그가 은아를 잡고 있던 손을 놓았다. 은아의 손이 힘없이 아래로 툭, 떨어져 내렸다.

"나도 확인해 봐도 돼요?"

은아가 그렇게 말하고는 준현의 가슴에 손을 뻗었다. 2년 전, 그가 그녀와 함께 있어도 너무 아무렇지 않아 보인다고 은아가 불평하자, 준현이 그녀의 손바닥을 자신의 가슴에 올려 그의 심장이 거세게 뛰고 있는 것을 확인시켜 준 적이 있었다.

그는 거세게 뛰는 심장을 가슴에 품고 있으면서도 아무렇지 않은 척할 수 있는 사람이었다. 은아는 그때의 기억을 떠올리며 그의 표정이 아닌 그의 심장을 확인해 보려고 했다. 아무리 그라도 심장까지 마음대로 조절할 수는 없을 테니까.

하지만 은아의 손은 그에게 닿기도 전에 그의 손에 의해 저지당해야 했다. 준현이 그에게 향하던 그녀의 손을 꽉 움켜쥐었다. 그리고 그녀를 서서히 벽 쪽으로 몰아붙였다.

"그렇게 확인해 보고 싶으면, 제대로 한번 확인해 볼래요? 여긴 그러기 위한 방도 많은 것 같은데."

어느새 벽과 준현 사이에 가두어진 은아가 흔들리는 눈빛으로 그를 올려다보았다.

"지금 이게, 무슨 짓이에요?"

"아니면, 지금 여기서 확인해 봐도 되고."

준현이 팔 하나를 벽에 기대고, 서서히 은아에게로 고개를 숙였다. 그에 얼굴을 빳빳이 들고 있던 은아가 고개를 모로 돌렸다. 준현은 그런 은아의 턱을 살짝 잡고, 다시 그를 보도록 원위치시켰다.

'당신이 도망가요.'

방금 전, 엘리베이터에서처럼 좁은 공간에 많은 사람이 있는 것도 아닌데 두 사람은 그때처럼 딱 맞붙어 있었다.

'나도 모르게 붙잡아 버리기 전에 당신이 나한테서 멀어져요.'

준현의 엄지손가락이 은아의 입술을 살짝 쓸었다. 그의 손길에 은아의 입술이 파르르 떨렸다. 그 가느다란 떨림은 그의 손가락 끝에 그대로 전해졌다. 그의 눈빛에, 행동에 은아가 상처받고 있는 모습이 고스란히 보였다. 하지만 준현은 거기서 멈추지 않고 지독한 말을 계속 이어 갔다.

"혹시 또 알아요? 한번 자 보면 그때 그 감정이 다시 살아날지."

준현은 은아를 밀어내기 위해 그녀의 마음에 작은 생채기를 내었다. 그리고 그가 낸 작은 생채기는 크나큰 칼날이 되어 돌아와 그의 마음을 베어 냈다.

"……갑자기 이러는 이유가 뭐예요? 준현 씨, 이런 사람 아니잖아요."

혼란스러움에 이리저리 흔들리던 눈동자가 다시 준현에게 향했다. 지금의 상황을 제대로 이해할 순 없었지만, 단 하나 확실한 건 그녀가 아는 준현은 이런 짓을 할 사람이 아니라는 거였다.

"글쎄, 과연 아닐까요?"

준현이 은아의 턱을 살짝 더 들어 올렸다. 그리고 그도 더 아래로 내려갔다. 두 사람의 입술이 닿을 듯 말 듯한 거리에 놓였다. 서로의 숨결이 느껴질 정도로 가까운 거리. 그 아슬아슬한 거리를 유지한 채 두 사람은 오롯이 서로를 바라보고 있었다.

"그만해요. 안 어울리니까."

먼저 고개를 돌린 건 은아였다. 은아는 준현의 강렬한 시선을 피해 다른 곳을 바라보며 말했다. 그만하라고. 이러는 거 당신과 어울리지 않는다고. 애써 담담한 척하며 말을 꺼내 보았다.

"이렇게 만든 사람이 누군데."

그에 준현이 양손으로 은아의 어깨를 강하게 움켜쥐었다. 양어깨에서 시작된 아픔에 은아가 미간을 좁혔다. 하지만 그가 움켜쥔 어깨보다 더 아프게 다가오는 건 그의 입에서 흘러나온 비난 섞인 말이었다.

"갑자기 사라져서 사람 마음 멋대로 휘젓더니, 이제 와서 돌아온 이유가 뭐야. 당신, 사람 가지고 노는 게 재미있어?"

"그건……. 내가 그때 그렇게 떠난 건…….."

"이유가 뭐든, 결국 떠난 건 고은아 씨 아닌가?"

준현의 물음에 은아는 아무 대답도 할 수 없었다. 그래, 이유야 어찌 됐든 그를 떠난다는 선택을 한 것은 그녀였다. 분명 다른 선택지가 있었음에도 불구하고 그를 버린 것은 고은아, 그녀 자신이었다.

"언제까지 옆에 있을 것처럼 해 놓고 갑자기 사라져 버리는 거, 어떤 기분인지 당신도 느끼게 해 주고 싶었는데. 그냥 다 귀찮아졌어."

준현이 은아를 붙잡고 있던 손을 놓고, 그녀에게서 물러났다.

"그러니까 이만 가 봐. 아니, 이만 가 보세요, 고은아 씨."

그는 은아가 더 이상 다가올 수 없도록 두 사람 사이에 커다란 벽을 세워 놓았다. 혹시나 그에게 다가와 그의 마음을 눈치채는 일이 없도록, 그래서 더 불행해지는 일이 없도록 절대 넘을 수 없는 벽을 세워 버렸다.

거대한 벽을 부술 길이 없었던 은아는 입술을 사리물고 그에게서 멀어지는 수밖에 없었다. 그녀는 아무 말 없이 준현을 지나쳐 엘리베이터 쪽으로 걸어갔다. 내려가는 버튼을 누르자, 얼마 후에 엘리베이터가 도착했다. 은아는 엘리베이터에 올라타기 전에 준현을 한 번 돌아보았다. 그는 방금 전 자세 그대로 그녀에게 등을 보이고 있었다. 엘리베이터가 도착한 소리가 들렸을 텐데도 한 번 돌아보는 법이 없었다.

그렇게 엘리베이터 문이 닫히고, 사람들을 태운 사각형의 상자는 다시 아래로 내려가기 시작했다.

"하아……."

준현은 그제야 깊은 한숨을 쉬었다. 짧은 순간에 완전히 지쳐 버린 그가 돌아서서 벽에 등을 기댔다. 그런데 한숨을 돌리는 것도 잠깐, 눈앞에 보인 은아의 모습에 다시 자세를 바로 세워야 했다.

"마지막으로, 꼭 하고 싶은 말이 있어요."

엘리베이터에 올라타지 않은 은아가 나지막한 목소리로 '마지막'을 입에 담았다. 그를 다시 만나게 된다면 꼭 하고 싶은 말이 있었다. 생각했던 것보다 남아 있던 감정이 너무 커서 지금까지 하지 못했지만, 마지막으로 꼭 전하고 싶은 말이 있었다.

"정말 고마웠어요. 준현 씨 덕분에 행복했고, 그 추억 덕분에 살아갈 수 있었어요. 그래서 좋은 사람들도 만나게 됐고, 지금의 내가 있어요."

고마웠다고, 당신 덕에 지금의 내가 있다고. 어여쁜 미소를 지으며 마지막 인사를 전하고 싶었다.

"정말 고마워요."

그렇게 준현과 은아는 2년 전에 하지 못한 관계의 끝맺음을 지금에서야 마무리 지었다. 안녕이라는 말 대신 고맙다는 말을 전하며 이별을 고했다.

"풋."

로열 호텔, 여자 화장실. 한 여자가 세면대에서 손을 씻으며 웃음을 터트렸다. 심지어 그녀는 핸드 타월로 손을 닦으며 콧노래까지 부르고 있었다.

"정신적으로 불안정한 상태라는 소견서입니다. 이 회장님, 괜찮으시겠습니까? 사위 될 사람이 정신적으로 불안정한 사람이라도"

상견례장에서 준현이 한 말이었다. 그는 상담사가 작성한 소견서를 증거로 내보이기도 했다. 준현은 스스로를 망가트림으로써 이 자리를 철저하게 무너트리고 있었다.

"생각했던 것보다 더 재밌게 돌아간단 말이지."

"뭐가 그렇게 재밌게 돌아가는데?"

그때, 화장실 칸 안에 있던 가영이 밖으로 나오며 물었다. 여자는 거울 뒤로 보이는 이복동생의 모습에 얼굴 가득하던 웃음을 싹 없애 버렸다.

"뭐야, 너 아직 안 갔어?"

가영의 이복언니인 세영은 전체적으로 화려한 분위기에 강한 인상을 지니고 있었는데, 말하는 어투, 쳐다보는 눈빛 하나까지 시비를 거는 것 같은 느낌을 주는 사람이었다.

"그 머리는 또 뭐고. 그새 염색이라도 한 거야?"

세영은 원래 화려한 금발 머리를 하고 있었다. 그런데 오늘은 검정색 머리를 단아하게 틀어 올리고 있는 게 아닌가.

"아, 이거?"

세영이 머리 사이사이에 고정된 핀을 빼더니 가발을 벗었다. 검정색 가발 아래로 숨겨져 있던 금발 머리가 제 모습을 드러냈다. 세영이 머리카락을 정리하고 있는 사이에 가영도 손을 씻고 세영의 옆에 섰다.

"그런데 뭐가 그렇게 재미있었는데?"

"재미는 무슨."

"내 말 아직 안 끝났어."

세영은 이어지는 동생의 물음을 깡그리 무시하고 화장실 밖으로 나가려 했다. 가영이 그런 언니를 붙잡았다.

"오늘 이거, 네 짓이지."

가영의 단정 어린 말에 세영이 한쪽 입꼬리를 길게 올렸다.

"너, 분명 나한테는 재신 그룹 사람이랑 맞선 본다고 했어."

"아? 내가 그랬던가?"

"이런 자리 혼자 나오기 뭣하면 친구라도 부르지 그러냐고 한 것도 너였고."

"으흠?"

"애초에 네가 이런 데 나온다고 한 것부터가 이상하다 싶었어. 이세영, 너. 일부러 김준현 검사랑 상견례 자리 만든 거지?"

"글쎄."

가영은 진지하게 대화를 하고 싶었지만, 상대방은 도무지 그럴 기미를 보이지 않았다. 세영은 계속해서 장난스러운 반응을 할 뿐, 제대로 된 대답은 하지 않고 있었다.

"한성 선배 때문이야?"

그에 가영은 결국 마지막 카드를 꺼내 들었다. 최한성. 세영의 앞에서는 꺼내선 안 될 금기시된 이름이었다. 역시나. 여유로워 보이던 세영이 한껏 얼굴을 굳혔다.

"입 안 닫아?"

"하! 설마설마했는데. 너 아직 최한성 못 잊었어?"

"무슨 개소리하는지 모르겠네. 헛소리는 딴 데 가서 해라."

세영이 가영의 손을 툭 치고, 그녀를 강하게 노려보았다. 한 번만 더 잡으면 가만히 있지 않겠다는 눈빛이었다. 그녀는 경고 조로 가영의 어깨를 툭툭, 두드려 주고는 화장실을 나섰다. 돌아선 그녀의 얼굴에 다시 비릿한 미소가 자리 잡았다.

3화. 초대받지 않은 손님

심리치료센터 7층 상담실. 준현은 항상 앉던 자리에 앉아서 어느새 익숙해진 상담실 내부를 둘러보고 있었다. 주변을 보면 그 사람을 알 수 있다고 했던가. 하지만 아무리 주위를 둘러보아도 이 상담실 주인이 어떤 사람인지 파악하는 건 쉬운 일이 아니었다.

"새삼스럽게 뭘 그렇게 봐요? 뭐 신경 쓰이는 거 있어요?"

다만 확실한 건, 그의 앞에 앉아 있는 정다은이라는 상담사는 사람을 제법 편안하게 해 주는 사람이라는 것이었다.

"아무것도 아닙니다."

은아가 떠나고 난 뒤, 준현은 잠도 제대로 자지 않고 일에 몰두하곤 했다. 심지어 먹는 것도 제대로 챙겨 먹질 않았으니 몸에 이상 신호가 오는 것은 불 보듯 뻔했다.

준현의 어머니는 잘 웃던 아들이 제대로 웃는 법이라곤 없고, 일하는 중에 쓰러지는 것을 몇 번씩이나 반복하곤 하니 걱정이 이만저만이 아니었다. 괜찮다고 하는 아들을 끌고 여러 병원을 다녀 보았지만 확실한 해결책을 찾지는 못했다. 준현이 그렇게 변한 이유는 몸의 이상이 아닌 마음의 이상이었으니, 찾을 수 있을 리가 없었다.

결국 준현의 어머니가 내린 마지막 특단의 조치가 심리치료센터를 찾는 것이었다. 그녀는 갱년기 당시 우울증으로 고생할 때 다은과 상담하면서 상태가 호전된 경험이 있었기에 상담이라는 것에 대해 그리 부정적인 편견을 갖고 있지 않았다. 그랬기에 아들에게도 심리치료센터에 다닐 것을 권한 거였다.

"아무개 씨, 오늘도 그렇게 아무 말도 안 할 거예요?"

다만, 다른 사람들의 시선은 그렇지 않다는 걸 알기에 준현이 상담을 받고 있다는 사실은 철저하게 비밀에 부쳐지고 있었다. 센터에조차 그의 실명을 공개하지 않았기에 이곳에서 준현은 '아무개' 씨로 통했다.

"저번에는 소견서 위조해 달라고 해서 사람 곤란하게 하더니, 오늘은 또 침묵 공격입니까."

다은이 일부러 준현의 흉내를 내며 분위기를 풀어 보려고 했다. 이렇게 하면 그가 피식이라도 웃지 않을까, 하는 희망을 갖고 있었는데 준현의 얼굴에는 어떠한 표정 변화도 없었다.

"저번에는 곤란한 부탁을 해서 죄송했습니다."

"아뇨. 뭐, 딱히 위조를 한 건 아니었으니까."

지난번 상담할 때 준현이 자신의 상태가 정신적으로 불안정한 상태라는 소견서를 써 달라는 부탁을 해 왔다. 하지만 그렇게 할 수는 없는 노릇이었다. 준현은 정신적으로 불안정한 상태가 아니었으니까.

결과적으로 상견례장에서 준현이 내밀었던 소견서에는 '다소 스트레스가 많은 것으로 보이나 크게 문제는 없음.'이라는 내용이 적혀 있었다. 그곳에 있던 사람들은 준현의 말만 듣고 소견서를 제대로 확인하지 않았으니 그러한 글귀를 보진 못했겠지만 말이다.

"그래도 덕분에 꽤 도움이 됐습니다."

"도움이 됐다니 다행이네요."

다은이 기분 좋은 듯 살짝 웃어 보였다. 준현이 미소 짓는 그녀를 보다가 그녀의 짧은 머리카락으로 시선을 돌렸다. 어쩐지 누군가의 그리운 모습을 생각나게 하는 머리 모양이었다.

"정말 고마워요."

그런 생각이 듦과 동시에 준현의 머릿속에 은아가 마지막 인사를 하던 모습이 떠올라 버렸다. 그의 눈동자에 박힌 그때의 그 장면은 시간이 지나도 문득문득 떠올라 그의 마음을 아프게 만들었다.

특히 은아가 마지막으로 지어 보인 그 미소는 끊임없이 잔상으로 남아 그의 머릿속을 배회하고 있었다. 그때 당시에도 그도 모르게 손을 뻗어 버릴 뻔할 정도였는데, 은아가 지어 보인 미소의 파급력은 시간이 지나도 그 힘을 발휘했다. 이러다 그녀를 붙잡고 싶다는 마음이 넘치고, 흘러넘쳐서 은아에게 달려가 버리는 게 아닐까, 하는 걱정이 될 정도였다.

"선생님은 하면 안 되는 일이 너무 하고 싶어지면……. 그땐 어떻게 하겠습니까?"

준현이 혼자 생각에 잠긴 것 같아 잠시 기다리고 있던 다은이 뜻밖에 들려온 그의 질문에 살짝 놀란 표정을 지었다. 그러는 것도 잠깐, 준현의 질문에 최선의 대답을 주기 위해 머리를 굴리기 시작했다.

"음……. 글쎄요. 전 하면 안 된다고 하면 더 불타오르는 성격이라 무작정 저지르고 보는 편이에요."

고민을 거듭한 것에 비해서는 아주 간단하고 명료한 대답이었다. 그리고 부럽게 느껴질 정도로 시원스러운 대답이기도 했다.

"어디 빵집 사장님이랑 만나는 것도, 처음 딱 그 사람 봤을 때 가까이하면 안 될 사람이라는 예감이 팍 들었거든요. 그런데 안 된다, 안 된다 하다 보니까 안 될 건 또 뭐냐 싶어서 지금 이렇게 돼 버렸지 뭐예요."

다은이 어깨를 한 번 으쓱했다가 계속 말을 이어 갔다.

"뭘 선택한다는 게 참 어려운 일이죠. 이것도 하고 싶고, 저 것도 하고 싶은데 결국은 뭔가를 포기해야 되는 거니까."

"뭘 고르고 그런 게 아닙니다. 저 같은 경우엔 선택의 여지가 없으니까요."

"아니죠. 하면 안 되는 일을 하지 않는다, 라는 선택을 한 거 잖아요. 다른 누구도 아닌 아무개 씨, 스스로가."

다은의 말에 준현이 입을 다물었다.

"아니지, 아직 완전히 선택한 건 아니려나? 어때요? 지금 어 떤 상황이에요?"

지금까지의 준현은 상담하러 와서도 어떠한 얘기도 하지 않 는 편이었다. 그러다 보니 다은은 자신의 얘기만 줄줄 꺼내는 수밖에 없었고, 그와의 상담에 이렇다 할 성과가 없었다. 그런 데 오늘은 준현과 이런저런 이야기를 나누게 되었다. 그에 조 금 들뜬 다은이 이것저것 물어보기 시작했다.

"아무개 씨는 어떻게 하고 싶은데요? 그 일을 하고 싶은 마음 이랑, 하면 안 되는 일을 하고 싶지 않은 마음이랑 어느 쪽이 더 크죠?"

다은의 질문에 준현이 숨을 훅 들이켰다. 과연 그는 어떻게 하고 싶은 걸까. 하지만 아무리 생각해도 쉬이 답이 나오질 않 았다.

"잘…… 모르겠습니다. 내가 어떻게 하고 싶은지."

"그럴 수 있죠. 그럴 수 있어요. 뭐든지 다 알면 그게 어디 사람인가요?"

다은은 한껏 어두워져 있는 준현을 가만히 바라보았다. 전 내담자였던 준현의 어머니의 말에 의하면 그는 햇살처럼 따스한 미소를 짓던 사람이라고 했다. 그런 그가 어쩌다가 이렇게 차가워졌을까 궁금했는데, 아무래도 그 이유에 조금 다가선 것 같은 기분이 들었다.

"아니면 이렇게 해 보면 어때요? 운에 한번 맡겨 보는 거예요."

운에 맡기다니, 그게 무슨 말인지. 준현은 다은의 설명이 계속 이어지길 기다렸다.

"그런 거 있잖아요. 사다리 타기나 룰렛 같은 거. 선택하기 너무 어려우면 사람들은 운명이라는 것에 맡기기도 하니까."

다은이 검지로 입술을 톡톡, 두드리며 잠깐 생각을 하는가 싶더니 좋은 생각이 떠오른 듯 화색을 지어 보였다.

"음, 이렇게 해요. 우리 둘이 가위바위보를 해서 제가 이기면 그 일을 안 하는 거고, 아무개 씨가 이기면 그 일을 하는 거예요. 어때요?"

준현이 잠시 고민하는 사이에 다은이 기습적으로 팔을 들어 올렸다.

"그럼 시작합니다. 가위, 바위, 보!"

갑작스러운 상황에 준현은 자기도 모르게 주먹을 내보이고 말았다. 그리고 다은이 내민 손을 쳐다보았다. 결과를 확인한 준현의 눈동자가 살짝 흔들리고 있었다.

서부지검 1층 로비. 은아는 가영이 부탁한 증거 기록 복사를 마치고 재빨리 건물을 빠져나가려 하고 있었다. 혹시나 아는 사람, 특히 준현을 마주치기라도 할까 봐 걸음에 박차를 가했다.

"어? 은아 씨?"

하지만 제발 일어나지 않았으면 좋겠다 싶은 일은 꼭 일어나고야 만다.

"거기 은아 씨 맞지?"

은아는 뒤에서 들려오는 윤 계장의 목소리에 걸음을 멈추었다. 하필이면 윤 계장이라니. 그렇다면 준현도 함께 있을 가능성이 높다는 거 아닌가. 은아가 최대한 평정을 가장하고 천천히 뒤를 돌아보았다. 윤 계장의 옆에는 어떤 남자가 같이 있긴 했지만, 다행히 준현은 아니었다.

"우와, 오랜만이에요, 은아 씨."

윤 계장의 옆에 있던 동수가 사람 좋은 웃음을 지으며 은아에게 다가왔다. 그는 2년 전, 그녀와 같은 해에 입사한 동기였다.

"오랜만이에요, 계장님, 동수 씨."

"이야, 이게 웬일이야. 진짜 반갑네."

윤 계장도 만면에 미소를 지으며 다가와 이런저런 이야기를 하기 시작했다. 잘 지냈냐, 더 예뻐진 것 같다, 뭐 하고 지내냐

등등. 오랜만에 만난 사람들의 의례적인 대화가 조금 길게 오고 가고 있었다.

"그런데, 두 분 안 바쁘세요? 제가 너무 시간 뺏는 건 아닌가 싶어서요."

"음? 아니, 아니. 우리 오늘 회식 어디 갈지 얘기하고 있었어."

생각했던 것보다 더욱 길게 이어지는 대화 시간에 은아가 자리를 벗어나기 위해 먼저 운을 뗐다. 하지만 윤 계장은 그것을 무참히 가라앉혀 버렸다.

"요즘 사무실 분위기가 너무 칙칙해서 회식이라도 하면 좀 괜찮을까 싶어서."

"아, 그러셨구나. 그런데 동수 씨도 같은 사무실에서 일하시나 봐요?"

"은아 씨 그렇게 가고부터 계속 같이 일하고 있어. 대검에서 일할 때도 그랬고. 그런데 은아 씨 일하는 사무소에는 회식 같은 거 안 해? 문 연 지 얼마 안 됐다며. 그럼 회식 같은 건 꼭 해야 될 텐데."

윤 계장의 질문에 은아가 어색하게 웃어 보였다. 안 그래도 오늘 저녁, 개업식 뒤풀이를 하기로 계획이 잡혀 있던 참이었다.

"언젠간 하지 않을까요. 그런데 오늘 회식하실 거면 어디로 가시려고요? 이번에도 족발집이에요?"

"음, 아무래도 족발이 제일 무난하긴 하지. 동수 씨, 역시 족발로 할까?"

"전 뭐, 다 좋죠."

족발은 무조건 패스. 은아는 오늘 하루는 족발 골목 근처에도 가지 말아야겠다고 생각하며, 족발집이 괜찮은 것 같다고 맞장구를 쳤다.

"회식의 꽃은 족발이죠. 저번처럼 괜히 다른 데 갔다가 후회하지 마시고, 족발집 가세요."

"역시 그렇지? 아니, 대검으로 갔을 때는 여기까지 오기가 좀 그렇더라고. 그런데도 어찌나 생각이 나던지."

"암요. 한번 맛들면 잊기 쉽지 않죠."

상황을 보아하니, 준현의 사무실 사람들은 회식을 한다 해도 족발 골목으로 갈 예정일 듯하다. 은아는 차라리 이렇게 만난 게 다행이라 생각하며 고개를 끄덕였다. 혹시나 이들도 오늘 회식한다는 사실을 모르고 족발 골목에 갔다가 마주치기라도 했으면 어쩔 뻔했겠는가. 생각만 해도 아찔했다.

"아, 그런데 제가 변호사님 심부름으로 잠깐 나온 거라 빨리 들어가 봐야 할 것 같아요."

"음, 그렇겠네. 빨리 들어가 봐. 시간 날 때 종종 놀러 오고."

"조심히 가세요, 은아 씨."

은아가 아쉬운 기색이 역력한 윤 계장과 여전히 사람 좋은 미소를 짓고 있는 동수를 뒤로한 채 검찰청 밖으로 나가려고 했다. 그런데 윤 계장이 다시 한 번 그녀를 불러 세웠다.

"아, 은아 씨. 혹시 이번에도 청 근처에 집 얻었나?"

"네, 저번에 살던 데가 비어 있더라고요."

"흐음, 요즘 이 근처 원룸촌에서 자잘한 사건, 사고가 꽤 있더라고. 문단속 같은 거 잘 하고, 항상 조심히 다녀."

고작 두 달 조금 넘게 같이 일한 정이 뭐라고. 은아는 그녀를 걱정해 주는 윤 계장의 모습에 가슴이 뭉클해지는 것 같았다.

"계장님……."

은아가 물기 젖은 목소리로 윤 계장을 부르자, 그는 질색을 하며 손사래를 저었다.

"에이, 뭘 또 그렇게 부르고 그래. 요샛말로 오글거린다, 오글거려. 무튼, 수고해."

"네, 계장님도 좋은 하루 보내세요."

윤 계장은 머쓱한 표정을 지으며 동수가 있는 곳으로 돌아갔다. 은아는 빠르게 사라져 가는 그의 뒷모습을 보다가 낮게 웃음을 지었다. 그녀에게 아빠라는 존재가 있었으면 이런 느낌이지 않을까. 무뚝뚝하면서도 은근슬쩍 챙겨 주고, 고맙다는 말이라도 하면 오히려 더 부끄러워하는. 무작정 피하기만 하려고 했던 것이 미안해지는 순간이었다.

은아가 문을 열고 사무소 안으로 들어섰다. 한성은 접견실 안쪽에서 고객과 상담을 하고 있었고, 사무장은 일 때문에 밖에 나간 터라 사무실에는 가영만 남아 있었다. 은아는 가영이 부탁한 서류를 전해 주고, 지친 듯 말했다.

"다음부터는 검찰청에 가야 될 일 있으면 제발 한 번에 몰아서 좀 줘라."

오늘만 해도 몇 번째 다녀오는 건지. 필요한 서류를 한꺼번에 찾지 않고, 정말 필요할 때에만 그때그때 찾는 가영이었기에 은아가 몇 번이나 왔다 갔다 했는지 모른다.

"나도 그러고 싶은데 서류 보다 보면 필요한 게 자꾸 생기는데 어쩌나, 친구."

"하긴, 이게 내 일인데 어쩌겠냐. 아니면 안경이라도 좀 쓸까? 인상이 달라지면 좀 덜 마주칠 것 같기도 하고."

은아는 바로 방금 전에 피하기만 해서 죄송하다는 생각을 했으면서도, 또다시 피할 궁리부터 하고 있었다.

"글쎄다. 별 소용없을 것 같은데. 아니, 제대로 끝냈다면서. 아직 그렇게 얼굴 보기가 불편해?"

당최 이해를 할 수가 없다는 가영의 말에 은아가 입술을 깨물었다. 둘이 하는 연애는 제대로 끝냈지. 지리한 짝사랑이 새로 시작해서 문제라 그렇지.

"아직은 좀 불편하지."

"하여간 오래도 간다. 뭐가 그리 애달프기만 한지. 지금 이러는 거 너랑 엄청 안 어울리거든. 아닌 건 아닌 거다. 딱 잘라 끝내. 그 인간은 너 볼 때 찬바람이 쌩쌩 불던데. 넌 왜 그 모양이야."

"그러게. 웬 청승인지 모르겠다. 그냥 이런저런 생각이 다 들더라. 그럴 사람이 아닌데, 뭔가 사정이 있는 게 아닐까. 나한테

말 못 할 뭔가가 있는 게 아닐까."

은아가 허공을 멀거니 쳐다보며 말하는 모습에 가영이 뜨끔한 표정을 지었다. 이렇게까지 못 잊을 줄이야. 그때 괜히 오지랖 부린 걸까, 하는 생각도 들었다. 하지만 그런 생각이 드는 것도 잠깐, 가영은 고개를 흔들어 괜한 상념을 날려 버렸다.

"사정은 무슨, 욕정이겠지. 이미 끝난 관계에서 남는 건 의미 없는 욕정뿐이라잖아. 너 혹시라도 전 남친한테서 '자니.' 하고 연락 오면 절대 답장할 생각하지 마라."

가영은 일부러 농담 섞인 말을 해 가며 분위기를 바꿔 보려 했다. 그리고 들고 있던 서류를 내려놓고 의자 등받이 뒤로 몸을 길게 뻗었다.

"으아, 날씨는 또 왜 이렇게 좋냐. 일하기 싫어지게."

창문 안으로 들어오는 햇살은 마냥 따뜻하기만 했다. 가영은 창틀 사이로 들어오는 빛줄기에 손을 뻗어 보았다.

"완전히 봄이네."

"사무실 안이라서 그래. 막상 밖에 나가면 아직 조금 춥더라."

"그래? 보기엔 엄청 따뜻할 것 같은데. 아, 그리고 오늘 뒤풀이하기로 한 거 말이야. 족발로 할까? 이 근처에 족발 골목 유명한 데 있다며."

"아니, 절대. 족발 별로야. 그냥 삼겹살이나 먹으러 가자."

"뭐야, 언제는 괜찮다더니."

은아와 가영이 회식 메뉴를 정하려고 하고 있는데, 누군가가 사무실 문을 톡톡, 하고 두드리는 소리가 들려왔다. 두 사람의 시선이 소리가 들리는 쪽으로 향했다.

"오랜만이네, 동생."

사무실 문 앞에는 엄청 화려해 보이는 여자가 한 명 서 있었다. 특히 길게 늘어트린 금발 머리는 지나가는 길에 마주쳐도 한 번쯤 돌아볼 정도였다.

"동생은 무슨."

은아가 여자의 화려함에 감탄을 하고 있는데, 옆에서 가영이 낮게 중얼거렸다.

"야, 가까이 다가가지 마. 물어."

"뭐?"

"아니, 그 정도로 위험하다고."

"아는 사람이야?"

"우리 언니."

가영의 언니라는 말에 은아가 잠깐 멈칫했다. 은아에게 있어서 세영은 가영의 언니이기도 하지만 준현과 맞선을 본 상대이기도 했으니까. 그녀를 어떻게 대해야 할지 감이 안 잡혔다. 그런 은아의 걱정을 물리쳐 주듯, 가영이 일어나서 세영에게 다가갔다.

"여긴 또 왜 왔어?"

"글쎄다. 그런데 이 사무실에는 변호사가 이런 일까지 도맡아 하나 봐? 원래 손님맞이하는 일은 사무가 해야 되는 거 아닌가?"

세영은 바로 앞에 있는 가영을 지나 은아를 똑바로 쳐다보았다. 그에 정신이 퍼뜩 든 은아가 세영에게 다가갔다. 가영이 뭐라 말하려는데, 은아가 그런 가영을 말리고 인사말을 내뱉었다.

"어서 오세요. 예약은 하고 오셨어요?"

"예약하고 왔으면, 너희가 나 보고 놀라는 일도 없지 않았겠어?"

세영은 처음부터 반말에, 공격적인 어투까지 서슴지 않고 퍼붓고 있었다. 그에 은아가 잠깐 숨을 훅 들이켰다가 다시 웃어 보였다.

"그렇겠네요. 그럼 지금 바로 예약하시겠어요? 이가영 변호사님이랑은 지금도 상담 가능하……."

"최한성 변호사랑 하고 싶은데."

"최한성 변호사님은 지금 상담 중이시고, 다음 예약도 잡혀 있어서 지금 바로는 곤란할 것 같은데, 다른 날로 잡아 드릴까요?"

"됐어. 그럴 필요 없어. 다음 예약이 나니까."

"네?"

"거기 최아름으로 예약한 거, 그거 내가 한 거라고. 왜 이렇게 말귀를 못 알아들어."

그럼 처음부터 '최아름'이라는 이름으로 예약하고 왔다고 말했으면 될 텐데. 은아는 그녀를 괴롭히려는 기색이 역력한 세영의 모습에 속으로 당황해야 했다. 그러고 보니 처음부터 은아를 바라보는 세영의 눈빛이 심상치가 않았다.

"이가영, 여기 사무 바꿔야 하는 거 아냐? 말이 이렇게 안 통해서야, 원."

세영은 시종일관 은아에게 적의를 드러내고 있었다. 하지만 은아도 이유를 알 수 없는 적의에 당하고만 있진 않았다.

"처음부터 그렇게 말씀하시지 그러셨어요. 그럼 저도 바로 안내해 드렸을 텐데."

"뭐?"

"예약 시간보다 일찍 오셨네요. 저쪽 소파에서 잠시 기다려 주시면 감사드리겠습니다. 그리고 음료는 어떤 걸로 드릴까요?"

"하, 참. 야, 너 지금 뭐라고 했어?"

"음료는 어떤 걸로 드릴까요, 라고 말했습니다만."

은아의 대답에 세영은 잠시 어안이 벙벙해졌고, 옆에 있던 가영은 풉, 하고 웃음이 터졌다.

"아니, 그거 말고 그전에!"

세영이 잠깐 멍하니 있다가 다시 전의를 가다듬고는 은아에게 달려들려고 했다. 그런데 그때 안쪽 접견실 문이 열리며 안에 있던 한성과 고객이 나오는 소리가 들렸다.

"그럼, 최 변호사님만 믿겠습니다."

"너무 걱정하지 마시고, 저만 믿으세요. 은아 씨, 여기 이 서류 좀 정리해서 김종대 씨한테……."

한성은 고객에게 줄 서류 정리를 부탁하려고 은아 쪽으로 고개를 돌렸다. 그런 그의 눈에 세 여자가 서 있는 것이 보였다.

은아와 가영, 그리고 이세영까지. 한성의 얼굴에 어둠이 살포시 내려앉았다.

"……드려."

한성이 쥐어짜 내듯 하던 말을 마치자, 은아가 한성에게 다가가 그가 들고 있던 서류를 받아 왔다. 그리고 봉투에 깔끔하게 넣고는 고객에게 전달했다. 은아가 그렇게 움직이는 동안 한성과 세영은 아무런 움직임이 없었고, 가영은 지겹다는 얼굴을 하며 책상으로 돌아가 앉았다.

"변호사님?"

"아, 그럼 조심히 가세요. 다른 재판 있기 전에 또 한 번 뵙겠습니다."

은아의 부름에 정신을 차린 한성이 고객을 배웅하고 은아에게 고개를 돌렸다. 철저하게 세영을 무시한 행동이었다. 그는 마치 이 자리에 세영이 존재하지 않는 것처럼 행동하고 있었다.

"다음 예약 말이야. 최아름 씨. 언제쯤 도착……."

"그거 나야."

하지만 세영이 한성의 말을 중간에 끊고 끼어들어 왔다.

"내가 최아름이라는 이름으로 예약했어. 이제부터 당신, 나랑 상담해야 된다는 말이야."

한성이 세영 쪽으로는 고개도 돌리지 않고 은아를 쳐다보았다. 그는 눈빛으로 저 말이 사실이냐고 묻고 있었다.

"아무래도 그런 것 같은데요."

한성이 왜 이런 반응을 보이는지 알 리가 없는 은아는 덤덤하게 고개를 끄덕였다. 그에 한성이 깊은 한숨을 쉬며 접견실 안으로 들어갔다. 세영도 그런 그의 뒤를 따라 안으로 들어섰다.

"저 두 사람 뭔가 있는 거지?"

꽁꽁 닫힌 문을 무심하게 바라보던 은아가 가영에게 슬쩍 물었다. 은아의 질문에 가영이 잠시 입을 꾹 다물었다. 그녀는 어, 음, 하고 뜸을 들이다가 말을 꺼내기 시작했다.

"뭐, 어차피 지난 일이니까. 저 두 사람, 결혼하려다가 잘 안됐어."

생각지도 못한 이야기에 은아는 잠시 멍하니 가영이 하는 말을 듣고만 있었다.

"우리 큰어머니가 욕심이 좀 과하시잖아. 선배 집안이 눈에 안 찬 거지. 아마 모르긴 해도 엄청 괴롭혔을걸? 나도 당해 봐서 아는데. 그 인간이 그런 인간이에요."

"야, 잠깐만. 나 지금 너무 충격적인 얘기를 들은 것 같아서……. 그러니까 너랑 선배가 형부랑 처제 사이가 됐을지도 모른다는 거잖아."

"뭐, 팩트만 보면 그렇지."

경악에 물든 은아와 달리 가영은 너무도 평온하게 고개를 끄덕이고 있었다. 은아가 아무 말도 않고 입만 떡 벌리고 있자, 그녀는 아까 전까지 보고 있던 서류를 집어 들었다.

"도대체 어떻게 된 신경이면 그런 사인데 지금 한 사무실에서 일할 수 있는 거야?"

"그거야 언니 남자 친구, 여자 친구 동생, 이런 걸로 만난 것보다는 선후배로 같이 있은 시간이 더 많으니까. 이세영이 자기 남자 친구라고 나한테 소개해 주고 그럴 사람은 아니거든."

"아무리 그래도 이건 좀……."

차라리 듣지 않는 게 나을 뻔했다. 모르는 게 약이라더니. 그 말을 이렇게까지 실감하게 될 줄이야.

"됐어. 그냥 너는 모른 척하고 있어. 이미 다 지난 일이기도 하고."

"야, 그러면 애초에 말을 안 했으면 더 좋았을 거 아냐."

"네가 먼저 물었잖아."

"그러게. 내가 내 무덤을 팠네."

은아가 고개를 절레절레 저으며 접견실을 다시금 바라보았다. 문이 닫혀 있어서 보일 리가 없는 저 안에서 도대체 어떤 대화가 오고 가고 있는 걸까. 그녀로서는 상상도 되지 않았다.

법률 사무소 '가은'의 개업식 뒤풀이는 은아의 강렬한 추천에 따라 고깃집에서 이루어지고 있었다. 네 사람은 가게 한편에 마련된 좌식 테이블에 둘러앉아 두런두런 이야기를 나누며 회포를 풀었다. 일 끝내고 난 뒤에 마시는 술은 쓰기보다는 달았고, 진상 고객 뒷말을 안주로 곁들이기까지 하니 그야말로 금상첨화였다.

"뭐 해? 빨리 안 먹고."

은아가 젓가락을 내려놓고 있자, 맞은편에 앉아 있던 한성이 그녀의 접시에 고기를 넣어 주며 말했다. 결혼할 뻔했던 여자의 기습 방문이 있었음에도 불구하고 한성은 평소와 별다른 차이가 없었다. 세영도 호기롭게 등장한 것치고는 너무 아무 일도 없이 물러난 참이었다.

"열심히 먹고 있거든요?"

"네 옆에 이가영 좀 봐라. 쌈 하나에 고기 두 개씩 넣어 먹는 저 패기. 저 정도는 먹어야 열심히 먹는 거지."

한성의 말에 가영이 입 안에 쌈을 가득 넣은 채로 뭐라 투덜거렸다. 소리가 분명하진 않았지만 왜 가만히 있는 사람을 건드리냐, 는 식의 말이었다.

"하하하. 지금껏 공부만 하다가 막상 일하려니까 걱정이었는데, 첫 직장이 이렇게 좋은 곳이라 다행입니다."

서일환 사무장이 호탕하게 웃으며 소주병을 들었다. 그는 꽤 늦은 시기까지 사법 고시 공부를 하다가 결국 단념을 하고 이 사무소에서 함께 일하게 된 터였다.

"저야말로 사무장님과 일하게 돼서 정말 다행입니다."

한성이 사무장이 내민 술을 받아 들며 말했다. 은아와 가영도 일환이 주는 술을 받고, 네 사람은 다시 한 번 잔을 부딪쳤다.

"우리 변호사 사무실을 위하여!"

그렇게 네 사람은 조금은 낯부끄러운 구호까지 외쳐 가며 서로간의 결속을 다지고 있었다. 고기 한 접시를 금세 비우고, 초록빛의 술병도 빠르게 비워 갔다. 술자리가 이어질수록 불판의 열기와 함께 분위기도 무르익어 가는 듯했다. 하지만 이들의 화기애애한 분위기는 그리 오래가지 않았다.

"이야, 은아 씨? 여기서 또 보네."

은아는 갑자기 등 뒤에서 들려오는 목소리에 몸을 잔뜩 굳혔다. 아니나 다를까, 맞은편에 앉아 있는 한성도 얼굴이 흙빛이 되어 있었다.

"아, 계장님……."

은아가 고개를 돌린 곳에는 윤 계장, 동수, 그리고 준현이 서 있었다. 거기에다가 왜 이들과 함께 있는지는 모르겠지만 세영도 그곳에 함께 있었다.

"오늘 족발 드시러 가는 거 아니었어요?"

준현의 사무실 사람들은 퇴근 후 족발 골목으로 가려는데 세영을 만나 여기까지 오게 되었다. 준현은 세영과 함께할 이유가 없다고 말했음에도 불구하고, 그녀는 막무가내였다.

"맞선 보고 너무 마음에 들어서 여기까지 찾아왔는데 이렇게 무안하게 하기 있어요?"

세영의 이 말은 준현에게는 별 소용이 없었지만, 윤 계장에게는 엄청난 효과를 발휘했다. 결국 윤 계장까지 지원 사격에 나섰고, 그 결과 이렇게 네 사람이 함께하게 된 것이다.

"그러려고 했지. 그런데 여기 우리 검사님이랑 맞선…… 아,

이세영 씨가 잘 아는 고깃집이 있다고 해서 여기 왔는데."

윤 계장은 별생각 없이 여기까지 오게 된 경위를 말하려다 문득 준현과 은아의 사이를 떠올리고 급하게 말을 돌렸다.

"그럼 은아 씨도 회식 잘 하고, 우린 가게 안쪽 말고 홀 바깥으로 가 볼까요?"

평소에 시끌벅적한 술자리도 좋아했던 윤 계장이었다. 원래의 그였으면 모르는 사람이 있어도 합석하자고 너스레를 떨었을 것이다. 그런 그도 어쩐지 지금은 함께해선 안 될 것 같다는 생각에 자리를 피하려고 했다.

"아뇨. 여기가 좋을 것 같은데요. 바깥보다 조용하고, 좋네요."

하지만 세 사람이 자리를 옮기려고 하는 움직임보다 세영의 움직임이 더욱 빨랐다. 세영은 은아네 테이블 바로 옆에 자리를 잡고 사람들을 불렀다.

"뭐 해요? 어서들 앉아요."

조금 전, 사무소에서 세영이 조용히 물러난 것에는 이유가 있었다. 그녀는 사무실 안에 들어가기 전에 은아와 가영이 회식 장소에 대해 이야기를 나누던 것을 듣게 되었고, 변호사 사무실에서 입씨름을 하기보단 지금의 장소에서 이러한 만남을 만들어 보는 게 더 낫지 않을까, 하는 생각을 했다.

세영은 은아의 사무소 사람들이 어디로 가는지 확인을 하고, 그 가게 사장에게 그들이 앉은 자리의 옆 테이블을 비워 두라고 하기까지 했다. 조금의 우연, 세영의 계획을 통해 지금의 불편한 자리가 만들어진 것이다.

"아니면 아예 합석을 하는 건 어때요? 서로들 아는 사람 많잖아. 또 보네, 우리 동생."

"그러게 이렇게 또, 보네."

세영이 알은체하자, 가영은 보는 눈들이 있어서 억지 미소를 지으며 웃어 보였다. 세영이 가영의 언니라는 말에 사무장이 놀라며 한마디 했다.

"개업식 때에는 못 뵀던 것 같은데. 이 변호사님 언니가 있었습니까?"

그리고 그는 뒤쪽에 서 있던 준현을 보다가 손뼉을 쳤다.

"아, 그리고 저기 저분 어디서 본 것 같았는데, 개업식 때 오신 분 아닙니까?"

일이 이렇게까지 진행되자 아무 말 않고 있던 한성이 낮게 한숨을 쉬었다가 언제 그랬냐는 듯 웃으며 준현을 불렀다.

"괜찮으면 합석할까?"

결국 떨어져 있던 두 개의 테이블이 하나로 붙고, 사람들은 술잔을 돌리며 각자 간단한 소개를 하기 시작했다. 어색한 소개 시간이 이어지고 나서 사람들은 제각각 옆 사람과 대화를 나누었다. 이어지는 상황을 기가 차다는 듯 지켜보던 가영이 똥 씹은 표정으로 낮게 중얼거렸다.

"미친……. 아까 웬일로 곱게 돌아간다 했다. 이젠 진짜 무서울 정도라니까. 어떻게 이런 끔찍한 자리를 만들 수가 있냐고."

"만들긴 뭘 만들어. 그냥 우연이겠지."

"우연은 무슨. 아, 그런데 왜 저러는지 도무지 알 수가 없단 말이지."

가영이 눈을 가늘게 뜨고 세영을 노려보았지만 언니의 의중을 알 도리가 없었다. 은아는 옆 테이블 맞은편에 준현과 세영이 나란히 앉아 있는 것을 보다가 애써 고개를 돌렸다.

"은아 씨, 오랜만인데 내 잔부터 받을래?"

일부러 고기 불판만 응시하던 은아는 옆에 앉은 윤 계장이 술을 건네는 탓에 옆 테이블 쪽으로 몸을 트는 수밖에 없었다. 별수 없이 그녀의 시야 안에 준현과 세영이 들어왔지만, 은아는 전혀 안 보이는 척하며 윤 계장이 주는 술을 족족 받아 마셨다.

"아, 그런데 궁금한 게 있는데. 준현 씨, 정신적으로 문제 있다면서 검사 일 해도 돼요?"

꼭 그런 때가 있다. 술자리에서 각자들 이야기를 나누다가도 마치 짜기라도 한 듯이 한 사람의 말에 집중하게 되는 그런 때가.

"요즘 사람들 대부분 정신병 하나쯤은 달고 있는 것 같아서, 난 그래도 괜찮긴 한데. 나라에서도 그런 거 별로 문제 안 삼나?"

세영의 질문에 그 자리에 있던 모든 사람들이 말을 멈추었다. 말뿐만 아니라 행동까지도 멈추고 준현을 쳐다보았다. 모두의 시선이 집중되자 세영은 가벼운 실수라도 했다는 듯 손바닥으로 입술을 살짝 틀어막았다.

"어, 이거 말하면 안 되는 거였어요?"

"그게 무슨……."

먼저 말을 꺼낸 것은 윤 계장이었다.

"검사님, 이게 무슨 말입니까? 정신적으로…… 문제가 있다니요."

준현은 막을 틈도 없이 터져 나온 세영의 말에 눈을 질끈 감았다가 다시 떴다. 다시금 눈을 뜬 그의 눈동자에 걱정스러운 얼굴로 그를 바라보고 있는 은아가 비쳤다.

"이세영 씨가 잘못 안 겁니다. 그냥 얼마간 잠을 못 자서 상담센터에 간 적이 있다고 했는데 그걸 오해했나 봅니다. 지금은 괜찮습니다."

"아, 깜짝 놀랐잖습니까."

준현의 말에 냉각되었던 분위기가 사르르 녹아내렸다. 사람들은 안도의 한숨과 함께 하던 일을 계속 이어 갔다. 술을 마시던 사람은 술을 마시고, 고기를 굽던 사람은 고기를 구웠다. 하지만 은아는 여전히 준현을 쳐다보고 있었다. 그녀의 고운 눈썹 사이에 우물 하나가 푹 패었다.

'잠을 못 자?'

그러고 보니 준현과 함께 잠에 들다가 그의 신음 소리에 깬 적이 종종 있었다. 너무 괴로워하는 것 같아서 그를 깨울 때면, 준현은 괜찮다고 하며 은아를 꼭 끌어안고 다시 잠이 들곤 했었다.

'내가 신경 쓸 문제는 아니지.'

은아가 입 안 여린 살을 질끈 깨물다가 소주를 한 입에 털어

넣었다. 그리고 빈 잔을 채워 넣으려는데 가영이 그녀의 손을 가로막았다.

"그만 마셔. 너 취기 좀 올라오는 것 같은데."

"이 정도로는 끄떡도 안 하거든."

은아가 가영의 손을 물리치고 다시 술을 채워 넣었다. 그런데 그녀의 잔에 술이 가득 채워지자마자 커다란 손 하나가 불쑥 다가와 술잔을 휙 채 가 버렸다.

"너 압수야."

한성이 그렇게 말하고는 잔에 담겨 있는 술을 쭉 들이마셨다.

"크흐. 지금 불판에 있는 고기 다 먹으면 그때 잔 돌려줄게."

"별로. 잔은 새로 갖다 달라고 하면 되거든요."

"새로 가져와도 또 내가 뺏을 건데."

"뺏긴 뭘 또 뺏어요. 직원이 술 좀 먹는 게 그렇게 아깝나?"

"그래, 아깝다. 시켜 놓은 고기는 먹지도 않고 계속 그렇게 술만 시키고. 고기값보다 술값이 더 나가겠어."

은아와 한성이 티격태격하며 말싸움을 하자, 한성의 옆에 있던 세영이 그들 사이에 끼어들었다.

"거기, 사무. 내가 법 쪽으로 궁금한 게 하나 있는데."

은아는 '거기, 사무.'라는 말이 귀에 거슬렸지만 일단은 이야기를 계속 들어 보기로 했다.

"우리나라는 재판을 딱 세 번만 한다잖아. 3심 제도였던가? 그거에 대해서 어떻게 생각해?"

"딱히 별생각은 없는데요."

"아니, 왜 생각이 없어? 그쪽은 생각이란 걸 안 해?"

은아는 헛웃음을 지으며 고기 한 점을 입 안에 넣었다. 이 여자와 왜 이런 이야기를 나누어야 하나 싶었다.

"세 번 재판받으면 그 사건은 그대로 끝나는 거잖아. 그게 말이 돼? 어떻게 그렇게 빨리 끝을 낼 수 있는 거냐고."

세영은 은아가 3심 제도를 만든 사람이라도 되는 것처럼 그녀에게 따져 물었다.

"왜 그렇게 빨리 끝내는 건데. 뭐가 그렇게 급해서 그러는 건데."

"아니, 그걸 왜 저한테……."

"마지막 판결이 마음에 안 들면 어떻게 해? 그 결말이 너무 마음에 안 들어서 아무리 시간이 지나도 그 사람 생각이 나면……. 나는 어떡하면 돼?"

세영이 울분을 터트리듯 말을 토해 내자 사람들이 모두 숨을 죽였다.

"이제 다른 사람이 좋다고 하는데도 이런 거지 같은 상황까지 만들고. 그래도 옆에 있다는 거 자체가 좋으면, 나는 어떡하면 되냐고."

누구를 향해야 하는지 모르는 말이 허공을 맴돌다 소리 없이 사라졌다. 무언의 무게를 견디지 못한 가영이 자리를 박차고 일어났다.

"이세영, 일어나. 집에 가자."

"나 안 가."

"아니면 밖에서 잠깐 바람이라도 쐬든가."

가영이 안 가겠다는 세영을 끌고 밖으로 나갔다. 그렇게 두 사람이 사라진 이후에도 누구 하나 말을 꺼내는 사람이 없었다. 은아는 눈동자를 굴려 주위를 슥, 보다가 자리에서 일어났다.

"은아 씨, 어디 가?"

머쓱해진 상황에서 은아마저 일어나자 윤 계장이 다급하게 물었다.

"잠깐 화장실 좀 가려고요."

"동수 씨도 아까부터 안 보이던데, 빨리 와. 이것 참, 술 같이 마실 사람이 없네."

"윤 계장님이라고 하셨죠? 그럼 저랑 같이 마실까요?"

은아는 애써 분위기를 띄우려는 윤 계장과 사무장의 말소리를 뒤로한 채 가게를 빠져나왔다. 그녀는 가게 앞에 쪼그려 앉아 있는 가영과 세영을 발견하고, 그 반대쪽으로 걸음을 옮겨 갔다. 차가운 밤바람을 맞아 잠깐 정신이 드는 것 같다가도 다시 술기운이 올라와 몽롱해지는 기분이었다. 은아는 알싸한 기분을 즐기며 숨을 깊게 들이쉬었다.

"아, 공기 좋다."

심호흡을 하다가 자신의 볼을 한 번 꼬집어 보기도 했다.

"안 아프네……."

제법 세게 꼬집은 거였는데도 술기운이 올라서일까, 그다지 아픔이 느껴지지 않았다.

"취했나 보다. 집에 가야겠다."

화장실 다녀오겠다고 짐도 없이 맨몸으로 나온 거면서, 은아는 그대로 곧장 집으로 향했다. 정처 없이 걷다 보니 익숙한 풍경이 그녀의 눈 안에 들어왔다. 준현과 함께했던 길. 그 길이 은아의 눈앞에 펼쳐져 있었다. 그녀의 걸음이 서서히 느려지는가 싶더니, 급기야 그 자리에 우뚝 멈춰 섰다. 그리고 오른손을 들어 가슴 부근을 문질렀다.

"볼은 안 아프던데……."

얼마간 멍하니 서서 가슴을 문지르던 은아는 양손으로 짝 소리가 나게 볼을 때리고는 다시 박차를 가해 걷기 시작했다. 일부러 더 걸음을 빨리해서일까, 아주 짧은 시간 만에 집에 도착할 수 있었다.

"열려라, 열려. 아니, 열려라, 참깨."

그녀는 실없는 소리를 해 가며 번호 키를 누르고 집 안에 들어갔다. 피식피식, 바람 빠지는 소리로 웃으며 집 안으로 들어가려 했다.

"아……."

그런데 문을 열자, 이상한 불안감이 엄습했다.

'내가 신발을 저렇게 많이 꺼내 놨었나?'

그녀가 집을 나올 때와는 조금 다른 집의 모습. 이질감이 느껴지는 그 모습에 은아는 집 안에 들어가길 망설였다.

"흐음. 요즘 이 근처 원룸촌에서 자잘한 사건, 사고가 꽤 있더라고. 문단속 같은 거 잘 하고, 항상 조심히 다녀."

그와 동시에 떠오른 윤 계장의 충고. 은아는 어쩐지 묘한 기분이 들어서 조용히 문을 닫았다. 그리고 한 발 한 발 조심스럽게 뒷걸음질을 치다가 속도를 내서 아래층으로 내려갔다. 다리가 후들거리는 것 같았지만 일단 이곳을 빠져나가야 한다는 생각에 있는 힘껏 달렸다.

4화. 시리도록 따뜻한

계단을 두세 개씩 한 번에 뛰어 내려갔다. 최대한의 속도를 내서 달리면서도 왜 더 빨리 달리지 못하는 걸까, 하는 갑갑함이 온몸을 조였다. 심장은 두 근 반, 세 근 반 뛰고 있었고, 호흡은 점점 거칠어져 갔다. 은아는 아찔해진 정신을 다잡으며 가까스로 건물 밖으로 나섰다.

"아……."

그런 그녀의 눈앞에 한 남자가 서 있는 것이 보였다. 그는 은아가 건물 안에 들어간 것을 확인하고, 우두커니 서서 이제 막 담배 한 개비에 불을 붙인 참이었다. 아련한 가로등 불빛 아래로 몽환적이게 피어오르는 담배 연기, 그리고 그 풍경 속에 들어 있는 한 남자. 어쩐지 그 모습이 그녀가 만들어 낸 환상인 것만 같아서 은아는 잠시간 서서 눈만 껌벅였다.

얼마간 그렇게 서 있는데, 풍경 속에 들어 있던 남자도 시선을 돌리다 출입구 앞에 서 있는 은아를 발견했다. 멍하게 서 있는 은아를 확인한 그 남자는 꽤나 당황한 듯 잘만 들고 있던 담배를 떨어트려 버린다.

"……준현 씨?"

만들어 낸 환상이라기엔 조금은 사실적인 그 모습에 은아가 조심스럽게 그의 이름을 불러 본다. 은아가 그의 이름을 부르자 더욱 곤란해진 준현은 손바닥으로 입가를 쓸어내렸다. 지금 보이는 그가 환상 같은 게 아니라는 것을 확인한 은아는 일말의 망설임도 없이 그에게 달려갔다. 그리고 그의 너른 품에 안겨 들었다.

"마지막 판결이 마음에 안 들면 어떻게 해? 그 결말이 너무 마음에 안 들어서 아무리 시간이 지나도 그 사람 생각이 나면……. 나는 어떡하면 돼?"

세영의 그 말은 잔잔하던 은아의 마음속에 거센 파문을 일으켰다. 손끝, 발끝이 저릿해지고 가슴까지 저릿해지게 만들었다. 자세한 상황은 모르지만, 은아도 세영과 비슷한 마음이었기에 더욱 그랬을지 모르겠다. 그래서 그 자리를 빠져나왔다. 취했다는 핑계로 그를 향한 미련을 여과 없이 드러낼까 봐. 도망치듯 밖으로 나와 버렸다.

밖으로 나오면 괜찮아질 줄 알았다. 그가 없는 곳으로 와 버리면 흔들리는 마음이 진정될 수 있을 거라고 생각했다. 하지만 밤, 달, 파르란 거리의 조명은 그녀를 더욱 감성에 젖게 했다. 그가 있는 자리로 다시 돌아갈 수 없게 만들었다. 은아는 어쩔 수 없이 집으로 향해야 했다.

아무것도 짊어지지 않은 채로, 괜찮은 척 콧노래를 흥얼거리며 거리를 걸었다. 그렇게 조금은 무거운 발걸음을 내딛고 또 내딛었다. 그런데 문득 혹시나 그가 그녀를 쫓아와 주지 않았을까 하는 생각이 들었다. 2년 전 그때처럼 술에 취한 그녀를 걱정한 준현이 따라오고 있는 것은 아닐까 하는 헛된 희망이 돋아났다.

은아는 부질없는 기대가 싹틀 때마다 마음을 다잡고 일부러 더 걸음을 빨리했다. 돌아서서 확인해 보고 싶은 마음도 굴뚝같았지만, 그가 없는 빈자리를 확인하고 나면 마음이 무너져 내릴 것 같아서 차마 돌아볼 수가 없었다. 그래서 은아는 뒤 한 번 돌아보지 않고 곧장 집으로 향했다.

그랬던 그녀가 집에 누군가의 침입이 있었을지도 모른다는 것을 확인하고 다급하게 건물 밖으로 뛰쳐나왔을 때, 그를 마주하게 되었다. 갑작스러운 상황에 정신이 없는 와중에 준현이 건물 앞에 서 있는 것을 보게 되었다.

반가움, 안도감, 기쁨, 설렘, 의문. 그 짧은 순간에 여러 가지 감정이 한데 섞여 그녀의 머릿속을 배회하고 있었다. 하지만 복잡한 머리와 달리 그녀의 몸은 솔직하고 단순했다. 은아는 그대로 준현에게 달려가 그를 끌어안아 버리고 말았다. 유일하게 그녀를 보듬어 주던 그곳으로 들어가 버리고 말았다.

"하아……."

그의 가슴팍에 얼굴을 묻고, 한숨을 깊게 뱉어 내자 몸의 긴장이 누그러지는 것이 느껴졌다. 차가운 태도와 달리 따뜻하기 그지없는 그의 품 안에서 불안감에 잔뜩 얼어붙은 그녀의 몸이 서서히 녹아들기 시작했다.

'안 돼. 이러면 안 돼.'

한편 준현의 머릿속에서는 경고음이 울려 대고 있었다. 어쩌다 이런 상황이 되었는지 감조차 잡히지 않았지만 일단 이래서는 안 되는 거라고, 그녀를 떨쳐 내야 한다고. 그의 머리는 그렇게 말하고 있었다.

그런 그의 눈동자에 차마 은아를 안지도 못하고, 밀어내지도 못한 남자의 못난 손이 비추었다. 어정쩡하게 허공에 머물던 그 손은 주인의 괴로운 기분을 여실히 드러내듯 주먹을 꽉 쥐었다. 너무 힘을 주고 움켜쥐어서 새하얗게 질린 주먹을 바라보고 있던 준현은 잠시 생각에 잠겼다.

"그럼 시작합니다. 가위, 바위, 보!"

상담사인 다은과 어쩌다 보니 하게 된 가위바위보. 그리고 드러난 승패의 결과에 준현은 헛웃음을 지었다. 주먹을 낸 그와 달리 다은은 아무것도 내지 않았던 것이다.

"운에 맡기는 것도 괜찮긴 한데, 제 직업이 직업인지라 운에 맡기기보다는 아무개 씨가 정말 원하는 걸 찾았으면 좋겠어서요."

다은은 숨을 깊게 들이쉬고 말을 이어 갔다.

"갑자기 가위바위보 하게 됐을 때, 순간적으로 이기고 싶다고 생각했어요, 지고 싶다고 생각했어요? 그때 든 생각을 되짚어 보면 선택하는 데 조금 도움이 되지 않을까 싶은데."

다은의 말을 떠올리며 그때의 감정을 되짚어 보던 준현은 꽉 움켜쥐고 있던 주먹을 서서히 풀었다. 아무것도 움켜쥐지 못한 채 허공에 펼쳐져 있던 그의 손이 품 안에 있는 여자를 꽉 끌어 안았다.

'이기고 싶다.'

다은과 내기를 했을 때, 그의 가슴속에 불쑥 피어오른 것은 이기고 싶다는 마음이었다. 가위바위보에서 이겨서 이건 운명이니 어쩔 수 없다고, 내기 결과를 받아들이는 거라고 핑계를 대고 싶었다. 그의 진심은 그렇게라도 해서 그녀의 옆에 가고 싶었다. 그러니 그의 품에 안겨 든 그녀를 꼭 안는 수밖에. 지금 그가 할 수 있는 것은 그것밖에 없었다.

두 사람은 세상과 동떨어진 채 둘만이 존재하는 것처럼, 흘

러가던 시간이 멈추기라도 한 것처럼 오롯이 서로만을 마음에
담은 채 몸을 맞대고 있었다.

"어? 선배, 가방 갖다 주고 온다더니. 고은아 못 만났어?"

한성이 다시 찾은 술자리는 어느 정도 정리가 다 되어 가고
있었다. 서로 죽이 잘 맞아서 2차를 가겠다고 우기는 윤 계장과
사무장을 겨우 말려 집으로 보냈고, 동수는 애초에 도망을 간
것 같았다. 그래서 여덟 사람이 함께 있던 자리에는 술에 취해
쓰러진 세영, 그녀를 챙기는 가영, 그리고 이제 막 들어온 한성
만이 남아 있었다.

"일단 집에는 잘 간 것 같더라."

한성이 그렇게 말하며 빈자리에 앉았다.

"그쪽은 좀 어때?"

"전혀. 돌아올 기미가 안 보이는데. 아까 진탕 울어서 그런지
더 맛이 간 것 같아."

가영이 자신의 무릎에 누워 있는 세영을 내려다보며 고개를
절레절레 저었다. 은아에게 다녀오겠다는 한성을 기다리면서도
헛웃음을 몇 번이나 터트렸는지 모른다.

"우리가 무릎베개해 주고 그럴 사이는 아닌데. 오늘 참, 별일
을 다 겪어 보네."

"일단 대리 불러 놨어. 내 차 타고 같이 가."

"사양은 안 할게. 들고 갈 짐이 워낙에 커야 말이지. 그런데

집에 간 건 확인했으면서 짐은 왜 다시 들고 왔어?"

"묻지 마."

"아, 뭔데 그래?"

가영의 계속되는 재촉에 한성이 한숨을 길게 내쉬었다. 가영이 휴대폰 지도 어플에 찍어 준 대로 간 곳에는 예상치 못한 장면이 연출되고 있었다. 한성은 두 사람을 확인하자마자 돌아서 이곳으로 돌아와야 했다. 하지만 그가 본 것을 그대로 말할 수는 없는 노릇이다.

"취한 여자 혼자 있는 집에 들어가서도 괜찮을 만큼, 인내심이 강하질 못하더라고 내가."

"미친. 그게 지금 내 앞에서 할 소리야?"

"그래서 묻지 말라고 경고했잖아. 그러게 왜 선배 말을 안 듣냐."

한성과 가영이 툴툴거리며 대화를 나누고 있는데, 한성의 휴대폰이 울리기 시작했다.

"네, 안녕하세요. 지금 가게 앞이시라고요. 네, 지금 나갈게요."

대리 기사와 통화를 끝낸 한성이 방금 앉았던 자리에서 다시 일어나 가영과 세영의 앞에 쪼그려 앉았다.

"일단 업혀."

"선배……."

앞에 펼쳐진 한성의 등을 가만히 쳐다보던 가영이 죽은 듯 잠들어 있는 세영을 보고는 고개를 끄덕였다. 지금은 이것저것

따질 만한 상황이 아니었다.

"이번에도 굳이 사양은 안 할게."

가영은 물먹은 솜처럼 축 늘어져 있는 세영을 일으켜 한성의 등에 안착시켰다. 그리고 세 여자분의 짐을 양손에 들었다.

"뭐 빼먹은 건 없지?"

한성이 세영을 업은 채로 고개를 돌려 묻자, 가영이 너저분한 술자리를 한 바퀴 돌아보고는 오케이, 없음, 이라고 말했다. 최종 확인까지 마친 두 사람은 정신을 잃은 한 사람을 챙겨 들고 악몽 같았던 그 자리를 벗어났다.

그렇게 가게 문을 나설 무렵, 세영은 조금은 차가운 바람이 살갗에 닿자 취한 와중에도 추웠던 건지 따뜻한 온기를 찾아 한성의 목을 꼭 끌어안았다. 한성은 자신을 꼭 붙드는 압력에 잠시 움찔했다가 아무 일 없었다는 듯 차가 있는 곳으로 향했다.

떨어졌던 퍼즐 조각이 꼭 맞은 것처럼 두 사람이 포개어지는 데는 위화감이 없었다. 지금까지 엇갈리고 삐걱거렸던 것이 거짓말인 것처럼 자연스럽게 서로를 꼭 끌어안고 있었다. 그렇게 얼마가 흘렀을까. 준현의 품 안에서 안정을 되찾고, 묘한 두근거림을 느끼고 있던 은아가 갑자기 떠오른 생각에 그에게서 퍼뜩 떨어졌다.

"아, 도둑!"

이러고 있을 때가 아니었다. 준현의 등장으로 자신의 집에

도둑이 들었을지도 모른다는 사실조차 까먹어 버린 은아가 그제야 위기 상황을 다시금 상기했다.

"집에 도둑이 든 것 같아요."

방금 전까지만 해도 둘만의 세계에 있는 것 같았는데. 은아의 다급한 목소리가 끼어들면서 두 사람은 한순간에 현실로 돌아와 버렸다.

"도둑이요?"

준현이 놀라서 되묻자, 은아가 확인 사살을 하듯 고개를 끄덕였다.

"아침에 나올 때랑 뭔가 달랐어요. 낌새가 이상해서 일단 나오긴 했는데……."

말끝을 흐리자 준현이 확연하게 굳은 얼굴을 하고 건물 안으로 들어가려 했다. 그에 당황한 은아가 그의 소매를 꽉 붙잡았다.

"지금 어디 가요?"

"일단 확인해 봐야죠."

"누가 있으면 어쩌려고요."

"잡아야죠."

담백하기 그지없는 그의 대답에 은아가 기겁을 하며 옷자락을 잡은 손에 더욱 힘을 주었다. 그래, 직업이 검사니 범죄자를 직접 소탕하고 싶은 마음은 알겠다. 하지만 술도 마셨으면서 어떻게 혼자 갈 생각을 하는 걸까.

"미쳤어요? 신고부터 해야죠. 어딜 가겠다고 그래요."

은아의 말에 준현이 마뜩잖은 듯 입매를 길게 늘이고 그녀를 바라보았다. 그러고 보니 그가 그녀의 집으로 올라간다면 은아 혼자 이곳에 남게 되는 것이다. 늦은 저녁, 술에 취한 은아를 혼자 두다니. 있어선 안 될 일이다. 그렇다고 그녀와 함께 확인하러 가 보는 것도 좀 아닌 것 같았다.

"그렇겠네요. 일단 신고부터 하죠."

확실히, 은아의 말대로 신고부터 하는 게 가장 정답일 듯하다. 원래의 그라면 무작정 그녀의 집으로 올라가려고 하지는 않았을 것이다. 그런데 이상하게도 은아 일에 있어서만은 바보가 되어 버리고 만다.

'정신 차려, 김준현.'

잘못된 판단으로 은아를 위험하게 하는 건 2년 전으로 족하다. 준현은 마음을 굳게 다잡으며 휴대폰을 꺼내 들었다. 그렇게 신고 접수를 한 뒤, 두 사람은 건물 맞은편에 있는 벽에 나란히 기대어 서서 경찰이 오길 기다렸다.

"……."

"……."

잠깐이었지만 꿈같았던 재회가 이루어지고 남은 것은 숨 막힐 듯한 고요함뿐이었다. 방금 전에는 도둑이라는 화제 덕분에 비교적 자연스럽게 대화를 나누었는데, 준현이 통화를 끝내고 나서는 불편한 침묵만이 감돌고 있었다. 서로에게 마지막을 고한 이후 갑작스레 포옹까지 이어진 탓에 더욱 어색한 기류가 흐르는 것 같았다.

눈동자를 이리저리 굴려도 보고, 괜히 헛기침도 해 보았지만 딱히 상황이 나아지지는 않았다. 요즘 대한민국의 경찰 출동 시간이 많이 짧아진 것으로 알고 있는데. 하물며 검사가 직접 한 신고였으니 원래보다 더 속도를 내서 오고 있을 터인데. 어찌나 시간이 안 가는지 시곗바늘을 직접 돌리고 싶은 기분이었다.

은아는 입술을 달싹거리며 마른 입 안을 적셨다. 꿈속에 있을 땐 마냥 좋기만 했는데 현실로 돌아오니 그때의 좋았던 기분이 계속 이어지지만은 않았다. 두 사람 사이에는 여전히 해결되지 않은 문제와 풀리지 않은 의문이 산더미처럼 쌓여 있었기 때문이다.

왜 준현이 여기에 있는지, 호텔에서 만났을 땐 왜 그랬는지, 지금은 또 왜 이러는 건지. 묻고 싶은 말은 많았지만 정작 전할 수 있는 말은 거의 없었다.

"밥은 먹었어요?"

그에게 물어보고 싶은 말 중에 은아가 선택한 질문은 바로 이것이었다. 하고많은 말 중에 하필 이 말이라니. 이런 재미도 없고 의미도 없는 말이라니. 무슨 말이라도 해야겠다는 생각에 무작정 아무 말이나 던지긴 했지만, 은아는 그 말을 꺼내자마자 후회로 머리를 쥐어뜯고 싶은 심정이었다.

"아까 전에 같이 먹었잖습니까. 고깃집에서."

"아, 맞다. 그랬었죠."

은아가 고개를 끄덕이며 다시 입을 다물었다. 그런데 고깃집이라고 하니 떠올리고 싶지 않은 장면이 떠올라 버렸다. 준현과 세영이 나란히 앉아 있던 그 장면 말이다.

'그래 이 남자……. 맞선을 봤었지.'

둘 사이에 불쑥 끼어든 세영이라는 존재에 은아는 준현에게서 한 발 옆으로 멀어졌다. 그에 안 보는 척 정면만 응시하고 있던 준현이 은아 쪽으로 고개를 돌렸다.

"……뭐 하는 겁니까?"

"네?"

"방금 옆으로 물러나지 않았습니까."

은아가 눈을 동그랗게 뜨고 준현을 쳐다보았다. 세영이 생각나서 저도 모르게 한 발 물러서긴 했는데, 그걸 준현이 대놓고 언급할 줄이야.

"아뇨. 그런 적 없는데요."

은아는 일단 모르쇠로 일관하기로 했다.

"아니, 방금 옆으로 갔잖습니까. 내가 무슨 이상한 사람이라도 되는 것처럼."

"저는 그런 적 없다니까요. 애초에 앞만 보고 있었으면서 뭘 봤다는 거예요."

이번에는 준현이 입을 꾹 다물었다. 앞을 보는 척했지만 곁눈으로 계속 은아를 바라보고 있었노라고, 도저히 말할 수 없었던 것이다.

"그럼 그랬던 적 없다 치고 이리 가까이 와요. 그렇게 떨어져 있으면 혹시라도 무슨 일 생겼을 때 지켜 주기 힘드니까."

"없다 치는 게 아니라 그런 적 없다니까요."

은아가 작게 중얼거리며 뻣뻣하게 준현의 옆으로 한 발 다가 갔다.

"조금 더요."

"아니, 충분히 가까운 것 같은데⋯⋯."

준현의 재촉에 은아가 입술을 삐죽거리면서도 옆으로 한 발 더 다가갔다. 은아는 가까워진 거리에 머쓱해져서 바닥을 내려 다보며 발을 통통 굴렀다. 준현은 그녀가 충분히 가까워지자 다시 정면으로 고개를 돌렸다. 허공을 바라보던 그는 엄지와 검지로 입꼬리를 지그시 눌렀다.

이후, 준현과 은아가 어색한 시간을 조금 더 보낸 뒤에야 경 찰차가 적색과 청색의 빛을 내며 도착했다. 두 사람은 경찰관 과 함께 은아의 집에 들어가 보았다. 안으로 들어가 보니 도둑 이 든 것은 맞지만 집 안에는 아무도 존재하지 않았다.

"뭐, 없어진 건 없습니까?"

경찰관 한 명이 은아에게 다가와 물었다. 다른 한 명은 밖에 서 준현과 대화를 나누고 있는 중이었다.

"글쎄요."

은아가 엉망으로 어질러져 있는 집 안을 둘러보며 대답했다.

"도대체 뭐가 있고, 뭐가 없는 건지⋯⋯."

"그럴 만도 하네요. 아니, 여태까지는 이렇게까지 어질러 놓은 적은 없었는데, 이상하네. 그럼 일단 천천히 둘러보고 말해 주세요."

경찰이 그렇게 말하고 은아의 방에서 나가려는데, 그의 발끝에 사이다 빈 캔 하나가 툭, 차여서 데구루루 굴러갔다. 그와 동시에 은아의 비명이 이어졌다.

"아!"

은아의 큰 소리에 놀란 경찰이 몸을 움찔했다. 은아는 그런 경찰은 쳐다보지도 않고 발에 차여 가련하게 굴러간 사이다 캔을 집어 들었다.

"남의 물건을 그렇게 함부로 차면 어떡해요!"

"아, 아니, 저는 그냥······."

방바닥을 굴러다니는 사이다 빈 캔 하나를 발로 찬 것이 그렇게나 큰 죄인 걸까. 경찰은 이 상황이 이해가 가지 않았지만 일단 사과부터 했다.

"아, 저······. 죄송합니다."

"무슨 일입니까?"

아니나 다를까. 밖에서 대화를 나누고 있던 준현마저 들어왔다. 가뜩이나 현직 검사가 함께 있어서 잔뜩 긴장한 상황이었는데, 경찰은 준현의 등장에 몸이 더욱 굳어 버렸다.

"제가 무슨 실수를 했나 봅니다."

경찰이 보기엔 그저 쓰레기일 뿐이었지만 은아에게는 추억이

깃든, 아주 소중한 물건이었다. 누군가의 발에 차여 바닥을 구를 만한, 그런 물건이 아니었던 것이다.

"······아니에요. 도둑까지 들고 그래서 제가 좀, 과민해졌나 봐요. 죄송합니다."

"아닙니다. 충분히 예민해질 수 있는 상황인데요, 뭘."

은아는 욱했던 마음을 가라앉히고, 그 물건을 집에 있던 다른 가방 안에 숨겨 넣었다. 잠깐이었지만 준현의 시선이 은아가 들고 있던 물건에 닿았다가 떨어졌다.

"노트북 말고 크게 없어진 건 없는 것 같아요."

"아, 그, 그렇습니까?"

이후에 수사는 순차적으로 마무리를 향해 가고 있었다. 딱히 수사랄 것도 없었지만, 경찰은 건물 CCTV를 확인하고, 주변 순찰에 더욱 만전을 기할 테니 안심하라고 하며 물러갔다.

"어디 지낼 데는 있어요?"

다시 둘만 남게 되자 준현이 은아에게 물었다. 그의 질문에 은아가 물끄러미 준현을 바라보았다. 준현은 그녀의 대답을 기다리다가 문득 든 생각에 눈살을 찌푸렸다.

"설마, 여기서 지낼 생각은 아니죠?"

이어진 그의 물음에 은아가 눈동자를 도르르 모로 굴렸다. 여전히 대답 없는 그녀의 모습에 준현이 기가 찬 듯 한숨을 쉬었다.

"이런 일까지 있었는데 여기서 지낼 생각입니까?"

"……달리 갈 데가 없으니까요."

은아에게는 이런 상황에서 의지할 수 있는 가족이 없었다. 그나마 가족같이 지냈던 한성의 어머니는 너무 먼 곳에 있었고, 그렇다고 한성의 집에 머무를 수도 없는 일이었다. 유일하다시피 있는 친구인 가영에게 신세를 지려고 해도, 부모님 슬하에 있는 그녀의 집에 갈 엄두가 나지 않았다.

"뭐, 괜찮아요. 순찰도 자주 돌아 주신다고 하고. 번호 키는 어떻게 해제했다 해도 현관 걸쇠 걸어 두면 괜찮을 거예요. 그리고 설마 한 번 왔던 집에 또 오겠어요?"

은아가 이 집에 있어도 되는 이유를 주절주절 늘어놓았다. 하지만 준현은 그 이유들이 납득이 되지 않는 모양이다.

"그게 말이 됩니까?"

"그럼 어떡해요. 다른 방법이 없는데. 아니면 찜질방이나 모텔이라도 갈까요?"

"차라리 그렇게 해요! 여기 있는 것보단 안전할 것 같으니까!"

그녀의 상황을 잘 알고 있었기에 더욱 답답해진 준현이 결국 참지 못하고 소리를 질렀다. 악을 쓰듯 소리를 내지른 뒤, 팽 하고 돌아서서 길게 한숨을 쉬며 갑갑함을 달랬다. 갑작스러운 큰 소리에 잠시 멍하게 있던 은아가 울컥하고 올라오는 마음에 따져 물었다. 이 상황이 답답한 것은 그녀도 마찬가지였다.

"왜, 갑자기 소리는 지르고 그래요?"

지금 제일 어처구니없고 화나는 사람이 누군데, 울고 소리

지르고 싶은 사람이 누군데 그가 먼저 소리를 지른단 말인가.

"지금 소리 지르고 싶은 사람이 누군데!"

"그럼 소리를 질러요! 그렇게 괜찮다고만 하지 말고! 아무리 봐도 안 괜찮아 보이는데, 고은아 씨는 괜찮다고만 하니까. 그러니까 내가……."

위로해 줄 수도 없잖아요. 준현이 뒷말은 채 잇지 못한 채 말끝을 흐렸다.

"……검사님이 먼저 그러니까 도리어 화를 못 내겠잖아요."

잔뜩 흥분한 준현과 달리 은아는 비교적 침착한 모습을 보이며 덤덤하게 말했다. 화를 내며 거칠게 숨을 몰아쉬는 그를 보니, 오히려 마음이 차분해지는 것 같았다. 그가 대신 화를 내준 덕분에 속에 있던 응어리가 조금은 풀리는 것 같았다.

"일단 간단히 짐부터 챙겨요."

"무슨 짐이요?"

"우리 집에 가요. 방금 도둑 든 집에서 어떻게 혼자서 자려고 그래요?"

준현의 말을 완전히 이해하기까지 잠간의 시간이 필요했던 은아는 눈을 몇 번 깜박이고 있다가 단호하게 입을 열었다.

"싫어요."

너무도 깔끔한 거절에 등을 보이고 서 있던 준현이 다시 돌아서 은아를 마주 보았다. 은아의 성격에 거절부터 할 거라고 예상하긴 했지만 그 목소리가 너무 단호해서 조금 놀란 참이었다.

준현은 의중을 살피기 위해 그녀의 표정을 이리저리 살폈다.

"아까도 나한테서 멀어지더니……. 혹시 내가 고은아 씨한테 무슨 짓이라도 할까 봐 그런 겁니까?"

호텔에서의 전적이 있어서 지레 찔린 준현이 뒷수습에 나섰다.

"아무리 그래도 싫다는 사람 억지로 건드리는 악취미는 없습니다. 그것 때문에 그러는 거라면 걱정 안 해도 됩니다."

하지만 준현의 이어지는 서설에도 은아는 여전히 묵묵부답이었다. 그녀는 그와 눈조차 마주치지 않은 채 시선을 바닥에 내리깔고 입을 꾹 다물고 있었다. 여기 있는 것보다는 그의 집에 가는 것이 안전할 거라고, 준현이 설득을 해 보았지만 소용이 없는 일이었다. 얼마간 그렇게 망부석처럼 서 있던 은아가 벌어지지 않던 입을 천천히 열어 보였다.

"맞선…… 봤잖아요. 양가 상견례도 하고. 결혼할 여자가 있는 것 아니에요? 그런데 제가 검사님 집에 가는 건 아무래도 좀 그렇죠."

준현은 스스로가 정신적으로 불안정한 사람이 돼 가면서까지 그 자리를 확실하게 망쳐 놓았기에, 이미 끝난 일이라고 판단해 그 문제에 대해서는 생각도 해 보지 않았다. 이세영이라는 존재도 그의 머릿속에는 없는 사람이나 마찬가지였다. 그래서 은아가 그 일로 고민하고 있을 거라고는 생각도 하지 못했다.

"그 일도 걱정할 필요 없습니다. 맞선은 그날, 그 자리에서 파투 난 거나 다름없으니까."

"오늘 이세영 씨랑 같이 있었잖아요?"

"이세영 씨가 왜 그러는지는 모르겠지만, 저랑은 아무 상관없습니다."

두 사람 사이에 있던 수많은 벽 중 하나가 허물어져 내렸다. 은아의 입가에 저도 모르게 배시시 미소가 지어졌다. 미처 막을 새도 없이 저절로 움직여 버린 입 주변 근육 때문에 당황한 은아가 양손으로 입가를 가렸다. 하지만 그녀가 미처 막기도 전에 은아의 작은 미소는 온전히 준현의 눈 속에 담겼다. 그의 마음속에 완전히 잠겨 들었다.

"크흠. 이제 나갈 준비하는 게 어떻습니까."

"네, 그럼 신세 좀 질게요."

은아가 흔쾌히 승낙하며 고개를 끄덕였다. 누군가의 약혼자도 아니겠다. 그를 향하는 마음을 다시 한 번 확인하기도 했겠다. 준현의 제안을 거절할 이유가 없었다.

그녀는 오늘 밤에 벌어진 일련의 사건들 틈에서 두 사람이 다시 시작할 수 있을지도 모른다는 희망을 엿보았다. 잠시 망설이긴 했지만 그녀를 힘껏 안아 준 그의 손끝에서 애처로운 희망 한 줄기를 발견하게 되었다.

은아의 기억 속의 준현은 이제 전부 없어졌다고 생각했는데, 그게 아닐지도 모른다는 생각이 들었다. 얼음장처럼 차가운 줄만 알았는데 막상 가까이 가 보니 따뜻함이 느껴졌다. 꽁꽁 얼어붙어 있던 얼음 조각 표면에 작은 균열이 일어나고, 그 사이로 따스한 온기가 뿜어져 나왔다.

오늘 밤, 은아는 얼음 속에 갇혀 있던 뜨거운 불씨를 조금은 느낄 수 있었다.

준현의 집. 2년 만에 찾게 된 그의 집은 은아가 기억하고 있던 그때보다 더없이 허허롭기 그지없었다. 그때에도 정말 딱 필요한 가구만 있구나, 하고 감탄했었는데 지금은 이곳에 사람이 살고 있다는 것이 믿기지 않을 정도로 분위기가 서늘했다. 오랫동안 사람이 살지 않은 집에서 느낄 수 있는 냉기가 집 안 곳곳에 머물고 있었다.

"당분간 이 방에서 지내면 될 겁니다. 그런데 남는 침구가 없어서, 오늘은 내 방에서 자요."

준현의 안내에 따라 작은 방에 짐을 내려놓은 은아가 눈을 동그랗게 뜨고 물었다.

"같이요?"

은아의 질문에 도리어 놀란 준현이 급하게 대답했다.

"아니요! 전 일단 소파에서 잘 생각입니다."

준현이 걱정하지 말라는 어투로 단정하듯 말하자, 은아가 '아, 네……' 하고 말하며 고개를 주억거렸다. 그녀도 모르게 튀어나온 아쉬움이 그득한 목소리에 당황해서 헛기침을 두어 번 했다.

"그리고 욕실은……"

"그건 어디 있는지 알아요."

작은 방을 이용한 적은 없지만, 욕실은 이용해 본 적 있는 은 아였다. 준현도 은아가 어떻게 욕실을 알고 있는지 떠올리고는 '아, 네…….' 하고 말끝을 흐렸다. 그러자 두 사람 사이에 묘한 정적이 흘렀다.

은아는 이렇듯 두 사람 사이에 듬성듬성 침묵이 내려앉을 때 면 차라리 술에 취했으면 좋겠다는 생각을 했다. 주량 이상으 로 술을 마시긴 했지만 너무 여러 가지 일들이 있어서 술기운 이 확 날아간 터였다. 술에 취하기라도 했으면 지금의 불편한 상황을 조금은 더 쉽게 넘길 수 있을 텐데. 지금 정신은 너무 말짱하기만 하다.

"그럼 일단 씻고, 옷부터 갈아입어요."

기나긴 침묵 끝에 준현은 그 말 한마디를 남기고 작은 방에 서 나갔다. 은아는 방문이 닫히고 혼자 남자마자 소리 없는 비 명을 질렀다.

'으아악! 어색해! 너무 어색하다고!'

두 사람 사이에 흐르는 불편한 기류 때문에 온몸이 뒤틀리는 것만 같았다. 언제까지 이 어색한 시간을 감내해야 할까. 은아 는 휴대폰을 꺼내 시간을 확인하려고 했다.

"아, 맞다. 지금 아무것도 없지."

하지만 고깃집에 짐을 모두 두고 왔던 것을 떠올리고 한숨을 쉬었다. 두고 온 짐은 가영이 챙겨 주었을 테고, 내일 돌려받으 면 되겠지. 여기까지 생각이 미치자 말도 없이 나와 버린 그녀를 다른 사람들이 걱정하고 있을지도 모른다는 생각이 들었다.

방에서 나와 준현을 찾아보니, 그는 부엌에서 물을 마시고 있었다. 은아가 그에게 다가가 조심스럽게 물었다.

"저, 휴대폰 좀 빌릴 수 있을까요? 친구한테 확인 전화 좀 해봐야 할 것 같아서요."

그에 준현은 별다른 말없이 휴대폰을 빌려주었다. 방으로 들어가 간단하게 통화를 끝낸 은아가 다시 방에서 나와 '잘 썼어요.' 하며 휴대폰을 내밀었다. 아주 짧은 순간이었기에 준현은 여전히 부엌에 있는 채였다.

"더 오래 통화해도 되는데."

"여기서 더 오래하면 정말 길어질지도 모르거든요."

은아는 갑자기 사라지는 법이 어디 있냐, 그런데 이 휴대폰 주인은 누구냐, 하는 가영의 질문을 깡그리 무시하고 무사히 잘 있다는 말만 남기고 통화를 끝낸 터였다. 아마 내일 가영의 폭풍질문이 이어질 것 같지만, 다음 일은 나중에 생각하기로 했다.

"그리고 혹시나 모르는 번호로 전화 와도 절대 받지 마세요."

아나나 다를까. 그 말이 끝남과 동시에 모르는 번호, 아마도 가영에게서 전화가 오고 있었다. 준현은 은아의 충고에 따라 음소거를 해 두고 전화를 받지 않았다.

"그럼 전 이만……."

준현이 휴대폰을 식탁에 내려놓는 것을 확인한 은아가 꾸벅 인사를 하고 방으로 들어가려고 했다. 그렇게 몇 발자국을 걷던 은아가 다시 원래 있던 자리로 돌아와 결심한 듯 준현에게 물었다.

"우리 혹시 2차 안 할래요?"

가영에게 전화하면서 시간을 확인했더니 이제 겨우 10시가 넘어가고 있었다. 아직 잠들기에는 이른 시각. 어쩌다 보니 당분간 그의 집에 신세를 지게 될 것 같은데, 언제까지 이렇게 어색하게 지낼 수만은 없는 노릇이다. 은아는 이 불편한 상황을 타파하기 위해 술의 힘을 조금 빌려 보기로 했다.

"2차라면, 또, 술을 마시자는 겁니까?"

"어느 분이 말씀하시길, 분위기가 칙칙할 땐 회식이 최고라고 하셨거든요. 사실 아까 전에 밥을 제대로 못 먹어서 배가 좀 고픈 것 같기도 하고요."

은아는 윤 계장이 했던 말을 써먹어 가며 2차의 정당성을 주장하려 했다. 물론 그 말은 준현에게 씨알도 먹히지 않았다. 하지만 배가 고프다는 말은 그녀가 예상했던 것보다 더 큰 반향을 일으키고 있었다.

"술은 이미 충분히 마신 것 같고. 배는 많이 고픕니까?"

은아가 고깃집에서 밥과 고기를 먹는 대신 술만 마셨다는 것은 준현도 익히 본 사실이었다. 쉴 새 없이 기우는 그녀의 술잔을 얼마나 뺏고 싶었는지 모른다. 다른 사람이 아닌 그가, 그 술잔을 뺏어 오고 싶었다.

"그냥, 조금이요."

은아의 대답에 준현이 잠시 생각에 잠겼다. 그리고 결심한 듯 그녀에게 말했다.

"그럼 장부터 보러 가죠. 아직 마트 문 닫을 시간은 아니니까. 아니면, 어디 다른 식당에 갈까요?"

"에이, 마트는 무슨 마트예요. 굳이 다른 식당에 가는 것도 좀 그렇고. 그냥 간단하게 라면이나 끓여 먹으면 돼요."

술이 기각된 이상 굳이 마트에 갈 이유가 없었다. 그래도 배가 고픈 것은 사실이었기에 은아는 라면에 만족하려고 했다.

"라면 말고 밥을 먹어요."

"아니, 보니까 밥은 따로 없는 것 같고. 장까지 봐야 한다면서요. 그냥 라면 먹을게요. 라면 정도는 있죠?"

"안타깝게도 없습니다. 라면도 마트 가서 사 와야 돼요."

결국 준현과 은아는 근처에 있는 마트에 장을 보러 나와야 했다. 꽤 늦은 시각이라고 생각했는데 마감 세일을 노리기라도 한 건지 마트에는 제법 사람들이 있었다.

"어? 요즘엔 이런 것도 있네?"

하릴없이 마트를 배회하던 은아의 시선에 인스턴트 부대찌개가 잡혔다.

"우와, 이 안에 사골 육수, 야채, 햄, 라면까지 다 들어 있대요. 그런데, 지금 뭐 해요?"

은아는 못 보던 거라 신기함에 집어 보았을 뿐인데, 준현은 어느새 인스턴트 부대찌개 세 개를 카트에 담고 있었다.

"이런 건 아무래도 야채가 적을 것 같으니까, 야채 코너에도 한번 가 보죠."

준현은 그렇게 말하고는 카트를 끌고 야채 코너로 향했다. 얼떨떨한 얼굴로 멀어져 가는 준현을 보고 있던 은아가 정신을 차리고 그에게로 다가갔다.

"아니, 굳이 사자는 말은 아니었는데요. 그것도 세 개씩이나."

"제가 먹고 싶어져서 그럽니다."

그의 단호한 대답에 은아가 입을 꾹 다물고 있다가 갑자기 떠오른 생각에 밝게 웃으며 제안했다.

"아니면, 부대찌개 안주로 해서 소주 마시는 건 어때요? 엄청 괜찮을 것 같은데."

"술은 이미 충분한 것 같다고 말했던 것 같은데요."

"신세도 지겠다. 장 보는 건 제가 계산할게요. 제 돈으로 사는 거니까 토 달지 마요."

은아가 그렇게 말하고는 준현이 뭐라 하기도 전에 주류 코너로 가서 소주 몇 병을 들고 왔다. 신이 나서 카트에 술을 담으려는데 준현이 덤덤하게 물었다.

"지갑은, 있습니까?"

핵심을 찌르는 그의 질문에 은아가 충격받은 표정을 지었다. 그러고 보니 그녀는 지금 휴대폰도, 지갑도 어느 것 하나 가진 것이 없었다.

"훗."

지갑이 없다는 사실에 술병을 든 채로 하늘이 무너진 것 같은 얼굴을 하는 은아 덕분에, 준현은 웃음이 터져 버렸다.

너무 웃질 않아서 상담까지 받게 된 그였는데, 은아와 함께 있는 동안에는 이전에도 몇 번이나 웃을 뻔했는지 모른다. 그때마다 엄지와 검지로 입꼬리를 꾹 눌러 웃음을 참곤 했는데, 결국은 이렇게 터지고 말았다.

"어? 방금 웃었죠?"

준현과 다시 만난 이후, 한 번도 볼 수 없었던 그의 웃음이었다. 은아는 반가운 마음이 들어서 손가락질까지 하며 그에게 물었다.

"안 웃었습니다."

"에이, 방금 웃은 거 다 봤는데."

두 사람은 이후에도 장을 보는 내내 웃었느니, 안 웃었느니, 로 실랑이를 벌였다. 그리고 채소를 더 사야 한다, 안 사도 된다, 로 의견 대립을 하기도 했다. 그렇게 준현과 은아는 사소한 것 하나하나마다 입씨름을 해 가며 무사히 장 보는 것을 마쳤다.

준현이 계산을 하고 있을 때, 은아가 조금 떨어진 곳에 서서 그 모습을 바라보았다. 그녀의 입가에 설핏 미소가 자리 잡았다. 이렇게 장을 본 게 얼마 만인지. 혼자서 지낼 때에는 외식을 하거나 대충 편의점 음식으로 때우기 일쑤였기에 본격적으로 장을 볼 기회가 거의 없었다.

그런데 오늘의 경험으로 누군가와 같이 장을 본다는 게 참 기분 좋은 일이라는 것을 새삼 깨달을 수 있었다.

집에 도착하자마자 부대찌개부터 뜯어 본 은아는 실망감에 흐음, 하고 콧바람을 불었다. 이것만으로 부대찌개를 만들기엔 내용물이 턱없이 부족했기 때문이다. 야채를 사지 않아도 될 거라고 우겼던 그녀로서는 탐탁지 않은 결과였다.

"그것 봐요. 내가 부족할 거라고 했죠."

거기다 곁눈으로 슬쩍 확인한 준현이 이런 말까지 남기신다. 세상에서 '그것 봐요.' 만큼 들으면 울컥하게 되는 말도 없을 것이다.

"결국엔 검사님 뜻대로 채소 다 샀으니까, 별로 문제 될 건 없잖아요."

"그러게요. 바득바득 우긴 보람이 있네요."

"네, 네. 아주 잘하셨어요."

딱히 술이 들어간 것도 아니고 같이 장을 본 것뿐인데, 두 사람 사이의 분위기는 제법 많이 누그러져 있었다. 이후에도 은아와 준현은 같이 호흡을 맞춰 가며 꽤 그럴싸한 식탁을 완성하기도 했다.

인스턴트 밥에 인스턴트 찌개, 그리고 소주 한 병. 소박하다고 하기도 민망할 정도의 밥상이었지만, 두 사람은 누가 먼저랄 것도 없이 수저를 움직이기 시작했다.

음식들을 입 안에 넣기 바빠서 서로 아무 말도 하지 않고 밥

그릇을 비우고, 찌개를 들었다. 두 개의 숟가락이 하나의 냄비에 한데 엉켜 부대찌개의 양을 빠르게 줄여 갔다. 냄비 하나를 사이에 두고 함께 밥을 먹는 것. 이것만큼 정겨운 느낌이 드는 일이 또 있을까.

"어, 이러다 안주 다 없어지겠어요."

사라져 가는 찌개를 아쉽다는 듯 내려다보던 은아가 술잔을 들었다. 배를 꽤 채운 이후였는데도 두 사람은 연신 술잔을 비워 갔다. 어느새 식탁에는 거의 바닥을 보이는 냄비와 소주 두 병만이 남아 있었다.

두 번째 소주병이 서서히 비워져 가면서 은아의 얼굴도 점점 식탁에 가까워져 갔다. 닿을 듯 말 듯. 식탁에 머리를 박기 직전에 고개를 든 은아가 살짝 혀가 꼬인 채로 말했다.

"그런데, 잠 못 잔다는 거, 정말 괜찮아요?"

은아의 질문에 준현이 고개를 끄덕였다. 위아래로 고개를 끄덕이는 와중에도 준현의 입술은 살짝 호선을 그리고 있었다.

"걱정할 정도는 아니에요."

"아, 그렇, 읍! 구나. 다행이다."

다행이라고 말하던 은아는 또다시 식탁 아래로 고개를 떨구기 시작했다. 준현은 혹시나 은아가 식탁에 머리를 박을까 봐 대기를 하고 있었다. 그런데 이번에도 은아는 바닥에 닿기 전에 고개를 번쩍 들었다.

그녀는 양팔을 쭉 뻗어 무릎을 움켜쥐고 허리를 바로 세운 자세로 준현의 눈을 똑바로 바라보았다. 준현도 은아의 시선을 피하지 않고 그녀를 바라보았다. 그렇게 얼마간 서로를 마주 보고 있는데, 은아의 눈동자에 서서히 물기가 차오르기 시작했다. 시간이 조금 더 지나자, 차올랐던 물기가 물방울로 여울져 금방이라도 떨어질 것만 같았다.

"……있잖아요."

은아가 눈가에 눈물을 대롱대롱 매단 채 조심스럽게 말을 꺼냈다.

"묻고 싶은 말이 참 많아요."

"뭐가 그렇게 궁금한데요."

"엄청 궁금한데……. 그런데 묻질 못하겠어."

은아는 말을 하던 도중에 손바닥에 얼굴을 감추고 길게 한숨을 쉬었다. 준현은 그런 그녀를 바라보며 말을 이어 가길 기다려 주었다. 은아가 숨을 전부 뱉어 낸 후에 천천히 얼굴을 들었다. 그런데 이번에는 준현과 눈을 마주치지 못한 채 말을 이어가고 있었다.

"내가 느끼기엔 우리가 같은 마음인 것 같거든요. 나도, 당신도 좋아하는 것 같은데 이게 다 착각일까 봐, 나 혼자만 그렇게 생각하고 있는 걸까 봐 무서워서 물어보질 못하겠어요."

그 말을 마지막으로 은아는 식탁 위에 완전히 얼굴을 묻었다. 잠이 들기 시작한 건지 숨소리가 일정하게 들려오고 있었다.

준현은 그런 은아를 가만히 바라보다가 시선을 돌려 주변을 둘러보았다. 눈으로 보기에는 딱히 달라진 것이 없는 풍경이었다. 하지만 피부로 느껴지는 공기는 혼자 있을 때와는 완전히 달라져 있었다. 한 사람이 더 늘어났을 뿐인데, 허허롭기 그지 없던 그의 집에 훈기가 감돌기 시작했다.

따뜻한 공기를 피부로만 느끼던 그가 숨을 크게 들이마셨다. 폐 속 가득 들어차는 따뜻함에 가슴속까지 간질거리는 기분이 들었다. 준현은 얼마간 그 여운을 즐기고 있다가 자리에서 일어나 형광등 불을 껐다. 대신 은은한 빛의 무드 등을 켜고 자리로 돌아왔다.

사위가 어두워지고 검정색, 빛의 부재 사이로 주황빛이 연하게 번져 갔다. 화선지에 떨어진 물감처럼 은은하게 번져 간 주황빛이 어둠 속에서 두 사람만을 감싸고 있었다.

"……저도 같은 마음입니다."

준현은 서서히 정신을 놓아 가는 은아를 앞에 두고, 진심 어린 마음을 입에 담았다. 그의 손이 잠든 그녀에게 다가가다가 허공에 멈추었다.

'당신이 힘들어질 걸 뻔히 아는데, 그런데도 이런 내가 다가가도 되겠습니까.'

잠시 멈춘 손은 조금 더 다가가 잠든 얼굴을 가리고 있는 머리카락을 거두어 버린다. 손끝에 남아 있는 부드러운 감촉에, 세상모르고 잠이 든 한 여자의 얼굴에 준현의 얼굴이 괴로운 듯 잔뜩 일그러진다.

그녀의 존재만으로 집 안 곳곳에 스며든 따뜻한 온기. 그리고 따뜻함이 가득했던 식사 시간. 인스턴트 밥과 인스턴트 찌개가 전부였지만, 은아와 함께한다는 것만으로도 그 어떤 진수성찬이 부럽지 않은 만찬이었다.

하지만 그녀와 함께 보낸 따뜻한 시간들은 시린 칼날이 되어 그의 가슴에 박혀 들었다. 정말로 그녀를 욕심내도 되는 걸까. 고뇌에 잠겨 들게 만들었다.

"당신이, 정말 행복해졌으면 좋겠습니다."

아마도 닿지 않을 그의 고백. 한 남자의 뜨거운 진심이 두 사람 사이에 맴돌다 사라졌다. 힘에 겨운 그의 마음을 아는지 모르는지 먼저 잠에 빠진 은아는 입가에 빙긋 미소를 그리고 있었다.

5화. 아리송해

해가 반짝하고 떠오른 싱그러운 아침.

고풍스러우면서도 어딘지 모르게 세련되고, 무거운 것 같으면서도 어둡지는 않은 분위기의 서재 안에서 박재환 부장검사가 통화를 하고 있었다. 책상 위에는 부인이 가져다준 차가 뜨거운 김을 뿜어내고 있었지만, 재환의 손길을 받지 못한 채 식어 갈 뿐이었다.

─딱히 특별한 것은 찾지 못했습니다.

그 보고를 마지막으로 수화기를 내려놓았다. 재환이 마음에 들지 않는 듯 입매를 길게 늘였다. 그는 지난번, 은아의 당당하던 모습에 신경이 쓰여서 그녀의 집을 조사해 보라고 명령해 둔 참이었다. 혹시나 은성이 은아에게 뭔가를 남기진 않았을까, 신경이 쓰였던 것이다.

"흐음……."

다부지게 다문 입술 사이로 나직이 한숨이 새어 나왔다. 뒷목이 뻣뻣해지는 것 같아서 몇 번인가 주물러 보기도 했다. 하지만 여전히 남아 있는 두통은 아직까지 그를 괴롭히고 있었다.

"다녀오겠소."

그는 옷걸이에 걸려 있는 재킷을 꿰어 입고 서재에서 나왔다. 거실 소파에 앉아 차를 마시고 있던 부인이 그에게 다가갔다.

"조심하세요."

부인은 남편이 입은 옷을 다시금 정돈해 주며 그의 출근길을 배웅했다. 그녀는 하고 싶은 말이 있는 듯 입술을 움찔거렸지만 재환이 사라지기까지 아무런 말도 하지 못했다. 요즘 들어 어둡기 그지없는 재환의 모습에 걱정이 되던 터였다. 하지만 무슨 일이 있냐고 물어봐도 그는 아무 말도 하지 않을 사람이었다.

"이제 출근하시나 봅니다, 부장님."

대문을 나서던 재환은 바로 옆에서 들려오는 목소리에 고개를 돌렸다. 그곳에는 준현이 날 선 눈빛을 보내며 강직하게 서 있었다.

"이른 아침부터 여기까진 무슨 일이지?"

"잘 알고 있으실 텐데요."

"하……. 자넨, 무슨 일만 생기면 나한테 떠넘기려고 하는군."

"저는 무슨 일이 생겼다는 말은 한 적이 없습니다만."

준현의 말에 재환이 잠시 말을 멈추었다. 신경이 날카로워지다 보니 하지 않아도 될 말, 하면 안 되는 말을 두서없이 내뱉고 말았다.

"올 때마다 이상한 일로 몰아세우기만 했으니, 내가 이럴 수밖에."

"뭐, 그건 그렇다고 치죠. 그런데 부장님, 부장님이 벌이신 일들의 증거도 다 없앴겠다, 증인도 다 없애 버렸겠다. 왜 그렇게 여유가 없으십니까?"

"자네, 지금 무슨 소릴……."

"혹시, 발견되면 위험한 증거가 아직 남아 있는 건 아닙니까?"

"무슨 말을 하는지 모르겠군."

재환은 그렇게 얼버무리고 여전히 그 자리에 서 있는 준현을 둔 채로 차에 올라탔다. 중후한 느낌의 자동차가 조금은 급한 느낌으로 이동하기 시작했다. 백미러를 통해 준현을 보던 재환이 단단하게 묶여 있던 넥타이를 끌러 내렸다.

"하아……."

준현이 어디까지 파고들었는지는 얼추 파악하고 있었다. 재환은 아직은 괜찮다, 라고 몇 번씩 되뇌며 안정을 찾으려 노력했다.

준현의 집, 침실. 은아가 잠결에 매트리스를 쓰다듬었다. 손

아래로 느껴지는 부드럽고 포근한 감촉에 만족스러운 듯 미소
를 지었다. 그렇게 얼굴 가득 행복함을 드러내며 다시 잠에 빠
져들려는데, 불현듯 떠오른 생각에 눈을 번쩍 떴다. 그녀의 집
매트리스가 이렇게 기분 좋은 느낌일 리가 없었던 것이다.

"헉!"

안 그래도 잠결에 너무 놀라서 머리가 어지럽기까지 한데 눈
을 뜨자마자 보인 광경에 은아는 숨이 턱, 하고 막혀 오는 것
같았다.

"깼어요?"

놀라는 그녀의 모습에 나직한 웃음을 흘리며 아침 인사를 건
네는 남자. 하얀 햇살을 받아 더없이 빛나 보이는 한 남자. 그
리고 부드럽게 귓가를 울리는 준현의 목소리에 은아는 어안이
벙벙해져서 눈만 껌벅거렸다.

"하도 안 일어나서, 이제 막 깨우려던 참이었어요."

침대 머리맡에 앉아 있던 준현이 은아의 머리를 조심스럽게
쓰다듬어 주었다.

"아, 저기……."

갑작스러운 그의 태도 변화에 적응할 길이 없었던 은아가 곤
란한 듯 인상을 찌푸렸다. 준현은 찡그린 그녀의 얼굴조차 사
랑스러웠던지 빙긋 미소를 지으며 은아의 이마에 촉, 하고 입
을 맞추었다.

"어……."

은아가 어버버 아무 말도 하지 못하자, 준현이 그녀의 볼을 쓰다듬으며 부드럽게 속삭였다.

"……저도 같은 마음입니다."

그 말을 마지막으로 하얗기만 하던 풍경에 어둠이 잔뜩 드리워졌다. 그리고 은아는 또다시 감았던 눈을 번쩍 떴다.

"뭐야……."

잠에서 깬 은아가 몸을 일으켜 주변을 둘러보았다. 하얀 햇살을 고루 받은 침실 배경은 방금 전에 그녀가 보았던 것과 크게 다를 것이 없었다. 하지만 단 하나 다른 것이 있다면, 맑은 미소를 보여 주며 그녀에게 인사를 건네던 한 남자가 지금은 없다는 것이었다.

은아는 괜스레 그가 있었던 자리를 손으로 휘휘 저어 보았다. 정체 모를 실망감이 가슴속에 자욱하게 채워졌다. 갑갑할 정도로 채워진 실망감은 한숨이 되어 그녀의 입술 사이로 흘러나왔다.

"그러니까 어젯밤에 그 전화는 뭐였냐니까?"

변호사 사무실. 사무실에는 은아와 가영만이 출근을 마친 상태였다. 둘만 있는 자리였기에 가영이 거리낄 것 없이 은아의 뒤를 쫄래쫄래 쫓아다녔다. 은아는 안 그래도 밀려드는 숙취 탓에 죽을 지경이었는데, 가영마저 이러니 감당이 되질 않았다.

"일단 집에는 갔는데, 너 걱정할 것 같아서 아랫집에 사는 사람한테 휴대폰 좀 빌렸다. 이제 됐어?"

은아의 대답에 가영이 가만히 입을 다물고 있다가 '그런 거였으면 왜 처음부터 말하질 않았냐! 거짓말하는 거 아니냐!'면서 다시 따져 묻기 시작했다. 준현의 휴대폰을 빌린 거라 말할 수 없었던 은아는 가영의 입을 막으려 스케줄 표를 그녀의 코앞에 내밀었다.

"부디 조용히 일이나 합시다. 이가영 변호사님."

더 이상의 질문은 허용하지 않겠다는 은아의 태도에 가영이 입술을 비죽거리며 일정을 확인했다. 그런데 일정표를 주욱 훑어보니 뭔가 이상하다는 생각이 들었다. 하나같이 익숙하지 않은 이름들뿐이었기 때문이다.

"배원호? 설마, 배원호 부장검사님?"

개중에 익숙한 이름이라면 그녀가 존경해 마지않는 서부지검의 부장검사, 배원호라는 이름 석 자뿐이었다.

"고은아, 너 이거 잘못 준 거 아냐?"

가영의 말에 은아가 가지고 있던 일정표를 확인했다. 그녀의 손에는 분명 가영에게 주었을 터인 일정표가 그대로 있었다.

"아, 그런가 봐."

은아가 자신의 실수를 인정하고 가영에게 올바른 일정표를 바꿔 주었다.

"그런데 선배, 배 부장님은 왜 만나는 거지? 그것도 이렇게 예약까지 해 가면서."

"글쎄. 난 잘 모르겠는데."

가영이 새로운 곳에 의문을 가진 덕에 은아는 비교적 쉽게 그녀의 마수에서 풀려날 수 있었다.

"좋은 아침."

"어, 선배! 좋은 아침!"

때마침 등장하는 한성의 모습에 가영이 반가운 기색을 여실히 보이며 다가갔다.

"뭐지. 이 적응 안 되는 부담스러운 환영 인사는."

"선배, 오늘 배원호 부장님 만나기로 했어?"

"어, 그런데."

"선배, 배 부장님이랑도 아는 사이였어? 대박. 그런데 왜 개업식 때는 안 오셨대?"

"그냥. 일이 있으셨대. 그래서 오늘 보기로 했고."

"그래? 그런 거면…… 나도 같이 만나도 될까? 내가 그분 팬이거든. 아까 확인해 보니까 시간도 괜찮던데."

한성은 자리로 걸어가다가 뒤로 돌아서 가영의 이마를 손가락으로 밀어냈다. 갑작스러운 밀침에 기분이 상한 가영이 신경질적으로 그의 손을 툭, 쳐 냈다.

"뭐야."

"쫓아오지 말라고. 그리고 같이 보는 것도 안 된다고."

"비싼 척은."

"사적인 자리면 생각 좀 해 보겠는데 일로 만나는 거라서 안 돼, 인마.”

한성이 그렇게 말하며 고개를 돌리다가 그와 가영을 보고 있던 은아와 시선이 마주쳤다. 은아는 눈이 마주친 김에 일정표를 건네줄 생각에 말을 꺼내려 했다. 그런데 한성은 이상하다 싶을 정도로 어색하게 그녀의 시선을 피해 버렸다.

“그럼 나중에라도 꼭 자리 마련해 줘.”

“새, 생각해 볼게.”

한성은 그렇게 말하고는 후다닥 책상으로 달려갔다. 가영도 왜 저래, 하며 중얼거리고는 자리로 돌아갔다.

“저기, 선배.”

한 번 말을 걸 기회를 놓쳤던 은아는 직접 한성의 자리로 가서 그를 불렀다. 그리고 일정표를 건네려고 했다. 하지만 그러기도 전에 한성이 벌떡 일어났다.

“어? 사무장님!”

한성은 지금 막 들어온 사무장을 격하게 반기며 그에게 달려갔다.

“저랑 잠깐 얘기 좀 하시죠.”

“네? 아, 네…….”

출근하자마자 그를 찾는 한성 때문에 어리둥절해하던 사무장은 한성의 손에 이끌려 접견실 안으로 들어가야 했다. 문 안으로 사라진 두 사람을 보던 은아가 미간을 좁혔다. 처음 한 번 그녀의 시선을 피했던 것은 그래, 그녀를 못 본 것일 수도 있다. 그런데 그는 이번에도 눈에 띌 정도로 심하게 그녀를 피하고 있었다. 대체 어째서? 무엇 때문에?

"저, 사무장님."

은아가 의문을 가지고 있는 와중에, 접견실 안에서는 한성과 사무장의 대화가 한창 이어지고 있었다.

"네, 변호사님."

"여동생 있다고 하셨죠?"

밑도 끝도 없는 질문에 잠시 말을 아끼던 사무장이 천천히 고개를 끄덕였다.

"그렇긴 합니다만. 제가 그런 얘기도 했었습니까?"

"네, 여동생이 학비고 뭐고 다 대 줘서 공부만 할 수 있었다고. 이제 벌어서 그 은혜 다 갚고 싶다고 어제 다 말씀하셨……."

바깥쪽을 보며 아무 생각 없이 말하던 한성이 아차 싶었는지 입술을 악물고 사무장을 바라보았다.

"아, 저…… 죄송합니다. 이런 얘기는 좀 불편하시죠."

"아니요. 죄송은요. 그런데 술이 참 문제네요. 그런 얘기까지 다 하고. 하하하."

"사무장님……."

"그런데 변호사님, 할 말 있어서 저 부르신 거 아닙니까?"

말 돌리려는 기색이 역력한 사무장의 모습에 한성도 곤란해하던 표정을 지우고 본론을 꺼내기 시작했다.

"사무장님은 여동생이 다른 남자랑 막 끌어안고 있는 장면

보면 어떨 거 같으세요?"

"변호사님, 여동생이 있으셨습니까?"

"아니요. 외동이요. 근데 지금 그게 문제가 아니라, 그런 상황 되면 어떨 거 같으세요? 아무래도 엄청 충격이겠죠?"

"글쎄요. 동생이 애까지 낳아 사는 걸 봐서 그런지……. 딱히 충격받고 그러진 않을 것 같은데요."

사무장에게서 원하던 대답이 나오지 않자 한성이 흐음, 하고 낮은 신음을 흘리다 다시금 질문을 이어 갔다.

"그럼 처음 남편이라고 다른 남자 데려왔을 때는 어떠셨어요? 막 배신감 들고, 속도 좀 쓰리고 그러던가요? 그러셨죠? 다들 그러겠죠?"

어떤 답을 너무도 간절히 원하는 것 같은 한성의 모습에 사무장은 어쩐지 그 대답을 해 주어야 할 것만 같아서 고개를 끄덕였다.

"하도 옛날 일이다 보니 잘 기억은 안 나는데, 그랬던 것 같기도 하네요."

"그렇죠? 역시 그런 거죠?"

간신히 듣게 된 원하는 대답에 한성의 얼굴 가득 화색이 돌기 시작했다.

"하하하. 오빠들이란 참. 어쩔 수가 없네요."

"하실 말씀이 이거였습니까?"

"아, 네. 하하하. 친구 하나가 여동생 때문에 엄청 고민을 하더라고요."

"그럼 전 이만 자리에……."

"네, 네. 괜히 시간 뺏어서 죄송했습니다."

사무장이 접견실을 빠져나가고 나서 어색하게 웃고 있던 한성이 웃음을 그치고 의자에 털썩 앉았다.

"그래, 그런 거겠지……."

어젯밤 한성은 준현과 은아를 보게 되고 나서 이상하다 싶을 정도로 술렁이는 감정 때문에 잠까지 설쳐야 했다. 어쩐지 두 사람의 그런 모습을 보는 게 싫었다. 놀라기도 했고 배신감도 들었고 어쩐지 씁쓸한 것이, 이런 감정들은 가히 심장에 좋지 않은 듯했다.

"그런 거지. 암, 그렇고말고……."

한성에게 있어서 은아는 친여동생이나 다름없는 존재였다. 지켜 주고 싶었고, 아껴 주고 싶었고, 맛있는 게 있으면 하나라도 더 먹여 주고 싶은 그런 존재였다.

"그래야지. 그래야…… 하겠지."

그는 주문이라도 외는 것처럼 했던 말을 계속 되뇌며 스스로에게 암시를 걸었다. 그렇게 결론지으려 했다. 그런데 단정하듯 말하는 입과 달리 가슴은 여전히 찌르르한 통증을 느끼고 있었다.

퇴근 시간. 아니, 퇴근 시간이 훌쩍 지나간 시각. 은아는 걸레

질하고 있던 손을 멈추고 책상 위에 대자로 드러누웠다. 오늘은 또 무슨 날인 건지. 가영, 한성, 사무장 모두 각자 외근이 있어서 사무실에는 은아 혼자 남아 있었다.

"갈 데가…… 없어."

은아가 한숨을 쉬며 들고 있던 걸레를 홱 던졌다. 그녀의 손을 벗어난 걸레는 작게 포물선을 그리다 멀지 않은 곳에 떨어져 내렸다.

"하필, 왜 오늘 같은 날 아무도 없냐."

준현의 집에 가고 싶지 않았다. 그를 어떻게 대해야 할지 감이 잡히질 않았다.

"그러게 왜 술은 그렇게 마셔 가지고."

어젯밤, 술을 과하게 마신 것이 화근이라면 화근이었다. 주량을 훌쩍 넘은 알코올은 그녀의 두뇌를 마비시켰고, 급기야 어느 순간부터 기억이 끊어지도록 만들었다. 마치 가위로 싹둑 잘라 버린 것처럼 말끔하게 사라진 기억은 그녀를 불안에 떨게 만들었다.

도대체 어젯밤, 무슨 일이 있었던 걸까. 아무리 기억을 짜내 보아도 술에 절어 두뇌는 제 기능을 못 하고 있었다. 그리고 오늘 아침. 꿈인지 생시인지 분간이 되질 않는 몇몇 장면들은 안 그래도 어지러운 은아의 심경을 더욱 복잡하게 휘젓기에 이르렀다.

"하아……."

나직한 한숨이 입술 사이로 비집고 나왔다. 일이 이렇게 된 거, 그냥 옥탑방으로 돌아갈까 싶다가도 어쩐지 무서운 마음이 들어서 가기가 꺼려졌다. 준현을 마주 보는 것과 집으로 돌아가는 것. 둘 다 고르고 싶지 않은 선택지지만, 둘 중에 하나는 골라야 했다.

"아, 모르겠다!"

은아는 짐을 챙겨 들고 일단 사무실을 나섰다. 마냥 이러고 있는다고 해서 답이 나오는 것도 아니고. 그녀는 이리저리 걷다가 마음이 정해지면 그 방향으로 갈 생각이었다.

"이야, 공기 좋다. 나무가 많아서 그런가."

사무실을 나오고 나서도 아무것도 결정하지 못한 은아가 찾은 곳은 근처에 있는 공원이었다. 저 아래로 농구장이 보이는 벤치에 앉아 현실 도피를 하는 중이었다.

드르르륵. 벤치 위에 아무렇게나 둔 휴대폰이 진동을 울려 대기 시작했다. 은아가 고개를 살짝 내밀어 액정을 확인했다. 화면에 뜬 발신자는 역시나 준현이었다. 사무실에서 쓸데없이 청소를 하고 있었던 때부터 주기적으로 전화를 해 오고 있었던 것이다.

"……여보세요."

기억나지 않는 순간들, 꿈인지 아닌지 분간이 가질 않는 장면들 때문에 계속 피하기만 하던 은아가 결국 통화를 연결했다. 혹시라도 목소리가 떨릴까 봐 목에 잔뜩 힘을 주어 가며 한마디를 뱉어 냈다.

—어디예요.

긴장감에 마른침까지 삼키는 은아와 달리, 수화기 너머로 들려오는 준현의 목소리는 잔잔하고 평온하기만 하다.

—지금 어디예요, 은아 씨.

꿈에서 들었던 것과 같은 다정한 목소리. 찬바람 쌩쌩 부는 날 선 음성이 아니라 봄 햇살처럼 따스한 음성에 은아는 왈칵 눈물이 날 것만 같았다.

"……공원이요."

—기다려요. 전화는 끊지 말고.

그 말을 마지막으로 한동안 부스럭거리는 소리만 들리는가 싶더니 현관문 열리는 소리까지 들려왔다.

"아, 나오지 마요. 내가 그냥 갈게요."

—아니요. 내가 갈게요. 은아 씨는 거기 그대로 있어요.

자리에서 일어나려던 은아가 부드럽지만 단호한 그의 말에 다시 벤치에 몸을 앉혔다. 그녀는 앉은 자세로 가느다랗게 한숨을 쉬며 가슴을 쓸어내렸다. 배 속이 몽글거리며 기대감이 피어오르는 것 같았다.

"검사님?"

얼마간 수화기 너머로 그가 걸어오는 소리만 듣고 있던 은아가 나지막한 목소리로 그를 불렀다.

—네, 듣고 있어요.

부르자마자 바로 답해 오는 그의 음성에 은아는 수줍은 듯 살풋 미소 지으며 이미 알고 있는 사실을 또 한 번 물었다.

"지금 오고 있어요?"

─네, 가고 있어요.

"어디쯤 오고 있어요?"

─이제 막 빵집 지나고 있어요.

두 사람은 흘러가는 강물처럼 잔잔하게, 그리고 고요하게 대화를 이어 나가고 있었다. 오고 가는 짧은 말들 속에서 긴 여운을 느낄 수 있었다.

─아.

그러던 중 준현이 뭔가 떠오른 듯 탄성을 자아냈다.

─아직 빵집 문 닫기 전인 것 같은데. 혹시 빵 먹고 싶어요?

은아가 저 가게 빵을 좋아하던 것을 떠올린 준현이 물었다. 은아는 좋아하는 빵을 먹을 수 있다는 것보다 준현이 그녀가 좋아하던 것을 기억해 주었다는 사실이 더욱 기뻐서 우는지 웃는지 모를 표정을 지으며 고개를 끄덕였다.

"네, 먹고 싶어요."

은아는 그렇게 대답하고 나서 그가 빵집에 들어가 빵을 사는 소리, 빵집을 나와서 길을 걷는 소리를 가만히 듣고만 있었다. 조금은 다급한 듯한 걸음 소리, 부스럭거리는 비닐봉지 소리가 그의 마음을 대변해 주고 있는 것만 같았다.

─이제 공원 입구에 도착했습니다.

"저는 농구장 있는 쪽에 있어요."

봄의 기운과 겨울의 한기가 공존하는 3월의 어느 저녁. 따뜻함과 차가움, 그 어느 사이에 머물다 사라지는 바람. 귓가를 간지럽히는 나뭇잎 스치는 소리. 은아의 기다림에는 그런 것들이 함께하고 있었다.

하지만 그녀는 온 신경이 작은 휴대폰에서 흘러나오는 목소리에 향하고 있어서 소소한 감동을 느끼지 못했다.

"왜 집에 안 들어오고 여기서 이러고 있어요."

드디어 수화기 너머가 아닌 진짜 그의 목소리가 들려왔다. 준현은 성큼성큼 걸어와 은아의 옆에 자리 잡았다.

"바람이, 너무 좋아서요."

바람 같은 건 제대로 느낄 겨를도 없었으면서. 직접 얼굴을 마주하니 민망해진 은아가 괜히 다른 쪽으로 고개를 돌리며 말했다. 그리고 정말 바람을 즐기기라도 하는 듯 숨을 깊게 들이마셨다. 은아의 그런 모습에 준현도 주변을 둘러보았다.

"그러게요. 바람이 정말 좋네요."

두 사람은 공원 안 벤치에 나란히 앉아서 같은 풍경을 보고, 같은 소리를 듣고, 같은 시간을 보내고 있었다. 두 사람의 시간이 섞여서 조금은 어색하고, 조금은 잔잔한 화음을 자아냈다.

"그리고 여기."

얼마간 침묵의 시간 끝에 준현이 들고 있던 비닐봉지를 건네었다.

"고마워요. 안 그래도 배고팠는데 잘됐다."

은아가 화색을 띠며 빵을 받으려고 했다. 그런데 준현이 엄한 얼굴을 하고 비닐봉지를 뒤로 물렸다.

"아직 밥도 안 먹었어요? 얼른 밥부터 먹으러 가요."

"조금만 더 있다가요. 할 말도 있고……."

그래도 밥부터 먹으러 가자는 준현과 조금 더 있다가 가겠다는 은아의 실랑이가 어느 정도 벌어진 끝에야 은아는 양볼 가득 빵을 머금을 수 있었다. 그녀는 빵 하나에 행복해 죽겠다는 표정을 하고 우물우물 열심히 이를 움직였다.

"그렇게 맛있어요?"

생각했던 것보다 더 좋아하는 은아의 모습에 덩달아 기분이 좋아진 준현이 웃음을 흘리며 물었다. 그에 은아가 한 손으로 입가를 가리고, 다른 손으로 빵을 내밀어 보였다.

"엄청요. 한번 먹어 봐요."

준현은 그녀가 내민 빵을 가만히 쳐다보다가 한입 가득 베어 물었다.

"그러게요. 맛있네요."

맛있다는 준현의 말에 흐뭇해진 은아가 다시 빵을 먹으려고 했다. 그런데 준현의 잇자국이 선명한 빵을 보고 있자니 아차, 싶은 생각이 들었다. 다른 빵을 줬으면 될 것을 왜 먹던 걸 줘서……. 그녀가 내민 빵을 보며 준현은 무슨 생각을 했을까.

"다른 것도 엄청 맛있어요. 잠시만 있어 봐요."

은아가 빵 든 손을 허공에 대충 두고, 남은 한 손으로 비닐봉지를 뒤적였다. 가장 맛있게 먹었던 빵을 찾으려고 그녀의 손이 분주하게 움직였다.

그런데 준현은 빵을 들고 있던 은아의 손을 살짝 감싸 쥐고 자기 쪽으로 끌고 가 버린다. 손등에 느껴지는 따스한 온기에 비닐봉지를 뒤적거리는 것을 그만두고 고개를 돌리던 은아는 자신이 먹던 빵이 그의 입 안으로 사라지는 장면을 고스란히 봐야 했다. 제 손이 제 것이 아닌 양 그의 뜻대로 움직이는 장면을 느린 화면으로 지켜봐야 했다.

"난 이게 맛있는 것 같아요."

"아……. 저기……."

은아가 준현에게 잡힌 손을 급하게 빼내며 시선을 돌렸다.

"우리, 그러니까 검사님이랑 저, 어젯밤에 혹시 무슨…… 일 있었어요?"

확연하게 달라진 그의 태도에 은아는 어떻게 행동해야 할지 감이 잡히질 않았다. 정말 그녀가 기억하지 못한 순간들 속에서 그와 무슨 일이 있었던 것일까. 아니, 도대체 무슨 일이 있었기에 찬바람 불던 동장군이 이렇게까지 녹아 버린단 말인가.

"먼저 말해 두자면, 술을 너무 과하게 마셔서 그런지 기억이 잘 안 나요."

"기억이…… 안 나요?"

기억이 안 난다는 은아의 말에 준현이 실망감이 다분한 목소

리로 물었다. 은아는 괜히 죄를 지은 것만 같아서 시선을 툭 떨
구고 고개를 끄덕였다.

"네⋯⋯. 제가 혹시 무슨 실수라도⋯⋯."

"딱히 별일은 없었어요. 그냥 얘기하다가 잠든 것뿐."

그놈의 말, 말, 말. 기분 같아서는 그에게 무슨 말을 했을지
모르는 이 입을 꿰매어 버리고 싶은 심정이었다.

"무슨 말을 했는데요?"

이번에는 은아의 질문에도 준현은 입을 꾹 다물 뿐, 아무런
말도 하지 않았다. 그렇게 얼마간 무언으로 대답을 대신하던
그가 한숨을 길게 내쉬고 말을 시작하려 했다.

"잠깐만요! 아직 마음의 준비가⋯⋯."

어렵게 떨어진 입술이었는데, 은아가 다시 한 번 그의 입을
막았다. 잠깐만이라고 외친 그녀는 마음을 하나둘 다잡으며 마
른세수를 했다.

이래서 술이 문제다. 술이라는 것들은 사람의 진심을 너무
쉽게 내보이게 한다. 마음속 댐에 가득가득 채워, 수문까지 꼭
잠가 둔 진심을 기어코 터트리게 만든다. 남들에게 감춰 둔 걱
정을, 울분을 토해 내게 해 버린다. 물론 그 맛에 술을 마시는
거겠지만, 그와 함께 따라오는 뒷감당은 버겁기만 하다.

"후우⋯⋯. 이제 됐어요. 제가 어제 무슨 말을 했어요?"

마음을 단단하게 만든 은아가 단두대에 올라서기라도 한 표
정을 하고 물었다.

"안 가르쳐 줄 거예요."

하지만 마음의 준비를 한 것치고 준현의 대답은 간단했다.

"잊어버린 건 은아 씨니까, 기억해 내는 것도 은아 씨가 해요."

"아니, 그런 게 어디 있……."

"지금 내가 이러는 이유도 다 기억해 봐요."

준현은 그렇게 말하며 짓궂게 빙글 미소 지을 뿐, 아무런 말도 하지 않았다.

"한번 필름 끊기면 절대 기억 안 난단 말이에요. 그러지 말고 그냥 말해 줘요, 네?"

"싫어요. 말 안 해 줄 거예요."

그는 은아가 이렇듯 두 사람의 문제에 온 신경을 집중하길 바랐다. 둘만의 문제에 신경을 쓰느라, 두 사람 사이에 놓인 다른 더 큰 문제들을 보지 못했으면 했다. 그가 전부 해결할 때까지 힘든 일 같은 건 아무것도 모른 채 그의 옆에서 웃기만 했으면 좋겠다고, 그렇게 생각했다.

"치사하게……. 그러면 혹시 오늘 아침에 저한테 무슨 말, 했었어요?"

은아는 결국 어젯밤의 일에 대해서 듣는 것은 포기하고, 오늘 아침의 일에 대해 묻기 시작했다. 꿈인지 현실인지 분간이 잘 가지 않는 그 일에 대해서 말이다.

"……무슨 말이요?"

"아니, 잠결에 검사님이 뭐라고 하는 걸 본 것 같아서요. 꿈인지 현실인지 잘 모르겠는데, 아침 인사를 했던 것 같기도 하고…….”

은아가 말끝을 흐리자, 준현은 잠시 고민하는가 싶더니 어깨를 으쓱했다.

“글쎄요. 아침엔 일이 있어서 은아 씨 잠든 거 확인하고 일찍 나왔었거든요.”

“아…….”

꿈이었구나. 은아가 낮은 탄성을 흘리며 눈을 질끈 감았다. 꿈일 거라고 계속 생각하긴 했는데, 정말로 꿈이었다는 것을 확인하고 나니 허탈함에 기운이 빠졌다.

“혹시 내 꿈 꾼 거예요?”

하지만 넋 놓고 있는 와중에 불쑥 들어온 질문에 움찔, 놀라야 했다.

“무, 무슨. 그런 거 아니에요.”

당황한 기색이 역력한 은아를 두고 준현이 가까이 다가가며 장난스럽게 물었다.

“얼굴 빨개진 것 보니까 뭔가 있었던 것 같은데……. 은아 씨 꿈속에서 내가 뭘 어떻게 했어요? 보통 사람들이 바라는 게 꿈에서 나타난다고 하잖아요.”

“하, 참. 전혀요. 전혀 그런 거 아니거든요.”

은아는 준현이 다가온 만큼 옆으로 떨어져, 멀리 허공을 바라보며 손부채질을 했다. 미약한 바람이 얼굴에 닿았지만 후끈

달아오른 열기를 식혀 주기에는 턱없이 부족했다.

"혹시나 오해하실까 봐 말해 두는데요. 제가 지금 당황한 건 꿈 때문에 그런 게 아니라 검사님이 갑자기 너무 바뀌어서 그런 거예요. 어제랑, 오늘. 너무 다른 것 같아서."

"……인정. 은아 씨 입장에선 많이 당황스러울 것 같아요."

나도 이런 내가 당황스러우니까요. 준현이 손바닥까지 펼쳐 보이며 은아의 말에 시인했다. 그조차도 자신의 이런 모습에 어리둥절한데, 은아는 얼마나 당황스러울까.

"내가 느끼기엔 우리가 같은 마음인 것 같거든요. 나도, 당신도 좋아하는 것 같은데 이게 다 착각일까 봐, 나 혼자만 그렇게 생각하고 있는 걸까 봐 무서워서 물어보질 못하겠어요."

그날 밤, 준현은 그 말을 마지막으로 잠의 나락에 빠져든 은아를 하염없이 바라보고 있었다. 그녀가 더욱 편하게 잠들 수 있도록 침대로 옮긴 후에도 그녀를 바라보는 것을 멈추지 않았다. 그렇게 준현은 생각에 생각을 거듭했다. 은아를 향하는 마음을 내보여도 될지, 정말 그녀의 옆에 있어도 될지 고민에 고민을 거듭했다.

그리고 오랜 망설임 끝에 얻게 된 결론은 생각보다 너무 단순한 그것이었다. 너무 간단해서 허탈함에 웃음이 날 지경이었다.

준현은 새벽녘의 어슴푸레한 하늘을 바라보며 잠든 은아의 손을 꼭 붙잡았다. 이 손을 놓치고 싶지 않다. 그가 낸 결론은 바로 이것이었다. 아무리 다른 길을 걸어 보려 해도, 아무리 그 길을 외면하려 해도 결국 그의 마음이 닿는 곳은 은아의 옆자리였다.

이 손을 놓치고 싶지 않다. 간결하기 짝이 없는 그 결론을 되뇌며 준현은 낮게 미소를 지었다. 두 사람 사이에 놓인 힘겨운 상황은 하나도 달라진 것이 없는데, 마음 하나가 달라지고 나니 모든 것이 바뀌는 것만 같았다.

"그래도 이럴 만한 일이 어젯밤, 우리 사이에 있었어요."

준현이 그렇게 말하며 손을 내밀었다. 은아는 그의 손바닥을 물끄러미 바라보다가 그의 얼굴로 시선을 돌렸다. 그녀의 눈빛이 '손은 또 왜요?' 하고 묻고 있었다.

"잡으라고요. 이렇게."

그는 은아의 손에 들린 빵을 다른 손에 쥐여 주고, 비어 있는 그녀의 손을 꼭 붙잡았다. 은아가 잡힌 손을 빼내려고 해 보았지만 소용없는 일이었다.

"이러기로 했어요. 이렇게 손 꼭 잡고, 다신 놓지 말자고. 무슨 일이 있어도 함께하자고. 그렇게 약속했어요."

물론 그랬던 적은 없었지만. 준현은 은아가 기억하지 못한다는 것을 구실로 삼아, 그의 바람을 정말 있었던 일인 것처럼 말하고 있었다. 이런 사실을 알 리 없는 은아는 혼란스러운 얼굴로 '정말 그랬다고요?' 하고 중얼거렸다.

"그랬다니까요. 그러니까 이제 그냥 받아들여요."

준현이 그렇게 말하며 은아의 관자놀이 부근을 살짝 감싸 쥐고 그녀의 이마에 입술을 촉, 맞추었다. 은아는 어쩐지 익숙한 그의 행동에 어, 하고 멍하니 있다가 바락 소리를 질렀다.

"꿈 아닌 거 맞죠? 아침에도 이랬던 거 맞죠?"

"음, 아닌데. 아침에는 일 있어서 일찍 나왔다니까요. 혹시 꿈속에서 내가 이랬어요?"

"정말…… 아니에요?"

은아의 물음에 준현이 고개를 끄덕였다. 실제로 그는 은아와 아침 인사를 나눈 적이 없었다. 그저 잠든 은아의 이마에 고요히 입을 맞추기만 했을 뿐. 아마도 잠결에 느낀 그 감각이 꿈으로까지 이어진 모양이다.

"자주 이래야겠어요. 얼마나 이러고 싶었으면 꿈까지 꿔요?"

준현이 다시 한 번 은아의 이마에 입을 맞추었다. 은아의 얼굴이 지금까지와는 비교도 할 수 없을 정도로 붉게 타올랐다. 너무 부끄러워서 지금 있는 자리에서 사라지고 싶은 기분이었다.

"……하지 마요."

은아가 기어들어 가는 목소리로 작게 속삭였다. 부끄러운 것도 부끄러운 거였지만, 너무도 달라진 지금의 상황을 받아들이기가 힘에 겨웠다. 이해할 수 없는 지금의 상황을 받아들이기가 버거웠다.

그런 은아를 위해 한발 물러설 법도 한데, 은아를 붙잡기로 결심을 한 준현은 마음이 조급해서 그녀에게 다가가기 급급했다.

한번 마음을 결정한 남자는 거칠 것이 없었다. 지금까지 은아를 밀어냈던 시간들이 아깝기만 했고, 그녀와 함께하지 못한 시간들이 안타깝기만 했다. 하루라도 빨리, 일분일초라도 더 빨리 그녀와 행복해지고 싶었다.

그런 마음을 가득 담아, 준현은 은아의 이마에 한 번 더 입을 맞추려고 했다.

"하지 말라고 했죠!"

하지만 그런 그의 마음을 알 길이 없는 은아는 초인적인 힘을 발휘해 그의 손에서 벗어났다. 그리고 자리에서 벌떡 일어나 다른 곳으로 성큼성큼 걸어갔다. 몇 발자국 멀어지던 은아는 다시 뒤를 돌아 준현이 있는 곳으로 돌아왔다.

"빵은, 잘 먹을게요. 그리고 어젯밤에 있었던 일은 다 무효예요. 미안하지만 기억도 안 나는 일 때문에 이리저리 휘둘릴 순 없어요. 신세 지기로 했던 것도 취소할게요."

준현이 뭐라 말하기도 전에 은아는 빵을 챙겨 들고 저벅저벅 걸어가기 시작했다. 준현은 그런 은아를 보고만 있다가 퍼뜩 정신을 차리고 그녀의 뒤를 쫓았다. 그리고 은아의 어깨를 잡아 세웠다.

"은아 씨!"

하지만 은아는 차갑게 그의 손을 뿌리쳤다. 준현은 그를 두고 가려는 은아를, 그녀의 손목을 다시 한 번 붙잡았다.

"그래요! 그런 말도 안 되는 꿈까지 꿀 정도로 검사님이 좋아요."

은아는 그에게 손목이 잡힌 채로 눈물 섞인 비명을 질렀다.

"그런데 아무리 그렇다 해도, 이런 식은 싫어요. 이렇게 어영부영, 원래 그랬던 것처럼, 우리 사이에 아무 일도 없었던 것처럼 넘어가는 건 싫다고요."

아무 말 없이, 아무런 설명도 없이 예전의 모습으로 돌아가는 것도 좋았다. 그의 다정한 목소리에 귀가 간질거렸고, 그의 따스한 미소에 마음까지 녹아내리는 것 같았다. 그리고 그의 입맞춤은 심장을 두근거리게 만들었다. 그렇게 다시 돌아가는 것도 괜찮겠다는 생각도 잠깐 들었다.

"내가 검사님을 좋아한다고 해서, 검사님이 날 차갑게 대했다가 갑자기 이렇다 할 설명도 없이 따뜻해졌다가, 이렇게 함부로 대해도 되는 건 아니에요."

하지만 아무리 그렇다 해도 이렇게 다시 시작하는 건 안 되는 일이었다. 그저 그가 좋다는 이유만으로, 그와 함께하는 게 좋다는 이유만으로 무작정 다시 시작했다가는 또다시 같은 이유로 힘들어질 것이 뻔했다.

"함부로……."

은아가 그렇게 생각할 줄은 몰랐던 준현은 숨이 턱, 막히는 기분이었다.

"함부로 대할 생각 같은 건 없었습니다."

그저 그녀가 좋아서, 지금까지 너무 멀리 돌아온 것만 같아 마음이 조급해져서 그랬던 것이다. 이런저런 이야기를 했다간 두 사람 사이의 문제만이 아니라 다른 문제들까지 끼어들어 버리게 되니까. 그런 게 싫어서 다른 설명은 하지 않으려 했다. 서로가 좋으냐 아니냐, 둘만의 문제에 집중하고 싶어서 아무 말도 하지 않았던 거였다.

"그럼 도대체 뭐예요? 지금 저는 검사님이 절 쉽게 생각해서 이러는 걸로밖에 안 보여요. 그게 아니면 뭐예요?"

준현이 그럴 사람이 아니라는 걸 알고 있으면서도 마음속에 숨겨져 있던 작은 의심이 꾸물꾸물 똬리를 틀었다. 한번 피어난 의심은 지난번 호텔에서 준현이 했던 말들을 머금고 더욱 커져 가고 있었다. 그 검은 마음이 그녀의 마음을 멍들게 만들었다.

6화. 기다림의 미학

텅 빈 공원. 이유를 말할 수 없는 한 남자와 이유를 들어야겠다는 한 여자가 서로를 마주하고 있었다. 두 사람의 고집스러운 눈동자가 허공에서 맞부딪쳤다.

"은아 씨, 쉽게 생각한 적 없습니다. 지금 이렇게 잡고 있는 것도 얼마나 고민하고 내린 결정인지 모릅니다."

"그러니까 저는 들어야겠어요. 뭐 때문에 그렇게 고민한 건지. 그전에는 또 왜 그랬던 건지."

은아가 입술을 다부지게 사리물고 준현의 대답을 기다렸다. 하지만 아무리 기다려도 그에게서 돌아오는 것은 아무것도 없었다.

"대답, 잘 들었어요."

무언. 아마도 그가 그녀에게 건넨 대답은 바로 그것이었을 것이다. 아무런 말을 할 수 없으니 아무 말도 하지 않을 수밖에.

"검사님 집에 있는 짐은 나중에 가지러 갈게요."

은아는 그렇게 말하고 준현이 잡고 있는 팔목을 비틀었다. 하지만 아무리 힘을 주고 비틀어도 그의 손아귀에서 벗어날 수가 없었다. 은아가 길게 한숨을 쉬었다.

"말을 해 주든가 손을 놔주든가. 둘 중에 하나만 하면 안 될까요?"

지금 바로 집에 간다고 해도 딱히 할 일이 있는 건 아니었다. 하지만 은아는 한시라도 빨리 이 장소에서 벗어나야 할 이유가 있었다. 그녀는 빨리 그가 보이지 않는 곳으로 가야 했다. 준현의 옆에 계속 있다간 이유를 몰라도 좋으니 옆에 있겠다고 할 것만 같았기 때문이다.

"……조금만 기다려 주면 안 되겠습니까?"

은아의 저항이 점점 거세지자, 굳게 닫혀 있던 준현의 입술이 천천히 열렸다.

"제가 말할 준비가 될 때까지, 조금만 기다려 주면 안 되겠습니까?"

지금 말하면 은아가 더 크게 상처받을 것이 뻔하니까. 모든 일이 해결된 후에, 그때 말하자. 준현은 그렇게 변명했다. 은아를 위해서 아무 말도 하지 않는 거라고, 그녀를 위해서 때를 기다리는 거라고, 그렇게 이유를 덧붙였다.

'김준현, 너 정말 은아 씨가 상처받을까 봐 아무 말도 못 하는 거야?'

하지만 마음속 한구석에 있는 작은 어둠이 그런 그를 한껏 비웃었다. 그리고 그에게 되물었다.

'네가 버려질까 봐 아무 말도 못 하는 건 아니고?'

그는 머릿속을 잠식하기 시작한 그 어둠을 애써 외면하려 했다. 은아를 위해서 이러는 거라고 스스로를 다잡으며 다시 한 번 입을 열었다.

"조금만 기다려 주면 전부 해결할⋯⋯."

준현은 말을 채 잇지도 못하고 자신을 똑바로 바라보는 은아의 시선을 피해 버렸다. 그의 손이 미세하게 떨리기 시작했다. 그 작은 떨림은 은아에게 고스란히 전달되고 있었다. 그녀는 그의 손을 한 번 내려다보다가 그의 얼굴로 시선을 돌렸다.

"뭐가 그렇게까지 무서운 거예요? 도대체 뭐가⋯⋯."

모든 사실을 알게 된다 해도 그녀는 그의 옆에 머물러 줄까? 준현은 아직 그 의문에 확신을 가지지 못한 채였다. 그도 그럴 것이 은아와 재회한 이후에 그는 그녀에게 상처 주기 바빴으니까. 어떻게든 그에게서 떨어트려 놓으려 모질게 굴기 바빴으니까.

그런 상황이었으니, 은아는 어떤 상황이 닥쳐도 그의 옆에 있을 거라고 단언할 수가 없었다. 그리고 그녀가 그를 떠날지도 모른다는 사실은 그를 두려움에 떨게 만들었다.

"……은아 씨가 떠날까 봐 무섭습니다. 모든 걸 다 알게 되고 나면, 내 곁을 떠날 것만 같아서……. 그래서 지금은…… 아무 말도 할 수가 없습니다."

이제야 그는 인정하고 싶지 않았던 자신의 약한 마음을 받아 들였다. 은아를 위해서라고 포장했지만 그 속에 숨겨져 있던 더 큰 진심을 꺼내 보이고야 말았다. 그리고 그가 보인 진심은 의심에 찬 은아의 마음을 녹이기에 충분한 그것이었다.

"……기다릴게요."

준현의 어설픈 진심에 은아는 마음이 아려 왔다. 그를 위해 서라고는 했지만, 한 번 그를 떠난 적이 있었던 그녀였다. 당시 엔 그 방법밖에 없다고 생각하고 한 행동이었지만, 지금 생각 해 보면 그를 못 믿어서 한 행동이었다. 박재환 부장검사를 당 해 낼 수 없을 거라고 판단했기에 도망을 갔던 거였다.

서로에 대한 확신이 부족할 때 얼마나 불안한 감정이 드는지, 은아는 그것을 잘 알고 있었다. 그랬기에 그를 기다리기로 했 다. 그때 보이지 못한 믿음을 지금 꺼내 보이려고 했다.

"내가 졌어요. 그러니까 이제 집으로 가요."

은아가 그렇게 말하며 앞장서서 걸었다. 그리고 불퉁한 목소 리로 중얼거렸다.

"더 좋아하는 사람이 져 드려야지 어쩌겠어요."

그에 은아를 따라 걸으며 숨을 고르던 준현이 인정할 수 없 다는 듯 반박했다.

"기다려 주는 건 고마운데, 더 좋아하는 사람 타이틀은 양보 못 합니다."

"어? 지금 싸우자는 거죠? 내가 더 좋아해요. 얼마나 좋아했으면 꿈까지 꿨겠어요."

"남자가 돼서 사랑하는 사람이 떠날까 봐 무섭다고 매달리는 건, 어디 쉬운 일인 줄 알아요? 그리고 은아 씨가 꿈꾼 것도 내가 정말로 뽀뽀를 했으니까……."

말끝을 흐리는 준현의 모습에 은아가 빙긋 미소를 지었다.

"뭐야, 그런 거였어요? 그런데 검사님이 막 그래도 돼요? 술 취해서 잠든 사람한테 동의도 없이 뽀뽀하고, 응?"

은아가 장난스럽게 쫑알거리며 앞으로 걸어가는데, 준현이 그녀의 팔을 잡아당겼다. 그리고 그의 힘에 끌려오는 은아를 양팔 가득 감싸 안았다.

"고마워요. 기다려 줘서."

"아……. 저……."

"잘할게요. 은아 씨가 다시는 그런 생각 못 하도록. 내가 정말 잘할게요. 그리고 그때 한 말은 진심이 아니었어요."

준현이 은아를 안고 있던 팔을 풀고 그녀의 손을 그러쥐었다. 그러고는 그렇게 잡은 손을 자신의 심장 부근으로 가지고 갔다.

"은아 씨 볼 때마다 항상 이렇게 뛰었어요."

둥, 둥, 둥, 둥. 기분 좋은 울림이 손바닥 아래로 여실히 느껴졌다. 하지만 그것만으로는 부족했다. 은아는 천천히 준현에게 다가가 그의 가슴 위에 귀를 가만히 대어 보았다. 귀 바로 옆으로 그의 심장 소리가 들렸다. 그와 함께 그녀의 심장 박동도 거세지기 시작했다. 그렇게 얼마간 있으니 두 사람의 박동 소리가 한데 섞여 누구의 것인지 분간이 가지 않을 정도였다.

"……좋다."

은아는 눈을 감고 어떤 음악 소리보다 더 기분 좋은 그 소리를 귀에 담았다. 두 사람의 심장이 함께 자아낸 화음을 오래도록 마음에 담았다.

이른 아침. 준현이 배원호 부장검사의 사무실을 방문했다. 두 사람은 사무실 안 접대용 소파에 앉아 의견을 조율하고 있었다.

배원호 부장은 오랜 시간 동안 준현의 수사를 뒤에서 도운 장본인이었다. 가끔 외압에 못 이겨 준현을 힘들게 한 적도 몇 번 있었지만, 그가 없었다면 준현이 이렇게까지 수사를 진행할 수 없었을 것이다.

"이 정도면 증거도 충분하지 않습니까. 제가 기소하겠습니다."

배 부장이 단호하게 말하는 부하 직원을 바라보다 고개를 저었다.

"요즘 고민이 많아 보이더니, 이번에는 또 갑자기 밀어붙이구나."

"갑자기가 아닙니다. 지금 기소하면 되겠다고, 검사로서 판단한 겁니다."

"그럼 나는 검사로서 판단을 못 해서 기다려야 한다고 하는 것 같으냐!"

배원호 부장이 앞에 있는 탁자를 탁, 내리쳤다.

"그쪽에서 아직 없애지 못한 증거가 남아 있다는 걸 네가 바로 얼마 전에 확인했다. 그것도 박재환 부장검사를 직접 찾아가서 말이다. 아직 그 증거를 찾지도 못했는데, 기소를 하겠다고?"

"그렇긴 하지만, 우리한테는 증인도 있지 않습니까. 그 외에 다른 증거도 꽤 많이 모았습니다."

준현이 기소를 해야 하는 이유에 대해서 구구절절 설명했지만 배 부장은 그의 의견을 단번에 묵살했다.

"아직은 안 된다."

"부장님!"

"네가 갑자기 왜 이렇게 급하게 구는지는 모르겠는데, 일단 나가서 머리부터 식혀. 네 아버지가 어떤 분이시냐? 박 부검은 또 어떻고?"

"하지만······."

"섣부르게 덤볐다간 지금 있는 증인이 도리어 다 덮어쓸 수도 있다. 그걸 알면서 이리 급하게 구는 거냐?"

불같이 자신의 의견을 내보이던 준현이 증인에게 피해가 갈 수도 있다는 말에 입을 꾹 다물었다. 준현이 조금 잠잠해지자 배 부장이 타이르듯 말했다.

"지금은 어느 정도 결심이 선 모양이구나. 요 얼마간 계속 죽을상을 하고 지내더니. 그래도 힘들다 싶으면 그냥 나한테 맡겨라. 아들이 아버지 잡는 게 어디 쉬운 일이냐?"

"……괜찮습니다. 제가 하겠습니다."

준현이 간단하게 묵례를 하고 배 부장의 사무실을 나섰다. 자신의 사무실로 향하던 그는 길게 심호흡을 했다. 고지가 눈앞에 보이니 기다리는 것이 더욱 힘들었다.

"계장님, 오늘 재판은 몇 시부터였죠?"

사무실에 도착한 준현이 허리 운동을 하고 있는 윤 계장에게 물었다.

"아마 1시부터 시작일 겁니다. 그런데 그건 왜……."

"잠시 어디 좀 다녀오겠습니다. 그리고 동수 씨, 바로 법원으로 갈 테니 서류 정리 부탁합니다."

준현은 집무실 안으로 들어가 자동차 키를 가지고 나와 가타부타 설명도 없이 사무실을 나섰다. 그리고 빠른 걸음으로 주차장으로 향했다.

"아, 이런."

준현이 손으로 머리 위를 가렸다. 건물을 벗어나 차가 있는 곳으로 가는데 하늘에서 하얀 눈송이가 떨어지고 있었다. 3월에 눈이라니. 이제 봄이라고 생각했는데, 동장군은 아직 그 자리를 완전히 내줄 생각이 없는 모양이다. 그래도 굵은 눈송이는 아니었기에, 그는 흩날리는 눈발을 가로지르며 걸음을 재촉했다.

빠른 동작으로 차에 올라탄 그는 조금은 진중한 표정으로 누군가에게 메시지를 보냈다. 그러고는 차 시트에 몸을 묻고 길게 한숨을 쉬었다.

"하아……."

그렇게 잠깐 생각을 정리하려는데, 곧바로 휴대폰에서 진동이 울리는 게 느껴졌다. 상대에게서 답장이 온 것을 확인한 준현은 입매를 단단히 하고 차를 출발시켰다. 그의 차는 검찰청을 벗어나 도로 위를 매끄럽게 달리기 시작했다.

출근 시간대를 지나 조금은 한산한 도로. 적당한 속도로 차를 몰던 준현이 가속 페달을 밟은 발에 조금 더 힘을 주었다. 검찰청을 빠져나올 무렵부터 보이던 어떤 차량이 아직까지 그의 뒤를 쫓고 있었던 것이다.

'너무 예민해진 건가.'

단순한 우연일지도 모르지만, 조심해서 나쁠 것은 없었다. 준현은 일부러 아슬아슬하게 신호를 지나쳐 보기도 하고, 갓길에 차를 세워 보기도 했다.

"하!"

아니나 다를까. 준현의 신경을 거스르던 자동차는 여전히 그의 뒤를 쫓고 있었다. 자신의 존재를 숨기려는 기색조차 없어 보이는 모습에 기가 차서 헛숨이 터져 나왔다.

"이젠 대놓고 미행까지."

준현은 룸 미러를 통해 그와 마찬가지로 도로변에 서 있는 차량을 노려보다가 휴대폰을 들었다. 그는 만나기로 했던 사람에게 다음에 봐야겠다고 연락을 넣어 두고, 거칠게 차를 출발시켰다. 물론 그가 향하는 곳은 원래의 목적지가 아닌 서울서부지방검찰청이었다.

같은 시각, 변호사 사무실 안. 간단한 안부 인사를 마친 사람들은 저마다 해야 할 일에 몰두하고 있었다. 일정도 챙기고, 커피도 내려 두고, 이것저것 필요한 물품들을 채워 넣은 은아는 할 일 없이 자리에 앉아 혼자만의 상념에 잠겨 있었다.

탁, 탁, 탁, 탁. 손이 빈 것이 아쉬워 쥐고 있던 볼펜이 일정한 주기로 책상을 두드렸다. 생각에 깊게 빠져 있던 터라 은아는 자신이 귀에 거슬리는 소리를 내고 있다는 사실도 눈치채지 못하고 있었다.

"야, 고은아."

책상과 볼펜의 마찰음이 더욱더 빨라지면서 점점 더 거슬리게 될 즈음, 가영이 은아를 불렀다. 하지만 은아는 여전히 친구의 부름조차도 듣지 못하고 있었다. 결국 보다 못한 가영이 은아의 자리로 다가가 그녀의 어깨에 툭, 손을 올렸다.

"아, 깜짝이야."

"무슨 생각을 하기에 불러도 대답이 없어."

"그냥, 좀. 그런데 왜?"

"지금 네가 내고 있는 그 소리, 엄청 거슬린다고."

가영이 턱 끝으로 가리키는 방향을 따라 은아가 시선을 돌렸다. 그곳에는 무의식적으로 책상을 두드리고 있는 그녀의 손이 있었다.

"아, 미안. 아, 죄송합니다."

은아가 가영과 다른 사람들에게 인사를 하고 쥐고 있던 펜을 내려놓았다. 그리고 비어 있는 손을 괜히 만지작거렸다. 가영은 그런 은아를 보고 어깨를 한 번 더 두드린 후 자리로 돌아갔다.

"하아……."

살짝 벌어진 입술 사이로 가느다란 한숨이 새어 나왔다. 기다리겠다고 한 지 이제 겨우 하루가 지나가고 있었다. 하지만 체감 시간은 그보다 몇 배는 더 되는 것 같았다.

'도대체 뭘까?'

다시금 생각에 잠긴 은아가 눈을 가늘게 뜨고 입 주변을 매만졌다.

'내가 알게 되면, 준현 씨를 떠날지도 모른다는 이유라는 게.'

해답을 찾을 수 없는 의문들에 골머리를 썩느라 은아는 이번에도 그녀의 자리에 누군가가 다가오는 것을 눈치채지 못했다.

"뭐가 그렇게 심각하냐."

한성이 막 내린 원두커피를 머그잔 가득 담아 들고 은아의 책상 앞까지 터덜터덜 걸어왔다. 무심한 듯 말을 걸고 있었지만, 그의 눈동자는 그녀의 표정 하나하나를 세심하게 살피고 있었다.

"심각하긴요. 그냥, 이제 뭘 해야 하나 생각하고 있었어요."

은아는 한성의 눈길을 대수롭지 않게 받아 내며 손사래를 쳤다.

"오호라. 남들은 바빠 죽겠는데, 할 일이 없으시겠다."

"아니……. 할 일이 없는 건 아닌……."

"정 그렇다면, 내 부탁 좀 들어줘야겠다."

"아뇨, 제가 할 일이 없다는 게 아니라……."

"내가 좋아하는 생과일주스 가게 알지? 싸기도 싸고, 양도 엄청 많이 주는. 거기 가서 주스 네 개만 사 주라. 아무래도 커피는 영, 써서 말이야."

한성은 몇 번이나 은아의 말을 끊어 가며 자기 할 말만 이어 갔다. 게다가 커피를 홀짝홀짝 마셔 가며 말하는 모습이 얄밉기 그지없었다.

"설탕 넣어 마시면 되잖아요. 그리고 그 가게 여기서 걸어가기엔 꽤 멀단 말이에요."

"운동 겸 다녀오면 되지. 너, 그렇게 쓸데없이 잡생각 많은 거, 그게 다 운동 부족이라 그래. 난 딸기면 되고, 이가영은 키위, 사무장님은 토마토 맞죠?"

"좋죠."

"난 키위 말고 초코 프라푸치노로."

"들었지? 딸기, 토마토, 초코 프라푸치노. 그리고 너 마실 거 하나."

한성이 그렇게 말하며 카드를 내밀었다. 은아는 나름 항변을 해 보려 했지만 사무장과 가영까지 합세하는 바람에 이를 부득 갈며 카드를 받아 들었다.

"이렇게 친히 일거리 주셔서 고맙습니다, 변호사님."

"고마워할 것까지야."

"그럼, 다녀오겠습니다."

마지막까지 얄미운 태도를 보이는 한성을 뒤로한 채 은아는 사무실을 나섰다. 문을 닫은 그녀가 고개를 저으며 못 말린다는 듯 웃었다.

'굳이 이렇게까지 안 해 줘도 되는데 말이야.'

아마도 한성은 일부러 그녀를 멀리까지 보내는 것일 터였다. 오늘 오전, 그러니까 얼마 후에 박재환 부장검사가 사무실을 찾아오기로 되어 있었다. 자세한 사정까진 몰라도, 재환과 은아 사이에 흐르는 묘한 기류를 눈치챈 그로서는 두 사람이 마주치는 것을 어떻게든 피하게 해 주려 했을 것이다.

"하여간, 오지랖은."

은아는 그렇게 중얼거리며 복도를 걸었다. 그리고 계단으로 내려가려고 했다.

"그러니까, 눈치챈 것 같지는 않고?"

코너를 돌아 계단으로 한 발 내딛으려는데, 아래쪽에서 중년 남자의 목소리가 들려왔다. 은아는 그 목소리의 주인공이 누구인지 알아챔과 동시에 움직임을 멈추었다.

"그럼 왜, 바로 지척에 있으면서도 아무것도 알아내질 못해!"

잔뜩 노기가 어린 목소리는 박재환 부장검사의 그것이었다. 은아는 몰래 숨을 훅, 들이마시고 조심스럽게 위층으로 향했다.

그의 목소리를 들을 수는 있지만, 그가 그녀를 볼 수 없는 곳에 서서 가만히 기다렸다.

"아니, 정말 김 검이 눈치챘을 가능성은 없는 건가?"

그리고 이어지는 '김 검'이라는 호칭에 입술을 깨물었다. 재환이 '김 검'이라고 언급한 순간 은아의 머릿속에는 준현의 얼굴이 떠올랐다. 물론 그가 말한 '김 검'이 준현이 아닐 수도 있지만, 은아는 통화 내용에 더욱 귀를 기울이게 되었다.

"크흠. 그렇다면 뭐. 지금은 밖이니 자세한 얘기는 다음에 하도록 하지."

하지만 집중한 보람이 없게도, 재환은 금방 통화를 끝내 버렸다. 그는 낮게 욕설을 읊조리는가 싶더니, 계단을 올라 변호사 사무실 쪽으로 들어갔다.

'김 검이라는 사람의 주변 인물 중에 박 부검의 사람이 있다는 소린데.'

은아는 재환이 사라지고 얼마 정도의 시간이 지나고 나서야 터벅터벅 계단을 내려왔다. 그녀는 걸음을 걸으면서도 내내 생각에 잠겨 있었다.

박 부검이 어떤 검사의 주변에 사람을 심어 둔 것은 다른 검사들의 관리 차원에서 있어야만 하는 일일 수도 있다. 하지만 재환과의 사이에서 좋지 않은 여러 가지 일이 있었던 은아는 나쁜 쪽으로밖에 생각이 가질 않았다.

'설마 준현 씨한테 사람을 붙여 둔 건……'

방금 들은 이야기를 준현에게 말할 필요가 있는지 없는지 고민하면서, 건물을 빠져나와 도로를 걸었다. 생각하느라 다른 사람을 못 보고 부딪칠까 봐, 일부러 도로 쪽으로 치우쳐서 길을 걷고 있었다.

그런 은아의 옆으로 자동차 하나가 멈추는가 싶더니, 그녀를 따라 천천히 서행하기 시작했다. 차 안 운전자는 창문까지 내리고 보란 듯이 은아를 바라보고 있었다. 하지만 좀처럼 그녀가 눈치를 채 주지 못해서 결국 경적을 울렸다.

"아!"

멍하니 있다 경적 소리에 놀라, 소리가 들린 방향으로 고개를 돌린 은아는 그녀를 바라보고 있는 한 남자를 발견할 수 있었다.

"뭐예요."

툴툴거리며 말하는 은아의 입가에 작은 미소가 걸렸다. 그러다 저도 모르게 웃어 버린 입술을 주먹으로 가리고, 고개 돌려 크흠, 하고 헛기침을 했다. 얼굴 가득 퍼져 있던 웃음기를 지워 버린 그녀가 조금은 진중한 듯 물었다.

"어디, 가는 중이었어요?"

은아의 물음에 준현이 잠시 망설이다 대답했다.

"……일정이 있었는데 취소됐어요. 은아 씨는 어디 가는 중이에요?"

"그냥 잠깐 볼일이 있어서요. 그럼 조심히 들어가세요."

그를 발견하자마자 저도 모르게 함박웃음을 지을 정도였으면서, 은아는 준현에게 조금 쌀쌀맞게 굴었다. 꾸벅 인사를 하고 미련 없이 돌아서려는 그녀의 모습에 준현이 팔을 뻗어 조수석 문을 열었다.

"일단 타요. 데려다줄게요."

"됐어요. 걸어가면 금방이에요."

"그럼 차 타고 가면 더 금방이겠네요. 얼른 타요. 아니면 뭐, 같이 걸어가도 되고."

준현이 운전석 차 문을 열려고 하는 기색을 보이자 은아가 못 이기는 척, 그의 옆자리에 올라탔다. 준현의 뜻대로 움직이긴 했는데, 은아의 눈초리가 곱지만은 않았다.

"하여간, 제멋대로……."

준현은 낮게 중얼거리는 은아의 목소리를 고스란히 들었으면서도 못 들은 체하고 운전대를 잡았다.

"어디로 가면 돼요?"

"글쎄요."

은아는 준현과 함께하는 시간이 좋으면서도 문득 뭔가 억울하고 왠지 모르게 답답한 기분이 들 때가 있었다. 그리고 그때마다 그를 퉁명스럽게 대했다. 기다리겠다고 마음먹긴 했지만, 그것과는 다르게 여러 가지 불만이 가슴속을 그득히 채웠던 것이다.

이유를 알지 못한 채 그에게 냉대를 당해야 했던 순간의 상처가 불쑥불쑥 고개를 내밀며 그녀를 혼란스럽게 만들었다. 그랬기에 준현과 함께 있는 동안 은아의 기분은 온난 전선과 한

랭 전선을 오가고 있었다.

"그냥 애오개역 쪽으로 가면 돼요."

"혹시, 무슨 안 좋은 일 있었어요?"

"아뇨."

은아의 무표정한 얼굴에 걱정이 된 준현이 한마디 했지만, 돌아오는 건 차디찬 단답뿐이었다. 심상치 않은 분위기에 준현도 말을 아끼고 운전에 집중했다.

"여기 횡단보도에서 세워 주세요. 가게가 저기 건너편에 바로 있거든요."

그렇게 얼마 가지 않아서 은아는 덤덤하게 차에서 내리려고 했다. 그런데 준현이 그런 그녀를 붙잡았다.

"이렇게 가면, 나는 어떡해요?"

"네?"

어떡하긴 뭘 어떡해. 알아서 서부지검까지 돌아가면 되지. 은아가 황당하다는 듯 준현을 돌아보았다.

"있어 봐요. 건너편까지 데려다줄 테니까."

"그럴 필요까진 없어요."

"걱정 마요. 가다 보면 유턴하는 데 나올 거예요."

계속 가다 보면 유턴하는 곳이 나오긴 하겠지. 하지만 은아는 그렇게까지 돌아갈 필요가 전혀 없었다.

"아니, 저쪽에 가게 바로 보이거든요. 그냥 길만 건너면 되는데……."

준현은 은아가 내리기 전에 차를 출발시켰다. 그 결과, 은아는 바로 코앞에 걸어가면 될 거리를 차를 타고 둘러 가게 되었다.

"이게 무슨……."

막무가내인 준현의 모습에 멍하니 그를 바라보던 은아가 풋, 하고 웃음을 터트렸다. 그런 은아를 곁눈으로 쳐다보던 준현도 같이 미소를 지었다.

"둘러 가게 되더라도, 이젠 같이 가요."

같이 가자는 그 말이 마음속에 잔잔한 파동을 일으켰다. 가슴속에 응어리져 있던 무언가가 사라지며 온기가 퍼져 나가는 것 같았다. 은아는 뭉클한 가슴을 주먹으로 짓누르며 의미심장한 말을 보태었다.

"저는 같이 가고 싶은데, 어떤 분이 자꾸 말도 없이 혼자 가잖아요."

"어, 음……. 그러게요. 내가 잘못했네요."

"알면 됐어요. 빨리 유턴할 곳이나 찾아요."

말 한마디가 준 따스함에 은아는 창밖을 보며 여운을 되새겼다. 그러다 갑자기 떠오른 생각에 준현에게 말을 걸었다. 마음속 앙금이 풀리고 나니 다른 일들이 생각나기 시작했던 것이다.

"오늘, 사무실에 박재환 부장검사가 찾아왔어요."

재환의 이름이 언급됐을 뿐인데, 느른한 미소를 짓고 있던 준현이 표정을 살짝 굳혔다.

"무슨 일로요?"

"한성 선배랑 상담 일정이 잡혀 있었거든요."

"아……."

"그런데 그것보다 어쩌다가 이상한 얘기를 들었어요. 누구랑 통화하는 것 같았는데, 김 검한테 사람을 붙여 놨다 하더라고요."

은아의 말에 준현이 입매를 단단히 했다.

"설마……. 그 김 검이 준현 씨는 아니겠죠?"

"부장님한테 무슨, 나쁜 말 들은 건 아니죠?"

"지금 그게 중요한 게 아니잖아요. 박 부검이 김 검한테 사람을 붙였다고 했다니까요."

"나한테는 이게 더 중요해요. 아까 혹시 그래서 기분 안 좋았던 거예요?"

재환이 혹시나 준현을 감시하고 있는 걸까 봐 걱정하는 은아와 다르게 준현은 도리어 은아를 걱정하고 있었다. 은아를 준현에게 붙은 먼지쯤으로 여기고 있는 재환이었으니, 그녀에게 안 좋은 말을 했을까 봐 걱정이었다.

"마주치지도 않았어요. 한성 선배가 타이밍 좋게 심부름 보내 줬거든요."

"그럼 됐어요. 그리고 사람 붙였다는 일은 신경 안 써도 돼요."

"……알겠어요."

준현은 은아가 괜히 신경 쓸까 봐 말을 아끼긴 했는데, 생각했던 것보다 그녀가 너무 쉽게 수긍을 하자 오히려 이상한 기분이 들었다.

"더 안 물어봐요?"

"신경 안 써도 된다면서요."

"그러긴 했는데……."

준현이 말끝을 흐리자, 은아가 싱긋 웃어 보였다.

"기다리기로 했으니까."

하고 싶은 말도 많고, 묻고 싶은 말도 많았다. 방금 전, 사무실에서도 이런저런 생각이 많아서 다른 사람이 부르는 소리를 못 들을 정도였다. 하지만 은아는 물음 대신 웃음으로 화답했다. 기다리기로 했으니까. 그가 직접 말해 줄 때까지 기다릴 생각이었다.

"음료수, 금방 사 올게요. 준현 씨도 꼼짝 말고 기다리고 있어요."

두 사람이 대화를 나누는 동안, 준현의 차는 도로를 돌아서 은아가 가려 했던 가게 앞에 멈춰 섰다. 은아는 기다리라고 엄포를 놓고, 차에서 내려 가게로 달려갔다. 간단하게 주문을 마치고 대기하고 있던 그녀는 가게 창유리로 얼핏 비치는 자신의 모습을 확인하게 되었다.

'나, 계속 이 꼴로 있었던 거야?'

일하는 동안 흘러내리는 머리가 귀찮아서 아무렇게나 질끈 묶어 둔 참이었다. 거울도 보지 않고 막 묶은 터라 이제 와서 보니 묶인 모양이 마음에 들지 않았다. 그렇게까지 이상한 건 아니었는데, 준현을 다시 봐야 한다는 생각에 괜히 신경이 쓰였다.

결국 은아는 기다리는 동안 머리를 풀고, 손가락으로 빗질을 했다. 그녀의 빗질은 주문한 음료를 받아 들고 나가 준현의 차에 올라타는 동안에도 계속되었다.

"어, 머리 풀었네요."

"너무 꽉 묶었더니 두피가 당기더라고요."

준현은 그저 머리를 풀었냐고 말한 것뿐인데, 지레 찔린 은아가 머리를 푼 것에 대해 변명을 해 댔다. 민망함에 계속 머리를 만지작거리기도 했다.

"크흠."

준현은 은아가 머리를 푼 것에 대해 별로 신경을 쓰지 않고 차를 출발시켰다가, 곧이어 코 안에 스며드는 향기에 헛기침을 했다. 밀폐된 차 안에서 은아가 머리를 쓸어내리니 싱그러운 샴푸 내음이 한가득 차오른 것이다.

분명 같은 제품을 사용했을 텐데, 은아에게서는 그에게 나지 않는 달콤한 향기가 나는 것 같았다. 냄새만으로도 이렇게 달콤한데, 입 안에 머금으면 더 달콤하지 않을까. 준현은 돌연 든 생각에 고개를 저었다.

지금 같은 상황에서 이런 생각은 그의 몸에 가히 좋지 않았다. 아니나 다를까. 준현의 심장 박동이 빨라지고, 저도 모르게 조금은 거친 한숨을 뱉어 냈다. 그러다 목이 타는 것 같은 느낌에 은아가 들고 있던 딸기 주스를 마셔 버린다.

"어, 그거……."

준현이 마신 딸기 주스는 한성의 몫이었다.

"아, 나도 모르게…… 미안해요."

"아니에요. 제가 생각이 짧았어요. 준현 씨 것도 사 오는 거였는데. 그냥 마시던 거 계속 마셔요."

한성에게는 그녀가 마시려고 사 온 키위 주스를 주면 될 일이다.

"선배한테는 내 꺼 주면 되니까."

"그럼 은아 씨는요?"

"저요? 전 굳이 마시고 싶은 건 아니라 괜찮아요."

도로 위를 달리고 있던 자동차가 신호에 걸려 멈춰 섰다. 준현은 차가 제대로 멈춘 것을 확인하고, 은아에게 마시던 음료를 내밀었다.

"이거 마셔요. 엄청 맛있는데."

은아가 그가 내민 음료를 물끄러미 바라보았다. 더 자세히 말하자면, 음료에 꽂힌 빨대 윗부분을 쳐다보고 있었다. 그러니까 여기에 준현 씨 입술이 닿았단 말이지. 은아는 살짝 반들거리는 빨대를 보다가 이내 고개를 저었다.

"아뇨, 정말 괜찮아요."

은아는 괜찮다고 했지만, 그녀의 망설임의 과정을 고스란히 지켜본 준현이 눈을 가늘게 뜨고 물었다.

"혹시 내가 마셨던 거라서 입 대기 싫은 거예요?"

거침없는 그의 질문에 은아가 눈동자를 데구루루 모로 굴렸다.

"싫다기보단…… 아무래도 좀 그렇잖아요."

어물쩍 넘어가려는 은아의 태도에 준현이 마음에 들지 않는다는 듯 흐음, 하고 신음을 흘렸다. 그러다 곧 짓궂은 표정을 하고 한 손으로 은아의 볼을 감싸 쥐었다. 갑작스레 볼에서 느껴지는 온기에 은아가 눈을 동그랗게 뜨고 그를 바라보았다.

준현은 여전히 입가에 미소를 유지하고 있더니 은아의 입술에 촉, 하고 입을 맞추었다. 입 안에 스며든 딸기 향에 은아가 눈을 더욱 크게 뜨자, 준현이 다시 한 번 은아의 아랫입술을 머금었다. 이 모든 일은 신호를 기다리고 있는 짧은 순간 동안 일어난 것이었다.

"너무 맛있어서, 맛이라도 보여 주고 싶었어요."

놀라서 황망한 표정을 하고 있는 은아와 달리, 준현은 자연스럽게 그의 행동에 타당성을 부여하고는 가속 페달을 밟았다.

"그런데 주스보다 더 맛있는 게 바로 옆에 있었네요."

"아, 정말!"

정면을 응시하고 있는 준현이 입술을 한 번 할짝거리고는 능청스럽게 말을 이어 갔다. 그에 은아가 바락 소리를 질렀다.

"손발 없어지겠어요. 그리고 누구 맘대로 뽀뽀하고 그래요?"

"뽀뽀한 게 아니라, 주스 맛 보여 준 거라니까요."

"퍽이나."

"어, 진짠데. 못 믿겠으면 제대로 된 뽀뽀가 어떤 건지 보여 줄까요?"

"돼, 됐거든요."

장난기 가득한 준현 때문에 목이 타기 시작한 은아가 딸기 주스를 양껏 마셨다. 입맞춤까지 한 지경인데, 간접 키스가 뭐 그리 대수겠는가.

"뭐, 확실히 맛은 있네요."

은아가 딸기 주스가 맛있다는 것을 인정하자, 준현이 잘게 웃으며 '그렇죠?' 하고 응수했다. 그의 웃음은 은아에게까지 전염이 되어 목적지에 도착할 때까지 두 사람의 웃음소리가 끊이질 않았다.

늦은 저녁. 퇴근 후에 은아는 가로등 불빛을 벗 삼아 골목을 걷고 있었다. 일이 남아서 조금 늦을 것 같다고, 준현에게 연락을 받아 둔 터였다. 그래서 그녀는 혼자서 준현의 집으로 가는 길이었다.

"안녕하세요."

익숙한 골목을 지나 준현의 집과 은아의 집의 갈림길인 사거리에서 잠시 머뭇거리던 은아가 단골 빵집 안으로 들어갔다. 손님이 드문 가게였기에 빵집 주인은 그녀를 반갑게 맞이했다.

"어서 와요."

"하하. 또 보네요."

"그러게요. 아침에도 잔뜩 사 갔으면서, 벌써 다 먹은 거예요?"

"네, 워낙에 맛있으니까요. 음, 맛있는 빵이 남아 있으려나……."

은아는 그렇게 중얼거리며 빵집을 둘러보았다. 그런데 그녀의 걱정이 무색하게도 아주 많은 빵이 남아 있었다.

"오늘은 빵이 좀 많이 남았네요."

어색해하며 말하는 은아의 모습에 아주머니가 한숨을 쉬며 힘없이 웃었다.

"오늘만 그런 게 아니라, 거의 항상 이래요. 요즘은 빵집도 유명 브랜드만 찾아서, 우리 같은 동네 빵집은 거의 죽어 나가죠."

확실히 변호사 사무실 건물 1층에 자리 잡은 재민의 빵집은 장사가 꽤 잘되는 편이었다. 퇴근하면서 오는 길에 본 바로는 무슨 이벤트 같은 것도 여러 개 하는 것 같았다.

"사람들이 사장님 빵을 못 먹어 봐서 그런 걸 거예요. 한 번 먹으면 헤어 나올 수가 없는 맛인데. 아니면 사장님도 도로 쪽에서 시식 행사 같은 걸 해 보는 건 어떠세요?"

"아가씨처럼 맛있게 먹어 주는 사람 있는 걸로도 고맙죠. 그리고 혼자 하는 장사라서 행사 같은 건 꿈도 못 꿔요."

"도와줄······."

도와줄 가족이 없냐고 물어보려던 은아가 말끝을 흐렸다. 그녀 스스로가 가족이 없는 처지여서일까. 가족이 없다고 말하는 것이 얼마나 서글픈 일인지 잘 알고 있었기에 그런 질문을 꺼내기가 쉽지 않았다.

"잘되실 거예요. 이렇게 맛있는데, 조금만 기다리면 곧 대박 나실 거예요."

"정말 그랬으면 좋겠네. 에이, 기분이다. 어차피 지금 못 팔면 버려야 되는 거, 아가씨가 좀 가져가요. 내, 돈은 안 받을게."

"아뇨, 안 그러셔도 돼요."

"단골이라서 주는 거예요. 앞으로도 많이 와 달라고 뇌물 주는 거야."

결국 준현의 집으로 향하는 은아의 손에는 빵이 한가득 들어 있는 비닐봉지가 쥐어 있었다.

"오늘 저녁은 무조건 빵이겠네."

그렇게 중얼거리면서, 봉지 안에 든 빵 하나를 꺼내 입에 물었다. 은아는 빵을 오물거리며, 방금 전 빵집 주인이 한 말을 떠올렸다.

"난 반죽한 빵 오븐에 넣고 기다리는 시간이 그렇게 좋더라고. 그게 너무 좋아서, 이 일을 그만둘 수가 없어."

아주머니의 말에 의하면 기분 좋은 기다림도 있는 것 같았다. 실제로 기다리는 것 자체는 그렇게 어려운 일이 아니다. 그냥 시간이 흘러가는 대로 내버려 두면 되는 거니까. 다만, 기다림의 끝에 좋지 않은 결과가 있을까 봐 걱정하는 것이 너무도 괴로운 일이었다.

"다녀왔습니다."

어느새 준현의 집에 도착한 은아가 불 꺼진 어둠을 향해 인사를 보냈다. 물론 텅 빈 공간은 그녀에게 어떠한 화답도 하지 않았다. 은아는 어둠과 서늘함으로 가득 찬 집 안에 불을 켜고, 온기를 불어넣었다. 준현이 들어올 때의 집은 지금 같지 않기를 바라며, 몸을 바삐 움직였다.

은아의 부산스러운 움직임에 따라 집이 서서히 따스해져 갈 무렵, 현관에서 도어록이 해제되는 소리가 들려왔다.

"다녀왔어요?"

은아는 준현이 번호 키를 누르는 소리가 들리자마자 현관으로 달려가서 문을 열고 들어오는 그를 맞이했다.

"아……."

준현은 반갑게 인사하는 은아를 멀뚱히 보고만 있었다. 집에 돌아왔을 때 누군가가 맞아 주는 일이 익숙하지가 않았던 것이다.

"뭐 해요? 안 들어오고."

준현이 신발도 벗지 않고 신발장에서 멍하니 서 있기만 하자 은아가 고개를 갸웃하며 물었다. 준현은 입술을 살짝 삐죽거리는 은아를 여전히 보고만 있다가 성큼 다가가 그녀의 허리를 끌어안았다.

그냥 보고만 있기에는 유혹이 너무 컸다. 반갑게 그를 맞이하는 은아가 그렇게 사랑스러워 보일 수가 없었다. 준현은 마음이 가는 대로 그녀를 당겨 안고, 어리둥절해하는 그녀의 볼을 감싸 안고 여린 입술을 찾았다. 깨물면 달콤한 과즙이 흘러나올 것만 같은 은아의 입술을 성마르게 찾고, 또 찾았다.

7화. 그렇게 다른 너

　가장 먼저 느껴진 감각은 서늘함이었다. 때늦은 꽃샘추위에 준현이 온몸에 한기를 가득 묻혀 온 탓에 차가운 감촉이 은아를 덮쳐 왔다. 하지만 곧이어 닥쳐 온 입술의 뜨거운 감촉에 한기를 계속 느낄 겨를이 없었다.

　오랜 시간이 지나서야 사랑하는 여자의 입술을 찾게 된 남자는 욕망에 날뛰는 한 마리의 짐승과도 같았다. 인고의 시간 끝에 사랑하는 남자의 입술에 닿게 된 여자도 그와 별반 다르지 않았다.

　지루한 장마 끝에 맞게 된 단비처럼, 오랜 갈증 끝에 찾게 된

물 한 모금처럼, 두 사람은 서로를 애타게 끌어안고, 애달프게 서로의 입술을 갈구했다.

"하아……."

오랜 입맞춤 끝에 살짝 벌어진 입술 사이로 뜨거운 호흡이 흩어져 나왔다. 열병을 앓는 아이의 그것처럼 달뜬 숨결은 주변의 공기를 한층 더 달아오르게 만들었다. 그의 옷자락에 머물던 한기는 더 이상 존재하지 않았다. 톱니바퀴처럼 딱 맞물려진 두 사람의 육체에 서늘함이 끼어들 공간 같은 건 없었다.

"이렇게 되길 기다렸다고 하면, 나 너무 쉬워 보일까요?"

도발적인 미소를 지으며 그의 볼을 쓰다듬는 은아의 모습에 준현이 끙, 하고 신음을 흘렸다. 그는 볼에 머무는 그녀의 손을 그러쥐고 맥박이 팔딱거리는 곳, 손목 위에 진하게 입을 맞추었다.

"전혀. 너무 어려운 여자입니다."

준현의 대답에 은아가 만족스러운 듯 입꼬리를 길게 늘였다. 어쩐지 어렵다는 그 말이 싫지가 않았다.

"그럼, 조금 더 원한다고 하면 호색한으로 볼 겁니까?"

이번에는 준현이 은아의 입술을 엄지로 매만지며 물었다. 그에 은아는 고개를 저었다.

"그럴 리가요. 엄청 바람직한 연인으로 볼 거예요."

은아의 대답이 끝남과 동시에 두 사람은 누가 먼저라 할 것 없이 다시 서로의 입술을 찾았다. 입술이 맞물림과 동시에 준현은 은아의 입술 사이로 파고들어 가 그녀의 은밀한 공간을 잔뜩 헤집어 놓았다.

농염한 미소를 지으며 그를 유혹하긴 했지만 막상 그가 침입해 가니 양껏 얼어 버린 그녀의 혀를 살며시 휘감고, 한껏 힘이 들어간 그녀의 어깨를 부드럽게 쓰다듬으며 긴장한 그녀를 어르고 달랬다. 그런가 하면, 촉촉이 젖은 그녀의 입 안을 여기저기 휘젓고 다니며 거센 풍랑을 일으키기도 했다.

"으음."

은아는 입 안 여린 살을 간질이듯 움직이는 그의 몸짓에 저절로 신음이 흘러나올 정도였다. 조금만 더, 조금만 더. 가슴을 데우는 애단 열망에 호흡이 가빠졌다.

어느 순간 산소가 부족해 정신까지 혼미해질 즈음, 그녀의 입 속에서 환희의 끝을 찾아 헤매던 준현이 입술을 살짝 떼었다. 그리고 그녀로 인해 젖은 입술을 내려 턱을 지나고, 가는 목선에 잠시 머물다, 고운 쇄골에 깊게 안착했다.

그가 지나가는 길을 따라 솜털이 곤두서는 기분이었다. 그 아찔한 감각에 은아는 그에게 더욱 가까이 닿을 수 있도록 고개를 들고, 탄식과도 같은 한숨을 뱉어 냈다.

"후우……."

준현도 쇄골 위로 거칠게 숨을 고르다가, 그녀를 통째로 마셔 버리기라도 할 기세로 여린 살결을 힘 있게 흡입했다. 그의 입 안으로 들어가는 살결을 따라 그녀의 영혼도 함께 빨려 들어가는 것만 같았다.

"앗!"

은아의 입에서 단말마의 비명이 터져 나왔다. 머리끝부터 발끝까지 관통하는 짜릿한 자극에 이어, 저릿한 여운이 온몸에 퍼졌다. 따뜻한 물속에 오랫동안 있었을 때처럼 몽롱한 기분에 현기증이 일었다.

준현은 거기에 그치지 않고, 더욱더 은아를 탐했다. 그의 입술이 은아의 쇄골 주변을 지분거리는 동안, 그의 손은 그녀의 상의 아래로 들어가 깊숙한 곳으로 향하고 있었다. 은아는 준현의 입술이 주는 감각에 정신이 팔려 그의 손이 어디를 향하고 있는지조차 눈치채지 못하고 있었다.

"갖고 싶다, 고은아."

쇄골 옆에 붉은 징표를 남긴 준현이 은아의 귓가에 다가가 낮은 목소리로 속삭였다. 귓전을 울리는 매혹적인 감각에 은아는 눈을 질끈 감아 버렸다. 절실한 그의 음성에서 절박한 그의 진심을 느낄 수 있어 더욱 마음이 움직였다. 그의 말 한마디에 온 정신이 함락된 것만 같았다. 이미 그에게 온전히 가져진 느낌이다.

"……나도 갖고 싶어요."

은아가 그렇게 말하며, 셔츠 위로도 고스란히 느껴지는 그의 단단한 가슴을 쓸었다. 익숙지 않은 행동에 그녀의 얼굴이 붉게 물들어 있었다. 발갛게 달아오른 채 그에게 유혹의 몸짓을 던지는 연인의 모습에 더욱 안달이 난 준현이 신발도 채 벗지 않고 집 안으로 들어섰다.

"아……."

그의 다급한 행동에 살짝 뒷걸음치던 은아는 그에게 몰려 뒤에 있는 벽까지 도망가고 말았다. 등 뒤에서 느껴지는 딱딱한 벽의 감촉에 슬쩍 뒤를 돌아보다, 다시 준현을 바라보고는 입술을 꾹 깨물었다. 잠깐 사이에 그의 눈동자에서 크게 일렁이는 욕망의 흔적을 발견한 것이다.

준현은 벽 사이에 은아를 가두어 놓고, 고개를 아래로 숙여 그녀에게 가까이 다가갔다. 예전 호텔에서 준현이 상처 주는 말을 했을 때와 비슷하다면 비슷하다고 할 수 있는 행동이었다.

"혹시 또 알아요? 한번 자 보면 그때 그 감정이 다시 살아날지."

은아가 순간적으로 떠오른 그의 말에 아픈 듯 한숨을 내뱉었다. 상처받은 눈빛이 그에게 닿았다. 준현은 은아가 무엇을 떠올렸는지 눈치채고, 슬픈 빛을 보이는 그녀의 눈가에 다가가 살며시 입을 맞추었다.

"사랑합니다."

그리고 콧잔등을 따라 내려가 그녀의 입술에 진한 여운을 남기고 떨어졌다.

"그때도 이렇게 말하고 싶었습니다."

준현의 고백에 다리에 힘이 풀린 은아가 쓰러지듯 주저앉았다. 다행히 준현이 잡아 준 덕에 바닥에 무릎이 쿵 부딪치는 일은 없었다. 준현이 은아를 조심스럽게 바닥에 앉혀 주고, 그도 그 앞에 한쪽 무릎을 꿇고 앉았다.

"괜찮아요?"

"안 괜찮아요."

은아가 투정 부리듯 중얼거렸다.

"그때 그 일, 평생 우려먹을 줄 알아요."

단단히 엄포를 놓는 은아의 모습에 준현이 훗, 하고 웃음을 터트렸다.

"뭐야, 왜 웃어요?"

"우리 평생 같이 있기로 한 거예요?"

준현의 웃음 섞인 말에 아차 싶었던 은아가 단호하게 고개를 저었다.

"아니요! 그건 더 두고 봐야 알 일이죠."

눈에 힘을 꽉 주고 단언하듯 말했지만, 준현은 그런 그녀의 모습도 귀여웠는지 와락 끌어안았다. 단숨에 그의 품에 폭, 안긴 은아가 어안이 벙벙해져서 눈을 깜박거리다 살짝 몸을 비틀었다.

"걱정 마요."

준현이 은아의 반항에도 굴하지 않고 그녀의 귓가에 다가가 나지막이 속삭였다.

"꼭 그렇게 될 거니까. 꼭 평생 같이 있을 겁니다."

귓전에 닿은 그의 숨결에 은아가 저항을 멈추었다. 평생 같이 있겠다니. 원래 같았으면 그런 말을 하는 사람을 향해 비웃음을 날려 주었을 터였다. 지키지도 못할 말은 하는 게 아니라고 비아냥거렸을 그녀였다.

하지만 준현이기에, 그런 말을 한 사람이 다른 사람도 아닌 김준현이었기에 허황된 그 말을 믿고 싶어졌다. 그와 평생 함께하고 싶다는 바람이 가슴속에 꽃피었다.

"과연 그럴까요."

그러한 마음과는 달리, 은아는 일부러 난색을 보이며 그의 말에 딴지를 걸었다. 어떻게 나오는지 두고 보자. 그를 약 올릴 심산이 다분한 말투와 표정이었다. 그에 준현이 싱긋 웃다가 그녀의 귓가에 다가가 귓불을 야금 깨물었다.

"앗!"

예상치 못한 공격에 당황한 은아가 손바닥으로 귀를 가리며 그에게서 떨어지려 했다. 하지만 등 뒤는 벽이요, 바로 앞에는 느른하게 웃으며 밤의 제왕 같은 얼굴을 한 남자가 떡하니 버티고 있었으니. 이것이야말로 진퇴양난이었다.

"바닥에서 자는 거 불편하지 않아요?"

그의 집에서 머무는 동안 은아는 준현이 마련해 준 이불을 깔고 바닥에서 자곤 했었다. 다행히 이불이 너무 푹신하고, 바닥도 따뜻해서 제법 괜찮은 잠자리였다.

"그래서 말인데, 오늘은 침대에서 편하게 '같이' 자지 않을래요?"

준현이 일부러 '같이'라는 말에 힘을 주어 가며 함께 자고 싶다는 의사를 표했다.

"오빠 믿지? 손만 잡고 잘게."

그걸로도 모자라 저런 엉큼한 멘트까지 서슴없이 날렸다. 그에 은아가 어이없다는 표정을 지으며 손을 저었다.

"사양할게요. 1+1이 3이 되는 상황만큼은 피하고 싶거든요."

"지금 자기 모습이 어떤지나 보고 말해요."

열에 들뜬 듯 살짝 흐린 눈동자에, 이슬을 머금은 듯 촉촉이 젖은 입술. 잔뜩 흐트러진 머리칼에, 살짝 말려 올라간 상의까지. 특히나 쇄골 근처에 자리한 붉은 상흔은 기묘한 분위기를 연출하고 있었다.

"다른 데 가서 이러면 정말 큰일 나요. 나니까 이 정도에서 그치는 거지."

준현이 그렇게 투덜거리며, 말려 올라간 상의를 제대로 내려 주었다. 그녀를 이렇게까지 흐트러지도록 만든 것이 자신이라는 사실을 알기나 하는 건지. 한번 시작된 투덜거림은 그칠 줄을 몰랐다.

"눈은 왜 이렇게 초롱초롱해. 혹시 그, 렌즈 같은 거 낀 거예요?"

그가 양손으로 관자놀이 부근을 감싸 쥐고 코앞까지 다가가 그녀의 눈동자를 확인했다.

예전에 참고인 조사 중에 예쁘게 차려입은 여자가 눈에 뭔가 들어간 것 같다며 눈동자에서 시커먼 렌즈를 꺼내는 걸 보고,

쐐나 충격을 받은 적이 있었다. 그때의 경험으로 여성들이 미용을 위해서 렌즈를 끼기도 한다는 사실을 알고 있던 그였다.

"이거 봐요! 렌즈 안 끼거든요. 나 시력 좋아요."

은아가 그의 손길을 피하려고 팔을 크게 휘둘렀다. 하지만 떨어졌던 손은 쇠붙이가 자석에 달라붙는 것처럼 다시 은아의 볼에 착, 달라붙었다. 이제 그는 은아의 얼굴을 이리저리 돌려보며 관찰하기에 이르렀다.

"코는 왜 이렇게 오뚝하고. 아니, 입술은 또 왜 이렇게 빨개요? 이것도 립스틱 같은 거 바른 거죠?"

준현이 엄지로 은아의 입술을 벅벅 문질렀다. 하지만 아무리 문질러도 그의 손에 묻어 나오는 건 아무것도 없었다.

"립스틱 발랐으면 우리 두 사람 입술 온통 엉망 됐을걸요?"

은아가 그가 했던 대로 준현의 입술을 엄지로 벅벅 문지른 다음, 그의 눈앞에 보였다.

"봐요. 아무것도 안 묻었잖아요. 렌즈도 안 끼고, 립스틱도 안 발랐어요."

"그럼 더 문젠데……."

준현은 은아에게 자신의 아버지가 저질렀던 일을 모두 말하고 용서를 받기 전까지는 그녀에게 손을 대지 않으려 했었다. 그렇게까지 단단히 마음먹었던 그가 이리도 흔들리는데, 다른 남자들은 어떻겠는가.

"아니면, 이렇게 하고 다니는 건 어때요?"

준현이 길게 늘어진 은아의 머리카락을 양손에 한 움큼씩 쥐고 엑스 자로 그녀의 얼굴을 가렸다. 은아가 그런 그를 밀어내고 머리카락을 다시 정돈했다.

"그만 좀 해요!"

"그리고 그거! 머리카락 만지는 것도 하지 마요."

준현은 차 안에서 은아에게서 풍기는 샴푸 냄새에 정신이 아찔해졌던 기억을 떠올리며, 머리카락을 매만지는 은아의 손을 멈추게 했다.

"화장도 웬만하면 하지 말고. 누구 좋으라고 화장을 해요."

"아예 아무것도 하지 말고, 준현 씨 옆에만 있으라고 하지 그래요?"

"그러고 싶은 마음이 천근만근입니다."

"나, 참. 이상한 소리 하지 말고 신발이나 벗어요."

그러고 보니 그는 신발을 신은 채로 집 안으로 들어와 있었다. 준현이 바닥에 나 있는 신발 자국을 보고 머쓱해하며, 신발장으로 돌아가 구두를 벗었다. 그러는 동안 은아는 준현 몰래 샐쭉 웃으며 입술을 만지작거렸다.

준현이 오기 전에 입술에 틴트를 살짝 발라 두었던 것은 아무래도 비밀로 해야 할 것 같다.

"자, 그럼 이제 들어가 볼까요?"

벗어 둔 신발을 가지런히 정리까지 마친 준현이 은아의 옆으로 와서 손을 내밀었다. 은아는 멀거니 서서 그가 내민 손을 바라보고만 있었다. 손만 뚫어지게 보다가 위치를 옮겨 준현을 마주 보던 그녀의 눈동자가 이렇게 말하는 듯했다.

'이건, 왜요?'

소리 없는 대답에 준현이 직접 나서서 미동조차 하지 않는 은아의 손을 잡는다. 그의 커다랗고 따뜻한 손이 작고 서늘한 손을 꼭 붙들고, 그녀의 눈앞에서 이리저리 흔들어 보였다.

"이렇게 하자고요."

손 하나 잡은 것뿐인데 천진난만하게 웃으며 좋아하는 준현의 모습에, 은아는 입술까지 앙다물며 웃음을 참으려다 결국 웃음이 터져 버린다.

"어유, 우리 준현 씨, 손잡는 게 그렇게 좋아요?"

"그러게요. 은아 씨랑 한 지붕 아래, 같은 방 안, 같은 이불 안에서 손만 잡고 잘 생각하니까 벌써부터 가슴이 막 설레네요."

준현이 싱글벙글 웃으며 꽉 잡은 그녀의 손을 잡아끌었다. 어, 하는 사이에 그의 손에 이끌려 몇 발을 내딛은 은아가 앞으로 가지 않으려고 발에 힘을 주었다.

"누가 같이 잔댔어요? 한 지붕 아래까지는 어쩔 수 없이 그런다 치지만, 같은 방은 안 될 말이죠."

"왜 이렇게 협조를 안 해 주실까. 설마 지금 나랑 밀당 하고 싶은 거예요?"

"왜요, 난 밀당 같은 거 좀 하면 안 돼요? 다른 커플들은 그런 거 다 하던데……"

시무룩한 눈을 하고 발끝을 내려다보다가 시선을 들어 촉촉한 눈망울로 그를 올려다보는 은아의 모습에, 준현은 큰 충격이라도 받은 듯 멍한 얼굴로 그녀를 바라보았다. 그러다 천천히 고개를 끄덕였다.

"돼요. 다 돼요. 왜 안 되겠어요. 다른 커플들이 하는 거, 우리도 다 해 봐야죠."

서로를 위한답시고 거창한 이유를 대며 헤어지는 것 말고, 알 수 없는 이유들로 서로를 밀어내는 것 말고. 그런 애달프기만 한 사랑 말고, 남들처럼 평범한, 평범하지만 마음이 따뜻해지는, 그런 사랑이 하고 싶었다. 일상 속에서 소소한 행복들을 함께 느낄 수 있는, 그런 사랑이 하고 싶었다.

"그럼, 동의도 얻었겠다. 저는 실컷 밀어내 보겠습니다."

예상치 못한 은아의 모습에 잠시 방심한 탓에 준현이 그녀의 손을 놓쳤다. 은아는 그의 손아귀에서 벗어나 재빨리 자신의 방 안으로 들어가려고 했다. 방 안으로 들어가 문을 잠그고 그를 안달 나게 할 생각이었다.

하지만 다시 재빠르게 정신을 차린 준현이 방문 앞에서 은아를 붙잡았다. 한쪽 팔로 허리를 낚아채고, 다른 손으로 어깨를 움켜쥔 채 고개 숙여 그녀의 귓가에 낮게 속삭였다.

"밀기만 하면 밀당이 안 되니까 저는 힘껏 당겨 보겠습니다."

그의 억센 팔 힘에 의해 두 사람의 몸이 한 몸처럼 착 달라붙었다. 준현은 그것만으로도 부족했는지 은아의 머리카락에 입술을 촉, 맞추었다. 그녀를 안은 순간 훅, 풍겨 온 달콤한 향기에 이끌려 저도 모르게 한 행동이었다.

"으으……."

충동적으로 저지른 그의 행동에 은아가 신음을 흘리며 몸을 잘게 떨었다. 머리카락에도 감각 세포가 있는 걸까. 머리카락부터 시작된 찌릿한 자극이 척추까지 뻗어져 오는 느낌이다.

"알겠으니까, 일단 이것부터 좀 놓고……."

"싫어요. 손에서 놓으면 사라져 버릴 것 같으니까. 계속 붙들고 있을래요."

"안 사라져요. 내가 연기예요? 사라지게."

은아는 그렇게 말하면서도 도망갈 타이밍을 노리고 있는 중이었다. 그런 그녀의 생각을 꿰뚫기라도 한 걸까. 준현이 마지막으로 한마디 했다.

"그리고 이 집 마스터키, 나한테 있어요."

이 집에 있는 한 김준현한테서 벗어날 순 없겠구나. 결국 은아는 항복을 선언하고, 뒤돌아 그의 가슴에 얼굴을 묻었다.

"좀 더 애태우고 싶었는데. 막 안달 나서 나한테 더, 더 빠져들게."

품 안에서 꼼지락거리며 작게 속삭이는 은아의 모습에 준현은 더할 나위 없이 행복한 미소를 지으며 그녀의 뒷머리를 쓰다듬었다.

"이런 귀여운 건 어디서 배웠어요? 애교하고는 거리가 멀 줄 알았는데."

"배우긴 뭘 배워요. 좋아하면 저절로 다 하게 돼 있거든요. 안 하던 짓도 막 하게 되고. 김준현 씨는 나, 덜 좋아하나 봐. 그런 것도 모르는 것 보면."

"안 하던 짓이라……."

준현이 은아가 한 말을 되새기다가 그녀를 안고 있던 팔을 풀었다. 그리고 자세를 숙여 은아의 무릎 아래에 손을 넣고 어깨를 받쳐 드는가 싶더니, 허공 위로 은아를 번쩍 안아 올려 버린다.

"뭐, 뭐예요!"

갑작스러운 준현의 행동에 놀란 은아가 혹시나 떨어질까 봐, 그의 목을 꼭 끌어안았다.

"나도 안 하던 짓 좀 해 보려고요."

준현은 은아를 안아 든 채로 그의 방, 침대까지 성큼성큼 걸어갔다. 매트리스 위에 살며시 그녀를 내려놓고는 손바닥이 하늘을 향한 채로 시트 위에 놓여 있는 은아의 손을 하나하나 깍지를 껴 맞잡으며 그녀의 위로 올라갔다.

폭신한 이불 속에 몸을 묻고, 서로의 손을 올올이 맞잡은 채로 두 사람의 길고 긴 입맞춤이 이어졌다. 어두운 하늘 어느 한편에 떠 있던 달이 서서히 움직여 건물 사이로 숨어들 때까지. 그들의 수줍은 몸짓은 멈출 줄을 몰랐다.

일요일 아침, 눈꺼풀 아래로 스며드는 환한 햇살에 눈살을

찌푸렸다. 눈 감은 채 더듬더듬 손으로 무언가를 찾던 은아는
단잠을 방해하는 훼방꾼을 피해 포근하고 따뜻한 그녀의 자리
로 폭 안겨 들었다.

다른 누구에게도 허락되지 않은 그녀만의 자리. 은아는 준현
의 품 안에서 나른한 미소를 지었다. 준현도 만족스러운 웃음
을 머금으며 자신의 품에 스며든 연인을 꼭 안아 주었다.

"깼어요?"

부드러운 그의 음성에 은아가 고개를 절레절레 저었다.

"조금만. 조금만 더 잘게요."

준현이 휴대폰 시계를 한 번 확인하고는 몸을 돌려 은아의
등을 토닥여 주었다.

"더 자요. 피곤했을 텐데."

은아도 여전히 눈 감은 채로 준현의 등을 쓸어 주었다.

"나보다는 준현 씨가 더 힘들었죠."

며칠 사이에 함께 아침을 맞는 일이 어색하지가 않아졌다.
원래 꼭 이렇게 되어야 했던 사이인 것처럼, 두 사람은 서로의
공간에 서로를 두고 있었다. 해가 뜨고 지는, 물이 위에서 아래
로 흐르는, 그런 자연의 섭리인 것처럼 함께하는 것을 당연하
게 여기게 되었다.

"아! 영화 시간 다 된 거 아니에요? 지금 몇 시예요?"

눈을 감고 휴일의 여유를 음미하던 은아가 눈을 번쩍 뜨며
몸을 일으켰다. 그에 준현이 은아를 다시 눕히고 나직하게 속

삭였다.

"아직 멀었어요. 좀 더 자도 돼요."

다정스러운 연인의 음성은 은아가 마음 놓고 눈을 감게 하기에 충분했다. 그녀는 준현의 품 안에서 온몸이 노곤해지는 것을 느끼며 다시 잠의 나락에 빠져들기 시작했다.

"속았어. 완전 속았어."

주말의 영화관은 여가 시간을 즐기려는 사람들로 인해 인산인해를 이루고 있었다. 그 많은 사람들 속에서 은아는 모자를 푹 눌러쓰고 낮게 투덜거렸다.

"여자는 남자랑 다르다고 했잖아요. 준비하는 데 시간이 더 걸린다고요. 머리 말리는 데만 30분은 잡아먹는데."

준현이 조금 더 자도 된다고 해서, 정말로 까무룩 잠이 들었던 은아는 아슬아슬한 영화 시간 때문에 결국 머리도 감지 못하고 영화관으로 와야 했다.

"그래도 시간 제대로 맞춰서 왔잖아요. 그럼 됐지."

모자를 푹 눌러쓴 은아와 달리, 샤워까지 끝내 상큼한 모습을 한 준현이 싱긋 웃으며 말했다. 그런 그의 손에는 팝콘과 음료가 들려 있었다.

"그러지 말고, 이거 좀 먹어 봐요. 생각보다 맛있네."

연신 뾰로통한 얼굴을 하고 있던 은아가 준현이 먹여 주는 팝콘을 한 번 맛보더니 표정을 싹 바꾸었다. 꽤나 입맛에 맞았던지 음, 하고 감탄사를 뱉으며 손을 바삐 움직이기 시작했다.

"천천히 먹어요. 이것도 좀 마셔 가면서."

은아의 작은 입 안으로 팝콘이 쉴 새 없이 들어가는 모습을 신기한 듯 보고 있던 준현이 은아에게 탄산음료를 건넸다.

"풋. 팝콘 필요 없다더니, 안 샀으면 큰일 날 뻔했네요."

"그게 아니라, 필요 없긴 한데, 기왕 샀으니까 다 먹어야죠."

"알겠어요. 그렇다 치죠, 뭐. 영화 시간 다 됐으니까, 일단 들어가요."

3월의 어느 봄날, 영화관 데이트. 많은 업무량으로 인해 토요일까지 반납해 가며 일했던 준현과 그 못지않게 바빴던 은아가 야심차게 계획했던 데이트였다. 오전 중에 함께 영화를 보고, 점심에는 맛 집을 찾아 돌아다니고. 오후에는 날 좋은 봄날의 거리를 조금 걸어 볼 예정이었다.

하지만 이들의 계획은 첫 단추부터 조금씩 어긋나고 있었다. 불 꺼진 상영관에서 스크린만 보고 있으려니 주중의 피로가 한꺼번에 밀려와 두 사람 모두 누가 먼저라 할 것도 없이 동시에 잠이 든 것이다. 은아는 준현의 어깨에, 준현은 은아의 머리에 살짝 기대어 영화 음악을 자장가 삼아 저 멀리 꿈나라로 향해 갔다.

"저, 손님. 영화 상영 끝났습니다."

영화가 끝나고, 직원이 두 사람을 깨울 때까지 준현과 은아는 아주 깊게 숙면을 취했다. 직원의 부름에 잠에서 깬 두 사람은 머쓱해하며 상영관을 빠져나와 바깥에 있는 의자에 멍하니 앉았다.

"풋."

은아는 잠 오는 기색이 역력한 준현을 보고 웃음을 터트렸다. 함께 숙면을 취한 그녀의 몰골도 그와 다를 것이 없었지만, 거울이 없는 게 다행이라면 다행이었다.

"비싼 돈 주고, 이게 다 뭐예요."

"그러게요. 진짜 푹 잔 것 같아요. 은아 씨도 영화, 하나도 못 본 거예요?"

"분명 광고 보고 있었던 것 같은데⋯⋯. 그 뒤로 기억이 없어요."

은아의 말에 준현도 고개를 끄덕이며 '나도 그래요.' 하고 말했다. 그 말을 마지막으로 두 사람은 한참 동안 아무 말 없이 가만히 앉아 있기만 했다. 드문드문 헛웃음을 터트려 가며 시간을 흘려보내고 있었다.

"우리 그냥, 집에 가서 방콕 데이트 할래요? 나도 너무 피곤하고, 준현 씨도 엄청 피곤해 보이고. 그냥 집에서 쉬는 게 좋을 것 같아요."

"⋯⋯그렇게 말해 줘서 고마워요. 사실, 조금 힘들었어요."

결국 준현과 은아는 미리 짜 두었던 데이트 일정을 전부 무시하고, 곧장 집으로 향했다. 그리고 해가 정오를 지나, 조금씩 아래로 내려갈 때까지 침대 속에서 서로를 끌어안고 단잠에 빠겨듦으로써 평일 동안 쌓였던 피로를 풀었다.

 하루 종일 잠을 잤더니, 어느 순간 눈이 번쩍 떠졌다. 준현보다 덜 피곤했던 은아는 침대에서 조심히 빠져나와 부엌으로 향했다. 냉장고에는 꽤 많은 재료들이 쌓여 있었다. 함께 저녁을 먹을 생각에 장을 꽤 많이 봐 두었지만, 계속되는 준현의 야근으로 같이 밥을 먹는 일이 손에 꼽혔던 것이다.

 '이 많은 걸, 다 어떻게 한담.'

 음식 재료를 꺼내 두고 연신 고민하던 은아가 휴대폰으로 이것저것 검색해 보더니 팔을 걷어붙이기 시작했다. 셰프가 직접 나와 요리 대결을 펼치는 프로그램에서 나온 요리 레시피 중 하나를 따라 해 볼 생각이었다. 특별할 것 없이 휴일을 보내 버렸으니, 밥이라도 특별하게 먹고 싶었던 까닭이다.

 '보기엔 쉬워 보이던데······.'

 레시피와 요리하는 영상을 함께 번갈아 보며, 음식 재료들과 씨름을 하던 은아는 모든 걸 포기하고 싶은 기분이 들었다. 영상으로 볼 때에는 아주 쉬워 보였는데, 직접 하려고 하니 생각처럼 몸이 따라 주질 않았다.

 "그냥 시켜 먹는 게 나을 것 같기도 하고······."

 그렇게 또 한 번 인고의 시간을 보내며 요리를 겨우 완성하긴 했는데, 외양이 처참하기 이를 데 없었다. 맛을 보기가 무서워질 정도였다.

"준현 씨, 일어났어요?"

이 사태를 어찌할까 고민하고 있는데 방 안에서 준현이 나오는 게 보였다.

"그런데 지금 어디, 나가요?"

"네, 갑자기 일이 생겨서요. 일 끝나면 연락할게요."

준현은 은아가 뭐라 할 새도 없이 바로 현관문을 나섰다. 이 처참한 음식을 보이지 않아도 돼서 다행이라고 해야 할지, 어떨지. 하지만 준현도 없이 혼자 밥을 먹을 생각을 하니 조금 쓸쓸해지는 게 사실이었다.

"이 나라 사건은 김준현 혼자 다 맡나……."

괜히 투덜거리며 식탁 위에 1인상을 차렸다. 기왕 만들어 놓았으니 버리기엔 아깝고. 혼자서라도 먹는 수밖에 없었다.

"뭐, 그래도 맛은 괜찮네."

띠, 띠, 띠, 띠. 최대한 맛보는 것을 미루던 은아가 식탁에 앉아 한입 떠먹어 볼 무렵, 현관 도어록을 해제하는 소리가 들려왔다.

'뭐, 놔두고 갔나?'

은아는 준현이 다시 온 거라는 생각에 수저를 내려놓고 현관으로 다가갔다.

"아……."

준현일 거라 생각했는데 현관에는 은아가 전혀 알지 못하는 사람이 서 있었다. 문을 열고 들어온 중년 여성은 은아와 마찬가지로 놀란 기색을 하고 그녀를 바라보고 있었다.

"아가씨는 누구예요?"

전체적으로 기품 있어 보이는 인상에, 이 집 비밀번호를 누르고 당당하게 들어올 수 있는 중년 여성이라면……

"누군데 우리 아들 집에 있는 거죠?"

준현의 어머니로 보이는 여성의 등장에, 은아는 아무런 대답도 하지 못하고 입만 뻐끔거렸다. 웬만한 위급 상황에서도 발군의 기지를 보이던 그녀였지만 이번만큼은 어떻게 대처하면 좋을지 갈피를 잡지 못했다.

"저……. 그러니까……."

적당한 대답을 찾지 못한 은아가 애꿎은 입술만 잘근잘근 씹고 있는데, 누군가의 전화벨 소리가 울리기 시작했다. 준현의 어머니인 서영선 여사가 가방 속에서 휴대폰을 꺼내 들었다. 마침 준현에게서 온 전화였다.

준현은 지하 주차장에서 차를 몰고 나가던 길에 아파트 1층에 주차된 어머니의 차를 발견하고 곧장 전화를 거는 참이었다.

ㅡ어머니, 지금 어디세요?

"마침 전화 잘 했다. 너희 집에 처음 보는 아가씨가 있는데, 어떻게 된 거니?"

설마 하던 상황이 실제로 벌어졌다. 준현은 갓길에 차를 세우고 휴대폰을 고쳐 들었다. 지금이라도 당장 집으로 가 봐야 하나. 이런저런 생각에 혼란스러웠다.

혼란스러운 것은 영선도 마찬가지였다. 그녀는 눈앞에 있는 은아에게서 경계를 늦추지 않고 아들의 대답이 이어지길 기다렸다.

―사정이 있어서 잠시 저희 집에 있어요. 제가 지금은 급한 일이 있어서, 나중에 설명드릴게요. 오늘은 일단 돌아가세요.

여기까지 말하고 잠시 말이 없던 준현이 글자 하나하나에 힘을 주어 가며 말을 이어 갔다.

―저한테, 아주, 소중한 사람이에요.

"그래, 일단 끊으마. 일도 좋지만, 몸 챙겨 가면서 일하고."

준현과 통화를 끝낸 영선은 조금은 누그러진 시선으로 은아를 보았다. 그러다 고개를 돌려, 함께 온 젊은 남자에게 말했다.

"이 기사, 오늘은 이만 돌아가야겠어."

"네, 사모님."

영선은 이 기사라고 불린 남자와 함께 이것저것 짐을 가지고 준현의 집으로 들어온 참이었다. 혼자 사는 아들이 한 끼를 먹더라도 제대로 된 식사를 하길 바라며, 찬거리를 잔뜩 들고 온 터였다. 하지만 어쩌겠는가. 집주인인 아들이 돌아가라고 하고, 아들의 집에는 예상치 못한 손님도 있었으니, 일단 돌아가는 수밖에.

영선이 아무 말 없이 돌아가려고 하자 잔뜩 얼어붙어 있던 은아가 그제야 입을 열었다.

"혹시 괜찮으시면 짐 옮기는 거, 제가 도와 드려도 될까요?"

긴장을 감추지 못한 은아의 물음에 영선이 잠시 멈춰 섰다.

"아가씨가 누군 줄 알고 도움을 받죠?"

은아가 다시 입술을 앙다물었다. 방금 전에 영선이 준현과 통화한 것 같았는데, 통화 내용을 알 리 없는 그녀가 무슨 말을 해야 할지 고민이었던 것이다. 하지만 그 고민은 그리 길게 이어지지 않았다.

"인사가 늦었습니다. 처음 뵙겠습니다, 고은아입니다. 준현 씨랑은 서로 좋은 마음으로 만나고 있습니다."

은아는 깍듯하게 인사를 하고, 조곤조곤 말을 이어 갔다.

"지금은 사정이 있어서, 잠시 신세를 지고 있습니다. 괜찮으시면 안으로 들어가서 말씀드리겠습니다."

그 말을 끝으로, 은아가 애써 미소를 지었다. 그녀가 애를 쓰고 있는 것이 파들거리는 그녀의 입가에서 여실히 드러나고 있었다. 영선은 은아의 입술 끝을 살짝 보더니, 이 기사에게 고개를 돌렸다.

"종수야, 너 먼저 내려가 있어."

"네, 사모님."

이 기사가 자리를 피하고, 준현의 집에는 이제 정말 은아와 영선, 두 사람만 남았다. 두 사람은 영선이 가져온 짐을 함께 부엌으로 옮겼다. 그동안에 두 사람 사이에는 어떠한 대화도 오고 가지 않았다.

짐을 옮기고 나서, 은아는 실패한 음식이 차려져 있는 식탁을 치우기 바빴고, 영선은 평소와 같이 냉장고에 든 반찬통을 확인하는 데 여념이 없었다.

처참했던 식탁을 모두 치우고 나서야 은아는 영선의 옆에 얼쩡거렸다. 돕겠다고 했으니, 무슨 일이라도 시켜 주길 기다린 것이다. 하지만 영선은 은아에게 아무 일도 주지 않았다. 은아가 나서서 뭔가를 하려고 해도 '내가 할게요.' 하고, 일거리를 뺏어 가곤 했다.

그렇게 은아는 아무것도 하지 못한 채, 준현의 냉장고는 새로운 반찬통으로 재정비를 마쳤다. 영선이 익숙한 듯 바쁘게 움직이는 동안 차마 그 속에 끼어들지 못한 은아는 대신 영선이 마실 만한 차를 끓여 두었다.

영선은 아들의 냉장고 정리를 손수 끝마친 후에야 은아가 찻잔을 둔 자리에 몸을 앉혔다. 옆에서 불편하게 서 있던 은아도 영선의 맞은편에 자리를 잡았다.

아들의 연인, 연인의 어머니를 단둘이 마주하고 있는 상황이었으니 주변의 공기는 이루 말할 수 없이 무겁기만 했다. 게다가 첫 만남이 아들의, 연인의 집에서 뜬금없이 이루어졌으니. 기나긴 침묵에 불편한 것을 넘어서 숨이 턱, 막힐 지경이었다.

영선은 마뜩잖은 시선으로 은아를 보다가 조금씩 식어 가는 차를 한 모금 마셨다.

결혼도 하기 전에 아들의 집에서 마주친 여자. 예순을 향해 가고 있는 그녀의 눈에 그렇게 마주친 은아가 예쁘게 보일 리가 없었다. 영선은 마음에 들지 않는 은아를 피해 다른 곳으로 시선을 옮겼다.

도대체 어떻게 된 일이냐고 쏘아붙이고 싶은 마음이 굴뚝같 았지만 그럴 수도 없는 노릇이었다. 아들이 소중한 사람이라고 하기까지 한 은아를 함부로 대할 수가 없었다. 준현에게 소중 한 사람이라면 영선에게도 의미가 있는 사람이었다.

"하아……."

갈 곳 없는 한숨이 영선의 입에서 흘러나와 허공에 흩어졌다.

"준현 씨, 요즘은 담배 많이 안 피워요."

어떻게 대화를 시작해야 할까, 고민하고 있는데 은아가 불쑥 말을 걸어왔다. 앞뒤 설명 없이 툭 튀어나온 그 말에 영선이 설 명을 기다리며 은아 쪽으로 고개를 돌렸다.

"계속 담배 쳐다보시기에, 혹시 사모님도 준현 씨 담배 많이 피우는 것 때문에 걱정하시는 건가 해서요."

은아를 피해 아무렇게나 시선을 둔 것이었는데. 그 말을 듣 고 보니, 영선의 시선이 식탁에 올려져 있는 담뱃갑을 향하고 있었다. 가끔 준현이 집에 들를 때마다 아들에게서 나는 짙은 담배 향에 조금 걱정했던 것도 사실이었다.

"고마워요. 안 그래도 조금 걱정이었는데."

"그리고 식사도 꼬박꼬박 챙겨 먹고 있어요. 반찬이 아주 맛 있더라고요."

그건 이미 영선도 확인한 일이었다. 밥을 먹고 다니기는 하는 건지, 항상 그대로였던 반찬통에 섭섭하기도 하고, 걱정도 되던 그녀였다. 그런데 이번에는 반찬이 반 이상 비어 있는 것 아닌가.

전에는 보지 못한 모습에 은아 몰래 빙긋 미소를 지었더랬다.

"아……. 제가 어쩌다 여기 있는지부터 말씀드렸어야 했는데. 순서가 엉망이네요."

"아니, 천천히 해요. 그런데 그전에 잠깐 통화 좀 할게요."

처음보다 한층 누그러진 얼굴을 한 영선이 이 기사에게 전화를 걸었다. 얘기가 조금 길어질 것 같으니, 어디 가서 식사라도 하고 있으라고. 그렇게 짧게 통화를 끝낸 그녀는 말했던 그대로 아주 오랜 시간 동안 아들의 근황에 대해 듣고 또 들었다.

"하아……."

은아가 조금은 지친 듯, 길게 한숨을 쉬며 소파 위에 몸을 뉘었다. 짧은 사이에 말을 너무 많이 해서 목도 따끔거렸다. 허공에 몇 번 헛기침을 하던 은아는 목이 따끔거려도 기분이 좋은지 낮게 웃음을 흘렸다.

자신의 근황에 대해 '잘 지내요.' 한마디로 일축하던 아들을 가진 어머니는 다른 이에게서 상세히 듣게 된 아들의 소식이 썩이나 반가웠던 모양이다. 영선은 해가 뉘엿뉘엿 져 가는 줄도 모르고 은아의 이야기를 듣다가 밖이 꽤 어두워져서야 집으로 돌아갔다.

그런 영선의 모습에 은아는 많은 것을 느낄 수 있었다. 준현이 아주 많은 사랑을 받으며 자랐겠구나. 지금도 아무것도 모른채 그 사랑 받고 있구나. 그녀가 사랑하는 사람이 다른 사람에게도 사랑받고 있다는 사실은 은아를 절로 웃음 짓게 만들었다.

하지만 그런 한편, 조금 다른 생각도 비집고 들어왔다. 멀거니 소파에 누워 있는 은아의 눈동자에 설핏 쓸쓸한 기운이 감돌았다.

"우리가 참, 다르긴 다르네."

우리가 참 다른 세상에서 살고 있었구나, 이렇게나 서로 다른 사람이었구나, 새삼 깨닫게 되었다. 운전기사를 따로 데리고 다니는 어머니. 그 정도의 재력을 쥐고 있으면서도 아들의 냉장고는 손수 정리하는 어머니. 은아는 가져 본 적 없는 그것이었다. 설사 그랬던 적이 있다 해도 안 좋은 기억에 묻혀 버린 그것이었다.

"김준현 씨, 참 멀어."

다르다고 인지함과 동시에 준현이 참 멀게 느껴졌다. 김준현이라는 존재가 너무도 멀게만 느껴졌다. 손을 뻗는다 해도 닿을 수나 있을까 싶을 정도로, 그는 멀리 있었다.

"……보고 싶다."

하지만 그렇게 다른 너라서, 그렇게 멀게 느껴지는 너라서 더욱 애틋한 마음이 들었다. 그래서 더 보고 싶다고, 더 곁에 있고 싶다고 생각하게 되었다.

"빨리 와라, 김준현."

나와는 다른 당신을, 그래서 더욱 사랑하겠노라 마음먹었다.

8화. 열어선 안 되는

시간은 빠르게 흘러가, 어느새 달력 한 장을 더 넘기게 되었다. 조금씩 더 짙어져 가는 봄의 기운. 은아는 사무실 벽에 걸려 있는 3월 자 달력을 뜯어내며 가늘게 한숨을 쉬었다. 그녀의 시선이 특정 날짜에 머물다, 곧 사라졌다.

"뭐 하고 있어?"

이제 막 출근한 가영이 은아에게 말을 걸어온 것이다.

"그냥. 벌써 4월이구나 싶어서."

"그러게. 시간 참 빨리 가지."

가영은 대수롭지 않은 듯 흘려듣다가, 뭔가 떠오른 듯 탄성을 내질렀다.

"아, 곧 그날이겠네. 올해는 어떻게 할 거야?"

"마침 주말이기도 하고. 잠시 다녀오려고."

"어디? 부산? 서초구?"

가영이 그렇게 물으며 입고 있던 겉옷을 벗었다. 그에 은아
는 '부산.'이라고 짤막하게 대답하며 가영이 있는 쪽으로 다가
갔다.

"그것보다 오늘 일정 말인데……."

하루를 시작하는 아침. 오늘 일정에 대해 일러두려던 은아는
친구의 팔에 감긴 붕대를 보고 눈살을 찌푸렸다.

"뭐야, 다쳤어? 어쩌다가?"

"그냥. 조금 삐었어. 붕대는, 내 팔 이렇게 만든 인간들 겁 좀
먹으라고 해 둔 거고. 하여간, 소송 계속 끌고 가 봤자 얻을 수
있는 게 없다는데도 말을 안 듣는다니까."

"너 설마……. 진짜로 거길 찾아갔던 건 아니지?"

현재 가영이 맡고 있는 사건은 모 기업의 부당 해고와 관련
된 일이었다. 원고는 부당 해고를 당한 몇 명의 사람들, 피고는
그들을 해고한 기업이었는데, 가영의 의뢰인은 기업이었다. 그
녀는 지난밤, 원고 쪽 사람들에게 가서 적당히 합의를 하는 게
어떻겠냐고 제안했다가 팔목을 다치게 되는 불상사를 겪게 된
것이다.

"갔지. 가서 푼돈이라도 받으려면 지금 합의하라고 했다가,

이 꼴 났잖아."

가영의 말에 은아가 고개를 절레절레 저으며 그녀의 팔목을 살폈다.

"살아 돌아온 게 용하다."

"그렇긴 하지. 내가 생각해도 나, 엄청 재수 없었거든. 그래도 어떡해. 그게 사실인데. 그 회사 변호사들이 준비해 놓은 자료 보니까, 당해 낼 수가 없겠더라고."

"아니, 그런데 그 회사는 그렇게 능력 있는 변호사들 잔뜩 데리고 있으면서 왜 너한테 맡긴 거야?"

"더러운 짓은 저희가 다 해 놓고, 마지막 똥물은 나더러 뒤집어쓰라 이거지."

아침부터 듣게 된 좋지 않은 소식에 기분이 상한 은아가 잡고 있던 가영의 팔목을 꾹 눌렀다. 그에 가영이 '아파, 이년아!' 하고 소리를 팩, 질렀다.

"도대체 그런 일을 왜 맡는 건데. 굳이 안 들어도 될 욕 들어가면서."

"내가 안 해 봤자 누구라도 이 짓 할 거고. 차라리 내가 맡아서 최대한 그 사람들 편의 봐주는 게 낫지."

"하이고, 성녀 나셨네. 원고 쪽 사람들이 네가 이런 생각하고 있다는 거 알아줘야 할 텐데."

"모르는 게 나아. 뭐 대단한 일 한다고."

가영은 그런 사람이었다. 그녀만의 정의를 가지고, 똥물을 뒤

집어쓰게 되더라도 소신대로 밀어붙이는. 은아는 그런 친구의 성정을 잘 알고 있었기에 쓰게 웃으며 말했다.

"그래도 알 건 알아야지. 너, 혹시라도 나한테도 막, 뭐 숨기고 그러면 가만 안 둘 거다."

그렇게 큰 의미를 두고 한 말은 아니었다. 그저 가영이 조금은 그녀에게 의지했으면 하는 마음이 들어서 한 말이었다. 그런데 가영은 조금 당황스러울 정도로 굳어 있었다.

"뭐야, 왜 그래."

"어? 아니. 야, 내가 너한테 숨기긴 뭘 숨겨. 일정이나 보여 줘. 시간 날 때 그 사람들 또 만나러 갈 생각이니까."

이상하다 싶을 정도로 어색해 보이는 친구의 모습에, 은아가 숨기는 게 있는 것 아니냐고 물으려다가 입을 다물었다.

"좋은 아침."

아니, 한성의 아침 인사가 그녀의 입을 다물게 했다. 은아는 가영을 추궁하는 일은 다음으로 미루기로 하고, 한성 쪽으로 고개를 돌렸다.

"오늘 바로 의뢰인 만나러 간다고 하지 않았어요?"

"그랬는데, 서류 하나를 깜박해서. 그런데 이가영, 팔은 왜 그래?"

"각자 일에 신경 끕시다, 최 변호사님."

한성의 걱정 어린 물음에 가영이 퉁명스럽게 대답했다. 그녀는 한성이 배원호 부장검사를 만나게 해 주지 않아서 기분이

상해 있는 중이었다.

"아직도 삐쳤냐? 하여간, 이상한 데서 쪼잔하다니깐."

"K마트 사건 알죠? 거기 해고된 사람들한테 가서 푼돈이라도 받으려면 그냥 합의하라고 했대요."

은아의 간결한 설명에 한성은 입을 떡하니 벌린다.

"그 정도로 그친 게 다행이네. 이가영, 넌 말이라도 좀 예쁘게 하든가. 안 그래도 속상할 사람들한테 그게 뭐야?"

"내가 뭘. 사실이잖아. 선배도 원고 쪽에서 절대 못 이길 거라고 했으면서."

"그래도 말이 아, 다르고 어, 다르다고……. 됐다. 말을 말자. 너희 혹시 모르니까 조심하고 있어라. 이가영, 저 물건이 하고 다니는 꼴 보면 언제 폭탄 테러 일어나도 이상할 것 같지가 않으니까."

"뭐래. 쓸데없는 소리 하지 말고, 선배 일이나 제대로 하시지?"

은아는 한성과 가영이 티격태격하는 소리를 뒤로한 채 커피 메이커에 원두를 채워 넣으려 했다. 그녀가 이런저런 움직임을 보이는 사이에 책상에서 서류를 찾은 한성이 은아에게 다가갔다.

"오늘 사무장님도 외근이시지?"

"오전만요. 점심 드시고 온다고 하셨어요."

"그래……. 딱히 별일이야 없겠지만, 그래도 혹시 모르니까 오전에는 사무실 문 잠가 놓고 있는 게 어때?"

"말이 돼요? 언제 손님 오실지 모르는데. 우리 사무실 아예 문 닫을 생각이에요?"

은아가 기가 차서 헛웃음을 터트리며 말하자, 한성이 낮게 투덜거렸다.

"나도 뭐, 말이 그렇다는 거지. 아무튼 조심하고. 다녀오마."

한성은 은아의 머리를 툭툭, 쓰다듬더니 신경 쓰인다는 표정을 여실히 드러낸 상태로 사무실을 나섰다. 은아는 잔뜩 흐트러진 머리를 정리하며 '쓸데없이 걱정은 많아 가지고.' 하고 중얼거렸다.

그로부터 두 시간 후. 쓸데없다고 생각했던 한성의 걱정이 실제로 벌어졌다. K마트 부당 해고 건의 원고 쪽 사람들 대부분이 성난 얼굴을 하고 변호사 사무실을 찾은 것이다. 그중에 가장 활동적으로 보이는 덩치 큰 중년 남자는 사무실에 들어오자마자 책상 위에 있는 물건을 와르르 쓰러트렸다.

"그 여자, 나오라고 해!"

은아는 몇몇 사람들의 갑작스러운 난입과 이어지는 고함에 잠시 움직임을 멈추었다. 접견실에서 고객과 상담을 하고 있던 가영은 상대에게 양해를 구하고 바깥으로 나왔다. 그녀는 바닥을 나뒹구는 잔해들을 보며 한숨을 쉬었다.

"지금 이러시는 거, 아무런 도움도 안 된다는 거 아실 텐데요. 아니, 오히려 당신들한테 불리하게 작용할 겁니다."

"그러든 말든. 회사 쪽에 붙어먹은 그쪽한테는 좋은 일 아니겠소!"

"도대체 왜 이러시는 건지 이해가……."

"어제 그쪽이 와서 이래저래 씨불인 탓에 우리 애들이 울었소. 내, 콩밥 먹는 한이 있어도 그쪽 우는 꼴 한번 봐야겠다 이거요."

남자는 가영을 잡아먹기라도 할 기세로 성큼성큼 다가갔다. 은아는 일단 막아야겠다는 생각에 그 남자에게 다가갔다. 하지만 가영이 말없이 고개를 저었다.

"제가 말한 게 왜요? 전 사실을 말했습니다. 있는 그대로 현실을 말씀드렸고요."

"뭐?"

남자의 위압적인 태도에도 아랑곳하지 않고 할 말을 하는 가영의 모습에 남자와 함께 사무실에 들어온 사람들이 술렁거렸다. 저 뻔뻔한 얼굴 좀 보라는 식의 말들이었다. 힘 있는 사람한테 붙은 년이 뭘 안다고 지껄이냐는 말도 들려왔다.

"이길 수 있다고 했어. 우리가 뭉치기만 하면, 이길 수 있다고 했다고."

남자의 말에 가영이 한쪽 입꼬리를 올리며 말했다.

"아, 그래요? 회사 쪽에서는 여러분들 시위 벌이는 거, 영업방해로 걸고넘어질 수도 있어요. 오히려 소송을 걸 수도 있다고요. 그쪽 잘나신 변호사님께서는 뭐라고 하던가요? 회사 쪽에서 그렇게 나오면 대응은 어떻게 할 거래요? 이야, 나도 한수 배워야겠네."

신랄하게 이어지는 가영의 말에 아무런 대꾸도 하지 못한 남자가 울컥 치미는 화를 참지 못하고 투박한 손을 허공에 들어 올렸다. 두툼한 그 손은 중력과 함께 가속도를 띠며 아래로 향해 갔다.

"이가영!"

그리고 은아의 다급한 비명이 사무실을 가득 채웠다.

검찰청 근처 카페. 인적이 드문 구석 자리에 한성과 배원호 부장이 마주 앉아 있었다.

"그러니까, 이 사람이 가해자가 아니라 피해자라는 거죠? 그런데 실종에, 사망 확정까지 받았으니 증인이 될 수가 없을 텐데요."

어떤 남자에 대한 서류를 확인하던 한성이 잠시 휴대폰을 확인했다.

"아까부터 계속 집중을 못 하는 것 같던데. 혹시 무슨 일 있나?"

꽤나 자주 휴대폰으로 향하는 한성의 시선이 신경 쓰였는지 배 부검이 물었다. 한성은 아무것도 아니라고 손사래를 쳤지만, 그의 얼굴 가득 피어오른 불안한 감정을 미처 지우지 못하고 있었다.

"무슨 일이 있는 것 같은데. 오늘은 이만하고 다음에 계속하자."

"⋯⋯죄송합니다, 부장님."

웬만하면 괜찮으니 계속하자고 하겠지만, 그 스스로가 느끼기에도 제대로 일을 할 자신이 없었다. 서류에 쓰여 있는 활자들을 읽어 내려가면서도 머리 한구석에 자리 잡은 걱정과 불안 때문에 일에 온전히 집중하지 못하고 있었던 것이다.

"그럼, 먼저 가 보겠네."

배원호 부장검사는 곤란한 기색이 역력한 후배의 어깨를 두어 번 두드리고는 카페를 나섰다. 한성도 보고 있던 서류를 정리해 넣으며 자리에서 일어났다. 원래는 배 부검과의 일이 끝나면 바로 오후에 열리는 어떤 재판을 참관할 예정이었으나, 생각보다 일찍 끝났기에 사무실에 들러 볼 생각이었다.

"표정이 왜 그래? 뭐 마려운 사람처럼."

그런데 방금 전까지 배 부검이 있던 자리에 세영이 떡하니 자리를 잡았다.

"여긴 또 어쩐 일이야."

"나, 이 카페 커피 엄청 좋아해. 우연히 여기 왔는데 한성 씨가 있지 뭐야."

우연히 오게 됐다라. 그 말을 그대로 믿기에는 한성이 세영을 너무 잘 알고 있었다. 그는 속으로 그럴 리가, 하고 되뇌며 자리를 피하려 했다.

"잠깐 얘기 좀 해. 뭐가 그렇게 급해? 어차피 일은 잘 풀렸는데. 경찰도 제때 갔고, 조용히 잘 마무리됐잖아."

"그게 무슨 말이야?"

한성이 영문 모를 표정을 짓자 세영이 의아한 듯 물었다.

"너희 사무실에 일 터진 거 말이야. 그거 연락받고 이러는 거 아냐?"

"그게 무슨……."

"걔네들 엄청 웃기네. 그런 일이 있었는데, 한성 씨한테 아무 연락도 안 한 거야?"

한성은 세영이 뭐라 더 말하기도 전에 카페를 나섰다. 약간 묵직한 투명 유리문을 열고 나가며 지금 이 순간 가장 걱정되는 한 사람에게 전화를 걸었다. 다른 일을 하는 중에도 그의 머릿속 한구석을 꿰차고 있던 얼굴의 주인에게 연락을 넣었다.

변호사 사무실. 은아와 가영은 엉망이 된 사무실을 정리하고 있었다.

다행이라고 해야 할지 불행이라고 해야 할지. 사무실을 급습한 사람들은 은아와 가영에게는 손을 대지 않았다. 대신, 그들의 분풀이 대상이 된 사무실 물품들은 엉망이 되어 갔다. 가영을 때릴 기세로 손을 치켜들었던 남자도 주먹을 거두고 옆에 있던 책상에 화풀이를 했다.

부당한 피해를 당한 사람들의 갈 곳 없는 분노가 표출되는 동안, 은아와 가영은 사무실 한구석에 가만히 서서 그들이 하는 양을 지켜보기만 했다.

양껏 분노를 표출하는 타인의 모습이 무섭기도 했지만, 한편으로는 안타깝다는 생각도 들었다. 단순히 물건에 분풀이를 하는 그들의 모습이 너무 처절해 보여서, 그렇게밖에 화를 표현할 수 없는 그들이 너무 안타까워서. 두려움과 안타까움이 공존하는 그 상황에서 멀거니 서 있을 수밖에 없었다.

그들이 한창 사무실을 엉망으로 만들고 있을 무렵, 근처 지구대의 순경이 출동해서 상황이 얼추 마무리가 되었다.

"그런데 누가 신고를 한 거지?"

바닥에 흩어져 있는 물건을 줍던 은아가 고개를 갸웃하고 말했다. 그에 깨진 컵을 정리하던 가영이 돌아보았다.

"네가 신고한 거 아니었어? 난 당연히 그런 줄 알았는데."

"전혀. 신고할 겨를이 어디 있었어. 혹시나 이가영 씨 얻어맞을까 봐 전전긍긍하기 바빴지. 넌 어째 그런 상황에서도 독설이야?"

"사실 차라리 때려 주길 바란 것도 있다? 폭행 문제로 합의하고 싶으면 그냥 부당 해고 건도 합의 보라고 하려고 했지."

"미친⋯⋯."

은아는 절로 욕이 나오려는 입을 악다물었다. 호기롭게 말하고 있긴 했지만, 그 당시에 가늘게 떨고 있던 가영을 본 탓이다. 아무렇지 않은 척해도 제법 놀랐을 터였다.

"괜히 손 다칠라. 그건 내가 치울 테니까 책이나⋯⋯."

책이나 정리하라고 말하려는데, 가영의 휴대폰 벨 소리가 울리기 시작했다. 그에 은아는 하려던 말을 멈추고 다른 말을 이었다.

"전화나 받아."

"이런 때 누구야, 또."

가영은 귀찮아 죽겠다는 얼굴을 한 채 휴대폰이 있는 곳으로 갔고, 은아는 가영이 치우려던 깨진 컵 조각 쪽으로 다가갔다.

"어, 선배. 웬일이야? 뭐? 그거 참 기똥차네. 무슨 일 있었던 건 또 어떻게 알았대."

한성에게서 걸려 온 전화인 듯했다. 잠시 통화를 하던 가영은 은아에게 '너, 휴대폰 전원 꺼졌다는데?' 하고 물었다. 그에 은아는 '배터리 다 됐나 보네.' 하고 대수롭지 않게 넘기고는 쓸 만한 비닐을 찾아 깨진 유리 조각을 담았다.

"우리 사무직원님도 멀쩡하지. 오긴 또 뭘 온다 그래. 그냥 볼일이나 보시죠. 이미 상황 종료됐으니까."

가영은 올 것 없다고 일축하고는 통화를 끊었다. 수화기 너머의 한성이 어떤 기분인지 알 리 없는 두 여자는 어깨를 한 번 으쓱하고는 사무실 정리를 이어 갔다. 은아가 큼직한 유리 조각을 전부 줍고 어정쩡하게 구부려 앉은 자세에서 벗어나 자리에서 일어나려는데, 변호사 사무실 문이 다급하게 열리고 누군가가 들어왔다.

"은아 씨!"

다급하게 은아를 부르며 들이닥친 목소리의 주인은 이웃 건물 검찰청에 있어야 할 김준현 검사였다. 예상치 못한 준현의 등장에 은아는 물론이고, 가영도 당황해서 눈만 껌벅거렸다.

"도대체 무슨 일이에요? 경찰이 온 건 뭐고, 전화는 왜 안 받아요?"

준현은 변호사 사무실 아래층에 있는 빵집 주인 재민의 제보를 받고 막 달려온 참이었다. 오는 길에 은아가 전화를 안 받아서 더욱 애달아 있었다. 그는 그를 이상하게 쳐다보고 있는 가영의 시선에도 아랑곳하지 않고, 은아에게 다가가 그녀가 멀쩡한지 눈으로 확인했다.

"아니, 검사님이 여긴 왜……."

건물 아래층에 제보자가 있었을 거라고는 생각도 못 한 은아가 양껏 당황하며 가영의 눈치를 보았다. 그녀는 아직 준현에 대한 일을 친구에게 말하지 않은 상태였다. 준현과 다시 만나기로 했다는 것도, 그의 집에서 함께 살고 있다는 것도, 아무것도 말하지 않았다.

"이게 무슨……."

은아가 나름 거리감을 둔답시고 준현을 검사님이라고 부르긴 했지만, 준현과 은아 사이에 흐르는 묘한 분위기가 이 두 사람이 지금 어떤 사이인지 고스란히 말해 주고 있었다. 가영은 눈앞에 펼쳐진 믿고 싶지 않은 현실에 미간을 좁혔다.

"설마 두 사람……."

이 시간에 검찰청이나 법원에 있어야 할 준현이 다짜고짜 은아의 이름을 부르며 들어와서 은아의 몸을 이리저리 살펴보고 있다. 이 잠깐의 장면에서도 두 사람이 어떤 관계인지 짐작할 수 있었다. 하지만 가영은 자신의 눈으로 보고 있는 상황을 받아들이고 싶지 않았다.

"어떻게 그럴 수가 있어요? 어떻게, 김준현 씨가!"

2년 전, 가영은 은아를 찾으러 온 준현에게 은아에게서 떨어지라고 엄포를 놓았었다. 두 사람이 함께하면 은아가 상처를 받을 것은 자명한 일. 친구가 그런 힘든 일을 겪는 것을 막고 싶었다.

2년이 흐른 지금까지 은아가 준현에게 미련을 갖고 있는 것 같아서 걱정이긴 했지만, 결국은 두 사람은 서로 각자의 길을 걸어갈 거라고 생각했다. 그렇게 조금만 더 시간이 흐르면 은아도 준현을 잊을 거라고 생각했다.

그런데 그녀가 모르는 사이에 두 사람은 함께 있는 게 자연스러운 사이가 되어 있었다.

"준현 씨는 먼저 가 봐요. 일하는 중일 텐데."

은아는 준현에게 가 보라고 하고, 잔뜩 굳어 있는 가영에게 다가갔다. 물론 준현은 가 보라는 은아의 말에도 차마 가지 못하고 그 자리에 굳게 서 있었다.

"내가 설명할게. 미리 말 못 해서 미안해. 그런데 너 지금 이러는 거, 솔직히 조금 이해 안 되거든."

가영이 자신에게 무언가를 숨기고 있다는 것 정도는 알고 있었다. 그리고 유독 준현을 반대했던 것도 은연중에 느끼고 있었다. 은아는 몇 번을 삼키고 삼켰던 의문을 지금 이 자리에서

열어선 안 되는 237

꺼내 보기로 했다.

"준현 씨가 나랑 만나는 게, 왜 그렇게까지 화낼 일이야?"

은아의 물음에 가영이 입을 꾹 다물었다. 그리고 아무 말 하지 않은 채로 준현을 노려보았다. 준현이 정말로 은아를 위한다면 그녀를 내버려 두어야 했다. 그를 향하는 마음이 아물고, 다른 사람을 사랑하게 되도록 해야 했다. 김준현이라는 사람은 고은아의 인생에서 조용히 빠져 주어야 한다. 가영은 그러는 게 옳다고 생각했다.

사랑하는 사람의 아버지가 자기 오빠를 그렇게 만든 사람이라는 것을 알게 되면 얼마나 괴로울까. 은성에게 누명을 씌우고, 그런 사고가 일어나도록 지시한 사람이 준현의 아버지라는 사실을 알게 되면 어떤 마음이 들까. 가영으로서는 가늠조차 되지 않았다.

"내가 뭘 또 화를 냈다고 그래."

그랬기에 차마 그러한 사실을 입에 담을 수가 없었다. 특히나 지금 같은 시기에는 더욱 조심하고 싶었다. 은성의 기일이 얼마 안 남은 상황. 다른 때라면 몰라도 지금은 말을 할 때가 아니었다. 다른 변명을 해서라도 원래의 진실을 감추어야 했다.

"아니, 솔직히 당황스럽긴 하지."

아직은 숨겨 두어야 한다는 일념하에 가영은 은아의 눈을 똑바로 바라보며 한 글자, 한 글자 말을 이어 갔다.

"아무리 형식상이었다 해도 김준현 씨, 내 언니랑 맞선까지 본 사람이잖아. 이런 반응 나오는 게 당연한 거 아냐?"

"아……."

이번에는 은아가 말을 거두었다. 조금 걸리는 게 있긴 했지만 가영의 말에 토를 달 수가 없었던 것이다. 준현이 너무 확고하게 정리됐다고 해서 그 일은 완전히 잊고 있었다. 아니, 기억하고 있기엔 너무 불편한 일이라 일부러 기억하지 않으려 했던 것인지도 모르겠다.

"김 검사님한테 좀 물어보고 싶은 거 있는데. 잠깐 시간 괜찮으세요?"

가영의 물음에 준현이 은아를 쳐다보았다. 은아는 그의 시선을 피한 채 어질러진 물건들 쪽으로 향했다.

"난 사무실 좀 치우고 있을게."

지금으로서는 준현과 할 말이 있다는 가영을 막을 명분이 없었다.

"시간, 괜찮습니다."

딴청을 부리고 있는 은아를 바라보던 준현이 괜찮다고 승낙하자, 가영이 먼저 사무실을 나섰다. 준현도 나중에 연락하겠다는 말을 남기고 가영을 뒤따라갔다.

"이게 다 웬 소란이야."

두 사람이 나가고 나서 밖에서 무슨 대화 소리가 들리는가 싶더니, 한성이 머쓱한 표정을 지으며 안으로 들어왔다. 그는 바닥에 구부려 앉아 있는 은아에게 다가가 그 옆에 마찬가지로 구부려 앉았다.

"너, 지금 뭐 하냐."

"뭐 하긴요. 청소하잖아요."

"아, 그러세요? 내가 알기론 그 서류, 다 필요한 걸로 알고 있는데. 그거 다 버릴 셈이야?"

한성의 말에 은아가 시선을 아래로 내렸다. 꽉 움켜쥔 그녀의 주먹 안에 서류들이 꾸깃꾸깃 구겨져 있었다.

"어차피 먼지 다 묻어서 다시 뽑으려고 했어요."

애써 태연한 척하고 있긴 했지만, 방금 전 사무실 밖에서 가영이 했던 말을 들은 한성은 그런 은아가 더욱 안쓰러워 보였다.

"미안하다."

세영이 준현과 맞선을 본 것은 한성 때문이었다. 왜 하필 준현과 맞선을 본 건지 알 수 없지만, 세영은 자기 입으로 몇 번이나 너 때문에 선을 본 거라고 말하곤 했었다.

"뭐가 미안해요. 이상한 선배야."

"그런데 이가영, 참 웃기네. 저가 언제부터 언니 챙겼다고."

그에 대한 생각은 은아도 잠시 했던 부분이었다. 하지만 곧 고개를 저었다.

"그래도 가족이니까요. 제가 생각이 부족했죠. 가영이 입장에선 기분 나쁠 수도 있는 건데."

은아가 그렇게 말하고 나머지 서류들을 모아 정리하려는데, 한성이 그녀의 눈썹 사이를 손가락으로 툭 밀었다.

"우물 파이겠다. 인상 좀 펴."

은아는 그의 손길이 닿은 곳을 손바닥으로 슥슥 문지르며 투덜거렸다.

"원래 이렇게 생겨 먹은 인상이거든요."

"아닌데. 그래도 평소에는 이렇게까지 못생기진 않았거든. 인상 쓰니까 엄청 더 못생겨지네. 옆에서 보는 사람 생각해서, 그 못생김 좀 어떻게 해 봐."

"나, 참. 얻다 대고 얼굴 지적질이에요? 거울이나 좀 보고 말씀하시죠."

"아, 배고프다. 너, 빵 사 온 거 없냐?"

은아가 피식하고 작게 웃자 한성은 그제야 자리에서 일어나며 기지개를 켰다. 은아도 흩어져 있던 서류를 챙겨 들고 따라 일어났다.

"없어요."

"왜? 벌써 다 먹었어? 거기 빵 맛있던데."

"그 빵집, 완전 대박 나서 이젠 줄 서서 사 먹어야 돼요. 엄청 부려 먹어 주는 누구 씨들 덕분에 줄 서서 빵 살 시간이 없습니다."

은아가 자주 가던 동네 빵집은 어느 순간부터 SNS에서 '마약빵'을 파는 맛 집으로 입소문이 돌기 시작하더니, 엄청난 기세로 인기몰이를 하게 되었다.

"엄청 잘됐네. 너, 그 집 사장님이랑 친하다며."

"그렇긴 한데……."

장사가 잘되는 것은 좋은 일이었지만, 나만 아는 단골 맛 집을 잃어버린 것 같아 조금 아쉬운 마음이 드는 것도 사실이었다.

"아무튼 빵 없으니까, 배고프면 뭐라도 시켜 먹어요. 그것보다, 지금 법원에 가야 할 시간 아니에요?"

"아직 시간 남았어."

그렇게 말하며 주변을 둘러보던 한성은 은아의 책상 옆에 다이어리가 떨어진 것을 보고 그쪽으로 걸어갔다. 다이어리는 허망하게 펼쳐져, 안에 있던 여러 가지 것들을 다 꺼내 놓고 있었다.

"치우다 갈게. 혼자 치우기엔 좀 많을 거 아냐."

다이어리를 챙겨 들려는 한성의 시선 안에 어떤 남성의 사진이 들어왔다. 어쩐지 익숙해 보이는 남자의 모습에 고개를 갸웃했다.

"그런데 이 사람은 누구야?"

은아는 엉망으로 섞인 서류를 분류하고 서류철에 집어넣다가 한성의 질문에 그쪽으로 다가갔다. 이어서 한성이 들고 있는 사진을 보고 그의 손에서 사진을 홱, 하고 뺏어 왔다.

"왜 남의 걸 함부로 보고 그래요."

"바닥에 떨어져 있기에 주워 준 것뿐이거든. 그런데 그 사진이 무슨, 기밀문서라도 되냐?"

"기밀문서는 무슨. 그냥 내 물건 다른 사람이 건드리는 게 싫어서 그래요."

"깐깐하기는. 옜다, 치사해서 안 건드린다."

한성이 심통 난 얼굴을 하고 은아의 다이어리를 돌려주었다. 그러다 또다시 고개를 갸웃한다.

"그런데 그 남자 말이야. 왠지 모르게 익숙하단 말이야."

어디선가 본 적이 있는 것 같은 얼굴. 한성은 가만히 기억을 곱씹어 보다가 문득 떠오른 생각에 탁자로 달려갔다. 그리고 배원호 부장검사에게서 받았던 서류를 펼쳐 보았다.

'이 남자······.'

준현의 아버지가 일으킨 마약 사건과 관련된 남자라고 들었다. 아니, 가해자라고 누명을 쓰고 실종이 된 남자라고 했었다.

"뭐, 익숙할 수도 있겠네요. 그래도 남매라고, 닮았다는 말도 가끔 들었거든요."

큰일이라도 난 것처럼 한성에게서 사진을 뺏어 온 것이 조금 민망했던 은아가 지나가는 어투로 말했다. 이미 2년도 더 지난 일인데 굳이 숨길 필요도, 진지해질 필요도 없다고 생각했던 것이다.

"뭐?"

대수롭지 않은 듯 말을 이어 가는 은아의 모습에 서류를 보던 한성이 천천히 고개를 들었다. 그리고 사진 속 인물과 은아를 번갈아 가며 쳐다보았다.

"우리 오빠예요. 이 사진 속의 사람."

한성이 들고 있던 서류철을 탁, 소리 나게 덮었다. 서류철 안에 있는 남자의 사진을 투시하듯 노려보던 한성이 다시 은아 쪽으로 고개를 돌렸다. 은아는 쓸쓸한 미소를 지으며 다이어리 속에 사진을 집어넣고 있었다.

"지금은 없지만."

지금은 없지만, 하고 입술을 꾹 다무는 은아를 바라보던 한성이 이제 금방 알게 된 충격적인 사실에 낮은 신음을 흘렸다. 그의 눈동자가 거세게 떨리기 시작했다.

"살해 용의자로 수배 중에 사고가 나서 실종됐었거든요. 그 뒤로 2년이나 지났으니, 뭐……. 이제 이 세상 사람, 아니라고 봐야죠."

당황한 한성과 달리 은아는 침착하기만 하다. 그녀는 담담한 어조로 오빠에 대한 일을 하나하나 나열해 갔다. 마치 남 얘기를 하듯. 아무렇지 않다는 듯.

"뭘 그렇게 얼어 있어요. 살해 용의자 동생이라고 하니까 내가 좀 달라 보여요?"

은아는 장난치듯 가벼운 말투로 물었지만, 한성 몰래 숨죽여 마음의 준비를 하고 있었다. 설사 그가 그녀를 멀리한다 해도 상처를 입지 않도록, 마음을 부여잡고 있었다.

"솔직히 나 같아도 옆에 있던 사람이 알고 보니 범죄자 가족이라고 하면 조금 소름 돋긴 할 것 같기도……."

대답 없는 한성으로 인해 은아가 주절주절 말을 늘어놓았다. 괜한 말을 했나, 하는 생각도 한편으로 들었다. 한성은 그런 은아에게 다가가 들고 있던 서류철로 그녀의 이마를 툭 쳤다.

"말이 많다."

갑작스레 이마를 가격당한 은아가 '아!' 하고 불퉁한 신음을 지르며 손바닥으로 이마를 가렸다. 그 와중에 한성은 무심한 듯 말을 이어 갔다.

"내 밑에서 일하면서 법 공부 좀 했겠다 싶었는데. 이거, 이거 완전 헛똑똑이구면? 재판도 안 한 용의자가 왜 범죄자야? 무죄 추정의 원칙 몰라?"

한성이 때린 이마가 그렇게까지 아픈 건 아니었지만, 은아는 이마를 가린 손을 내릴 수가 없었다.

"너희 오빠, 아무 잘못 없어."

너무도 듣고 싶었던 그 말에, 저도 모르게 눈물이 날 것만 같아서. 손바닥으로 물기 젖은 눈동자를 가리고, 숨죽여 재빠르게 울음을 삼켰다.

괜찮을 거라고 생각했는데 아직은 아닌가 보다. 이제는 다른 사람에게 말해도 괜찮을 정도로 아물었을 거라고 생각했는데, 아직은 그렇지 않은가 보다. 지나가는 듯 내뱉은 그의 한마디에 이토록 울컥하는 것을 보면.

"그 정도는 나도 알거든요. 아, 그런데 모서리로 때리는 게 어디 있어요. 이마 나가는 줄 알았네."

은아는 혹시라도 한성이 눈치챌까, 투덜거리며 몸을 돌렸다. 단순한 말 한마디에 북받쳐 오른 감정을 어떻게든 빨리 정리하려 했다. 하지만 그러는 사이에 그녀의 어깨가 조금씩 들썩이고 있다는 사실을 스스로도 깨닫지 못하고 있었다.

한성은 가늘게 떨리는 은아의 어깨로 손을 뻗다가 도중에 멈추어 다시 손을 거두었다. 평소였으면 은아의 어깨를 툭툭 두드리며 힘내라고 한마디 했을 그였지만, 어쩐 일인지 쉽게 손이 가질 않았다.

"또 안 맞으려면 잘해, 인마."

그는 시큰둥하게 말하며 은아에게서 떨어졌다. 만약 지금 그가 은아에게 손을 댄다면, 뭔가가 달라질 것 같다는 예감이 들었다. 그 알 수 없는 불안감에 일부러 은아에게서 더 멀리 떨어져 갔다.

준현의 집, 현관문 앞. 문손잡이를 꽉 잡은 손 하나가 이내 힘을 풀고 손잡이를 놓아 버린다. 준현은 문 옆, 벽에 등을 기대고 기나긴 한숨을 토해 내었다. 복도의 센서 등은 그가 움직임을 멈추자 불을 꺼트린다. 적막과 어둠만이 남은 공간. 그 서늘한 공간에서 준현은 아무것도 하지 못한 채 어둠 속에 묻혀 있었다.

"행복하게 해 줄 겁니다."

도대체 무슨 생각으로 은아의 옆에 있는 거냐는 가영의 질문에 준현이 한 대답이었다. 당시 준현은 단호한 얼굴을 하고 가영을 마주했다. 무슨 일이 있어도 은아를 행복하게 해 주겠다. 결심에 찬 모습으로 그녀의 앞에 서 있었다.

"하아……."

하지만 지금에 와서는 현관문을 여는 것조차 주저하고 있었다. 아파트 건물 안으로 들어서기 전, 은아가 있을 층을 눈으로 좇다가 불이 켜진 것을 확인하고 저도 모르게 빙긋 미소를 지었으면서. 저도 모르게 발걸음을 재촉하게 될 정도로 그녀가 그리웠으면서. 두 사람 사이에 마지막 남은 문 하나를 어쩌지 못하고 망설이고 있었다.

그가 정말 그녀를 행복하게 해 줄 수 있을까. 그녀의 옆에 있고 싶다는 그의 욕심이 잘못 판단을 한 것은 아닐까. 그가 옆에 없는 것이 그녀에게 더욱 좋은 일은 아닐까. 그 크고 작은 의문들이 준현을 차디찬 복도에 서 있게 만들었다.

"여기서 뭘 하고 있어요?"

그리고 그때, 불 꺼진 복도에 한 줄기 빛이 새어 나오는 듯하더니, 환한 빛이 그를 밝혔다. 굳게 닫혀 있던 문이 열리고, 그리도 보고 싶었던 은아가 모습을 드러냈다.

"……어떻게 알았어요?"

어떻게 알았을까. 그가 아무것도 하지 못하고 밖에 서 있었다는 것을. 사랑하는 사람을 불행하게 할지도 모른다는 걱정에 차마 다가가지 못하고 있었다는 것을.

"어떻게 알고…… 나온 거예요?"

대답을 들을 생각이 있기나 한 건지. 준현은 문을 잡고 있는 은아를 당겨 와 품 안에 힘껏 가두었다. 그의 가슴팍에 막혀 아무 말도 할 수 없었던 은아는 가만히 그의 품에 안겨 있었다. 그렇게 얼마간 안겨 있었을까. 은아의 등장에 켜졌던 센서 등이 다시 꺼질 때쯤, 은아가 준현의 품에서 살짝 빠져나왔다.

"그냥요."

그리고 한나절 만에 바싹 말라 버린 그의 볼을 살며시 쓰다듬었다.

"그냥. 문 열면 있을 것 같았어요."

그가 망설이고 있었던 것이 무색해질 정도로 은아는 준현의 눈앞에서 말간 웃음을 짓고 있었다. 그 선연한 웃음이 그의 심장에 콕 박혀 왔다. 날카로운 바늘이 심장에 콕 박힌 듯, 찌르르한 통증이 그의 가슴에 저며 들었다.

"그냥 나왔는데 준현 씨가 있어서, 나도 깜짝 놀랐어요."

모든 사실을 알게 되어도 그녀는 이렇게 웃어 줄까. 이렇게 사랑해 마지않는 눈동자로 그를 바라봐 줄까. 그리고 마지막까지 두 사람이 함께 행복해질 수 있을까.

"그래도 다행이에요. 막상 나왔는데 아무도 없었으면 조금 많이, 속상했을 것 같은데."

답을 알 수 없는 의문들에 여전히 불안했다. 아무것도 보이지 않는 암흑 속을 걷고 있는 것만 같았다. 그렇지만 준현은 힘겨운 한 걸음을 내딛는 수밖에 없었다. 두 사람이 제대로 다시 시작하려면 모든 것을 은아에게 말해야 했다.

열은 미소를 짓고 있는 은아를 진지한 눈동자로 응시하던 준현이 자신의 볼에 닿아 있는 은아의 손을 잡고 아래로 내렸다.

"꼭 해야 할 말이 있습니다."

돌연 진지해진 그의 태도에 잠깐 어리둥절해하던 은아가 닫혀 버린 현관문을 열었다.

"일단 들어가서 얘기해요."

집 안으로 들어간 두 사람은 현관 복도를 지나 누가 먼저랄 것도 없이 거실 소파에 앉았다. 환한 형광등 아래에서 은아는 진중한 분위기를 내고 있는 준현을 계속 응시하고 있었고, 준현은 은아를 바로 보지 못한 채 다른 곳에 시선을 두고 있었다.

"……중요한 얘기예요? 그때, 그…… 말할 준비가 될 때까지 기다려 달라고 했던?"

시종일관 진지한 그의 태도에 은아도 잔뜩 긴장해서 조심스럽게 물었다. 준현은 은아의 질문에도 아무 대답을 하지 않고 있다가 결심한 듯 자세를 바로 했다.

"고은성 씨에 관한 일입니다."

준현에게 조금만 더 여유가 있었더라면, 그가 조금만 덜 절실했더라면 은아의 눈 밑이 살짝 부어올라 있는 것을 알아챌 수 있었을 것이다.

"아……."

대화를 나눌 때에는 말하는 사람도 준비가 필요하지만, 듣는 사람도 준비가 필요한 법이다. 그 당연한 사실을 간과해 버릴 정도로 준현은 코너에 몰려 있었다.

"오래전부터 수사하고 있던 그 마약 사건……. 사실은 진범을 알고 있습니다."

준현이 하는 말을 제대로 이해할 필요가 있었던 은아는 숨을 죽이고 그의 말이 이어지길 기다렸다.

"2년 전에 고은성 씨한테 벌어졌던 그 사고도 그 진범이 지시한 일입니다. 고은성 씨는 누명을 쓴 거고요."

연신 이어지는 충격적인 사실에 머리가 제대로 따라 주질 못하고 있었다. 진범, 누명. 은아는 귀에 콕 박히는 두 단어를 곱씹다가 눈을 질끈 감았다. 그러니까 그녀의 오빠에게는 죄가 없다는 말이었다. 감은 눈 사이로 속눈썹이 파르르 떨려 왔다.

은성에게 죄가 없다는 사실을 들은 것만으로 심장이 빠르게 뛰기 시작했다. 박차를 가한 심장은 더욱 많은 산소를 필요로 했고, 은아는 길게 숨을 들이마셨다.

"하아……."

이어서 내뱉은 한숨은 나비의 여린 날갯짓처럼 가늘게 공기를 떨게 했다.

"진범……."

은아는 목이 잠겨 단어 하나를 말하는 것도 버거웠는지, 헛기침을 두어 번 하고 다시 말을 이어 갔다.

"진범은요?"

당연하다는 듯 이어진 그녀의 질문에 준현이 잠시 말을 멈추었다. 무릎 위에 올려져 있던 그의 주먹에 힘이 잔뜩 들어갔다. 손등 위에 새겨진 곧은 힘줄이 그가 얼마나 긴장하고 있는지를 여실히 보여 주고 있었다.

"제…… 아버지입니다."

아주 짧은 문장이었다.

"제 아버지가 고은성 씨를 그렇게 만들었습니다."

이해 못 하는 게 어려울 정도로 단순한 문장이었다.

"……미안합니다."

하지만 그의 말을 듣는 순간, 은아는 그 간결한 문장을 자신이 이해하지 못하게 되었으면 좋겠다고 생각했다.

9화. 이런 사이

우주에 혼자 남겨진 기분. 이제 내 편은 아무도 없는 것 같은 기분. 어젯밤, 준현의 집에서 도망치듯 나온 이후로 은아는 꼬박 하루를 앓았다. 문밖에서 그녀를 애타게 찾는 준현을 끝까지 모른 척하면서, 혼자만의 감옥에 갇혀 아프고 또 아팠다.

"네, 몸이 좀 안 좋은 것 같아서요. 아뇨. 오늘만 월차 낼게요. 내일은 출근할 수 있어요. 죄송합니다."

사무장과 통화를 끝낸 은아가 쓰러지듯 매트리스에 얼굴을 묻었다. 머리에 열이 오르고, 숨을 쉴 때마다 뜨거운 숨결이 새어 나왔다. 온몸이 펄펄 끓는데도 이상하게 한기가 느껴져서 이불로 몸을 감쌌다.

이불 한 장분의 보호막. 그 안에서 잠을 자려 했다. 아무 생각도 하지 않고, 죽은 듯 잠만 자려 했다. 부디 이 모든 것이 꿈이기를. 엄마 배 속에 있는 아기처럼 둥글게 몸을 그러모아 혼자서 이 시간을 버텨 내고 있었다.

그렇게 얼마간 있었을까. 무릎을 감싸고 있던 손을 들어 손끝을 가만히 바라보았다. 손가락 끝에는 타인을 쳐 낸 감각이 알싸하게 남아 있었다.

"건드리지 마세요."

어젯밤, 은아는 준현의 손길을 단호하게 거부했다. 그리고 밀쳐 냈다.

일부러 그런 것은 아니었다. 그저 숨이 턱 막히고, 머리는 깨질 듯 아파 오고, 또 울컥하고 구역질이 밀려와서 그 자리를 피하고 싶었던 것뿐이다. 가려는 그녀를 잡아 오는 그의 손길을 그토록 냉담하게 쳐 냈던 것은, 일부러 그에게 상처 주려고 한 행동이 아니었다.

그녀의 거부에 아파하다가도 이내 그것을 받아들이는, 그런 슬픈 모습을 보고 싶었던 것이 아니다.

"나더러 어쩌란 거야……."

낮게 중얼거리던 은아는 갑자기 밀려드는 토기에 입을 틀어

막고 화장실로 달려갔다. 그를 향하는 이 마음을 토해 내면 조금이라도 편해질까. 오빠를 죽인 사람의 가족을 사랑했다는 죄책감에서 벗어날 수 있을까.

그렇게 그녀는 먹은 것도 없이 몇 번이고 토하고 또 토했다. 그런다고 그를 사랑하는 마음을 토해 낼 수도 없을진대, 몇 번이고 헛구역질을 이어 갔다.

"아프다는데 혼자 두면 좀 그렇잖아. 그런데 내가 가면 아직은 불편해할 것 같고. 그러니까 선배가 좀 가 줘."

퇴근 시간. 한성은 가영의 성화에 못 이겨 사무실에서 쫓겨난 참이었다. 아직 해야 할 일이 남아 있다고 변명해 보았지만 소용없는 일이었다.

"하필이면 이때."

원래 같았으면 흔쾌히 은아의 집으로 갔을 것이다. 아픈 은아가 걱정되는 것은 비단 가영만이 아니었으니까. 하지만.

"불편한 건 나도 마찬가지라고."

은아가 불편한 것은 한성도 매한가지였다.

"쓸데없이 너무 많은 걸 알아 버렸단 말이야."

준현과 은아가 서로 사랑하는 사이라는 것, 준현의 아버지가 은아의 오빠에게 해선 안 될 짓을 저질렀다는 것, 그리고 그러한 사실을 은아는 모르고 있다는 것까지.

"심장에 안 좋아. 심장에."

그 모든 것을 알고 있어서일까. 한성은 아무것도 모르는 은아를 볼 때마다 가슴 한구석이 아려 오는 것 같았다. 따끔따끔거리는 심장 때문에 은아를 보고 있기가 힘들었다.

"하여간, 엄청 신경 쓰이게 하는 녀석이라니까."

하지만 이렇듯 불평, 불만을 가득 담아 중얼거리면서도 정작 그의 발걸음은 죽 전문점을 향하고 있었다.

흰색 중형차 한 대가 매끄럽게 골목 안에 주차됐다. 한성은 조수석에 둔 종이 가방을 챙겨 들고 차에서 내렸다. 죽 전문점 로고가 박혀 있는 종이 가방은 여전히 따뜻한 온기를 머금고 있었다. 식기 전에 갖다 줘야겠다는 생각에 건물 안에 들어서는 그의 걸음 속도는 평소보다 조금 더 빨랐다.

"결국 왔네."

그런 그의 옆으로 익숙한 음성 하나가 들려왔다.

"안 왔으면 했는데."

더 이상 마주치지 않았으면 하는 사람의 목소리였다.

"하아. 여긴 또 어쩐 일이야."

그에 한성이 지친 듯 한숨을 쉬며, 건물 안 우편함 옆에 서 있는 여자에게 말을 걸었다. 이젠 정말 그만 마주칠 때도 된 것 같은데.

"왜 또 네가 여기 있는 건데."

세영은 한성의 질문이 들리지 않는 건지, 아무 대답 없이 고개를 삐딱하게 한 채로 그를 노려보다가 천천히 다가갔다.

"그러는 한성 씨야말로 왜 여기 있는 건데?"

그리고 한성이 들고 있는 종이 가방을 발로 툭, 쳤다.

"여기 윗집 사는 여자가 아프기라도 해?"

"무슨 짓이야."

예의라곤 찾아볼 수 없고, 오만하기까지 한 그녀의 행동에 한성이 어금니를 악물고 씹어뱉듯 말을 이었다. 어째 몇 년이 지났음에도 그녀는 달라진 것이 없었다.

"왜? 내가 이러는 거 좋아했잖아. 이런 막무가내인 점이 내 매력이라면서요, 최한성 씨."

"……그만하자. 여긴 어떻게 찾아왔는지 모르겠는데. 제발, 여기까지만 하자."

"할 얘기 있어."

"난 없어."

한성이 감정 없는 표정으로 세영을 지나쳐 계단으로 올라가려 했다.

"난 있어. 그러니까 듣기라도 해. 여기서 깽판 치기 전에."

하지만 무시하고 계속 올라갔다간 정말 소동을 일으킬 여자란 걸 알기에, 그녀의 뜻대로 근처 카페에 자리를 잡는 수밖에 없었다.

"그래서, 할 얘기가 뭐야?"

지친 기색이 역력한 한성의 물음에 세영이 입술을 질끈 깨물었다. 이쯤하면 돌아올 거라고 생각했다. 천하의 이세영이 자존심까지 버려 가며 이렇게 매달리면 결국은 돌아올 거라고 생각했다. 그런데 그녀를 바라보는 한성의 눈동자에는 그녀를 향한 애정이 조금도 남아 있지 않은 것 같았다.

"왜……. 도대체 왜 우리가 헤어져야 하는 거야?"

그가 이별을 얘기한 것은 몇 년 전의 일이었다. 세영은 몇 년 전에도 하지 않은 질문을 이제 와서 꺼내 놓고 있었다.

"너도 동의한 일이잖아."

"당연히 다시 만날 줄 알았으니까! 몇 번을 헤어져도 우린, 다시 만날 거라고 생각했으니까."

철모르던 시절, 두 사람은 운명처럼 만났고, 누구보다 뜨겁게 사랑했다. 그 과정에서 몇 번의 이별을 맞긴 했지만, 그러는 것도 잠시뿐. 결국은 다시 함께하곤 했었다.

"그런데 왜……."

어째서 그런 얼굴을 하고 있는 걸까. 두 사람의 사이가 정말 끝나기라도 한 것처럼. 어째서 이 남자는 이토록 미련 한 자락도 남지 않은 얼굴을 하고 있는 걸까.

"글쎄."

한성이 말끝을 흐리며 주문한 커피를 한 모금 마셨다. 음료를 기다리는 시간조차 아까워서 가장 빨리 될 법한 커피를 대충 주문했는데, 생각보다 향이 괜찮았다.

"마음이 식었으니까. 그거 말고 다른 이유가 또 있겠어?"

"거짓말."

"굳이 거짓말을 할 이유가 없잖아."

"거짓말이야."

단정하는 듯한 세영의 태도에 한성이 고개를 저으며 자리에서 일어났다.

"이미 끝난 마당에 이런 말하는 것도 우스운데. 자기가 생각하고 싶은 대로 생각하는 그 버릇, 고치는 게 좋을 거야. 할 얘기 끝난 것 같으니까 먼저 간다."

허망하게 앉아 있는 세영을 두고 홀로 카페를 빠져나온 한성이 주머니에 손을 집어넣었다. 하지만 아무리 뒤적여도 그가 찾는 것은 나오지 않았다.

'어떻게든 상처 하나라도 더 주고 싶은 거 보면, 나도 아직 멀었네.'

금연하겠다고 사무실 서랍에 넣어 둔 담배 한 개비가 간절하게 생각나는 밤이었다.

쿵, 쿵. 쿵. 은아는 누군가가 문을 두드리는 소리에 감고 있던 눈을 떴다. 아무래도 깜박 잠이 든 모양이다. 사위는 온통 어두워져 있었고, 얼마나 오래 잠이 든 건지 목이 따끔거렸다. 물이라도 마실 생각에 상체를 일으킨 그녀는 일순 밀려드는 어지러움에 다시 베개 위로 얼굴을 묻었다.

"아……."

지끈거리는 머리를 부여잡고 다시 몸을 일으키려는데 쿵, 쿵, 쿵, 하는 소리가 또 한 번 들려왔다. 은아는 그 소리를 무시하고 부엌으로 터벅터벅 걸어갔다.

"고은아! 문 열어! 너, 진짜 쓰러지기라도 한 거야?"

냉장고에서 물을 꺼내 컵에 따르던 그녀는 밖에서 들려오는 목소리에 움직임을 멈추었다. 그리고 허탈함에 헛웃음을 터트렸다.

"고은아!"

어째서 그렇고 생각했을까. 어째서 당연히 준현일 거라고 생각했을까.

"119에 신고라도 해야 되는 거······."

"너무 시끄럽잖아요."

은아가 금방이라도 쓰러질 듯 힘없는 얼굴을 하고 현관문을 열었다. 문을 두드리던 한성은 그녀의 모습에 하던 말을 멈추었다.

"잠이라도 좀 자게 해 주지. 이게 뭐예······."

최대한 아무렇지 않은 듯 말을 잇던 그녀의 볼 위로 투명한 물줄기 하나가 흘러내렸다. 저도 모르게 흘러넘친 눈물에 깜짝 놀란 은아가 손바닥으로 눈물을 훔쳤다.

"아, 하품을 했더니."

하품을 해서 그런 거라고 변명하고 있는데 또다시 눈물 한 방울이 톡, 하고 떨어진다. 그렇게 한번 터져 버린 눈물은 그칠 줄을 몰랐다. 아무리 멈추려 해도 고장 난 수도꼭지처럼 쏟아지는 눈물을 막을 방법이 없었다.

"선배, 그냥 가 줄래요? 내가 지금 정신이 없어서……."

은아는 한 손으로 얼굴을 가리고, 다른 손으로 현관문을 닫으려 했다. 다른 사람에게 우는 모습을 보이고 싶지 않았다. 아니, 준현이 아닌 다른 남자 앞에서 울고 싶지 않았다.

'미쳤어, 고은아!'

준현이 아닌 다른 남자 앞에서 울고 싶지 않다니. 이런 상황에서도 그런 생각을 해 버리다니. 밀려드는 참담함에 소리를 지르고 싶었다. 아무리 애를 써도 버릴 길이 없는 준현의 그림자에, 제발 좀 사라지라고 고함이라도 지르고 싶은 심정이었다.

방금 전에도 문을 두드리고 있는 사람이 당연히 준현일 거라고 생각하고 있지 않았던가. 문밖에 있는 사람이 준현이 아니었다는 사실에 내심 실망하지 않았던가.

어쩌자고 당연하다는 듯이 그렇게 생각했을까. 그녀가 아무리 모른 척해도 준현이라면 끝까지 그녀를 찾을 거라고, 왜 그렇게 생각해 버렸을까.

"안 봐."

은아가 이런저런 생각에 혼란스러워하고 있는데, 닫히는 문 사이로 한성이 손을 집어넣으며 말했다. 은아의 힘에 의해 닫히고 있던 문이 한성의 손에 열리기 시작했다. 그가 문을 당긴 탓에 문손잡이를 잡고 있던 은아도 서서히 앞으로 끌려갔다.

"아무것도 안 볼 테니까. 그냥 너 괜찮은지 확인만 하고 가게 해 주라."

어느새 바로 코앞까지 가까워진 한성이 은아를 가만히 내려다보다가 그녀의 이마에 손을 턱, 올렸다.

"엄청 뜨겁잖아. 너 열 좀 내리면, 그때 갈게."

한성이 그렇게 말하며 그녀의 공간 안으로 불쑥 들어가려 했다. 너무 당황해서 눈만 동그랗게 뜨고 있던 은아가 다급하게 그의 앞을 막았다.

"아니, 잠깐만요. 그러니까 지금, 우리 집에 들어오겠다고요?"

"그래. 뭐, 문제 있어?"

당연히 있지! 아니, 너무 많아서 문제지. 뻔뻔스럽게 대답하는 한성의 모습에 은아가 기가 차다는 듯 한숨을 쉬었다.

"나한테는 문제 많아요."

아무리 은아와 한성이 아랫집, 윗집에서 살았다고는 하나, 함께 지내는 동안 한성을 그녀의 집에 들인 적은 없었다. 은아가 한성의 집에 간 것도 현숙이 있을 때뿐이었다. 그와 가족같이 지낼 수 있었던 것도 현숙이 있었기에 가능한 일이었다.

"죽을병에 걸린 것도 아니고. 혼자서도 괜찮으니까 이만 돌아가세요."

은아가 그렇게 말하며 한성을 밀어냈다. 하지만 그는 아무런 미동도 없었다.

"너, 내가 설마 덮치기라도 할까 봐 그러는 거야?"

"네?"

"아니, 그렇잖아. 사람이 아픈 사람 걱정돼서 왔다는데, 문전박대나 하고 말이야."

"내가 언제 또 문전박대를 했다고 그래요."

"지금 네가 하는 짓이 딱 그거거든. 문전박대."

한 글자, 한 글자 또박또박 말을 이어 가는 한성의 모습에 은아는 머리가 지끈 아파 오는 것 같았다.

"정 그러면 이가영한테 연락하고. 너, 상태 안 좋은 것 같으니까 좀 와 보라고."

아무래도 이 고집스러운 남자는 은아가 괜찮은 것을 확인하기 전까지 절대 물러날 생각이 없는 것 같다. 그렇다고 가영을 부르기에는, 아직 그녀를 보는 것이 많이 불편했다. 결국 은아는 한성을 집 안으로 들이고야 만다.

"딱히 줄 건 없고, 물이라도 드실래요?"

은아가 물을 따르다 만 물컵을 한성에게 내밀었다.

"됐다, 너 마셔. 꼴 보니, 아직 아무것도 안 먹었지? 죽 데워 줄 테니까 그거 먹고 푹 자. 아니면 지금이라도 약 사 올까?"

"아뇨, 괜찮아요. 그리고 죽은 제가 데울게요."

"됐어. 가서 누워 있어."

"제가 한다니까요."

은아가 한성이 들고 있는 종이 가방을 가져오려는데, 그가 죽을 싱크대에 올려 두고 그녀를 방 안으로 떠밀었다.

"한 번 말할 때 좀 듣자. 아니면 직접 눕혀 주랴?"

하여간 저 고집불통. 은아가 속으로 중얼거리며 매트리스에 누웠다. 안 그래도 꽤 많이 어지럽던 참이었다. 그렇게 눈을 감고 낮게 숨을 쉬고 있노라니, 한성이 부스럭거리며 무언가를 하는 소리가 정겹게 들려왔다.

그러고 보니 어느새 눈물도 그쳐 있었다. 준현이 은아에게 울 수 있는 공간을 제공해 주는 사람이라면, 한성은 은아가 눈물을 그칠 수 있게 해 주는 사람이었다.

"와서 좀 먹어."

아주 잠깐 누워 있었던 것 같았는데, 그새 까무룩 잠이 들었던 건지 은아가 깜짝 놀라며 눈을 떴다. 눈을 뜨자 매트리스와 조금 떨어진 곳에서 앉은뱅이 식탁 위에 음식을 차려 놓은 한성이 보였다.

"안 먹어도 되는데."

은아가 작게 불평하며 식탁 앞에 가서 앉았다. 그리고 따뜻한 김이 풀풀 나는 죽을 한입 떠먹었다. 한성은 그녀가 먹는 양을 얼마간 지켜보다가 그도 같이 수저를 들었다. 아무런 말없이 밥 먹는 소리만이 고요한 집 안을 가득 메웠다.

죽 한 그릇을 모두 비우고 은아가 매트리스로 가서 다시 몸을 좀 누일 때까지 두 사람은 아무런 말이 없었다. 은아는 한성이 아무것도 묻지 않아 주어서 다행이라고 생각했다.

"좀 자."

"선배도 이만 가요."

"너 자는 거 보고."

한성이 은아의 이마에 손을 올렸다. 이마에 닿은 뜨거운 감촉에 은아가 눈살을 찌푸렸다. 선배 손이 더 뜨거운 것 같은데, 열을 잴 수 있긴 한 걸까. 은아는 이런저런 생각을 하다가 천천히 선잠이 들었다. 잠결에 현관문이 열리는 소리를 얼핏 들었던 것 같다. 아마도 한성이 돌아간 모양이라고 생각했다.

어슴푸레한 새벽녘. 아직 해가 모습을 드러내기 전의 시각. 모두가 잠들어 있는 그때에 은아가 감았던 눈을 살며시 떴다. 눈앞에 희뿌연 안개가 어려 있어서 몇 번인가 눈을 깜박였다. 그러자 안개는 걷히고, 어둠만이 남았다.

"으음……."

은아가 낮게 신음하며 주변을 둘러보았다. 여전히 어두웠지만 동이 틀 무렵이라 어느 정도 형체는 확인할 수 있었다.

"……선배?"

아직은 몽롱한 그녀의 시선 안에 한 사람의 인영이 들어왔다. 그는 은아의 머리맡에 자리를 지키고 있었다.

"고은아."

"아직 있었어요?"

잠결에 현관문이 열리는 소리를 들었던 것 같은데 잘못 들었던가 보다. 은아가 눈을 비비며 자리에서 일어나려 했다. 그러나

이어서 들려온 그의 한마디는 그녀를 멈추게 하기에 충분했다.

"너 그냥, 나한테 와라."

한성의 표정이 어떤지는 알 수 없었지만, 그의 눈동자가 오롯이 은아를 향하고 있었다는 것만은 알 수 있었다.

"김준현한테 가지 말고, 그냥 나한테 와."

제대로 된 빛이 없는 어두운 방 안. 시각이 제 역할을 못 하고 있으니 온 신경이 청각에 몰린 듯하다. 담담하게 말하는 그의 목소리가 바로 귓전에서 들리는 것처럼 생생하게 들려왔다. 그 생경한 감각에 이 상황을 꿈이라고 치부할 수도 없는 노릇이었다.

"아⋯⋯. 저⋯⋯."

은아가 시선을 아래로 거두고 말끝을 길게 늘였다. 지금 같은 때에는 무슨 말을 해야 하는 건지 감조차 잡히지 않았다. 그렇게 은아는 곤란한 기색이 역력한 모습으로 적당한 대답을 찾고 있는 중이었다.

"풋."

그런 그녀의 망설임 위로 한성의 웃음이 터져 나왔다. 참았던 웃음이 터지기라도 한 듯, 그는 꽤나 오래 웃고 있었다. 그의 천진한 웃음소리에 은아도 안정을 되찾고 가늘게 눈을 흘겼다.

"뭐야, 장난친 거였어요?"

놀림당했다는 것에 화가 나기보다는 그가 그녀를 좋아하는 게 아니라는 사실에 안도감이 더 컸다. 은아는 놀란 가슴을 겨우 진정시키고 상체를 일으켰다.

"죽 사다 준 거 고맙기도 해서 이번은 그냥 넘어가지만 한 번만 더 이런 장난 쳤담 봐요. 진짜 가만 안 있을 거니까."

"장난 아닌데?"

"네?"

벽에 등을 기대고 앉아 한숨 돌리던 그녀가 이어지는 그의 발언에 눈살을 찌푸렸다. 방금 전, 전원을 꺼 둔 휴대폰을 다시 켰던 터라 파르라니 비춰 오는 휴대폰 불빛 때문에 은아의 표정이 고스란히 드러났다.

"아무리 싫어도 그렇지, 지금 그 표정은 너무하지 않냐?"

"장난이면 그만둬요. 저 지금 선배 아니라도 충분히 힘드니까."

"알아."

"뭘 안다는……."

"너 자는 동안 김준현이한테 얘기 다 들었어. 네가 지금 이러고 있는 이유도."

은아가 입술을 굳게 다물었다.

"멀쩡하던 애가 이렇게 갑자기 아플 정도면, 그 정도로 힘든 거면 그냥 놔 버려도 되잖아."

"……."

"너, 나랑 있으면 편하지? 나도 너랑 있으면 꽤 편하거든. 그러니까 그렇게 힘든 거 그만두고, 좀 편하게 살면 안 되겠냐?"

여전히 묵묵부답인 은아를 두고, 한성의 단조로운 목소리가 연이어 들려왔다.

"굳이 불같은 사랑 아니라도 지금 너랑 나처럼 편하게, 이런 사이로 시작하는 것도 괜찮지 않겠냐고."

서로에게 한없이 편안한 관계라. 제법 달콤한 유혹이었다. 이런 말이 달콤하게 느껴질 정도로 은아는 벼랑 끝에 몰려 있었다.

"꽤나 달콤한 소릴 하시네요. 혹할 뻔했어요."

은아가 힘없이 웃으며 말을 이어 갔다.

"그런데 선배가 그렇게까지 할 이유가 전혀 없잖아요."

"이유라면 있어."

저번부터 이상할 정도로 은아가 신경 쓰였다. 그리고 이렇게까지 힘들어하는 그녀를 보니 마음이 아려 오기도 했다. 물론 지금의 감정이 사랑이라고 말할 만한 단계는 아니었다. 세영과의 그것처럼 뜨거운 감정도 아니었다.

다만, 힘든 길을 가고 있는 은아에게 또 다른 길도 있다는 것을 알려 주고 싶었다. 그녀에게 조금 더 편한 길이 되어 주고 싶었다. 그 마음은 진심이었다.

"나도 좀 편해지고 싶거든. 야, 벌써 날 샜다. 난 이만 가 볼 테니까 잘 생각해 봐. 너무 어려운 길로만 가려고 하지 말고, 편한 길도 있다는 거 알아 두고. 아, 그리고 배웅은 필요 없다."

한성이 자리에서 일어나 은아의 머리를 톡톡 두드려 주고는 밖으로 나가려 했다. 그러다 살짝 뒤돌아서서 퉁명스레 말한다.

"그런데 김준현, 그 자식은 미친 거 아니야? 아무리 그래도 그렇지. 내가 너희 집에 있겠다는데 어떻게 믿는다, 한마디 하고 그냥 갈 수가 있어?"

"준현 씨가 왔었어요?"

"와. 넌 또 그 와중에 그게 궁금하냐?"

"……그런 거 아니거든요."

"됐어, 인마. 출근이나 잘 해. 진짜 간다."

한성은 돌아서서 손을 흔들어 보이더니, 현관문이 열리고 닫히는 소리와 함께 사라져 갔다. 이제 정말 홀로 남은 은아는 길게 심호흡을 하며 매트리스 위에 몸을 뉘었다. 푹 잔 덕에 열은 제법 내려갔지만, 그녀의 머릿속은 여전히 혼란스러운 채였다.

은아에게 시간이 필요하다는 것 정도는 알고 있었다. 혼자 아플 그녀의 옆에 누군가가 있어 주는 게 더 나은 일이라는 것도 알고 있었다. 하지만 아픈 그녀의 옆에 있어 주지 못한다는 사실이, 그녀를 아프게 한 장본인이 그라는 사실이 한없이 그를 괴롭게 만들었다.

"젠장……."

어젯밤, 준현은 한성의 연락을 받고 은아의 집으로 향했다. 그리고 은아의 집 앞 평상에 앉아 한성과 많은 이야기를 나누었다.

"난 잘 모르겠다. 물론 은아도 네 잘못이 아니라는 것 정도는 알겠지. 그런데 말이다. 아무리 그래도 쉽게 용서가 되겠냐. 네 얼굴 볼 때마다 너희 아버지도 같이 떠오를 텐데, 그게 무슨 지옥이야."

한성의 말에 준현은 아무런 반박도 할 수가 없었다. 그의 말이 전부 맞았으니까. 처음에는 준현도 그렇게 생각하고 은아를 멀리했으니까. 하지만.

'그럼에도 불구하고 옆에 있고 싶다.'

준현과 은아가 함께해선 안 되는 이유는 셀 수 없이 많았지만, 그럼에도 불구하고 은아의 옆에 있고 싶었다. 그 진심 하나가 그를 그녀의 옆에 머물게 했다. 불행이 점철된 미래였지만 그럼에도 그녀와 함께 걷고 싶었다. 함께 살아가고 싶었다.

"보고 싶다."

공기 중에 흩어진 그 한마디는 준현의 마음을 더욱더 아려오게 만들었다. 그녀를 향한 그의 마음을 더욱 깊어지게 만들었다.

"보고 싶다, 고은아."

얼마 전까지만 해도 은아와 함께였던 침대에 누워 그녀의 흔적을 찾아 헤매던 준현은 결국 자리를 박차고 일어나 밖으로 나갔다. 그가 원하는 것은 이불보에 옅게 남아 있는 향기 같은 것이 아니라, 고은아 그 자체였다.

쿵, 쿵, 쿵. 멍하니 상념에 잠겨 있던 은아는 누군가 문을 두드리는 소리에 고개를 들었다. 또 한성인가 싶은 마음에 별생각 없이 현관문 앞에 섰다. 그런데 왠지 모르게 지금 문밖에 있는 사람은 한성이 아닐 것 같다는 느낌이 들었다.

"……왜 왔어요."

은아가 나지막한 목소리로 물었다.

"몸은, 좀 괜찮아요?"

문밖에 선 준현도 문에 이마를 살짝 기대고 낮은 목소리로 물었다. 굳게 닫힌 철문이 두 사람 사이를 꿋꿋하게 막고 있었음에도 서로의 목소리가 또렷하게 들리고 있었다.

"왜 왔냐고요."

은아가 현관문에 등을 기대고 눈을 질끈 감았다.

"보고 싶어서 왔어요."

이어서 들려온 그의 대답에 저도 모르게 흐느낌이 새어 나와, 손바닥으로 입을 틀어막았다. 제발 이 흐느끼는 소리가 그에게 닿지 않기를. 은아는 있는 힘껏 숨을 죽였다.

"문 좀 열어 줘요."

목소리가 새어 나올까 봐 아무 말도 하지 못하는 은아의 위로 준현의 애절한 목소리가 덮쳐 왔다.

"제발……. 울려거든 내 품 안에서 울어요."

은아의 여린 손바닥에 한 번 가로막히고, 굳게 닫힌 철문에 또 한 번 가로막힌 울음소리를 도대체 어떻게 들은 건지. 준현은 제발 문을 열어 달라고, 울고 있는 당신을 품에 안게 해 달라고 간절히 애원하고 있었다.

"제발……."

다시 한 번 들려오는 간절한 목소리에, 은아는 무너지듯 스르르 주저앉았다. 지금 당장 문을 열고 싶었다. 두 사람 사이를 가로막는 이 문을 열고, 그에게 안기고 싶었다. 그의 품 안에서 이제껏 쌓아 둔 울분을 토해 내고 싶었다.

"가세요."

하지만 은아에겐 허락되지 않은 일이었다.

"돌아가세요."

단호하게 내뱉은 말끝이 미세하게 떨렸다. 진심 아닌 진심을 내보이는 은아는 그 짧은 한마디를 꺼내는 것조차도 힘에 겨웠다.

"문 좀 열어 봐요!"

그녀는 밖에서 아스라이 들려오는 준현의 목소리를 뒤로한 채 눈을 감고, 귀를 막았다. 그에게로 기우는 마음이 크면 클수록 스스로의 마음을 더욱 다잡으려 노력했다. 그에게 향하는 마음에 겹겹이 잠금장치를 걸어 놓았다.

'나는 이 사람을 사랑할 자격이 없다.'

단칸방 안에서 고열에 시달리며 내내 한 생각이 그것이었다. 고은아는 김준현을 사랑할 자격이 없다. 그와 행복할 자격 같은 건 더더욱 없다.

홀로 매듭지었던 결론을 다시금 떠올리자, 격하게 기우는 마음을 바로잡을 수 있었다. 은아는 봇물처럼 터져 나오는 울음을 가슴 깊은 곳에 묻어 두고, 볼에 남아 있는 물방울들을 손바닥으로 훔쳐 냈다.

"은아 씨."

드디어 닫혀 있던 문이 열리고, 은아가 준현의 앞에 모습을 드러냈다. 준현은 하룻밤 새 많이 여윈 연인의 모습에, 다른 생각일랑 할 겨를도 없이 그녀에게 손을 뻗었다.

탁. 하지만 그가 내민 손길은 은아의 손에 의해 가차 없이 내쳐진다. 준현이 알싸한 통증이 남아 있는 손등을 감싸 쥐고, 천천히 시선을 들어 그녀의 눈동자를 바라보았다.

"……염치가 없는 것도 정도가 있지."

차갑게 가라앉은 눈동자에 이어, 굳게 닫혀 있던 그녀의 입술 사이로 서늘한 목소리가 흘러나왔다.

"우리 오빠를 죽인 걸로도 모자라, 이제 나까지 죽일 작정이에요?"

예상치 못한 은아의 발언에 준현이 얼어붙은 듯 그 자리에 멍하니 서 있었다. 여지없이 떨리는 그의 눈동자가 보이지도 않는지, 은아는 맹독과도 같은 말을 이어 갔다.

"당신 때문이잖아. 고은성이 그렇게 된 거."

한꺼번에 밀려드는 비난의 화살에 준현이 잠시 숨을 멈추었다. 모든 사실을 알게 되면 은아가 그를 원망할 거라는 것은 어느 정도 예상하고 있었다. 그가 아닌 그의 아버지가 저지른 일이었지만, 그녀에게 어느 정도 미움받을 것을 각오하고 있었다.

하지만 아무리 각오하고 있었다고 해도 사랑하는 사람이 보내는 거부와 증오가 괜찮을 리 없었다. 그리고 생각했던 것보다 그녀의 원망이 너무나도 컸다.

"은아 씨, 그건……."

"설마, 아니라고 생각하는 거예요? 당신 잘못이 아니라, 당신 아버지가 저지른 일이다?"

은아가 기가 차다는 듯 헛숨을 토해 냈다. 그리고 그의 생각을 송두리째 바꿔 주겠다는 태도로 한마디, 한마디를 이어 갔다.

"그때 그 마약 사건은 3년 전, 아니 5년 전에 이미 끝난 일이었어요. 누군가가 누명을 쓰고 죽을 필요가 없던 일이었어요."

은성도 그렇게 말했었다. 이미 끝난 일이라고, 더 이상 알려고 하지 말라고.

"그런데 누군가가 그 일을 다시 조사하기 시작하면서, 어떤 사람의 희생이 필요하게 된 거죠. 예를 들어 고은성 같은 사람의."

은성은 그때의 일을 덮으려고 했었다. 그런데 준현이, 그리고 은아가 그 사건을 들추는 바람에 이런 일이 일어난 거였다.

"이게 다 당신 때문이야."

그리고 나 때문이겠지.

은아는 혼자 살아남았다는 죄책감에 은성의 죽음을 자기 잘못이라고 결론짓고 있었다. 오빠가 죽음에 이르게 된 상황에 그녀가 영향을 주게 된 일 하나하나를 떠올리며 스스로의 탓으로 만들고 있었다.

"알겠으면, 이제 그만 가 줄래요?"

그러니까 이것은 그녀가 응당 받아야 할 벌이다. 그녀는 사랑하는 사람의 품에서 행복할 자격이 없다. 죽은 은성의 앞에서, 홀로 살아남아 있는 은아는 그렇게밖에 생각할 수 없었다.

"그리고 다신 안 마주쳤으면 좋겠어요."

은성의 죽음을 자신의 탓으로 돌리고 있는 이상, 은아는 준현과 함께 있으면 지금처럼 그에게 상처 주지 못해 안달 난 사람처럼 굴게 될 것이다. 심장을 도려내는 것 같은 자책감에 그녀도 다치고, 그도 다치게 될 것이다.

'서로가 서로한테 힘겹기만 한 이런 사이는 그만두는 게 좋아요.'

은아는 열어 두었던 철문을 단호하게 닫으려 했다. 그리고 대문에도, 그녀의 마음에도 단단히 잠금장치를 걸어 두려 했다.

'내가 더 상처 주기 전에, 제발 그만둬요.'

그에게 상처 주고 싶지 않았다. 온몸을 불태우는 이 지독한 감정은 혼자 감당하면 될 일이다. 이후의 일은 제어하기 힘든 이 마음을 다스린 후에 생각해도 늦지 않다.

"미안하지만, 그렇게는 안 될 겁니다."

하지만 닫히는 문 사이로 커다란 손 하나가 비집고 들어왔다. 그 손은 애써 문을 닫으려는 미약한 힘을 거두어 내고, 처음 열렸던 것보다 더욱 활짝 철문을 열었다.

"은아 씨랑 헤어진다는 선택지는 이미 예전에 버렸어요."

준현은 은아가 피할 틈도 주지 않고 그녀의 손목을 붙잡았다. 단단하게 손목을 옥쥔 그 손은 여전히 굳건한 그의 마음을 보여 주기라도 하듯, 그에게서 도망가려는 그녀를 힘껏 잡아당겼다.

"우는 것도, 원망하는 것도 다 내 앞에서 해요."

차갑게 뱉어진 그녀의 말들에 준현은 온몸의 피가 빠져나가는 기분이 들었다. 날카로운 비수가 꽂힌 심장에서 피가 철철 흘러 내리는 것 같았다. 하지만 본인이 아픈 것을 챙길 겨를이 없었다. 그에게 상처를 준 은아는 더욱 아픈 얼굴을 하고 있었으니까.

"절대 혼자 두지 않을 겁니다."

강한 힘에 이끌려 그의 품에 그대로 안긴 은아는 익숙한 체취에 저도 모르게 마음을 놓아 버렸다. 두 사람 사이를 막고 있던 견고한 벽에 조금씩 금이 가기 시작했다.

"왜, 왜 내 앞에 나타난 거예요!"

두 사람의 처음이 시작할 무렵, 바로 이 장소에서 준현은 자기 때문에 은아가 불행해질까 봐 걱정이라고 말했었다. 그때 멈추어야 했던 마음이었다. 차마 삼키지도, 뱉어 내지도 못할 이런 마음이 되기 전에 거두어야 했던 마음이었다.

"그때 멈췄어야지! 그때 그만뒀어야지!"

은아가 준현의 품에 안겨 그의 가슴을 주먹으로 내리쳤다. 그의 품에서 벗어나려고도 해 보았다. 하지만 그는 그녀의 주먹은 고스란히 받아 주었지만, 그녀가 멀어지는 것은 허락하지 않았다.

"왜 나야! 왜 하필 나냐고!"

처음 두 사람이 사랑을 고백했던 평상이 바로 눈앞에 있었지만, 처음을 시작하는 두 사람의 행복한 모습이 눈에 어리는 것 같았지만, 은아는 그때의 그 감정을 있는 그대로 느낄 수가 없었다.

"정말 고마웠어요. 준현 씨 덕분에 행복했고, 그 추억 덕분에 살아갈 수 있었어요. 그래서 좋은 사람들도 만나게 됐고, 지금의 내가 있어요."

호텔에서 마지막 인사를 했을 때의 그 감정도 제대로 떠올릴 수가 없었다. 그와 함께했던 추억들이, 행복한 순간들이 지금의 지독한 원망과 뒤섞여 좋았던 기억들까지 좀먹어 들어가는 것 같았다.

"왜……."

하지만 한편으로는 그와 행복했던 기억들이 있었기에, 오빠를 죽인 사람들을 향한 증오가 조금은 옅어지기도 했다. 사랑과 미움. 양립할 수 없을 거라고 생각했던 감정들이 한꺼번에 뒤엉켜 또 다른 감정을 만들어 내고 있었다.

"그래도 사랑해요."

그의 품 안에서 울분을 터트리는 은아를 두고, 준현이 나지막이 속삭였다. 무너져 내리는 은아를 보면서 그의 가슴속에는 여러 가지 감정들이 자리를 잡고 있었다. 그녀를 사랑해 버려서 미안하다는 마음도 용솟음쳤다.

그러나 그는 사랑해서 미안하다는 말 대신, 그럼에도 불구하고 당신을 사랑한다고 말한다.

"그래도 사랑해요, 은아 씨."

그가 밉다. 그럼에도 불구하고 사랑한다. 애증이라 이름 불린 이 감정은 층층이 쌓아 올려져 있던 두 사람 사이의 벽을 끝끝내 와르르 무너져 내리게 만들었다.

10화. 나에게 좋은 길

준현의 품 안에서 한참이나 오열하던 은아는 서서히 울음을 멈추고 호흡을 가다듬었다. 실컷 원망의 말을 퍼부었더니 어느 정도 안정이 되는 것 같았다. 아니면 너무 울어서 지친 것인지도 모른다.

"이제 괜찮아요. 이것 좀 놔줘요."

안 그래도 고열 때문에 목이 안 좋았는데, 오랫동안 운 탓에 그녀의 목은 심할 정도로 쉬어 있었다. 쇳소리 가득한 그녀의 음성에 걱정이 되었던지, 준현이 은아의 이마에 손을 올렸다.

"정말 괜찮은 거 맞아요? 하루 더 쉬어야 하는 거 아니에요?"

그에 은아가 고개를 가로저으며 그의 손을 잡아 내렸다.

"괜찮아요. 출근해야 될 텐데 이만 가 봐요."

"아직 시간 있어요. 좀 더 같이 있을게요."

"제가 준비할 시간이 빠듯해서 그래요."

은성이 사고로 실종되고 나서, 그리고 1년 후 사망 확정 판결을 받고 나서, 은아는 종종 은성이 생각날 때마다 가슴속에서 무언가가 울컥하는 것 같은 기분을 느끼곤 했다. 하지만 그가 이 세상에 없다는 사실에 슬퍼하면서도 그녀는 평소와 다름없이 숨을 쉬었고, 밥을 먹었고, 일을 했다.

은성에게 일어난 사고가 계획된 사고였고, 그가 누명을 쓴 거라는 사실을 알게 되고 나서도 그녀는 그녀가 해야 할 일을 해야 했다. 산 사람은 어떻게든 살아야 했으니까.

"저녁에 얘기해요. 아직 들어야 할 얘기, 많잖아요."

한바탕 폭풍이 지나간 자리에는 더 큰 고요가 자리 잡고 있었다. 은아는 방금 전 고함을 지를 때와는 사뭇 다른 느낌으로 마치 해탈하기라도 한 사람처럼 침착한 태도로 일관했다.

"어서 가요."

아무리 가라고 해도 망부석처럼 버티고 서서 가지 않는 준현을 두고, 은아가 설핏 미소를 지으며 어서요, 하고 재촉했다. 그에 준현이 체념의 한숨을 쉬며 한발 물러섰다.

"퇴근하고 사무실 쪽에서 기다릴게요. 아니, 사무실에서 나오기 전에 연락해요. 꼭."

그는 은아가 고개를 끄덕이는 것을 확인하고 나서야 떨어지지 않는 발걸음을 옮겼다. 등을 보이고 돌아서 멀어지는 준현을 멀거니 바라보던 은아가 작게 한마디 했다.

"……고마워요."

그리고 그가 다시 돌아보기 전에 집 안으로 쏙 들어가 버린다.

준현은 이미 닫힌 문을 바라보며 아프게 미소를 지었다. 이착해 빠진 여자는 도대체 뭐가 고맙다는 걸까. 한바탕 원망을 퍼부어도 모자랄 판에.

"내가 더, 더 고마워요."

아직 은아가 그를 온전히 받아들인 것이 아닐지도 모른다. 나중에 또 그를 밀어내려고 할지도 모른다. 하지만 준현은 지금 이 순간, 그녀가 그를 밀어내지 않아 주어서 너무 고마웠다. 쉽지 않은 길을 선택해 준 그녀에게 너무 감사했다.

은아의 집 건물 앞. 골목에 주차되어 있는 차들 중, 어떤 자동차의 창문이 스르르 내려간다. 운전석에서 은아가 출근하는 모습을 확인한 남자가 열린 창문에 팔을 기댄 채로 문자를 작성하기 시작했다.

[고은아, 집 나섬.]

그가 보낸 짧은 문자 위에는 그전에 보낸 '김준현 검사, 돌아감.'이라는 메시지도 남아 있었다. 할 일을 마친 남자는 짧게 기지개를 켜고는 조수석 의자 위에 놓여 있는 담뱃갑을 집어 들었다.

"이거, 참. 먹고살기 힘드네."

짧은 한탄과 함께 담배 한 개비에 불을 붙이려던 남자는 갑자기 등장한 우악스러운 손길에 들고 있던 것들을 고스란히 떨어트려야 했다. 갑자기 불쑥 나타난 억센 손은 남자의 멱살을 움켜쥔 걸로도 모자라 차 문을 열더니 남자를 끌어 내려 버린다.

"뭐, 뭐야?"

예상치 못한 공격에 당황한 그가 잠시 어리둥절해하다가, 이내 정신을 차리고 손의 주인을 노려보았다. 평소 성정이 그리 곱지 않은 남자였기에 욕이라도 실컷 퍼부어 줄 작정이었다.

"아, 저……."

하지만 손의 주인의 날 선 눈빛에 아무 말도 하지 못하고 입만 뻐끔거려야 했다. 웬만하면 저항이라도 해 보겠는데, 그의 멱살을 움켜쥔 남자가 사람 하나는 그냥 죽일 것 같은 표정을 하고 있었기에 시도조차 하지 못하고 있었다.

"저기, 왜 이러시는 건지……."

"너, 이 새끼 뭐야. 뭔데 저 여자 감시하고 있어."

눈빛만큼이나 서늘한 목소리가 귓전을 타고 흘러들었다. 남자는 마른침을 꿀꺽 한 번 삼키고 시치미를 뗐다.

"감시라뇨. 무슨 말씀을 하시는 건지……."

모르쇠 전략으로 일관하려던 남자는 상대방이 더욱 강하게 멱살을 쥐자 눈을 질끈 감고 손바닥을 모아 비는 시늉을 했다.

"전 그냥 돈 받고 시키는 대로 하는 것뿐입니다!"

"그러니까 그거 시킨 새끼가 누구냐고."

"새끼가 아니라, 년인데요. 이세영이라고."

"이세영?"

괴한은 흥신소 직원의 빠른 대답을 곱씹으며 눈썹을 치켜들었다. 아무리 떠올려도 들어 본 적 없는 이름이다. 남자는 잡고 있던 멱살을 풀어 주었다.

"휴대폰 가지고 와 봐."

그의 묘한 분위기에 압도당한 흥신소 직원이 차 안에 있던 휴대폰을 꺼내 남자에게 건네주었다. 딱히 보고한 내용을 보여 달라고 하지도 않았는데, 알아서 문자 목록을 열어 주기까지 했다.

문자 내용을 하나하나 보던 남자는 그리 위험한 요소는 없는 것을 확인하고, 흥신소 직원에게 휴대폰을 던졌다.

"한 번만 더 내 눈에 띄면 죽는다."

포물선을 그리며 날아오는 휴대폰을 간신히 붙잡은 흥신소 직원은 남자에게 꾸벅, 인사를 하고 빠르게 자취를 감추었다. 남자는 멀어져 가는 차를 지켜보다가 주머니에 있는 휴대폰을 꺼내 누군가에게 전화를 걸었다.

오랜만에 사무실 멤버가 모두 꽉 차 있는 가은 변호사 사무실. 하지만 빈자리 하나 없이 모든 사람이 제 자리를 채우고 있었는데도 불구하고, 사무실 안 분위기는 시베리아 벌판 한가운데처럼 허하기만 하다.

"저기, 은아 씨. 어제 상담하고 필요해진 자료 목록, 거기 올려놨거든? 확인 좀 부탁해."

사무장의 지시에 은아는 네, 하고 짧게 대답한 후 목록을 확인했다.

"이가영, 저번에 네가 부탁했던 판례 찾아봤……."

가영이 부탁한 판례집을 건네주려던 한성은 그녀가 노려보는 통에 하던 말을 멈추고 숨을 훅 들이켰다.

"……는데. 자, 여기……."

"고마워, 선배."

사무실의 두 여자가 냉기를 풀풀 뿜어내는 통에 애꿎은 한성과 사무장은 은아와 가영의 사이에서 두 사람의 눈치를 보아야 했다. 혹시나 불똥이 튈까, 최대한 조용히, 조심스럽게 일에 매진하고 있었다.

사무실 분위기가 이토록 처참하게 된 사건의 전말은 몇 시간 전으로 거슬러 올라간다.

평소와 다름없이 가장 먼저 출근한 은아는 사무실을 정리하며 다른 사람들이 오길 기다리고 있었다. 은아 다음으로 출근한 가영은 두 사람이 서로 불편한 상황에 놓여 있었다는 것도 잊고 은아에게 다가가 도대체 무슨 일이냐고 캐물었다. 그에 가영에게 시달릴 힘도 없었던 은아는 그동안 있었던 일을 전부 말했다.

"기어코 말한 거야? 그 인간은, 당분간은 좀 참으라니까."

모든 이야기를 들은 후, 가영의 반응에 은아가 미간을 좁혔다.

"너도, 알고 있었어?"

차갑게 가라앉은 은아의 목소리에 아차, 싶었던 가영이 미안한 기색이 역력한 어투로 변명을 이어 갔다. 하지만 한번 틀어진 은아의 마음은 그것으로 풀리지 않았다.

"하아. 아무리 그래도 그런 건 진작 말했어야지."

"아니, 나는 네가 알면 힘들 게 뻔하니까 모르는 게 나을 거라고 생각……."

"그걸 왜 너 혼자 판단하는데? 내 문제잖아. 내 문제는 내가 알아서 하게 두지 그랬어."

가영이 모든 것을 알고도 숨겼다는 사실에 물론 화는 나겠지만, 평소의 은아였다면 이렇게까지 가차 없이 말하진 않았을 것이다. 하지만 지금의 그녀는 상대방의 입장을 생각해 줄 정도로 여유가 있질 못했다.

"야, 너 무슨 말을 그렇게 하냐? 물론 말 안 한 나도 잘못이긴 한데. 나도 나름 너 생각해서 그런 거 아냐."

서운함에 울컥한 것은 가영도 마찬가지였다. 그렇게 계속 진행되려던 두 사람의 말다툼은 한성의 등장으로 흐지부지해졌고, 그때부터 지금까지 이러한 분위기가 이어지게 되었다.

이렇듯 어색하게 종이 넘기는 소리만 가득한 사무실. 분풀이라도 하듯 거칠게 종이를 넘기던 가영이 서류철을 탁, 내려놓고 자리에서 일어났다. 그녀는 여전히 굳은 얼굴을 하고 은아의 자리로 다가갔다. 가영의 행보에 긴장한 한성과 사무장이 움직임마저 멈춘 탓에 사무실은 더욱더 조용하기만 하다.

"잠깐 나와."

가영은 그렇게 말하고 사무실 밖으로 나갔다. 은아도 길게 한숨을 쉬고 그녀의 뒤를 따랐다.

"사이다?"

자판기 앞. 심상치 않은 분위기의 두 사람으로 인해 한성과 사무장이 안절부절못하고 있다는 걸 아는지 모르는지, 가영이 담담하게 물어 왔다.

"어."

은아도 덤덤하게 대답했다. 두 사람은 가영이 뽑은 음료를 각각 손에 들고, 누가 먼저랄 것도 없이 비상계단으로 향했다. 은아는 계단 중간쯤에 털썩 주저앉았고, 가영은 계단 손잡이에 삐딱하게 기대어 서 있었다.

"왜 불렀는데."

비상계단에 도착한 후에도 가영이 한참 동안 아무 말이 없자, 은아가 재촉했다. 그에 가영은 눈동자를 이리저리 굴리다가 은아의 반대편을 바라보며 슬쩍 물었다.

"너, 부산 갈 때 뭐 타고 갈 건데."

"뭐?"

생각지 못한 질문에 은아가 눈썹을 치켜들었다.

"은성 오빠 기일에 부산 가는 거 말이야. 아직 안 정했으면 내가 태워 주겠다고."

눈치를 살짝 보며 퉁명스럽게 말하는 친구의 모습에 은아는 더럭, 헛웃음이 터져 버린다.

"그게 지금 이렇게 따로 불러내서 할 말이야? 어련히 알아서 다녀오겠지."

"와, 정 없는 기지배. 아, 그래. 네 문제는 네가 알아서 하겠다 이거야?"

가영이 가자미눈을 하고 흘겨보자, 은아가 친구의 바지 자락을 살짝 잡았다.

"아니, 미안하다고."

그렇게 말하는 은아의 볼이 살짝 붉어져 있었다.

"······나도 미안."

가영도 기어들어 가는 목소리로 낮게 중얼거렸다. 방금 전까지만 해도 찬바람 쌩쌩 불며 서로 쳐다보지도 않던 두 사람은 어디로 간 건지. 은아와 가영은 한껏 달궈진 냄비가 식는 것보다 빠르게 화해를 하고 있었다.

"너, 어제 아팠던 거. 그 일 알게 돼서 그런 거야?"

계단 손잡이에 기대어 서 있던 가영이 은아의 옆에 와서 앉으며 물었다. 은아는 심호흡을 하느라 어깨를 한 번 들썩하고, 고개를 끄덕였다.

"생각보다 충격이 좀 크네."

가영은 지금 은아의 기분이 어떨지 상상도 되지 않았다. 무슨 말을 해야 할지 모르겠어서 아무 말 없이 친구의 어깨만 두드렸다.

"앞으로는 어쩌려고?"

얼마간의 침묵 후에 던져 온 가영의 질문에 은아가 글쎄, 하고 말끝을 늘였다. 그녀는 녹색 빛을 띠는 사이다 캔을 연신 만지작거리며 그 이상 아무 말도 하지 않았다.

룸살롱 '난초' 안. 준현이 문을 열고 가게 안으로 들어섰다. 한밤중이 되어야 활기를 찾기 시작하는 이 가게는 아직 적막하기만 하다.

"실례합니다."

이른 시각, 준현이 이곳을 찾게 된 이유는 중요한 증인이 그를 보길 원했기 때문이다. 준현은 오전 즈음에 증인에게서 연락을 받고, 몇 번 와 본 적이 있는 '난초'를 방문하게 되었다.

"어서 오세요."

그때 가게 안쪽에서 한 여자가 천천히 걸어 나왔다. 룸살롱 '난초'의 마담, 미령은 익숙한 몸짓으로 손님을 맞이했다.

"이쪽으로 오실래요?"

그리고 이야기를 나눌 만한 장소로 준현을 안내했다. 두 사람은 사무실 한편, 접대용 소파에 자리를 잡았다. 미령은 한쪽 다리를 꼬며 담배를 피워도 되는지 물었다. 이어진 준현의 승낙에, 그녀는 길게 뻗은 손가락에 담배 한 개비를 끼워 놓고 불을 붙인다.

"조금 답답해서요."

답답함을 토로하는 입술 사이로 희뿌연 연기가 흘러나왔다. 딱히 화려한 옷차림을 한 것도 아니었는데, 미령에게서는 특유의 분위기가 느껴지는 것 같았다.

"증인으로 서겠다고 했는데, 언제까지 기다려야 되나 싶어서."

은아가 떠나고 난 후 1년 뒤, 미령에게서 먼저 연락이 왔다. 그녀는 준현에게 찾아와 아직 그 사건을 조사하고 있냐고 물었다. 그렇다고 하자, 부탁하지도 않았는데 여러 가지 정보를 주며 증인으로 서겠다고 하기도 했다.

"이해합니다. 그 뒤로 벌써 1년이나 지났으니."

"아직 장서준은 못 찾았나요?"

준현이 면목 없다는 얼굴로 고개를 끄덕이며 죄송합니다, 하고 대답했다. 그에 미령은 한숨인지, 그저 담배 연기를 뱉는 건지 모를 숨을 길게 내쉬었다.

"이미 죽은 걸로 되어 있는 사람을 찾기가 쉽진 않겠죠."

장서준은 5년 전 마약 사건에 깊게 연관되어 있는 제약 회사 연구원이자, 친구인 은성을 이 일에 끌어들인 장본인이었다. 그리고 당시 성일 기업이 제약 회사 내 모종의 사건에 깊게 관련되어 있다는 사실을 증명해 줄 수 있는 유일한 증인이기도 했다.

나머지, 증인으로 설 만한 사람들은 모두 의문의 사고로 죽음을 당한 탓이다. 서준도 기록상으로는 이미 사망한 것으로 되어 있었다.

"그런데 장서준 씨가 살아 있다는 건 어떻게 알게 됐습니까?"

"고 부장, 아니 고은성한테 들었었거든요."

아마도 생전에 전해 들었을 것이다. 준현이 고개를 끄덕였다.

"그보다, 지금 은아는 안전한 거 맞나요?"

미령이 꼬았던 다리를 풀고, 반대쪽으로 다리를 꼬며 물었다. 그녀의 손에 있던 담배는 이미 재떨이에 짓이겨진 후였다.

"사실은 조금 걱정이 돼서 은아 옆에 아는 친구를 좀 붙여 뒀거든요. 그런데 오늘, 어떤 남자가 은아를 감시하고 있었다는 거예요."

안전하다고 대답하려던 준현은 이어서 들려온 미령의 말에 말문이 턱, 막히는 것 같았다.

"이세영이라는 여자한테 사주를 받았다고 하던데."

하지만 이어서 들려온 세영의 이름에 긴장으로 잔뜩 굳었던 몸에 힘을 풀었다.

"이세영 씨는 이번 사건과는 아무 관련이 없습니다. 아마도 사적인 문제로 사람을 붙인 것 같은데, 너무 걱정 안 하셔도 됩니다."

의문이 풀린 후에 준현과 미령은 사건 진행 상황에 대해 조금 더 이야기를 나누다가 대화를 마쳤다. 미령은 출입문까지 준현을 배웅해 주고 나서 다시 사무실로 돌아왔다.

"그렇다는데, 이제 좀 안심이 되시나?"

그녀의 혼잣말이 텅 빈 사무실 허공에 흩어졌다. 그런데 아무도 없는 줄 알았던 사무실 안쪽 방의 문이 열리며 한 남자가 모습을 드러냈다.

"시끄러워. 누가 걱정했다고 그래. 그냥 진행 상황이 궁금해서 그랬던 거라고."

남자는 통명스럽게 말하더니 준현이 앉았던 소파 반대편에 앉아 몸을 깊숙이 묻었다. 그는 흥신소 직원을 보낸 후, 미령에게 전화를 걸어 준현을 부르라고 했던 터였다.

"어유, 그러셨어요?"

미령이 그렇게 말하며 원래 앉았던 상석에 자리를 잡았다.

"그런데 나는 걱정했냐는 말은 한마디도 안 했는데. 지레 찔리셨나 봐."

"시끄럽다 했다."

남자가 경고 조로 낮게 으르렁거렸다. 하지만 이런 상황이 익숙했던 미령은 눈 하나 깜박하지 않았다.

"동생 걱정은 그렇게 하면서. 이렇게 멀쩡히 살아 있다는 건 왜 말 안 하는 거야?"

미령의 말이 끝남과 동시에 은성이 앞에 놓인 탁자를 발로 걷어찼다. 육중한 무게를 자랑하던 탁자도 그의 힘에 요란한 소리를 내며 밀려갔다.

"누가 내 동생이야. 그 입 안 다물어?"

거친 짐승 같은 눈동자가 미령에게 향했다. 그는 한마디라도 더 하면 정말 죽여 버리겠다는 눈빛으로 쏘아보고 있었다. 보통 사람들이라면 이런 그를 마주했을 때 무서워서라도 아무 말도 못 했을 것이다.

"그렇게 눈에 힘줘 봐야 하나도 안 무섭거든?"

하지만 미령에게는 이런 것도 소용이 없었다. 그녀는 은성이 말은 거칠게 해도 정말은 때리지 않을 거란 걸 알고 있었다.

"제발 성질 좀 죽여. 보통 죽다 살아나면 정신 차린다던데. 넌 왜 그 모양이야?"

입술을 삐죽이며 잔소리하던 미령이 죽은 줄 알았던 은성을 다시 만났던 때를 떠올리며 고개를 주억거렸다.

"하긴, 다시 살아온 게 어디야."

당시 절벽에서 떨어졌던 은성은 해류에 이끌려 천만다행으로 해안가 근처까지 떠내려가게 되었다. 쓰러진 그를 발견한 어촌 주민 덕에 목숨을 건진 것이다. 수색하던 부근에서 훨씬 떨어진 곳이었기에 경찰에 잡히는 일도 없었다.

"아무튼! 은아한테는 언제 말할 거냐니까. 무슨, 스토커도 아니고. 동생 집 근처에서 어슬렁어슬렁. 그게 뭐하는 짓이야?"

아무리 겁을 줘도 소용없다는 것을 몸으로 체득한 은성이 귀찮다는 듯 눈을 감고 소파에 더 깊게 몸을 묻었다. 옆에서 미령이 뭔가 계속 말하고 있었지만, 한 귀로 듣고 다른 귀로 흘려보냈다. 그렇게 낮잠이라도 잘 생각이었다.

"왜 하필 네가 내 오빠야!"

지끈. 하지만 그 순간 머릿속에 떠오른 잔상 때문에 미간을 좁혔다. 관자놀이 부근이 지끈거리는 느낌이었다.

"아니, 다른 사람도 아니고 은아한테는 말해 줘도 되잖아. 걔가 뭐, 어디 신고를 하겠어, 어쩌겠어. 아니지. 걔는 신고하고도 남을 년이긴 하지."

머리는 지끈지끈. 한번 나타나서는 사라지지 않는 잔상. 떠올리고 싶지 않은 기억.

"연락하기 민망해서 그러는 거면 내가 전화……."

"시끄럽다니까!"

결국 은성은 신경질적으로 몸을 일으키며 고함을 지르고 만다.

"연락하기만 해. 고은아한테 나 살아 있다고 말하면 그대로 사라져 버릴 거니까. 네 인생에서도 꺼지게 하고 싶으면 말하든가."

"그게 무슨……."

"분명히 경고했다."

그렇게 말하고는 자리에서 일어나 사무실을 나섰다. 은성은 누명을 벗기 전까지 은아에게 밝힐 생각이 없었다. 짐이 될 바에야 차라리 죽은 사람이 되는 게 낫다. 그 생각만을 머릿속에 몇 번이고 되새겼다.

그는 텅 빈 복도를 터벅터벅 걸으며 여전히 지끈거리는 관자놀이를 손으로 주물렀다. 손가락 사이로 얼핏 보이는 그의 눈빛은 참으로 처연했다. 빛 하나 들어차지 않은 그의 눈동자에는 회색의 쓸쓸함만이 감돌고 있었다.

퇴근 시간. 아직 집에 갈 겨를이 없어 보이는 다른 사람들과 달리, 나갈 준비를 마친 은아가 자리에서 일어났다.

"먼저 퇴근할게요. 내일 봬요."

"수고했어, 은아 씨."

"수고."

사무장과 가영은 나가는 은아에게 손을 흔들어 주었다. 그런데 한성은 잠깐만, 을 외치며 책상 정리를 하기 시작했다.

"나도 이제 막 퇴근할 생각이었거든. 같이 나가자."

"네, 뭐."

부랴부랴 가방을 챙긴 한성이 잰걸음으로 다가왔다. 두 사람은 남아 있는 사무장과 가영에게 다시 한 번 인사하고 사무실을 나섰다.

"그래서. 생각은 좀 해 봤냐?"

복도를 지나 계단으로 내려갈 때쯤, 한성이 대수롭지 않은 듯 물었다. 그에 은아가 뚱한 얼굴로 '뭘요?' 하고 되묻는다.

"오늘 아침에 말이야. 내가 생각해 보라고 했던 거 있잖아."

은아는 잠시 생각을 더듬어 보다가 뭔가 떠오른 듯, 탄성을 질렀다.

"아, 그거요?"

"아, 그거요, 라니. 아무리 그래도 나름 고백했던 건데. 너무한 거 아니야? 심지어 생각해 보기는커녕 아예 기억에서 깡그리 지운 것 같은데."

정답이었다. 오늘 새벽, 한성이 했던 고백인 듯 고백 아닌 그 고백은 은아의 머릿속에서 완전히 사라진 터였다. 은아가 미안하다는 얼굴로 어색하게 웃었다.

"워낙 정신이 없어서요. 완전히 까먹고 있었어요."

설사 그랬어도 조금이라도 고민했던 척을 해 줄 법도 한데, 그녀는 가감 없이 진실만을 고해 버린다. 쓸데없이 솔직한 은아의 모습에 한성은 내심 타격을 받아야 했다.

"윽, 들리냐? 내 심장 부서지는 소리."

"하나도 안 들리거든요."

그가 오버스럽게 연기를 하며 상처받은 마음을 어필해 보았지만 은아는 여전히 별 관심이 없다. 김이 샌 한성이 가볍게 한숨을 쉬더니 은아를 보고 있던 시선을 돌려 앞을 바라보았다. 건물 밖, 조금 떨어진 곳에 준현이 서 있는 것이 보였다.

나란히 걷고 있던 은아와 한성이 누가 먼저랄 것도 없이 발을 멈추었다.

"편한 길도 있다고 했어. 필요하면 도와줄게."

준현을 보고 있던 은아가 한성 쪽으로 고개를 돌렸다. 한성은 은아의 시선을 고스란히 느끼고 있었으면서도 정면만을 응시하고 있었다.

"너무 아픈 사랑은 사랑이 아니라더라. 그냥 내 손 잡아."

"선배⋯⋯."

은아가 말끝을 길게 늘였다. 그러다 고개를 가로저었다.

"그러지 마요. 나, 선배가 말하기 전까지 선배가 고백했었다는 거 완전히 까먹고 있었던 사람이잖아."

"내가 괜찮아. 너 머리 나쁜 거 이미 다 알고 있었고."

은아와 한성이 멈춰 서서 대화를 나누는 사이, 두 사람을 발견한 준현이 이쪽으로 다가오려고 했다. 하지만 몇 발자국 떼다가 은아를 기다리기로 마음먹은 듯, 다시 걸음을 멈추었다.

"그만큼 선배가 내 마음에 없다는 말이에요."

"⋯⋯김준현은 있고?"

"넘칠 정도로요."

조금의 망설임도 없는 그녀의 대답에 한성이 기가 찬 듯 헛웃음을 터트렸다.

"쉽고 좋은 길 놔두고, 왜 굳이 꾸역꾸역 어려운 길 가려고 그래."

그는 한번 포기한 적이 있었다. 사랑하는 마음에 미움이 스며들었을 때, 그래서 사랑하는 마음을 갖고 있기가 힘들어졌을 때, 그 마음 자체를 버린 적이 있었다. 은아에게도 알려 주고 싶었다. 포기하면 편하다는 것을.

"쉬운 길 좋죠. 그런데 쉬운 길이 나한테 꼭 좋은 길인 건 아니잖아요."

하지만 조곤조곤 이어지는 은아의 말은 한성을 조금, 아니 조금 많이 놀라게 만들었다.

"힘들고 어려운 길이 나한테 좋은 길일 수도 있는 거잖아요."

한성은 아차, 싶은 생각이 들었다. 당연하다는 듯이 쉬운 길이 곧 좋은 길이라고 생각해 버렸다. '쉽다'와 '좋다'는 같은 말이 아닌데, 같은 말이라고 여기고 있었다.

"아…… 그러게……."

한성이 낮게 중얼거렸다.

"쉬운 거랑 좋은 거는 다른 거지."

"사실 방금 전까지 어떻게 해야 하나 고민하고 있었거든요. 그런데 선배랑 얘기하다 보니까 생각이 조금 정리가 되네요."

은아가 한성에게서 한 발 물러서 꾸벅 인사를 했다.

"저, 준현 씨한테 가 볼게요."

"오냐."

한성은 방금 전, 은아의 선택에 걱정의 말을 보냈던 것과 달리 기분 좋은 웃음을 지으며 고개를 끄덕였다.

"고생 한번 실컷 해 봐라."

"악담은. 아무튼 먼저 갈게요. 내일 봬요."

은아는 조금 빠른 걸음으로 준현을 향해 다가갔다. 준현은 자기 옆에 선 은아의 손을 그러쥐고, 한성에게 꾸벅 고개를 숙였다. 한성도 손을 휘휘 저었다. 준현과 은아는 방향을 틀어 골목 쪽으로 가 버린다.

함께 앞으로 걸어가는 두 사람을 바라보던 그의 얼굴에 설핏 미소가 떠올랐다. 기분이 좋은 건지, 슬픈 건지 알 수 없는 미묘한 미소였다.

오늘 아침, 또 한 번의 이별을 맞을 뻔했던 남자와 여자는 어쩐지 아무런 말이 없었다. 여자는 남자에게 상처를 주었던 말들이 신경이 쓰여서, 남자는 여자가 무슨 생각을 하고 있는지 가늠하기가 어려워서 쉽사리 말을 꺼내지 못하고 있었다.

그저 서로 마주 잡은 손의 온기만을 나눌 뿐이었다.

"좀 걸을까요?"

먼저 말을 꺼낸 건 은아였다.

"날씨가 너무 좋잖아요. 집에 들어가기 싫어질 정도로."

괜히 날씨 핑계를 대며 대화의 물꼬를 터 보려 했다.

"그러게요. 날씨가 정말 좋네요."

준현이 주위를 둘러보며 고개를 끄덕였다. 봄날의 저녁, 만개한 꽃들로 가득한 밤의 풍광은 눈이 어지러울 정도로 아름다웠다. 어쩌면 이 멋스러운 풍경을 이제야 알아채게 되었을까. 뒤늦게 알아챈 봄날의 경치에 준현이 시선을 빼앗겼을 무렵, 은아가 낮게 중얼거렸다.

"정말……."

아니, 투덜거렸다는 표현이 더욱 맞을 것이다.

"꼭 이런 말을 내가 먼저 해야겠어요? 남자가 먼저 해 주면 얼마나 좋아."

"몰랐어요. 날씨가 이렇게 좋은지. 꽃이 이렇게 피었는지."

숨만 쉬어도 꽃향기가 그득한 계절이었는데, 준현은 그것을 몰랐다고 말한다. 그 정도로 온 신경이 은아를 향하고 있었다.

"어떻게 그걸 몰라요? 이렇게나 예쁜데."

지난봄에 끝을 맞았던 벚꽃이 이렇게 다시금 피어오른다. 두 사람은 언젠가 함께 걸은 적이 있던 이 꽃길을, 다시 한 번 둘이 걸었다.

"아버지랑은 옛날부터 잘 안 맞았어요."

공원 구석, 한적한 계단. 밤의 거리를 즐기러 온 사람들을 피해 준현과 은아는 고요함이 자리한 낮은 계단에 앉아 있었다. 가로등 불빛을 받아 영롱한 빛을 띠는 벚꽃 나무 아래에서, 간간이 떨어지는 꽃잎을 맞으며 나란히 앉아 있었다.

"누군가의 불행이 있어야 누군가는 행복할 수 있다고 믿는 사람이었거든요."

준현의 아버지인 김정환 회장은 항상 입버릇처럼 말하곤 했다. 모두가 행복할 수 있는 세상은 없다고. 불행한 사람이 있으니 행복한 사람도 있는 거라고.

"나한테는 한없이 좋은 사람이었던 아버지가 실제로는 좋은 사람이 아니었다는 걸 알게 된 건 고등학생 때였어요."

준현이 씁쓸하게 웃으며 말을 이어 갔다.

"늦은 감이 있었죠. 그때까지만 해도 마냥 철없게 살았거든요. 내가 당연하게 받았던 것들이 어떻게 만들어졌던 건지도 모르고."

은아가 무릎 위에 덩그러니 놓여 있는 준현의 손을 꼬옥 감싸 쥐었다.

"누가 나한테 그렇게까지 악담을 퍼부은 건 그때가 처음이었을 거예요. 교실에서 평소처럼 놀고 있었는데 갑자기 픽, 하는 소리가 들리더니 머리가 아픈 거예요. 뭔가 싶어서 보니까 주먹만 한 돌이 떨어져 있더라고요."

"……."

"같은 반 친구였던 녀석이 돌을 던진 거였어요."

담담하게 이어 가는 준현의 말에 은아가 숨을 흡, 하고 들이켰다. 하지만 준현은 마치 남 이야기를 하듯 평온하기만 하다.

"우리 집 때문에 자기 집 공장이 망했다고 하더라고요."

준현은 그때 그 친구에게서 본 눈빛을 잊으려야 잊을 수가 없었다. 흰자위에는 빨갛게 핏발이 잔뜩 서 있었고, 검은 눈동자에는 탁한 원망이 가득 서려 있었다.

"미친놈이다, 생각했죠. 우리 아버지가 절대 그럴 리가 없다고 생각했으니까."

고등학생의 그는 머리에 피가 철철 흐르는데도 개의치 않고 아버지에게 달려갔다. 아버지가 그런 게 아니라고, 그 애가 잘못 안 거라고. 그 말이 듣고 싶었다. 아니, 그 말을 들어야 했다.

"그런데 아니었어요. 정말로 내 아버지란 사람이 비겁한 수를 써서 공장을 뺏은 거였어요. 고등학생이면 다 컸다고 생각했는지 숨기지도 않더라고요. 왜 그랬냐고 따져 물으니까 그게 뭐가 어떠냐고, 그 덕에 네가 그만큼 누릴 수 있었던 거라고 하는데……."

그때부터 준현은 아버지처럼은 살지 않을 거라고 스스로에게 맹세했다. 누구보다 올곧게, 누구보다 바르게 살아갈 거라고 결심했다. 설사 하나뿐인 아버지와 척을 지게 된다 해도, 아버지와는 다른 길을 걸어갈 거라고 생각했다.

"5년 전에 그 마약 사건에 대한 것도 우연히 듣게 됐던 거였어요. 검사인 아들이 한집에 버젓이 살고 있었는데. 기가 막히더라고요."

그길로 집에서도 나왔다. 그리고 홀로 외로운 싸움을 시작하였다. 아버지의 악행을 더 이상 두고 볼 수만은 없다고 판단한 것이다.

"그런데 제가 시작한 일 때문에 또 그런 일이 벌어질 거라고는…… 상상도 못 했어요."

은성에 대한 일을 말하는 거였다. 지금까지 단조롭게 말을 이어 오던 준현이 괴로운 듯 숨을 삼켰다. 몸이 미세하게 떨려 왔다. 죄책감에, 그의 얼굴은 일그러질 대로 일그러져 있었다.

"미안해요. 나 때문에 이런 일이 생겨서."

은아가 재빨리 고개를 저었다. 그리고 그의 어깨를 와락 끌어안고 그의 뒷머리를 살살 쓰다듬어 주었다.

"내가 미안해요. 그런 말해서."

준현이 그런 은아의 팔을 풀어 내려 무릎 위에서 작은 두 손을 꼭 움켜쥐었다.

"반드시 죗값 치르게 할 거예요. 은성 씨 그렇게 만든 사람들 절대 용서 안 할 거예요."

아버지를 막아 보겠다는 패기로 시작한 싸움은 더 이상 그만의 것이 아니었다. 다른 사람들이 휘말리게 되었고, 사랑하는 사람의 중요한 가족이 희생되기까지 했다. 홀로 걸어오던 길에 다른 많은 것들이 함께하게 된 것이다.

다짐하듯 한 글자, 한 글자를 뱉어 내는 준현을 보며 은아는 고개를 떨구었다. 도대체 이 남자는 이 지독한 걸 어떻게 혼자 감내하고 있었을까. 혼자서 괴로운 나날을 보냈을 그를 생각하니 목이 메어 왔다.

'그래서 당신은 밤에 잠도 제대로 못 자고 악몽에 시달렸던 거예요?'

지금은 은성에 대한 미안함보다 눈앞에 있는 준현에 대한 안타까움에 가슴이 저미는 것 같았다. 할 수만 있다면 있는 힘껏 그를 안아 주고 싶었다. 당신 잘못이 아니라고 밤마다 속삭여 주고 싶었다. 부디 잠이라도 편히 잘 수 있도록.

"너무 그렇게 애쓰지 마요."

흐드러지게 핀 꽃잎은 이리도 아름다운데, 왜 그는 이토록 슬픈 얼굴을 하고 있을까. 은아가 준현의 머리카락에 묻은 벚꽃 잎을 떼어 주었다. 그리고 앞머리에 가려져 있던 그의 상처를 드러내 보았다.

이마 선을 따라 남아 있는 옅은 상흔. 오래전에 얻었을 그 상처가, 지금은 아프지도 않을 그 상처가 은아의 가슴을 묵직하게 만들었다.

"준현 씨 잘못이 아니⋯⋯."

"꺄아악!"

그의 잘못이 아니라고 말하려는데 별로 떨어지지 않은 곳에서 여자의 비명 소리가 들려왔다. 깜짝 놀란 두 사람은 서로를 멍하니 바라보다가 소리가 들리는 곳으로 달려가기 시작했다.

"무슨 일입니까!"

"아니, 얘가 갑자기⋯⋯."

두 사람이 도착한 곳에는 여자 두 명이 있었는데, 한 여성이 바닥에 누워 입에 거품까지 물며 발작을 일으키고 있었고, 다른 여성은 어쩌지도 못하고 발만 동동 구르고 있었다.

"은아 씨, 일단 119에 연락 좀."

준현은 그렇게 말하고는 발작을 일으키고 있는 여성에게 다가갔다. 하지만 그녀의 몸이 한시도 가만있질 않았던 통에 상태를 확인할 수가 없었다. 별 소득 없이 시간만 흐른 후에 구급차가 도착했고, 장정 여럿이서 힘을 써서야 겨우 그녀를 병원까지 이송할 수 있었다.

구급차가 떠나고, 한바탕 소란이 일었던 그 자리에는 바닥에 떨어진 채 잔뜩 짓이겨진 빵 조각만이 남아 있었다.

11화. Long Time No See

단순한 해프닝일 거라고 생각했던 사건은 걷잡을 수 없이 커져만 갔다. 발작을 일으킨 여자가 간 병원에서는 며칠 후, 여자의 몸에서 마약 성분이 발견되었다는 소견을 보였다. 소량의 마약이었지만, 특이 체질이었던 여자가 알레르기성 반응을 보인 것이다. 더 놀라운 것은 발작을 일으킨 여자와 함께 있었던 다른 여자의 몸에서도 마약 성분이 발견됐다는 거였다.

그들이 동시에 먹었던 것은 SNS에서 유명세를 탔던, 일명 '마약 빵'이라 불리는 빵. 은아가 자주 갔던 빵집에서 산 빵이었다. 이와 같은 사실이 밝혀짐과 동시에 단속반이 그 빵집을 급습했고,

어렵지 않게 대량으로 저장되어 있는 마약을 찾아낼 수 있었다.

SNS에서 인기몰이 했던 '마약 빵', 실제 마약을 넣은 사실이 밝혀져.
대형 프랜차이즈 사업의 기승으로 코너에 몰린 골목 상권의 마지막 발악.
이제 음식도 안심하고 사 먹을 수가 없어요!

서울 시내 한복판에서 벌어진 이 끔찍한 사건에 대한 논란은 점점 커져만 갔고, 모든 뉴스에서 이 사건에 대해 기획 기사를 보도하고 있었다.

─혹시나 이 마약 빵을 드셨던 분들은 인근 큰 병원으로 가서 검사를 해 보시길 권합니다.

인기 맛 집의 빵을 먹어 보겠다고, 줄을 서 가며 그 빵을 먹었던 사람들은 이제 너 나 할 것 없이 병원으로 달려가기에 이르렀다.

─이 정도로 골목 상권이 수세에 몰렸다는 겁니다. 이번 사건은 대형 프랜차이즈 사업의 폐해라고 할 수 있습니다!

─아무리 그래도 먹을 것에 마약을 넣어서 판다는 게 상식적으로 말이 됩니까? 이건 대형 프랜차이즈 사업과는 상관없이 그 가게 사장, 개인의 인성 문제입니다!

많은 시사, 토론 프로그램에서도 이번 사건에 대해 다양한 갑론을박을 이어 갔다. 또한 사태가 커져 가는 만큼 SNS에서는 빵집 사장의 개인 신상이 퍼지기도 했고, 급기야 어느 케이블 뉴스에서는 긴급 체포되는 빵집 사장의 얼굴을 모자이크 없이 보도하기도 했다.

당시 문제의 그 케이블 뉴스를 시청하고 있던 은성은 빵집 사장의 얼굴을 확인함과 동시에 자리를 박차고 나갔다.

"이번 사건은 사안이 사안인 만큼 대검의 특수부에서 맡겠습니다."

"무슨 소립니까! 이번 사건은 지역 관할 문제도 그렇고, 부정 식품에 대한 수사이니, 식품 안전 중점 검찰청인 우리 서부지검에서 맡아야 합니다!"

"이건 부정 식품 수사가 아니라 엄연한 마약 수사입니다!"

사회적으로 이슈가 되는 만큼, 검찰청 내에서도 이번 사건을 어디서 맡을지에 대해 거센 논박이 이어졌다.

"이번 사건, 절대 뺏기면 안 됩니다."

신문실 옆방. 준현이 긴급 체포된 빵집 사장, 전미옥 씨를 유리창 너머로 응시하며 말했다.

"그래야지. 이번에 나온 마약이 5년 전 그 마약이랑 같은 거란 것까지 알게 된 마당에. 이 사건마저 박 부검한테 뺏길 순 없지."

배원호 부장검사도 결의에 찬 표정으로 고개를 끄덕였다. 아직 언론에는 보도되지 않은 상황이었지만, 빵집에서 사용된 마약은 5년 전에 제약 회사 연구원들이 퍼트린 마약과 같은 종류의 그것이었다.

그들은 전미옥 씨가 어떻게 그 마약을 대량으로 소지할 수 있었는지, 구매 경로에 집중해 수사를 진행하고 있는 중이었고, 아직 그녀는 입을 열지 않은 상태였다.

사건이 일어나고 나서 또 며칠이 지났다. 하지만 여전히 '마약 빵 사건'은 사회적으로 뜨거운 감자였다.

"그런데 너, 거기 빵집의 빵 엄청 먹었잖아. 너도 가서 검사해 봐야 하는 거 아냐?"

변호사 사무실 안. 가영이 걱정스러운 표정을 하고 은아를 위아래로 살펴보았다.

"겉보기엔 멀쩡해 보이긴 하다만."

"일찍도 묻는다. 안 그래도 벌써 검사 다 받았거든."

"하긴, 김준현 검사님이 어련히 알아서 다 하셨을까."

그 빵집의 빵에서 마약이 검출되었다는 사실이 밝혀지자마자 사색이 된 준현이 은아를 바로 병원으로 데리고 갔다. 그녀의 몸에 이상이 없다는 결과를 확인하게 될 때까지 얼마나 안절부절못했는지 모른다. 은아가 그때 준현의 모습을 떠올리며 피식, 웃음을 흘렸다.

"괜찮대. 설사 조금 먹었어도 이미 빠져나갔을 거고, 빵집이 유명해지고 나서는 아예 갈 엄두도 못 냈었으니까."

"먹어도 너무 먹더라니. 너 그렇게 빵 먹어 댄 것도 마약 때문에 그런 거 아냐?"

"마약 넣기 시작한 건 얼마 안 됐다나 봐. 안 그랬으면 난 벌써 마약 중독자 됐을걸."

그에 가영도 인정한다는 듯 고개를 끄덕였다. 은아는 가영을 쳐다보다가 서부지검 쪽으로 방향을 돌려 한숨을 내쉬었다.

"그 사장님, 그런 짓까지 할 분으로는 안 보였는데."

"야, 세상에 그런 짓 할 사람, 안 할 사람 따로 있냐? 원래 다 그런 거지. 그건 그렇고, 저 난리 법석은 언제쯤 끝나려나 모르겠네."

사무실 안에서 은아와 가영이 태연하게 대화를 나누고 있는 것과는 달리, 변호사 사무실 바깥은 소란스럽기 짝이 없었다. 마약 빵을 팔았던 빵집 사장에게 민사 소송을 걸겠다는 사람들이 물밀듯 밀려온 것이다.

사무실 밖에서 한성과 사무장이 열심히 중재를 하고 있었지만 별 소득이 없는 모양이다.

"우린 형사 소송 전문이라고 그렇게 말을 해도 들어 주질 않네, 사람들이."

가영이 고개를 절레절레 저었다.

"심정이 이해는 간다만……. 이러다 우리, 퇴근도 못 하는 거 아냐?"

가영의 말에 은아가 설마, 하고 대답하긴 했지만 속으로는 퇴근 시간이 늦어질지도 모르겠다고 생각하는 중이었다.

겨우 사무실을 빠져나올 수 있었던 은아는 골목 모퉁이를 돌아 빵집 사거리가 있는 쪽으로 똑바로 걸어갔다. 가는 길에는 전에는 없었던 갖가지 현수막이 펄럭거리고 있었다. 개중에는 정부에 대한 비난이 적힌 현수막도 적지 않았다.

준현은 오늘도 검찰청에서 밤을 보낼 거라고 했다. 그리고 당분간은 그의 집에서 머물러 주었으면 좋겠다는 말도 했다. 동네 분위기도 뒤숭숭하고, 한번 도둑이 들었던 전적이 있었기에 은아의 집은 안심이 안 되었던 것이다.

은아는 안 그래도 수사를 하느라 정신이 없을 그에게 조금이나마 짐을 덜어 주기 위해, 흔쾌히 그러겠다고 했다. 고로 그녀는 저 멀리 보이는 고층 아파트를 향해 가고 있는 중이었다.

그렇게 얼마를 걸었을까.

그녀의 눈에 작은 빵집 건물이 고스란히 보였다. 건물 주위로 수사 바리케이드가 쳐져 있었음에도 불구하고 빵집은 사람들이 던진 오물로 엉망진창이 되어 있었다. 이곳을 지날 때마다 썩은 계란 냄새가 코를 찔렀지만, 누구 하나 치우는 사람이 없었다. 아니, 치우는 사람이 있다 해도 누군가가 던진 오물로 다시 지저분해지곤 했다.

은아가 가만히 서서 폐허가 된 빵집을 쳐다보고 있다가 이내 걸음을 떼었다. 그런데 한 번 떨어졌던 발이 땅에 못이 박힌 듯 멈춰 섰다.

'누가 쳐다보는 것 같았는데.'

은아는 빵집 건물이 있는 쪽으로 고개를 돌려 그 주변을 살펴보았다. 그런 그녀의 시야에 빵집 건너, 건너에 있는 골목 하나가 들어왔다. 그녀는 뭐에 이끌리듯 그 골목 쪽으로 천천히 걸어갔다.

'그러고 보니, 사장님이 여기서 나오는 걸 본 적이 있었지.'

갑자기 느껴진 시선 때문에 의문이 들었던 은아는 새삼스레 떠오른 기억에 더욱 관심을 가지며 그쪽으로 향했다. 문득, 준현에게 연락을 할까 하는 생각도 들었지만, 확실하지 않은 것으로 그를 혼란스럽게 만드는 것은 피하고 싶었다.

예정보다 늦어진 퇴근 탓에 평소보다 어둠이 깊게 내려앉은 밤. 은아는 가로등 불빛으로 환한 도로가에서 불빛이 스미지 않는 골목 안으로 조심스럽게 한 걸음, 한 걸음을 내딛었다.

"흐음."

하지만 뭔가가 있을지도 모른다고 내심 기대했던 것과 달리, 골목 안에는 일반 가정집 말고는 별다른 특이한 것이 없었다. 물론 검정색 철문으로 굳게 닫힌 이 집이 묘하게 신경이 쓰이긴 했지만, 지금으로선 할 수 있는 게 아무것도 없었다.

'준현 씨한테 한번 말이라도 해 볼까.'

철문을 두어 번 흔들어 보던 은아가 결국 포기하고 골목 밖으로 나가려고 했다. 그런데 뒤에서 누군가의 손이 그녀를 확, 하고 잡아끌더니 억센 손바닥으로 입을 막아 버린다. 너무 갑작스러운 상황이라 비명 소리도 나오지 않았다.

"조용히 해."

이어서 낮게 가라앉은 목소리가 들려왔다.

"조용히 하고 따라와."

손의 주인은 입을 막은 손을 풀어도 그녀가 소리 내지 않을 거라 확신하고 있었는지, 은아의 입에서 손을 떼고 검정색 철문 안으로 그녀를 데리고 들어갔다. 그리고 아주 빠른 동작으로 건물 안까지 들어갔다.

집 안으로 들어가서야 손의 주인은 은아를 잡은 손을 놓고 미련 없이 멀어졌다. 하지만 은아는 떨어지는 그를 곧바로 붙잡는다.

"……너, 뭐야."

꽉 막힌 목구멍 사이로 짜낸 듯한 목소리가 흘러나왔다. 처음 귓가에 들리는 낮은 저음을 들었을 때에는 심장이 쿵, 하고 내려앉는 것만 같았다. 두 번째 목소리를 듣고, 그의 뒷모습을 보게 되었을 때에는 저도 모르게 눈물방울이 여울졌다.

"너야말로 지금 제정신이야? 여기가 어디라고 오길 와. 이런 때에, 그것도 너 혼자! 무슨 일이라도 있으면 어쩔 뻔했냐고!"

그녀의 심정이 어떤 줄 알기나 하는 건지, 그는 그녀에게 도리어 큰소리를 내고 있었다.

"내가 여기 있는 게 왜! 네가 여기 있는 게 더 말도 안 되는 일이잖아!"

처음에는 헛것을 보고 있는 건가 싶었다. 뭐에 홀리기라도 한 걸까. 아니면 지금 이 모든 게 꿈인 걸지도 모르겠다. 은아가 꾹 붙들고 있던 그의 옷깃을 놓으며 고개를 푹 숙였다. 처음이 집에 끌려 들어오고 나서 은성이 멀어질 때에는 다급함에 그를 잡기 바빴다. 하지만 지금은 잘못 건드리기라도 하면 금세 사라져 버릴까 봐 쉽게 손을 댈 수가 없었다.

"……너, 맞아? 고은성, 맞는 거야?"

제대로 확인을 하기가 무서워서 최대한 뜸을 들였다. 고개 숙인 아래로 눈물이 뚝뚝 떨어지며 동그란 흔적을 만들어 냈다. 시선을 둘 곳이 없었던 은아는 마룻바닥에 번져 가는 물방울을 노려보고만 있었다. 그마저도 흐린 시야 탓에 잘 보이지 않았지만.

"얻다 대고 고은성이야?"

무심한 듯 동생을 바라보던 은성이 퉁명스럽게 말하며 손가락으로 은아의 이마를 툭, 하고 튕겼다.

"오냐오냐해 줬더니, 이게 아주 맞먹으려고……."

귓가에 들리는 이 투박한 말투는 오빠의 그것이 맞다. 이마에 닿은 따끔한 일침은 예전에도 몇 번이나 느껴 본 통증이었다. 은아는 이제 더 이상 망설이지 않고 눈앞에 있는 이 남자를 와락 안아 버렸다. 죽음의 끝에서 기어코 돌아온 가족을 온 마음을 다해 끌어안아 버렸다.

"야……."

졸지에 여동생에게 끌어안겨 버린 은성은 꽤나 당황한 기색이 역력했지만, 그렇다고 그녀를 밀어내지는 않았다. 은아는 그냥 안고 있으려니 얼굴이 보이지 않아 살짝 물러나 고개를 들었다. 그리고 그의 얼굴, 몸 이곳저곳을 눈으로, 손으로 살폈다.

그가 정말 고은성이 맞는지. 그가 정말 멀쩡히 살아 돌아온 게 맞는지. 확인하고, 또 확인했다.

"맞네, 맞아. 고은성 맞네."

은아가 양손으로 그의 얼굴을 감싸고 좌우로 획획 돌려 보았다. 그리고 낮게 중얼거렸다.

"고은성 맞잖아."

그렇게 얼마간 정밀 검사라도 하듯 은성을 이리저리 살펴보다가 그의 가슴팍을 퍽 소리 날 정도로 세게 내리친다.

"살아 있었으면서! 이렇게 멀쩡하게 살아 있었으면서!"

놀람, 기쁨, 안도. 형용할 수 없을 정도의 행복감이 자리하고 나서 찾아온 또 다른 감정은 분노와 서운함이었다. 격한 감정의 소용돌이에 다리에 힘이 풀려 바닥에 주저앉아 버렸다. 은아는 그렇게 주저앉은 와중에도 은성의 무릎께를 주먹으로 치고, 발로 걷어찼다.

"죽은 줄 알았잖아! 죽어 버린 줄 알았잖아, 이 나쁜 놈아!"

처음엔 그가 살아 있을 거라는 막연한 희망이 있었다. 그 가파른 절벽에서 떨어졌지만, 그래도 고은성이니까. 그 독한 생명력으로 살아 있을지도 모른다고 생각했다. 그가 죽었다는 사실이 믿기지가 않았다.

그런데 하루가 지나고, 이틀이 지나고, 그리고 2년이 지나면서 서서히 단념하게 되었다. 그가 죽었다는 사실을 인정하기로 했다. 여전히 그가 어딘가에 있을 것만 같은 느낌이 들긴 했지만 그건 그저 헛된 바람일 뿐이라고, 그렇게 생각하기로 마음먹었다.

"살아 있었잖아……."

그랬는데. 그의 죽음을 서서히 받아들이기로 했는데. 그는 살아 있었다. 2년 전보다 조금 야윈 모습이긴 했지만, 그래도 고은성은 살아 있었다.

은아가 목소리를 줄일 생각도 하지 않고 엉엉, 소리 내어 울었다. 마치 어린아이가 통곡하는 것처럼, 바닥에 주저앉아 발을 동동 구르면서 은성을 향해 울부짖었다. 가끔씩 끅끅 숨을 삼키며 이제껏 쌓여 왔던 설움을 이 자리에서 전부 토해 내었다.

"……미안하다."

은아가 그간 참아 온 눈물을 전부 쏟아 내는 동안 발밑에 못이라도 박힌 듯 멍하니 서 있던 은성이 그녀의 앞에 한쪽 무릎을 꿇고 자세를 낮추었다. 이런 모습의 동생은 너무 오랜만이었기에 매우 어색하고, 뭘 어떻게 해 줘야 할지 감도 잡히지 않았지만, 그는 예전에 그가 좀 더 다정한 오빠였을 때를 떠올리며 은아를 꼭 끌어안았다.

"내가 미안해."

그리고 흐느낌에 떨리는 동생의 등을 토닥토닥 두드려 주었다. 물론 어정쩡하게 팔을 뻗은 은성의 자세는 아주 어색하고, 우스꽝스러워 보였다. 하지만 그는 최선을 다해 은아를 달래 주려 노력했다.

그렇게 한참의 시간이 지나고, 그칠 줄 모르던 은아의 울음이 차츰 멎어 갈 때쯤. 두 사람 사이에는 아주 불편하고, 무거운 침묵이 자리 잡았다.

"크흠."

마냥 살갑기만 한 남매 사이는 아니었기에, 이러고 있는 것이 머쓱하기도 했다. 그가 살아 있다는 사실이 여전히 기쁘고, 좋기만 했지만, 그걸 어떻게 표현해야 할지 알 수가 없었다. 도대체 이런 때에는 뭐라고 말하면 좋을까. 은성의 품에 안긴 은아가 눈동자를 도르륵 굴렸다.

"뭘 또, 질질 짜고 그래. 짜증 나게."

어떻게 해야 할지 모르겠는 건 은성도 마찬가지였는지, 그새 무심한 오빠로 돌아가 버린다. 그는 은아에게서 홱 떨어져 자리에서 벌떡 일어났다. 그래, 이래야 고은성이지. 은아는 죽었다 살아와도 변함없는 오빠의 모습에 배시시 미소를 머금었다.

"그렇다고 쪼개란 말은 아니었거든?"

은성이 돌아서서 얼굴을 가린다고 가리고 있긴 했지만, 바닥에 앉아 있는 은아는 붉어진 오빠의 얼굴이 꽤나 잘 보이고 있었다. 물론 은성을 보며 어허허, 웃는 은아도 바보스러워 보이긴 매한가지였다.

"그런데 도대체 어떻게 된 거야?"

참 일찍도 묻는다. 재회의 순간을 맘껏 만끽하고 나서야 지금이 무슨 상황인지 궁금해졌는지, 은아가 자리에서 일어나며 물었다. 은성이 잠시 뜸을 들이다 뭐라 대답하려 할 때쯤, 어딘가에서 쿵, 하는 소리가 들려왔다.

"뭐, 뭐야?"

감동의 순간을 계속 이어 가기엔 지금 두 사람에게 놓인 상황이 너무도 척박했다. 어쩐지 스산해 보이기까지 한 집 안, 어디선가 들려오는 요란한 소리, 심상치 않아 보이는 은성의 표정까지. 은아는 나른하게 풀어졌던 심장을 긴장으로 꽉 조이는 수밖에 없었다.

"어디 가는데?"

은성이 2층으로 향하는 나무 계단에 오르자, 은아가 그를 붙잡았다.

"넌 일단 여기 있어 봐. 저 새끼, 좀 보고 올 테니까."

"싫어, 같이 가."

"너 이 새끼, 진짜."

아까 전, 바깥 분위기를 살피러 잠깐 나갔던 은성은 마침 빵집 앞에 서 있던 은아를 발견하게 되었다. 보게 된 김에 집에까지 잘 들어가는지 확인할 생각이었다. 그런데 은아가 그가 있는 쪽으로 오는 게 아닌가. 놀란 은성은 재빨리 골목 안으로 들어와 대문 안으로 몸을 숨겼다. 불빛도 닿지 않는 곳이었으니, 그냥 가겠거니 생각했다.

하지만 은아는 그의 예상을 철저하게 뒤엎고 골목 안으로 저벅저벅 걸어 들어오더니 대문을 흔들어 보기까지 했다. 조심성이라곤 없는 동생의 모습을 직접 눈으로 확인하니, 화가 머리

끝까지 뻗어 갔다.

은아에게 짐이 되지 않겠다고, 누명을 벗기 전까진 그녀의 앞에 나타나지 않을 거라고 결심했지만, 위험천만한 동생의 행실을 그냥 보고 넘어갈 수가 없었다.

"작작 좀 해! 이번에도! 너 쳐다보고 있던 새끼가 내가 아니라 딴 놈이었으면 어쩔 뻔했냐고!"

은아의 눈물에 잠시 모습을 감추었던 화가 다시 모습을 드러냈다.

"이상하다 싶었으면 다른 사람한테 연락을 하든가 했어야지! 네가 뭘 할 수 있다고 여기까지 혼자 따라와."

은성의 고함에 은아가 몸을 움찔했다. 여전히 그가 화내는 모습은 과하다 싶을 정도로 무서웠다. 하지만 방금 전까지 그에게서 어설픈 위로를 받아서일까, 은아도 지지 않고 맞받아쳤다.

"언제는 혼자 알아서 좀 하라며."

어린 시절의 은아는 지금과는 달리 하나부터 열까지 오빠에게 기대는 편이었다. 겁도 많고, 혼자 있기 무서워하고, 항상 은성을 쫓아다녔다. 편안한 가정에서 자랐다면 은성도 그런 동생의 어리광을 제대로 받아 주었을지 모른다.

"혼자서 아무것도 못 하는 내가 지긋지긋하다며!"

그랬다면, 그에게 달려오는 동생에게 저런 말을 하지 않았을지도 모른다. 은성은 은아의 입을 통해 듣는, 예전에 그가 했던 말에 어금니를 꽉 깨물었다. 힘을 너무 준 탓인지 잇새로 으득,

하는 소리가 흘러나왔다.

그래, 어렸을 때에는 어두운 것도 무섭다며 그에게 와서 안기던 동생이었다. 그랬던 동생이 이런 상황에서조차 혼자서 해보겠다고 고집부리는 사람이 되어 버렸다. 아마도 그가 했던 모진 말들 때문에.

"하아……."

은성이 길게 한숨을 쉬었다.

"그래, 같이 가자."

툭 치면 부러질 것처럼 꼿꼿한 은아의 모습에 은성이 항복을 선언했다.

"이제 혼자 하는 건 지긋지긋하니까. 뭐가 됐든 같이 하자."

그는 그렇게 말하고는 계단 위로 한 발 내딛었다. 끼익, 하고 오래된 나무가 맞물리는 소리가 들려왔다. 웬일로 순순한 그의 모습에 오히려 당황한 은아가 잠깐 멀거니 서 있다가 그의 뒤를 따랐다.

계단의 끝, 정면으로 굳게 닫힌 갈색 문이 보였다. 오래돼 보이는 나무 문 여기저기에는 부서진 흔적이 있었다. 쿵, 쿵. 육중한 무언가가 부딪치는 소리는 이 방 안에서 들려오는 것 같았다. 은성은 그 문의 손잡이를 꾹 잡고, 뒤를 돌아 경고했다.

"그래도 너무 가까이 올 생각은 하지 말고. 저 새끼, 지금 마약에 취해 있으니까."

"마약?"

마약이라는 말에 은아가 놀라서 반문했지만, 은성은 더 자세한 설명은 해 줄 생각이 없어 보였다. 그가 문손잡이를 돌려 방문을 열었다. 불 꺼진 방, 온통 암흑만 존재하던 그 방에 2층 복도의 형광등 불빛이 스며들었다. 곧게 뻗은 빛의 길 사이로 바닥에 쓰러져 있는 사람의 인영을 발견할 수 있었다.

"아……."

예상치 못한 광경에 놀란 은아가 입을 틀어막았다. 그리고 은성을 올려다보았다. 감금이라니. 은성이 누군가를 감금하고 있었다는 사실은 꽤나 충격으로 다가왔다.

"이게 무슨……."

방문을 열고 나니 연신 들리던 쿵, 쿵 소리도 어느새 사라져 있었다. 고요한 와중에 은아가 중얼거리는 소리만 나직하게 들려왔다. 동생의 놀란 신음을 들으면서도 은성은 아무 말 없이 방 안으로 들어갔다.

어둠과 적막만이 자리 잡은 방 안에 밧줄로 묶여 있는 한 남자. 바닥에 이상한 자세로 누워서 미동조차 없는 그에게 은성이 천천히 다가갔다. 은아도 그 남자의 얼굴을 확인하기 위해 한 발 내딛었다.

"서준 오빠?"

외형이 꽤 많이 달라져 있었지만, 그에게서 익숙한 느낌을 찾을 수 있었다. 그리고 저도 모르게 나온 누군가의 이름은 의심을 확신으로 뒤바꾸는 데 충분했다.

"서준 오빠 맞지?"

"그래."

은성이 그 확신에 힘을 더해 주며 죽은 듯 쓰러져 있는 서준의 상태를 확인했다. 한쪽 어깨를 붙잡고 그가 의식이 있는지 없는지 유심히 살펴보았다. 은아도 숨을 죽이고 은성의 행동에 집중했다.

"아악!"

그런데 축 늘어져 있던 서준이 짐승 같은 울음소리를 내며 은성에게 와락 달려들었다. 친구의 공격에 잠시 당황하긴 했지만, 계속 긴장하고 있던 터라 그는 생각보다 쉽게 서준을 제압할 수 있었다. 은성에게 붙잡힌 채 자유를 구속당한 서준은 연신 미친 사람처럼 발작을 하다가 소용없는 일이라는 것을 깨달았는지 차츰 잠잠해져 갔다.

"아, 씨발. 저 미친놈이."

얌전해진 서준을 방 안에 두고, 두 사람은 2층 복도로 나왔다. 은성은 서준과 실랑이하다가 맞은 턱을 문지르며 낮게 욕설을 읊조렸다. 은아는 눈앞에 펼쳐진 믿기 힘든 광경에 여전히 넋을 놓고 있었다.

"이게 다…… 무슨 일이야?"

몇 번인가 입술만 벙긋거리던 그녀가 겨우 정신을 부여잡고 은성을 돌아보았다. 은성은 이번에도 역시 아무 말도 하지 않고 2층 구석에 있는 의자에 걸터앉았다. 따라오라는 말을 굳이 하진 않았지만, 은아도 그 뒤를 쫓아 맞은편 의자에 앉았다.

옛날 학교에서나 볼 수 있을 법한 오래된 나무 테이블과 의자. 군데군데 칠 벗겨진 갈색 의자에 앉아 있으니 허벅지 아래로 딱딱한 감촉이 고스란히 느껴졌다. 낡은 나무 특유의 쾨쾨한 냄새도 그대로 전해졌다.

하지만 감각 기관은 생경하게 살아 있는 데 비해, 묘하게 현실감이 느껴지지 않았다. 오늘 저녁부터 그녀가 겪은 일들이 실제 상황이 아니라, 허구의 그것인 것만 같았다.

"난 사람 죽인 적 없어."

은아의 정신이 이 공간을 이리저리 부유하고 있을 무렵, 은성이 떨어지지 않을 것 같던 입을 열기 시작했다.

"그때 마약도, 마약인 줄 모르고 몇 번 운반한 게 다야. 나보고 살인자니 뭐니 떠들어 댄 것도 다 개소리야."

은아에게 긴 이야기를 시작하기에 앞서, 은성은 동생에게 가장 하고 싶었던 말을 먼저 꺼내 들었다.

"너한테는 그렇게 좋은 사람이 아니었을지도 모르겠는데, 그래도 그런 짓까지 할 만큼 썩진 않았다."

그는 결백하다. 그 말이 가장 하고 싶었다. 미령에게서 은아가 그를 의심하고 있다는 말을 들은 후부터 은성은 자신의 결백을 어떻게든 밝혀 보이고 싶었다. 다른 누구도 아닌 은아에게만큼은 꼭.

"내가 그런 거 아니야."

은성은 은아의 얼굴을 선뜻 보지 못하고, 일부러 고개를 돌려 창문 쪽을 바라보고 있었다. 그녀가 어떤 표정을 하고 있을지 가늠도 되지 않았다. 뉴스에서는 온통 그가 살해 용의자라고 떠들어 댔고, 죽은 줄 알았는데 몇 년 뒤에 갑자기 나타나서는 서준을 감금하고 있는 모습이나 보였으니. 은아가 그의 말을 믿지 못한다 해도 할 말이 없었다.

"지금 저 새끼 묶어 둔 것도 다 이유가 있어서 그런 거니까."

문제의 그 이유에 대해서 설명을 하면 될 텐데. 은성은 주절주절 자신의 결백을 주장하기 바빴다. 은아는 앞뒤 설명 없이 던져 오는 오빠의 말을 그대로 들으며, 테이블 위에 올려져 있는 은성의 투박한 손을 가만히 바라보았다.

여기저기 칠 벗겨진 나무 의자처럼 여기저기 흉이 진 투박한 그 손을, 꼭 잡아 주고 싶다는 생각이 들었다. 문득 그런 생각이 들었다.

"알아."

하지만 그런 생각이 든다 해서 바로 행동으로 옮길 수 있는 건 아니었다.

"네가 그런 거 아닌 거. 나도 알아."

은아는 차마 그 손을 잡아 주진 못하고, 최대한 그녀의 마음이 닿길 바라며 따뜻한 말 한마디를 건넸다.

"오빠가 그런 사람 아니라는 거. 믿어."

은성은 부러 창밖으로 보냈던 시선을 돌려 은아의 얼굴을 쳐다보았다. 의심 한 자락 남아 있지 않은 그녀의 신임에, 그제야 그는 아주 오랜 이야기를 하나둘 꺼낼 수 있었다.

준현의 집. 은아는 냉장고에서 얼음을 꺼내 눈두덩에 올려 두고 소파에 길게 누웠다. 아무도 없는 집이었지만 혹시나 그런 그녀의 모습을 누가 볼세라 집 안의 불도 전부 꺼 둔 채였다. 그렇게 어둠 속에서 은성과의 조우를 곱씹고 있었다.

2년 전 박영순의 병실을 찾거나 도망 다녔던, 은성이 했던 이상한 행동들은 누군가에게 협박을 받았기에 어쩔 수 없이 한 행동이라고 했다. 다만, 그가 병실에 갔을 땐 이미 박영순이 죽은 후였다.

은성은 무슨 협박을 받았는지에 대해서는 자세히 설명하지 않았다. 은아도 도대체 무슨 협박을 받은 거냐고 묻지 않았다. 어쩐지 알 것 같았기 때문이다.

2년 전, 그를 마지막으로 봤던 날 밤. 은성이 사색이 돼서 검찰청을 찾았던 때를 떠올렸다. 아마도 그들은 은아를 인질로 삼아 은성을 뜻대로 움직였을 것이다.

"그래도 살았으니까 됐고."

은성이 대수롭지 않은 듯 말했다. 하지만 은아는 그렇게 쉬이 넘길 수가 없었다. 그가 뛰어내렸던 절벽은 거기서 떨어진 사람이 살아 있는 게 기적이다 싶을 정도로 그 위용을 자랑했던 곳이었다. 시선을 내리고 또 내려도 아래로 푹 꺼지는 절벽 때문에, 그녀의 심장도 얼마나 깊은 심연 아래로 푹 꺼졌던가.

얼음주머니 아래로 가는 물줄기가 길게 이어졌다. 은아가 손바닥으로 볼을 한 번 훔치고, 누운 자리에서 몸을 일으켰다. 은성은 서준이 정신이 들 때까지 일단 돌아가서 기다리라고 했지만, 한시라도 빨리 준현에게 연락을 해야 할 것 같았다.

은아가 소파 손잡이에 올려져 있던 휴대폰을 들고 통화 목록을 검색했다. 그리고 준현의 이름 옆에 있는 초록빛 통화 버튼을 누를지 말지 망설였다.

"그 검사, 진짜 믿을 수 있는 사람이야?"

은성은 미령을 시켜 준현에게 이런저런 정보를 주긴 했지만, 그건 준현 외에 다른 사람이 없어서 어쩔 수 없이 그랬던 거였지, 그를 완전히 믿어서 한 행동은 아니었다. 준현의 아버지가 이 모든 사건의 원흉이라는 사실이 끝내 마음에 걸렸다. 서준이 살아 있다는 사실을 알려 주었는데도, 결국 그를 찾아낸 것이 은성이라는 사실도 신경 쓰이긴 마찬가지였다.

물론 은성이 서준을 찾을 수 있었던 것은 그가 서준의 생모에 대해서 알고 있었기에 가능한 일이었다. 어떠한 기록에도 남아 있지 않았지만 서준에게는 호적상에서의 모친과 달리 생모가 따로 존재했다. 그리고 얼마 전, 은성은 어느 케이블 뉴스에서 그녀가 잡혀가는 것을 보게 되었다. 그래서 빵집 근처를

이 쑤시듯 들추고 다녔고, 마침내 서준을 찾게 된 것이다.

"일단 장서준이 정신 차리고, 그 새끼가 가지고 있는 증거부터 확인하고 나서 잡아넣어도 안 늦으니까. 아직은 그 검사한테 아무 말도 하지 마."

준현은 믿을 수 있는 사람이라고, 바로 신고하자고 은아가 설득해 보려 했으나 은성은 끝까지 고집을 놓지 않았다. 그 결과, 은아는 중요한 증인인 은성과 서준을 찾았으면서도 준현에게 아무 연락도 할 수 없었다. 은성이 준현을 믿지 못하는 것도 어느 한편으로는 이해가 갔기에 무작정 밀어붙일 수도 없는 노릇이었다.

은아는 결국 통화 버튼을 누르지 못하고 휴대폰을 옆에 두었다. 상황은 그녀가 따라가기 벅찰 정도로 빠르게 흘러가고, 그녀에게 빨리 선택을 하길 종용하지만 은아는 무엇 하나 확실하게 고를 수가 없었다. 어떻게 해야 옳은 걸까. 확신을 할 수가 없었다.

"후우."

소파 등받이에 몸을 깊게 묻고 길게 호흡을 내뱉었다. 할 수만 있다면 지금의 상황에서 도망가고 싶었다. 하지만 그녀만 힘든 것도 아니었기에, 그녀의 옆에서 더 애를 쓰고 있는 사람들이 있었기에 마냥 손 놓고 있을 수만은 없었다.

그녀가 아무것도 하지 않으면 그만큼 주변의 사람들이 더 힘들어질 것이다. 사랑하는 사람들의 등에 진 짐을 조금이나마 덜어 주려면 그만큼의 짐을 짊어져야 하는 법이었다.

은아가 그렇게 형태도 없는 적과 마주하고 있을 때, 현관문이 열리는 소리가 들리고 현관 센서 등 불빛이 거실 바닥에 자욱하게 깔렸다. 요즘은 매일을 검찰청에서 살다시피 했기에 오늘도 못 들어올 거라고 생각했는데, 준현이 들어온 모양이다.

"왔⋯⋯."

'왔어요?' 하고 배웅하려 했는데, 그녀가 입을 열기도 전에 우당탕하는 소리가 들려왔다.

"무슨 일이에요?"

놀란 은아가 소파에서 일어나 현관 쪽으로 한달음에 달려갔다. 아니나 다를까. 준현이 현관 앞에 풀썩 쓰러져 있었다.

"괜찮아요?"

그녀가 준현에게 다가가 어깨를 부축하자, 준현이 무겁게 감긴 눈을 힘겹게 떠 보이며 싱긋 웃었다.

"어, 집에 있었네요. 착하다, 우리 은아 씨."

집 안에 불이 꺼져 있어서 은아가 집에 없다고 생각했다. 그래서 준현은 현관에 발을 들이자마자 모든 긴장을 풀고 쓰러진 거였다. 은아의 구두가 버젓이 신발장 옆에 놓여 있었건만, 그마저도 알아채지 못할 정도로 정신이 몽롱한 상태였다.

"몰골이 이게 뭐예요. 병원 가 봐야 하는 것 아니에요?"

은아가 걱정 그득한 음성으로 여윈 그의 볼을 쓰다듬었다. 준현은 자기 볼 위에 얹어진 가느다란 손을 감싸 쥐고 눈을 감았다. 그는 길게 심호흡을 하며 만족스러운 미소를 머금었다.

"오랜만이에요. 너무 보고 싶었어요."

"딴소리는……."

"진짜 보고 싶었는데."

준현이 뜬 듯 만 듯 가늘게 눈을 뜨고 몸을 일으켰다. 반쯤 상체를 세우고 은아의 무릎 옆, 바닥에 손을 뻗었다가 몸을 당겨 그녀의 코앞까지 슥, 다가갔다. 그리고 얼마간 은아의 얼굴을 물끄러미 바라보는가 싶더니 그녀의 어깨에 이마를 기대었다.

"왜 이렇게 눈이 안 떠지지."

은아는 그의 옆에 앉아 어깨를 내어 주고는 준현의 뒷머리를 가만히 쓰다듬어 주었다. 현관 센서 등이 꺼졌다가, 다시금 깜박 켜졌다. 어스름한 주홍빛 불빛 아래에서 두 사람은 서로에게 몸을 조금씩 기대고, 나른하고도 달콤한 휴식의 시간을 가졌다.

아무 소리도 없는 고요함 속. 누군가가 차를 몰고 들어오는 소리가 들려오고, 다른 집에서 수도를 사용하는 소리가 들려왔다. 간간이 들려오는 그 소음은 두 사람이 함께 있는 공간을 더욱 적막하게 느껴지게 했다.

그렇게 얼마간 있었을까. 현관 센서 등이 몇 번이나 꺼졌다가 다시 켜졌을 때쯤, 준현이 자세를 바로 했다. 불편한 자세일 텐데도 은아의 어깨에 기대어 잠깐 까무룩 잠이 들었던 준현이 머쓱하게 웃었다.

"아, 언제 잠들었지. 오래 이러고 있었어요?"

"아뇨. 이제 좀 괜찮아요? 들어가서 더 자지 그래요."

"얼마 만에 보는 건데. 그냥 잘 순 없죠."

공원에서 어떤 여자가 쓰러지고, 그 사건이 마약 사건이라는 것을 인지한 후, 준현은 집에 들어올 시간도 없이 검찰청에서 상주해야 했다. 그 탓에 두 사람은 가끔씩 통화만 할 뿐, 며칠 동안 제대로 만나지도 못한 상태였다.

물론 그래 봤자 서로 못 본 것은 단 며칠뿐이었지만, 준현은 그 짧은 시간이 영겁이나 되는 것만 같았다. 아마 이런 말을 입 밖으로 꺼낸다면 은아는 유난이라고 타박을 놓을 것이다.

"현관 앞에서 쓰러질 정도면서. 그러지 말고 잠부터……."

은아가 미처 말을 끝까지 잇지 못했다. 준현이 그녀의 입술에 입을 맞춘 탓이다. 꽤나 저돌적인 돌진이었기에 두 사람의 코가 콩, 하고 부딪쳤다.

"이런."

준현이 낮은 웃음을 흘리며 은아의 콧잔등을 살살 쓰다듬어 주었다. 그녀를 말가니 바라보는 눈동자에는 졸음이 그득하다. 하지만 고개를 좌우로 마구 흔들어 잠을 쫓아 버린다. 은아가 전혀 잘 생각이 없어 보이는 그를 보며 눈을 흘겼다.

"안 자겠다고 시위하는 거예요?"

"딱히 별다른 거 하겠다는 건 아니에요. 그냥 옆에서 보고 있게만 해 줘요. 그동안 너무 심할 정도로 고은아가 부족했으니까."

나름 목소리에 힘을 주어 가며 경고 조로 말해 보았지만, 준현은 여전히 뜻을 꺾을 생각이 없는 것 같았다. 이게 그 나름의 응석 부림인 걸까. 결국 은아는 두 손을 들고 만다.

"아, 이렇게까지 안 해 줘도 되는…… 앗."

환하게 불 켜진 거실. 준현은 은아의 야무진 손끝에 몸을 맡긴 채 잇새로 기분 좋은 신음을 흘렸다. 그는 그녀의 손이 주는 감각에 느른하게 힘을 풀고 있다가 몸을 앞으로 뺐다.

"이제 그만해요. 은아 씨도 피곤할 텐데."

"가만히 있어요. 이렇게 해야 내 맘도 편하니까."

하지만 그녀의 다부진 손이 그를 홱 잡아끈다.

"자세도 바로 하고요. 이거 봐. 너무 단단하잖아요."

준현은 어쩔 수 없이 소파 아래쪽에서 등을 곧게 펴고 앉았다. 은아는 소파 위에 앉아 그의 어깨를 주물렀다. 단단하게 굳은 남자의 근육을 주무르는 것이 쉬운 일은 아니었지만, 은아는 그렇게라도 해서 준현의 피로를 풀어 주고 싶었다.

"요즘 제대로 뭘 먹고는 있어요?"

은아가 한참 동안 어깨를 주무르다가 그의 볼을 슬쩍 만져 보았다. 기분 탓인지, 실제로도 그런 것인지 준현의 볼이 많이 핼쑥해진 것만 같았다.

"그렇게 걱정 안 해도 잘 챙겨 먹고 있어요."

준현이 그렇게 말하며 자기 볼에 있는 은아의 손을 끌어 내리려는데, 장난기가 발동한 은아가 그의 볼을 떡 주무르듯 주무르기 시작했다. 뭐가 그리 재미있는지 실없는 웃음을 흘리며 손가락 끝으로 그의 볼을 꾹꾹 누르기도 했다.

"어, 이러기 있어요?"

은아의 손에 얼굴을 저당 잡힌 터라, 준현의 말이 어눌한 발음으로 흘러나왔다. 김준현 검사와 '어눌함'이라는 단어의 묘한 조화라니. 웃음보가 크게 터진 은아가 소파 뒤로 넘어가며 큰 소리로 웃었다. 너무 크게 웃은 탓에 숨을 몰아쉴 정도였다.

"아까워라. 준현 씨 얼굴이 어땠는지 직접 확인했어야 했는데."

어깨를 주무르느라 뒤에 앉아 있었으니, 그녀의 손에 망가져 가는 그의 얼굴이 보일 턱이 없었다. 은아가 아쉬운 기색을 여실히 드러내며 소파에서 몸을 일으키려 했다.

"어, 음?"

하지만 그녀의 장난에 심통이 난 준현으로 인해 몸을 일으킬 수가 없었다. 그는 은아가 자세를 바로 하기 전에 빨리 뒤돌아서서 한 손은 소파 등받이에, 다른 손은 그녀의 얼굴 옆에 놓았다. 그렇게 양팔 사이에 한 여자를 가두어 버린다.

"저기, 준현 씨?"

은아가 놀란 토끼 눈을 하고 그를 불렀다. 그런데 그는 그녀의 부름에 대답할 생각은 않고, 소파 등받이에 있던 손을 들어 은아의 볼에 가만히 내려앉힌다. 델 듯 뜨거운 손바닥이 여린 살결에 고스란히 닿았다.

"안마해 줘서 고마워요."

"아, 네……."

준현이 별다른 이상한 말을 하는 것도 아니었는데, 은아는 왠지 모르게 긴장이 되어 마른침을 꿀꺽 삼켰다.

"감사의 의미로, 저도 안마해 줄게요."

그의 입은 보답으로 안마를 해 주겠다는 단순한 말을 하고 있었지만, 그의 온몸이 풍기는 분위기는 그렇지만도 않았다. 준현은 위험한 기류를 뿜어내며 소파 위에 올라앉았다. 이제 은아는 영락없이 그의 아래에 갇혀 누워 있는 중이었고, 준현은 그런 은아를 내려다보고 있는 중이었다.

"몸 이곳, 저곳."

준현이 눈을 가볍게 내리깔고 은아를 응시했다. 그리고 은아의 볼에 있던 손도 서서히 내려갔다. 은아는 너무 놀라서 어쩌지도 못하고 몸이 굳어 버렸다.

"전부 다."

그의 손끝이 그녀의 목선을 위험하게 쓸어내릴 무렵.

"으악!"

뜨겁고도 서늘한 감각에 온몸에 소름이 인 은아가 사색이 돼서 준현을 밀어냈다. 그리고 그를 피해 다른 방으로 달려갔다. 은아에게 밀쳐진 채 홀로 거실에 남은 준현은 더 이상 참을 수 없다는 듯 박장대소를 했다.

하지만 그녀의 귀여운 모습에 웃음이 나면서도 은아의 몸 이곳저곳을 전부 안마해 주지 못한 것에 대해 아쉬움이 남았다는 것은, 은아는 절대 알아서는 안 될 비밀이었다.

12화. 나와 같은, 너와 다른

　준현은 다시는 위험한 장난을 치지 않겠다고, 몇 번이고 약속을 한 후에야 은아의 얼굴을 다시 볼 수 있었다. 사실, 그의 서재 책상 서랍장 안에는 이 집의 마스터키가 버젓이 존재하고 있었지만, 그는 그녀의 방문을 함부로 열어 버리는 그런 무례한 행동은 하고 싶지 않았다.

　"다신 안 그러겠다고 하니까, 한 번은 봐주는 거예요."

　누가 봐준 것인지 알기나 하는 건지. 은아는 살짝 연 방문 틈으로 얼굴을 빼꼼 드러내며 퉁명스럽게 말했다.

　"알겠어요. 그러니까 거기 그러고 있지 말고 얼른 나와요."

은아는 여전히 의심의 눈초리를 풀지 않은 상태로 방에서 나와 거실 소파에 앉았다. 준현은 그런 그녀의 무릎에 머리를 누이고, 소파 위로 길게 누웠다.

"아, 좋다."

준현이 기분 좋은 한숨을 내쉬며 눈을 감았다. 은아도 입가에 미소를 잔뜩 걸고 그를 내려다보았다. 단정하고 짙은 눈썹, 그 아래로 정갈하게 뻗어 있는 속눈썹까지. 그러다 검지로 그의 속눈썹을 살살 건드려 보았다. 내 속눈썹보다 긴 거 아냐?

나비의 날갯짓처럼 간지러운 손길에 준현이 얼굴을 살짝살짝 피했다. 하지만 은아의 손길이 집요하게 따라붙었다. 준현은 결국 눈을 뜨고 그녀의 손목을 굳게 잡아 버린다. 손목을 잡은 이와 잡힌 이. 두 사람의 시선이 허공에서 맞부딪쳤다.

"자꾸 이러면 다신 안 그러겠다는 말, 물리는 수가 있어요."

"에이, 그런 게 어디 있어요."

"아니다. 장난이 아니라, 진심으로 덮치는 수가 있어요. 그럼 상관없잖아요. 내가 안 하기로 한 건 위험한 장난이지 위험한 진심이 아니니까."

준현의 대응에 은아가 샐쭉한 표정을 지었다.

"하여간, 말은 잘한다니까. 알겠어요. 이제 다신 안 건드릴게요. 됐죠?"

은아가 준현에게 잡히지 않은 손을 들어 항복하는 시늉을 했다. 그에 준현이 탐탁지 않은 신음을 흘리며, 잡고 있던 은아의 손을 그의 머리로 끌고 갔다. 뭘 하는 건가 지켜만 보고 있었더니, 그는 은아가 그의 머리를 쓰다듬도록 유도하고 있었다.

"그렇다고 다신 안 건드리겠다고 할 것까진 없잖아요. 서운하게."

준현이 토라진 투로 말하며, 잡고 있던 손목을 놓았다. 삐쳤네, 삐쳤어. 은아는 싱긋 미소를 지으며 그가 유도하던 대로 머리를 쓰다듬었다.

"삐쳤어요?"

"······아니요."

대답도 한 박자 늦다. 이건 필시 삐친 것이리라.

"삐친 건 아니에요."

그럴 리가. 은아가 속으로 웃었다.

"그냥, 고은아가 조금 많이 부족해서 그래요."

"지금도 바로 옆에 있는데, 뭐가 그렇게 부족해요."

"그런 게 있어요. 옆에 있어도 부족한, 그런 거."

"······난 옆에 있는 것만으로도 좋은데."

조금 망설이긴 했지만 솔직하게 내보인 은아의 진심에, 준현이 윽, 하고 신음을 흘렸다.

"반칙이에요. 지금 그런 말하는 건."

"왜요. 사실을 말한 것뿐인데. 난 준현 씨랑 같이 있는 것만으로도 너무너무 좋거든요."

낯간지럽다 싶을 정도의 고백이었지만 준현은 기분이 나쁘지 않았는지 헤벌쭉한 웃음을 드러내고 있었다.

"이상하네. 오늘따라 유독 더 다정한 것 같아요."

그거야 당신이 어울리지 않게 응석을 부리니까. 은아가 대답 없이 웃음으로 화답하며, 그의 머리카락을 연신 쓸어 만졌다.

아마도 그는 스스로의 행동을 눈치채지 못한 것 같지만, 집에 돌아오고 나서 준현의 행동에선 어딘지 모르게 어린애 같다는 느낌이 들었다. 투정을 부리는 것 같기도 하고, 응석을 부리는 것 같기도 하고. 은아는 그러는 준현이 못내 좋아서 말없이 웃기만 했다.

"아, 기분 좋다."

준현은 은아의 부드러운 손길에 몸을 맡긴 채 조용조용 잠의 나라으로 빠져들락 말락 하고 있었다. 그러다 다시 한 번 까무룩 잠이 들고 만다. 고른 숨소리를 내고 있는 준현을 가만히 바라보던 은아가 나지막한 한숨을 쉬었다.

"또 혼자 무리하고 있는 거예요?"

은아가 잠든 그에게 걱정스러운 물음을 던졌다.

"그런 거 아니에요."

벌써 잠이 든 줄 알았는데, 준현이 몸을 뒤척이며 대답했다. 눈꺼풀 하나 들어 올리지 못하고 눈만 껌벅껌벅하고 있으면서 말은 잘한다.

오늘 준현이 집에 온 것도 몸을 혹사시켜 가며 검찰청에 붙어 있는 부하 직원을 보다 못한 배원호 부장검사가 당장 퇴근

하지 않으면 수사 팀에서 제외시킬 거라고 엄포를 놓은 탓에 어쩔 수 없이 오게 된 것이다.

준현은 피의자 심문, 그간 행적 조사, 통화 기록 조사 등등 수사에 관한 모든 것을 직접 관리해야 했다. 뿐만 아니라 사건을 뺏으려는 대검의 움직임에도 일일이 대응해야 했다. 피의자는 수사에 협조적이지 않고, 대검의 박재환 부장검사도 호시탐탐 기회를 노리고 있었으니. 준현은 몸이 열 개라도 부족한 상황이었다.

"나 괜찮아요."

사실은 괜찮지 않았다. 몸이 힘든 것은 그럭저럭 버틸 수 있었는데, 열심히 움직이는 만큼 성과가 없으니 마음이 답답한 노릇이었다. 피의자 전미옥 씨는 입을 꾹 닫고 아무 말도 하지 않고, 아무리 과거 행적을 조사해 봐도 어떻게 마약을 얻게 되었는지 알아낼 수가 없고, 수사에 진척이 없는 만큼 대검에서 오는 압박은 더욱 커져만 갔다.

"괜찮으니까 걱정하지 마요."

하지만 준현은 이러한 것들을 은아에게 굳이 말하지 않았다. 이렇게 힘든 것을 그녀에게까지 넘겨주고 싶진 않았으니까. 대신, 그녀에게 작게 어리광을 부려 본다.

"뽀뽀 한 번 해 주면 더 괜찮아질 것 같기도 하고."

준현의 말이 끝남과 동시에 은아가 몸을 움직이는 것이 느껴졌다. 아무래도 오늘따라 다정한 그녀는 응원의 뽀뽀까지 군말 않고 바로 해 줄 모양이다. 준현은 입술에 와 닿는 부드러운 감촉에 낮게 탄식을 흘렸다. 사랑하는 사람의 응원에 힘입은 그는 다시 잠의 나락으로 빠져들었다. 뽀뽀 말고 키스를 해 달라고 할 걸 그랬나, 하고 조금 짓궂은 생각을 해 보면서.

아마도 은성이 정말로 죽었다면, 그녀는 지금 이 자리에 서지 않았을지도 모른다. 끝까지 김정환 회장을 만날 생각 따위하지 않았을 것이다.

"후우."

주말 오후. 성북동의 어느 저택 앞. 은아는 성벽만큼 높게 쌓여 있는 담과 커다란 대문을 올려다보며 숨을 길게 내뱉었다. 어깨가 들썩거릴 정도로 크게 심호흡을 한 그녀는 뭔가 단단히 결심이라도 한 듯 초인종을 눌렀다.

"은아 씨가 여기까지 올 줄은 몰랐네. 어서 와요."

예정된 방문자도 아니었기에 저택 안으로 들어가기가 쉽지 않을 거라고 생각했는데, 비교적 쉽게 발을 들일 수 있었다. 은아를 기억하고 있던 영선이 반갑게 그녀를 맞이했던 것이다.

"안녕하셨어요."

은아가 백화점에서 사 들고 온 과일 바구니를 내밀며 인사했다. 영선은 과일 바구니를 받아 일하는 사람에게 건네주고, 현관을 몇 번 더 응시했다.

"그런데 준현이 없이 혼자 왔어요?"

"네, 회장님께 따로 드릴 말씀이 있어서요."

"우리 회장님한테?"

영선이 반문했지만, 은아는 대답 없이 미소만 지었다.

"흐음, 더 묻고 싶은데. 그러면 곤란하려나?"

"죄송합니다."

이어지는 빠른 사과에 영선도 빠르게 포기를 했다. 그녀는 더 이상 캐묻지 않고 은아를 김 회장의 서재까지 데려가 주었다.

"여기서 잠시만 기다려요."

안으로 들어간 영선이 다시 밖으로 나왔다. 은아는 영선의 안내에 따라 서재 안으로 들어갈 수 있었다. 이렇게 빨리 김 회장을 만나게 되다니. 못해도 밖에서 몇 시간 기다리는 것 정도는 각오하고 있던 터였다. 그런데 생각했던 것보다 일이 너무 쉽게 진행되는 것 같아서 내심 은아는 어안이 벙벙했다.

하지만 마냥 정신을 놓고 있을 수는 없었다. 서재 안으로 들어가자마자 김정환 회장의 날 선 듯 예리한 눈빛과 딱 마주해야 했으니까.

"안녕하세요, 회장님."

은아가 먼저 단정하게 인사했다. 김 회장은 별다른 대답 없이 자리에서 일어나 접대용 소파가 있는 곳까지 걸어왔다.

"차는 뭐로 내올까요?"

"필요 없소."

영선의 질문에 은아도 괜찮다고 대답하려고 하긴 했지만, 김 회장이 더욱 빨랐다. 그는 지금 이 짧은 시간을 내는 것조차 아깝다는 얼굴로 자리에 앉았다. 그리고 턱짓으로 영선을 밖으로 내보내고 불편한 신음을 흘렸다.

'그러니까 이 사람이 고은성을 그렇게 만든 사람이란 말이지. 그것도 그냥 말 몇 마디로.'

서준이 가지고 있던 증거는 생각했던 것보다 더욱 굉장한 것이었다. 약에서 깨어난 그는 은성과 은아에게 백배사죄하며 들고 있던 증거 자료를 내밀었다. 그가 준 USB에는 동영상 파일이 하나 있었는데, 그곳에는 김정환 회장이 5년 전 마약 사건에 대해 지시하는 모습들이 고스란히 담겨 있었다.

은아는 영상 속에서 냉철하고 서슴없이 지시를 내리던 김 회장의 모습을 떠올리며 주먹을 꽉 움켜쥐었다.

'그리고 이 사람이 준현 씨 아버지란 거지.'

그러다 문득 든 생각에 저도 모르게 주먹의 힘이 풀려 버린다. 전부터 뼈저리게 느껴 왔지만, 어쩌자고 이렇게 엮여 버렸을까.

"크흠."

은아가 이런저런 생각에 아무런 말도 하지 않고 있자, 더 이상의 침묵을 참아 주지 못한 김 회장이 헛기침을 했다.

"도대체 무슨 일로 여기까지 왔는지 모르겠네만, 사람을 앞에 두고 너무 경우가 없는 것 아닌가."

"죄송합니다. 저는……."

"예의 차리기나 자기소개 같은 건 할 필요 없으니, 본론만 말하지."

애초에 정환은 은아에게 시간을 내줄 생각이 없었다. 영선에게서 은아가 그를 보고 싶어 한다는 말을 들었을 때에는 기가 차서 웃음도 나지 않았다. 그는 길게 말할 것도 없이 그냥 돌려보내라고 단칼에 잘랐다. 하지만 영선이 한번 만나 보라고 하도 성화를 부려서 어쩔 수 없이 시간을 낸 터였다.

"네, 그럼 본론만 말하겠습니다."

인사치레와 자기소개를 하려 했던 은아가 하던 말을 멈추고 입매를 단단히 했다. 지금 이 순간까지도 이러는 게 맞을까, 하는 걱정이 되었지만 그런 것은 일단 미뤄 두기로 했다.

"자수를 해 주셨으면 좋겠습니다."

지루함이 역력하던 정환의 얼굴에 의외라는 표정이 선뜻 떠올랐다.

"무슨 말을 하는지 모르겠는데."

"5년 전에 회장님이 벌이신 마약 사건, 그리고 2년 전에 박영순 씨를 살해하고 저희 오빠, 아니 고은성 씨한테 누명을 씌운 일까지 전부 자수해 주세요."

은아의 진지한 태도에 정환이 헛웃음을 흘렸다.

"굳이 다른 말은 안 하겠네. 내가 왜 그래야 하지?"

"준현 씨한테 아들 손으로 아버지를 잡아야 하는, 그런 괴로운 일을 시키지 않기 위해서입니다."

"그런 걱정이라면 하지 않아도 되네. 아무런 증거가 없으니, 내 아들이 나를 잡을 일도 없겠지. 자, 그런 얘기라면 이만 돌아가 줬으면 좋겠는데."

정환이 질린다는 듯 고개를 저으며 자리에서 일어나려 했다. 그에 은아는 휴대폰에 저장해 두었던 영상을 틀어 보였다. 정환이 마약 사건에 대해 지시를 내리는 장면이 고스란히 찍혀 있는 바로 그 영상이었다.

"이, 무슨······."

"이 정도면 확실한 증거가 되지 않을까요?"

"거참, 맹랑한 아가씨군. 그런 건 또 어디서 구했지?"

자신의 모습이 고스란히 찍힌 증거 영상을 보면 크게 동요할 법도 한데 정환은 그다지 큰 변화가 없어 보였다. 대신 그의 눈동자에 위험한 기운이 짙게 서렸다.

"그것보다, 준현이 녀석도 이 영상의 존재를 알고 있나?"

"그건."

"알 리 없겠지. 그 녀석이 알고 있었으면 바로 영장 들고 쳐들어왔을 테니까."

맞는 말이다. 아직 준현에게는 아무 말도 하지 않았다. 은아는 이런 상황에서조차 빠르게 상황을 정리해 가는 정환의 모습에 기가 질렸다.

"그럼 이 영상을 알고 있는 사람은 또 누가 있지?"

그의 예리한 눈빛이 은아를 찌를 듯 압박해 왔다. 거세게 몰아붙이는 그로 인해 멀미가 날 지경이었다. 하지만 그녀는 흔들리는 정신을 꽉 붙들어 맸다.

"제가 말씀드릴 수 있는 건, 지금 절 어떻게 한다 해서 영상이 없어지는 건 아니라는 것. 그리고 이제 회장님께 남은 선택지는 자수 아니면 아드님 손에 잡혀가는 것, 둘 중 하나뿐이라는 겁니다."

"확실히, 그 영상이면 충분히 날 잡을 수 있겠군."

정환이 천천히 고개를 끄덕였다.

"그런데 말이지. 맹랑한 것치고는 심할 정도로 어리석구먼. 내가 또 아가씨를 인질로 삼아 다른 짓을 꾸밀 수도 있다는 생각은 안 해 봤나?"

생각했다. 지금까지의 행적으로 보아 그는 충분히 그럴 수 있는 사람이라고 생각했다. 하지만.

"아무리 생각해도 이 사태를 해결할 최선의 방법은 회장님이 자수하는 거였으니까요."

김정환 회장이 직접 자수를 하는 것. 그것이 은아가 생각한 최고의 방법이었다.

"회장님 말씀대로 일이 잘못되면 지금 이랬던 걸 후회할지도 모르죠. 그래도 지금 제가 최선이라고 생각한 일을 하고 싶었습니다."

정환은 자신을 바라보는 올곧은 눈동자를 파헤치듯 살펴보았다. 이렇게 증거를 가지고 당당하게 그를 찾아온 것에 다른 이유는 없는지. 그녀가 하는 말이 거짓말은 아닌지. 진실을 꿰뚫어 보기 위해 살피고, 또 살폈다. 하지만 아무리 살펴보아도 은아의 얼굴에서 거짓의 기색은 발견할 수 없었다.

"그럼 얘기를 달리해 보지. 나랑 거래를 해 보는 건 어떤가?"

"……"

"자네 오빠가 그렇게 된 건 안타깝게 생각하지만, 이미 죽은 사람 어쩌겠나. 그런데 혹시라도 나한테 무슨 일이 생기면 내 밑에 있는 기업 전체가 휘청거릴 거네. 그렇게 되면 여러 가지 힘들어질 사람들도 많이 생기겠지. 자넨 그걸 다 감당할 수 있겠는가?"

정환이 교묘한 말로 은아를 설득하려 했다. 은근한 말로 다독이고, 중후한 말로 죄책감을 자극했다. 그녀가 증거를 바로 넘기지 않고 이렇게 찾아왔다는 것은 어느 정도 개선의 여지가 있다는 거였으니까.

"아까도 말씀드렸다시피 회장님께는 두 가지 길밖에 없습니다. 자수를 하거나 체포되거나. 그리고 회장님이 구속되는 일로 힘든 사람들이 생기는 걸 제가 감당할 이유는 없죠."

하지만 은아는 단호하게 그의 제안을 거절해 버린다. 정환은 여전히 흔들림 없는 은아의 눈동자를 마주하다가 길게 한숨을 쉬었다.

"별수 없군."

"자수…… 하실 생각입니까?"

"아니. 나한테도 길은 두 가지밖에 없네. 아들 손에 잡혀가거나 어떤 방법을 써서든 그 증거를 없애 버리거나."

만약 정환의 악행이 세상에 드러나게 된다면, 그를 잡는 것은 준현이어야만 했다. 아버지의 악행을 도왔을지도 모르는 검사라고 비난받는 것보다는 악행을 저지른 아버지를 제 손으로 잡은 비정한 아들이라고 손가락질받는 게 낫다고 생각했다. 이것은 그가 나쁜 짓에 손을 댔을 때부터, 그리고 준현이 검사의 길을 걸었을 때부터 결심한 일이었다.

"안타깝군그래. 내가 생각한 최선과 자네가 생각한 최선이 달라서."

"정말 안 될까요."

"만약에 준현이가 날 잡는 일이 생기면, 위로나 잘 좀 해 주시게. 뭐, 어떻게든 그럴 일이 없게 만들겠지만."

은아의 간절한 요청에도 정환은 고개를 저었다. 두 사람은 그렇게 마지막까지 합의점을 찾지 못한 채 대화를 끝냈다. 은아는 짧게 묵례를 하고 서재를 나섰다. 남은 정환은 굳어 있던 자세를 풀고 소파 깊숙이 몸을 묻었다.

"살아 있는 걸 한번 봐 버리면, 그걸 요리로 해 먹기가 여간 쉽지가 않단 말이지."

원래였으면 은아를 처리하라고 바로 연락을 했을 것이다. 그는 사람 하나 없애는 것에 그리 연연해하는 사람이 아니었다. 하지만.

"어땠어요? 얘기해 보니까 애가 참 괜찮죠?"

은아가 저택을 나서자마자 영선이 서재로 들이닥치며 물었다. 영선은 은아가 퍽이나 마음에 들었던지 연신 칭찬 일색이다. 김 회장은 아내의 태도에 더 큰 한숨을 쉬었다. 이렇듯 은아를 처리하기엔 걸리는 게 너무 많았다.

"뭐가 위로나 잘 해 주란 거야."

한편, 저택을 나선 은아도 개운치 않기는 마찬가지였다. 냉혈한에 찔러도 피 한 방울 안 나올 것 같은, 그런 사람일 거라고 생각했다. 하지만 의외로 정환은 다른 사람을 위할 줄 아는 사람인지도 모르겠다는 생각이 들었다.

위하는 사람이 아주 극소수일 테지만. 그리고 그 사람들을 위한다는 명목하에 다른 사람들을 상처 입히는 데 주저하지 않는 사람이긴 하지만.

'그래, 당신한테도 소중한 사람이 있고, 그 사람들 위하는 마음도 있겠지.'

그 사람도 나와 같은 사람이구나. 그도 나와 같은 마음을 가진 사람일지도 모르겠구나, 하고 생각하니 마음이 조금 무거워졌다.

'그래도 당신 행동이 정당한 건 아니지.'

하지만 당신과는 다른 사람이 될 거라고, 당신과 다른 방식으로 살아갈 거라고. 은아는 그렇게 다짐하며 저택을 뒤로한 채 앞으로 나아갔다. 김 회장이 자수할 생각이 없다는 것을 확인한 이상, 더 이상 시간을 지체해선 안 되는 일이었다.

"준현 씨, 지금 어디예요? 중요하게 할 말이 있는데."

은아는 검찰청으로 직접 찾아가기로 약속하고, 길을 따라 내려갔다. 그러다 한 번 뒤를 돌아보며, 준현이 살았을 집을 멀거니 바라보았다.

가슴 안쪽이 묵직하게 아려 오는 것 같았다. 이제부터 그녀는 준현에게 아버지를 직접 잡으라고 강요할 생각이다. 그렇게 되면 내색은 안 해도 준현은 많이 힘들어할 것이다. 그녀를 반갑게 맞아 주던 영선의 얼굴에도 슬픔이 자리 잡게 될지도 모를 일이다.

"그러니까 왜 하필 당신이냐고."

천 번을 미워해도 부족할 원수를 온전히 미워하기만 할 수도 없게 만들어 버린 나쁜 사람.

"왜 하필 김준현이난 말이야."

은아는 답을 찾을 수 없는 의문을 몇 번이고 중얼거리며 봄날의 거리를 걸었다. 바람에 날린 꽃잎들은 아무런 말없이 묵묵히 그녀의 눈앞을 어지럽히고만 있었다. 복잡한 그녀의 마음을 대변해 주기라도 하듯이. 묵묵히 바람에 휘날리고만 있었다.

"어? 은아 씨, 어디 좋은 데 가는 길이에요?"

재민의 빵집 앞. 은아는 검찰청으로 향하던 발걸음을 잠깐 멈추고 고개를 돌렸다. 가게 앞에 쌓인 꽃잎을 치우고 있었는지, 재민이 장대 빗자루에 턱을 기대고 웃고 있었다. 은아가 간단히 묵례를 하고, 예의상 그쪽으로 다가갔다.

"그냥 검찰청에요. 재민 씨는 웬일로……."

청소를 다 하고 있네요. 은아는 굳이 그 말을 끝까지 다 맺지는 않았다. 저도 모르게 툭 튀어나온 소리였는데, 하다 보니 실례가 될 것 같아서 뒷말을 삼킨 것이다.

"웬일로 청소를 다 하나, 이거죠?"

하지만 굳이 뒷말을 삼킨 것이 무색할 정도로 재민은 찰떡같이 다 알아들어 버린다.

"오늘따라 도갱이 기분이 별로거든요. 이럴 땐 알아서 기어야 돼요."

알바생에게 설설 기는 사장님이라. 딱히 정상적인 풍경은 아니었지만, 어쩐지 재민에게는 딱 어울리는 것 같아서 피식, 웃음이 나왔다.

"그래도 도갱한테 고마워해야겠네요. 덕분에 이렇게 예쁜 은아 씨도 보고. 아니, 그렇게 예쁘게 차려입고 왜 굳이 칙칙한 검찰청에 가려고 해요. 꽃놀이라도 가지."

예쁘다는 말에 은아가 시선을 아래로 내려 보았다. 확실히, 평소보다 옷차림에 더욱 신경을 쓰긴 했다. 목적이 어떻든 일단 사랑하는 사람의 부모님을 찾아뵈러 가는 거였으니, 신경이 쓰일 수밖에 없었다.

"그러게요. 그러고 싶은 마음이 굴뚝같은데, 같이 꽃놀이 가고 싶은 사람이 칙칙한 곳에만 있으니 별수 있나요."

"아, 옛날 같았으면 은아 씨 납치라도 해서 바로 드라이브 가는 건데."

"그 말 그대로 다은 씨한테 전해도 돼요?"

은아의 말에 재민이 사색이 되어 버린다. 그리고 화들짝 놀라며 은아에게서 한 발 물러섰다.

"그거 김준현한테 들은 거죠! 하여간, 이 틈 없는 자식."

그 말 그대로였다. 준현은 혹시나 재민이 귀찮게 한다 싶으면 다은에게 일러도 되냐고 물어보라고, 언질을 줬더랬다. 그런데 그 말 한마디가 이렇게까지 파장이 클 줄이야.

"내가 설마 친구 여자한테까지 손댈까."

입술까지 비죽이며 준현에 대한 불만을 토로하던 재민이 검찰청 쪽을 노려보다가 은아 쪽으로 고개를 돌렸다.

"그런 의미에서 갓 구운 빵 좀 드시고 갈래요? 아까 전에 오븐에 넣어 뒀는데 이제 거의 다 됐을 거예요."

그러나 방금 전까지 불평을 하던 것과는 달리 싱그러운 미소까지 지으며 빵으로 유혹하는 이 남자는, 충분히 친구 여자한테까지 손을 대고도 남을 것만 같았다. 빵에 한해 무한 애정을 쏟아붓는 은아도 이건 아니다 싶었는지 발걸음을 옮기려 했다.

"다음에요. 오늘은 급한 일이 있어서."

"그러지 말고, 좀 기다렸다가 검찰청에도 좀 가져가고 그래요. 준현이 녀석, 분명 아직까지 아무것도 안 먹고 있을 텐데."

그 말도 나름 일리가 있었다. 은아는 절대 갓 구운 빵에 현혹된 것이 아니라고, 그저 끼니를 걸렀을 준현에게 맛있는 빵을 전해 주고 싶을 뿐이라고 합리화하며 맛있는 냄새가 솔솔 풍기는 빵집 안으로 발을 들였다.

"어서 오세요."

고용주를 머슴처럼 부려 먹는 아르바이트생, 한도경이 출입구 근처까지 다가와 가볍게 인사를 했다. 그에 재민은 내 손님이니까 신경 꺼, 하고 물려 보낸다. 그 나름 기분이 안 좋은 도경을 배려한 거였지만, 하는 행동이 귀찮은 날파리를 내쫓는 것처럼 건성건성이다.

"은아 씨는 저쪽에서 잠시만 기다리고 있어요."

재민은 카운터 쪽으로 돌아가는 도경에게 시선조차 주지 않고 은아를 안내하기 바빴다. 그리고 제빵실 안으로 들어갔다. 은아는 창가 쪽 빈자리에 아무렇게나 앉아 주위를 둘러보았다. 밖에서 빵집 안을 봤을 때에는 몰랐는데, 안에서는 바깥 풍경이 훤히 보이고 있었다. 딱히 풍경이랄 건 없지만, 사람들이 지나다니는 것이 아주 잘 보였다.

"엄청 잘 보이죠?"

은아가 잠깐 지나가는 사람들을 흘려 보고 있는데, 재민이 맛있어 보이는 빵을 탁자 위에 내려놓았다. 쟁반에는 흰 우유가 담긴 투명한 유리컵도 함께 있었다.

"얼마 전까지만 해도 이 자리에서 누가 은아 씨를 엄청 감시하고 있었는데."

"네?"

손가락으로 빵의 온도를 재 보던 은아가 경악 어린 표정을
지었다.

"도대체 누가요?"

"누구긴 누구겠어요. 김 검사님이지. 나, 참. 저러다 스토커
되는 거 아닌가 싶었다니까요."

"아아."

그런 앙큼한 짓을 하셨단 말이지. 은아가 웃음을 터트리지
않으려고 입술을 묘하게 일그러트렸다. 그리고 갓 구운 빵을
조금 뜯어 입 안에 넣었다.

"음, 정말 맛있네요."

"다행이네요. 사실 이번에 마약 빵 사건 터지고 나서 우리 가
게도 제법 타격을 입었거든요. 그래서 나름 신경 써서 만들어
봤죠."

은아가 남은 빵 조각을 입에 야금 넣으며 고개를 끄덕였다.
브랜드 빵집이라 그녀의 입맛에는 맞지 않을 거라 생각했는데,
그렇지만도 않았다.

"왜 준현 씨가 빵에 넘어가지 말라고 했는지 알겠어요."

준현의 친구였기에 참고 견딘 거였지, 은아는 재민 같은 스
타일을 정말 싫어했었다. 가볍고, 생각 없어 보이고, 여기저기
뿌리고 다니는. 하지만 그가 만든 빵을 먹고 나니, 박재민이라

는 사람이 조금 달라 보이는 것도 같았다.

"우와. 이거 엄청난 칭찬인데요. 그래서 은아 씨는 나한테 넘어올 것 같아요?"

저 성격만 고치면 참 좋을 텐데. 입 안 가득 빵을 넣고 행복한 미소를 짓고 있던 은아가 일순 썩은 표정을 지어 보였다. 그에 재민은 '그렇진 않나 보네요. 하하하하.' 하고 웃어 버린다. 그렇게 얼마간 혼자 웃던 재민이 서서히 웃음소리를 그치고 짐짓 진지한 얼굴을 했다.

"꼭 한번, 은아 씨한테 사과하고 싶었어요."

의문을 품은 눈동자가 재민을 향했다.

"우리 형이라는 사람이 은아 씨 많이 힘들게 했죠? 미안해요."

재민이 박재환 부장검사의 동생이라는 사실은 준현에게 들어서 이미 알고 있었다. 그는 앉은 자세에서 고개까지 숙여 가며 거듭 인사를 했다. 은아는 정중한 인사에 오히려 불편해져서 몸을 들썩거렸다.

"재민 씨가 왜 미안해요. 그러지 마세요."

"아니요. 사과는 꼭 하고 싶었어요. 정말 미안합니다."

사실 재민은 박 부검에 대한 것보다는 그가 안일하게 생각해 왔던 것들에 대해 사과를 하고 싶었던 거였다. 은아를 만나기 전부터 준현과 재민은 그들의 아버지와 형이 불법적인 일을 하고 있다는 것을 알고 있었다. 그리고 그로 인해 피해를 보는 사람들이 많이 있다는 것도 눈치채고 있었다.

하지만 이에 대한 두 사람의 반응은 극명하게 달랐다. 준현은 그러한 사실에 괴로워하고 힘들어했다면, 재민은 그렇게까지 깊게 생각하지 않았던 것이다. 어차피 남의 일이니까. 모르는 사람이 무슨 일을 당한다 해도 그가 신경 쓸 필요는 없다고 생각했었다.

이처럼 과거에 했던 안일한 생각들 때문에 재민은 명백한 피해자인 은아를 마주할 때마다 양심에 가책을 느껴야 했다. 그래서 언제고 사과를 하고 싶었다.

"그리고 김준현, 그놈은 가끔 너무 답답하다 싶을 정도로 우직하긴 한데. 그래도 그만한 놈이 또 없으니까. 은아 씨가 잘 좀 봐 줘요."

은아가 말없이 고개만 끄덕였다.

"은아 씨 떠나고 나서도 자기 아버지 잡겠다고 이리저리 뛰어다니던 놈이었으니까. 그런 놈이니까……."

재민은 말을 하다 보니 감정이 울컥, 치미는 것 같아서 말을 멈추고 호흡을 가다듬었다. 그에 은아가 빙긋 미소 지으며 그를 다독였다.

"재민 씨 마음 알겠어요. 괜찮으니까 너무 걱정하지 마요."

재민이 반대편으로 고개를 돌리며 '아, 쪽팔려.' 하고 작게 중얼거렸다.

원래는 힘든 상황을 겪고 있는 은아를, 두 사람을 격려해 주고 싶었다. 전쟁이라도 치를 것처럼 잔뜩 굳은 얼굴로 걸어가는 그녀를 일부러 불러 세운 것은 그 때문이었다. 크게 도움 되지 않을지도 모르지만 힘을 실어 주고 싶었다. 그래서 실없는 농담을 하며 지나가던 은아를 멈춰 세운 것이다.

그런데 은아는 도리어 담담한 얼굴을 하고 그를 다독이고 있었다. 괜찮다고, 걱정하지 말라고. 그가 하려 했던 것들을 그녀가 하고 있었다.

'김준현 같네.'

어쩐지 은아의 얼굴 위로 십년지기인 준현이 겹쳐 보이는 것 같았다. 정말이지 두 사람은 닮아도 참 많이 닮았다.

"부부는 닮는다더니. 은아 씨 그런 표정 짓지 마요. 순간, 김준현인 줄 알고 섬뜩해 죽는 줄 알았네."

"네?"

은아가 경악을 금치 못하고 손바닥으로 얼굴을 가렸다.

"내 얼굴이 남자 같았어요? 아, 그러면 안 되는데."

그녀가 얼굴 여기저기를 만져 보며 걱정스레 말하자, 재민이 어이가 없다는 듯 물었다.

"두 사람보고 부부라고 한 건 그냥 인정하는 거예요?"

"아······."

"했네, 했어. 벌써 결혼까지 했네."

장난기 다분한 재민의 말에 은아가 풋, 하고 웃음을 터트린다. 박재민, 정작 본인은 모를 것이다. 누구 하나라도 죽일 듯 잔뜩 날이 서 있던 은아가 이렇게 웃음을 터트릴 수 있었던 것은 시답잖은 농담일지라도 그가 말 한마디를 건네준 덕분이라는 것을.

재민이 챙겨 준 빵을 한 아름 들고 검찰청으로 향했다. 은아는 건물 안으로 들어서기 전, 유리문에 비친 자신의 모습을 보며 일부러 싱긋 웃어 보였다. 재민의 말에 의하면 그녀가 엄청나게 무서운 표정을 하고 있었다고 했다.

'누구 하나 죽일 것 같았다니, 오버가 심하잖아.'

몇 분 전, 스스로의 표정을 보지 못했던 은아는 누구 하나 죽일 것 같았다는 재민의 진심을 과장으로 넘겨 버린다.

"어? 은아 씨?"

이번에는 또 누구야. 은아의 눈썹이 마뜩잖은 듯 꿈틀거렸다. 이제 막 심기일전하고 준현에게 연락을 하려고 했는데, 또 누군가가 그녀를 불렀다.

"동수 씨?"

타이밍 나쁘게 은아를 부른 사람은 그녀와 같은 해에 입사했던 오동수 수사관이었다. 동수는 특유의 사람 좋은 웃음을 허허, 보이며 그녀가 있는 쪽으로 다가왔다.

"오랜만이에요."

"그러게요. 요즘 마약 빵 수사 때문에 많이 바쁘죠? 안 그래도 검사님 찾아온 길인데. 수사는 좀 어때요?"

단순한 안부 인사 겸 물은 거였다. 그런데 동수는 별것 아닌 질문에 뒷머리를 긁적이며 곤란해하는 티를 여실히 드러냈다.

"그건 저도 잘……. 아무래도 많이 바쁘겠죠?"

"동수 씨도 같은 수사 팀 아니에요?"

동수는 준현과 같은 사무실에서 근무하는 수사관이었다. 그래서 당연히 수사 팀에도 함께할 거라고 생각했는데, 아무래도 아닌 모양이다.

"저도 수사 팀에 들어가고 싶었는데, 아직 실력이 부족해서인지 끼워 주질 않으시더라고요."

"아아. 네."

"그런데 짐이 많네요? 이리 주세요. 어차피 할 일도 없는데, 가는 데까지 들어 드릴게요."

은아가 별다른 할 말을 더 찾지 못하고 말끝을 늘이자, 동수가 인정 많은 티를 내며 그녀의 손에 든 짐을 가져가려 했다. 짐이 그렇게 많은 것도 아니었고, 굳이 같이 갈 필요성을 못 느꼈기에 사양하려고 했지만, 동수는 한사코 짐을 가져가 버린다.

할 일이 없으면 그냥 쉬면 될 텐데, 굳이 뭔가를 하려고 기를 쓰는 것 보면 이 사람도 참 일꾼 체질이구나, 싶다. 순박한 곰 같은 청년. 은아의 기억에 남아 있는 동수는 딱 그런 사람이었다.

"저기, 그런데 여기 뭐가 묻었어요."

동수가 은아의 목 아래쪽을 바라보며 자신의 셔츠 깃을 가리켰다. 아무래도 방금 전 빵을 먹다가 뭘 좀 흘린 모양이다. 은아가 자신의 셔츠 깃을 탁탁 털어 보였다.

"됐어요?"

"아니, 아직……."

동수의 큼직한 손이 연신 자신의 깃을 가리키다가, 참다못해 은아 쪽으로 향하려 했다. 은아는 옛 직장 동료가 건네는 단순한 호의를 굳이 거절할 이유를 찾지 못하고 그가 하려는 대로 가만히 있었다. 그런데 그녀의 의사와 달리 은아의 몸이 뒤쪽으로 쑥 빠져 버린다.

"도착하기 전에 연락하라니까. 하아, 왜 연락이 없어요."

우직한 손 하나가 그녀의 어깨를 당긴 탓이었다. 준현은 숨을 가쁘게 몰아쉬며 은아를 자신의 뒤쪽에 서게 했다. 말은 은아에게 하고 있었지만, 그의 눈빛은 서늘하게 번뜩이며 동수를 향하고 있었다.

"이제 막 하려고 했죠. 뭘 또 이렇게 뛰어오고 그래요?"

"아니, 그냥. 너무 반가워서요. 그런데 지금 뭐 하고 있었어요?"

은아가 대답하려는데 동수가 조금 더 빨랐다. 그는 은아 옷에 뭐가 묻었기에 털어 주려 했다고 말하며 허허, 웃었다.

"허허허. 검사님, 설마 제가 은아 씨 잡아먹기라도 할까 봐 그러십니까?"

"그럴 리가요. 제가 질투가 좀 많아서, 은아 씨가 다른 남자랑 있는 걸 못 견뎌 합니다."

"에이, 너무 그러시는 것도 보기 안 좋습니다. 저 같은 솔로는 어떡하라고요. 그럼 검사님도 오셨으니, 전 그만 가 보겠습니다."

동수가 들고 있던 빵 봉투를 은아에게 돌려주려고 했다. 준현은 그마저도 자신이 받아 들며 간단히 묵례를 했다. 살짝 고개 숙인 그의 눈동자는 얼른 사라지라는 티를 역력하게 내보이고 있었다. 동수는 그마저도 웃음으로 화답하며 뒷머리를 긁적인다.

"수고하십시오, 검사님. 다음에 또 봐요, 은아 씨."

"수고하세요, 동수 씨."

동수가 사라질 때까지 입가에 미소를 간신히 유지하고 있던 은아가 준현의 가슴팍을 퍽, 소리가 날 정도로 때렸다.

"사람들 앞에서 왜 그래요?"

"할 만하니까 그랬죠. 그런데 중요하게 할 말 있다는 건 뭐예요?"

샐쭉한 표정을 짓고 있던 은아가 입매를 단단히 했다. 준현이 시간에 많이 쫓기긴 하는 모양이다. 이렇게 바로 본론부터 들어가는 걸 보면.

"여기서 말하긴 좀 그렇고, 조용히 얘기할 만한 곳 없어요? 듣는 귀도 없었으면 좋겠는데."

"그렇게 중요한 얘기예요?"

"안 그랬으면 바쁠 거 뻔히 아는 사람을 왜 불러냈겠어요. 날 그렇게 몰라요?"

준현이 '하긴······.' 하고 중얼거리며 은아를 이끌었다. 그리고 적당히 비어 있는 사무실로 들어갔다. 마약 빵 사건 때문에 긴급 수사 팀이 꾸려지느라, 텅 빈 사무실이 몇 군데 있던 터였다. 준현이 빈 사무실을 둘러보며 물었다.

"마실 거 필요해요?"

먼저 소파에 앉은 은아가 아니요, 하고 대답했다가 다시 고개를 들었다.

"따뜻한 거, 아무거나요."

추운 날씨도 아니었는데, 너무 긴장을 해서인지 손이 얼음장같이 차가워져 있었다. 굳이 뭔가를 마시고 싶다는 생각은 안 들었는데, 손을 녹일 만한 것이 필요했다. 준현은 이런 날씨에 따뜻한 것을 찾는 은아가 의아했지만, 굳이 말을 보태진 않았다.

"이런 것밖에 없어서 미안해요. 남의 사무실이라 뭘 하기가 좀 그래서."

결국 준현이 은아에게 내민 것은 자판기에서 뽑아 온 커피였다. 은아는 어차피 마실 생각이 없었기에 종이컵을 손에 쥐고 심호흡을 했다. 아까부터 계속 진지한 그녀의 모습에 준현도 내심 긴장하며 말이 이어지길 기다렸다.

"……너무 놀라지 말고 들어 줬으면 좋겠어요."

지금까지 그녀의 모습에서 충분히 마음의 준비를 하고 있었다.

"고은성이 살아 있어요."

하지만 아무리 대비를 하고 있었다 한들, 은아의 입에서 나온 말은 준현을 송두리째 흔들기에 충분한 말이었다.

"서준 오빠도 찾았어요."

은아는 거기서 그치지 않고 들고 있던 휴대폰을 꺼내 보였다.

나와 같은, 너와 다른 357

"서준 오빠가 가지고 있던 증거도, 여기 있어요."

생각지도 못한 말들의 연속에 준현의 눈빛이 거세게 흔들렸다. 잔잔하던 바닷가에 돌연 거센 풍랑이라도 몰아친 듯한 충격에 잠시 숨을 쉬는 것도 잊을 정도였다. 은아의 말이 끝나고 얼마간 그대로 굳어 있던 준현이 헛숨을 토해 내었다.

"……확인부터 하겠습니다."

혼란스러워하는 것도 잠깐, 준현은 완전한 검사의 얼굴이 되어 은아가 내민 증거를 받아 들었다. 그리고 그가 그렇게 찾고 또 찾았던 증거를 마주하게 되었다.

13화. 계절의 끝자락에서

여전히 하늘은 맑았다. 여느 봄날의 날씨와 다를 것 없이 따뜻하고 포근했다. 조금은 덥다 싶을 정도였다. 그런데 창문에 빗줄기가 하나둘 그어지는가 싶더니 마른하늘에 비가 쏟아져 내리기 시작했다. 준현과 중요한 대화를 나누고 있던 시각. 온 정신을 집중해도 모자랄 판에 은아는 창밖으로 시선을 돌리며 쓸데없는 걱정을 했다.

'꽃이 다 떨어지면 어떡하지.'

그러다 곧 갑작스레 닥친 비 소식에 자신에게 우산이 없다는 사실을 떠올렸다.

'오늘은 비 맞기 싫은데. 우산을 구할 수 있으려나.'

네모난 휴대폰 속 영상을 보고 있는 준현을 두고, 은아는 일부러 더 주변을 두리번두리번거리며 다른 생각을 했다. 그렇게라도 하지 않으면 숨 막힐 듯 조여 오는 이 분위기를 견딜 수가 없을 것 같았다.

"흠, 후우."

준현이 영상을 모두 확인한 후, 심호흡을 했다. 어쩐지 그의 표정은 복잡 미묘했다. 결정적인 증거를 얻게 되어서 기쁜 건지, 씁쓸한 건지, 아니면 곤란한 건지 가늠하기 힘든 얼굴이었다. 은아는 그런 그를 바라보다가 손에 땀이 차오르는 것 같아 종이컵을 내려놓고 치마에 손바닥을 문질렀다. 방금 전까지만 해도 얼음장같이 차갑더니, 이젠 땀까지 나고 있다.

"고마워요."

영상이 끝난 후에도 한참 동안 아무 말이 없던 준현이 가장 처음 꺼낸 말이었다. 그는 자리에서 일어나 은아의 옆으로 와서 그녀를 꼭 안아 주었다.

"믿어 줘서 고마워요."

은아의 반응으로 보아, 이 증거를 찾은 직후 바로 달려온 것은 아닌 것 같았다. 아마 그녀에게도 여러 생각들이 많았겠지. 생각하고 생각한 후에 그를 찾아온 것일 터였다. 그를 믿고서 여기까지 찾아왔을 것이다. 준현은 그 믿음에 보답하고 싶었다.

아버지를 잡겠다고는 했지만, 정작 아버지를 잡을 수 있는

칼이 그의 손에 쥐여지자 망설임이 생기는 것도 사실이었다. 하지만 그를 믿고 달려와 준 그녀를 배신하고 싶지 않았다.

"이젠 나한테 맡겨요."

이 길고 긴 싸움에 마침표를 찍고 싶었다.

영상 속 주된 등장인물은 김정환 회장, 박재환 부장검사, 그리고 아마도 영상을 몰래 찍고 있었을 장본인, 장서준까지 세 사람이었다. 박영순이 찍혀 있는 영상도 있긴 했지만, 그는 이미 사망한 사람이었으니 논외였다.

준현은 빠르게 구속 영장과 압수 수색 영장 절차를 밟고, 몇 명의 수사관을 대동해서 성북동으로 향했다. 배원호 부장검사는 더 많은 인력을 데리고 대검으로 향했다. 그들의 움직임은 아주 은밀하고 조속하게 이루어졌다.

홀로 서부지검에 남은 은아는 여전히 흩뿌려지는 빗줄기를 보며 눈을 찡그렸다. 지나가는 사람들을 약 올리기라도 하듯 띄엄띄엄 내리던 여우비는 그칠 듯 그칠 줄을 몰랐다.

"왜 또 처량하게 비는 오고 그래."

함께 가고 싶은 티를 냈지만 준현은 같이 가자는 말 대신 다녀오겠다는 말을 했다. 은아는 집 나간 남편을 기다리는 여염집 아낙이라도 된 것처럼 목을 길게 빼고 창밖을 바라보고 있었다.

성북동 준현의 본가. 아들의 방문에 반색을 하던 영선은 얼마 후 '아이고, 하느님.'을 외치며 까무룩 정신을 놓아야 했다. 그녀는 고용인들의 부축을 받아 안방으로 옮겨졌다. 은아가 이 집을 벗어난 지 채 몇 시간 되지 않아 벌어진 일이었다.

"김정환 씨, 당신을 살인 교사 및 마약 거래법 위반으로 긴급 체포합니다."

준현은 익히 알고 있는 아버지의 서재까지 지체 없이 들어가 정환의 손목에 수갑을 채워 걸었다. 죄의 무게만큼 아래로 축 늘어진 손목은, 그것을 보는 아들로 하여금 가슴이 저며 들게 만들었다. 그의 지배를 벗어난 입은 이제는 익숙하기까지 한 미란다의 원칙을 구구절절 읊고 있었지만, 그의 가슴은 남몰래 눈물을 쏟고 있었다.

"그런 표정 지을 거면 아예 오지를 말았어야지."

김 회장이 괴롭게 일그러진 아들의 얼굴을 보며 냉정하게 말했다. 그리고 뒤에 있는 수사관들에게 한마디 했다.

"잠깐, 김 검사하고 차 한잔하고 싶은데."

용의자로 긴급 체포가 되는 와중에도 어쩐지 그의 목소리에는 거역하기 힘든 무언가가 있었다. 결국 함께 온 수사관들은 서재 밖에서 대기를 하였고, 서재 안에는 준현과 정환만이 남아 있었다. 두 사람은 고용인이 차를 내올 때까지 침묵을 유지했다. 고용인이 따뜻한 차를 두 사람 앞에 각각 두고 자리를 비키고 나서야 김 회장이 천천히 운을 떼었다.

"당돌하다 싶긴 했는데. 거참, 행동 하나하나가 거침이 없는 사람이구나."

어쩐지 이해하기 힘든 정환의 말에 준현이 숙이고 있던 고개를 들었다.

"이렇게까지 빨리 움직일 줄이야. 여기까지 와서 자수하라고 하기에, 그래도 어느 정도 시간은 줄 거라고 생각했는데."

은아를 어떻게 해야 할지 고민을 한 것이 실수라면 실수였다. 티끌만큼 남아 있던 인정이 결국은 이렇게 발목을 잡게 되었다.

"무슨 말씀인지 모르겠습니다."

"네가 옆에 둔 그 아가씨 말이다. 바로 몇 시간 전에 그 자리에 앉아서 나한테 자수하라고 하더구나."

준현이 저도 모르게 탄식을 흘렸다. 은아에게는 듣지 못한 얘기였다.

"뭐, 이런 얘기나 하려고 한 건 아니고. 일이 이렇게 된 거, 그 표정이나 좀 어떻게 해라. 설마 카메라 앞에서까지 그런 얼굴을 할 생각인 게냐."

김 회장은 괴로워하는 기색이 역력한 아들에게 표정 관리를 할 시간을 주기 위해 차를 마시자고 한 거였다. 속에 열이 많은 체질이라 뜨거운 차는 즐기지 않음에도 일부러 뜨거운 차를 내오라고 하기도 했다.

"그래, 나야 힘없는 늙은이니 어떻게 잡는다 해도 박 검사는 쉽지 않을 게다."

그는 차를 한 모금 입에 대 보더니, 취향에 맞지 않는 듯 인상을 찌푸렸다.

"이번에 못 잡으면 도리어 역습당할 수도 있겠지."

"그러기엔 너무 큰 증거가 제 손에 있습니다. 부장검사님도 어쩌지 못할 겁니다."

정환이 여전히 올곧기만 한 아들을 보며 쓰게 웃었다. 어쩜 이 녀석은 그렇게 당하고도 자기 기준에서만 생각을 할까. 한편으론 대단하기도 했다.

"지금까지는 증거가 없어서 우리가 무사했던 것 같더냐?"

"……."

"빼도 박도 못할 증거라면 널리고 널렸었다. 하지만 그 많던 증거들이 지금은 흔적도 없지. 쯧. 네 꼴을 보아하니, 나도 곧 풀려나겠구나."

김 회장이 쓰디쓴 일침을 놓고 있는데, 수사관 중 한 명이 서재 안으로 들이닥쳤다.

"검사님, 박재환 부장검사를 놓쳤다고 합니다!"

"일단 네가 이길 확률이 10은 줄었구나."

준현은 정환의 빈정거림을 애써 흘려들으면서 그쪽 상황을 파악하려 했다. 배원호 부장검사가 이미 수배령을 내리도록 지시한 뒤였고 모든 인력이 박재환, 한 사람을 쫓고 있었다. 이런 마당에 그가 할 수 있는 게 뭐란 말인가.

그렇게 생각하며 문득 고개를 돌리는데, 김 회장과 눈이 딱 마주쳤다. 그는 준현의 마음을 읽기라도 한 듯 과연 그럴까, 하는 표정으로 한쪽 입꼬리를 비틀었다.

"박 검사는 10을 100으로 만들 수 있는 사람이지. 그리고 궁지에 몰리면 쥐도 고양이를 무는 법이거든."

"그 순간, 쥐도 끝나겠지요."

"과연 그럴까. 나 같으면 가장 약해 보이는 고양이를 인질로 잡아다가 어떻게든 도망갈 구멍을 만들 것 같은데."

말뜻을 이해한 준현이 미간을 좁혔다.

"아무리 그래도 부장님이 설마 그렇게까지······."

그러다 말을 채 끝맺지 못하고 쓰린 신음을 흘렸다. 그의 아버지가, 한때 존경했던 형이 그렇게까지는 하지 않을 거라고 믿었다가 발등 찍힌 적이 몇 번이었던가. 준현은 최악의 상황을 대비하기 위해 수사관에게 지시를 내렸다. 지시를 받은 수사관이 물러난 뒤, 그가 그의 아버지 쪽으로 몸을 틀었다.

"왜 이런 얘기를 해 주시는 겁니까."

"몇 번을 배신당하고도 한 번 마음 준 사람을 믿어 버리는 네가 한심해서 그런다. 개도 그렇진 않을 터인데 넌 도대체가."

"제가 당하는 게 아버지한테는 좋은 일일 텐데요."

그러니까 말이다. 정환이 차마 하지 못한 말을 이미 식어 버린 차와 함께 삼켰다. 준현은 아무 대답이 없는 아버지의 표정을 살폈지만 그 의중을 파악하기가 힘들었다.

'내 아들이 나한테 당하는 꼴은 봐도, 남한테 당하는 꼴은 못 보겠단 말이지.'

단순한 변덕이었다. 원래의 그라면 이런 충고를 하지 않았을 것이다. 아들의 말대로 준현이 당하는 게 그에게 좋은 일이었으니까. 하지만 눈을 부릅뜨고 나타나 자수를 강요하던 새파란 청춘을 보고 나니, 그의 마음속에도 사라진 줄 알았던 청춘 하나가 들끓었다. 그 싱그러운 마음 한 자락이 그를 충동적이게 만들어 버렸다. 아마도 정환은 오늘의 일을 두고두고 후회할지도 모른다.

김 회장은 마지막까지 아무 말도 하지 않고 자리에서 일어났다. 그리고 아들에게 잡혀가는 아버지라는 게 믿기 힘들 만큼 태연자약한 모습으로 '이제 가자. 너희 엄마 깨어나서 난리 나기 전에.'라고 말하더니 꼿꼿하게 걸음을 옮겼다.

─이달 9일, 성일 기업 김정환 회장이 검찰에 구속됐습니다. 검찰에서는 수사상 비밀이라는 이유로 구속 사유에 대해 밝히지 않고 있는데요. ……한편 대검찰청 박재환 부장검사의 긴급 수배령이 내려진 가운데, 김정환 회장의 구속과 관련 있는 사건인지 초미의 관심을 받고 있습니다. ……마지막으로 수배자 박재환 씨가 찍힌 CCTV 영상입니다. 국민 여러분의 많은 제보 부탁드…….

변호사 사무실 인근 고깃집 안. 가게 TV 속 앵커가 말을 채 끝내기도 전에 가영이 잔을 들며 소리친다.

"고은성 무사 귀환을 기념하며, 건배!"

쩌렁쩌렁하게 울리는 그녀의 목소리에 가게 사람들의 이목이 집중되지만, 가영은 신경도 쓰지 않고 연거푸 '은성 오빠의 생환을 축하하며, 또 건배!' 하고 소리쳤다. 지금 그녀는 다른 사람들의 시선을 신경 쓰기엔 너무 들떠 있었다.

"말소리 좀 줄여."

은아가 다른 테이블을 돌아보며 한 소리 했지만 소용없는 일이었다. 한성이 저러다 말겠지, 그냥 내버려 두라고 하며 은아의 접시에 고기를 담아 주었다. 은아 옆에 앉아 있던 사무장이 그 장면을 유심히 지켜보았다.

"나도 그 고은성이라는 분 얼굴 한번 보고 싶을 정도네요."

오늘 자 가은 변호사 사무소의 회식 주제는 '고은성의 생환 축하'였지만, 정작 은성은 이 자리에 없었다. 가영이 연신 은성, 은성 거리는 통에 그가 어떤 사람인지 궁금해진 사무장이 우스갯소리로 말했다. 그에 분위기가 싸해진다.

"어, 제가 뭘 잘못 말했나요?"

사무장이 잘못한 것은 없었다. 회식 내내 본 적 없는 사람의 이름을 들었으니 궁금할 만도 했다. 다만, 정작 이야기 속 주인공인 은성이 이 자리에 있었다면 이렇듯 신나게 떠들 수 있는 사람이 이곳엔 없다는 게 문제라면 문제였다. 모두가 은성을 불편해했으니까.

친동생인 은아는 물론이고 가장 신나서 은성, 은성 거리던 가영도 그의 앞에서는 쥐 죽은 듯 조용해지곤 했다. 한성도 근래에 실종 선고 취소 문제로 은성과 만난 적이 있었기에 입을 합, 다물었다.

"아니요, 아니요. 잘못은요. 아, 선배 뭐 해. 고기 타잖아. 이리 내."

이러한 상황을 구구절절 설명할 필요는 없었기에 가영은 너스레를 떨며 화제를 돌렸다. 괜히 과장되게 움직이며 한성이 들고 있던 집게를 뺏어 버린다.

"아야!"

불판의 고기를 이리저리 뒤적이던 그녀가 손목을 움켜쥐었다.

"너, 아직 손목 안 나은 거야?"

은아가 눈살을 찌푸리며 물었다. 일전에 가영은 부당 해고 사건 관계자들과 트러블이 있어서 손목을 삐끗한 적이 있었다.

"그러게. 나이가 들어서 그런가. 옛날만큼 잘 낫지를 않네."

"네가 깁스 안 하고 돌아다녀서 그런 건 아니고?"

은아가 한마디 하자, 맞은편에 있던 한성이 검지를 좌우로 흔들며 말했다.

"아니지. 이가영도 이제 뼈가 잘 안 붙을 나이가 된 거지. 벌써 서른이잖아."

"스물아홉이거든!"

때아닌 나이 공격에 가영은 물론 그녀와 동갑인 은아도 발끈해서 큰소리를 냈다. 세 사람이 아옹다옹하는 모습을 옆에서 보고 있던 사무장은 허허허, 웃기만 했다.

"스물아홉이든, 서른이든 아직 한창때인 건 마찬가진데 뭘 그렇게 발끈들 해요. 나 같은 늙은이도 있는데."

"늙은이라뇨. 제가 보기엔 이제 서른 된 애들보다 사무장님이 더 펄펄 날아다니시는 것 같은데요, 뭘."

은아와 가영이 서른 아니라니까, 하고 또 한 번 발끈하는 사이에 한성은 가영의 손에서 집게를 가지고 와 불판 위에 있는 고기를 적당한 크기로 잘랐다. 그리고 조금 더 뜸을 들이다가 사람들이 먹기 쉽게 불판 바깥쪽으로 옮겨 주었다.

"고은아, 넌 제대로 먹긴 하냐? 아까 고기가 아직 남아 있잖아."

"아직 덜 익었잖아요. 핏기가 남아 있는데."

은아는 소 아니면 싫다고, 삼겹살이면 회식 안 가겠다고 입버릇처럼 말하곤 했지만, 정작 소고기 전문점에 오면 이렇듯 입 짧은 티를 냈다. 아마도 소 아니면 싫다는 말은 그냥 회식하기 싫으니 대충 핑계를 댄 것일 터이다.

"원래 소는 이렇게 먹는 거라니까."

한성이 그렇게 말하며 은아의 입 앞까지 고기를 대령해 준다. 은아는 어쩔 수 없이 핏물이 살짝 맺힌 고기를 입 안에 넣는다. 가영은 두 사람이 그러거나 말거나 상관없이 다 익은 고기를 입에 넣기 바빴고, 사무장은 그런 두 사람을 또 한 번 유심히 살폈다.

"최 변호사님이랑 은아 씨, 혹시 우리 모르게 사귀고 있는 거 아닙니까?"

눈치도 어떻게 이렇게까지 없을 수 있는지. 사무장은 마치 큰 발견이라도 한 것처럼 두 사람 사이를 떠보려 하고 있었다.

"전부터 뭔가 수상하다는 생각은 했는데. 최 변호사님, 그냥 자수하고 광명 찾으시죠."

완벽하게 헛다리를 짚은 사무장은 서부지검에 있을 누군가가 들으면 기함을 할 법한 말을 아무렇지 않게 내뱉었다.

"혹시 결혼까지 생각하고 있는 건……."

농담이겠거니, 얘기를 듣고 있던 은아가 결혼이라는 소리에 당황해서 사레가 걸려 버린다. 연신 기침을 하는 그녀를 두고 한성도 조금 당황한 터였고, 가영은 이 상황이 너무 웃긴데 웃음을 참느라 눈에 눈물까지 고여 있었다.

"푸핫, 사무장님 혹시라도 그 얘기 김준현 검사 앞에서 하시면 절대 안 돼요."

"여기서 김 검사님 얘기가 왜……."

"왜긴요. 김 검사님이 들으면 기함을 할 거니까요."

"네?"

여기까지 얘기를 해도 눈치를 채지 못하는 사무장을 위해 한성이 친절하게 주석을 달아 주신다.

"제가 아니라, 김준현 검사입니다. 은아랑 만나고 있는 사람. 뭐, 결혼까지 갈지는 잘 모르겠지만요."

"아? 아……. 그런 겁니까? 이런, 김 검사님한테 크게 실수할 뻔했네요."

차라리 은성의 이름이 연거푸 언급될 때가 나았다. 은아는 회식 자리에서 뜬금없이 나와 버린 준현의 이름에 찬물을 벌컥벌컥 들이켰다.

"이번에 서부지검 앞에서 드라마 한 편 또 찍었다던데. 얘기 못 들으셨어요?"

가영이 슬금슬금 올라가려는 입꼬리를 간신히 억누르며 물었다. 은아가 장난기 그득한 가영의 눈빛에 낮게 한숨을 쉬었다. 그래, 왜 이 얘기가 안 나오나 했다.

준현이 김 회장을 체포해 오던 날. 은아는 가는 비에 젖어 축 늘어진 준현의 어깨가 안타까워 입술을 꾹 깨물었다. 아마도 그의 어깨가 그리도 처연해 보였던 것은 비단 비 때문만은 아니었을 것이다. 그가 짊어진 많은 짐 때문에 그랬을 터다.

힘에 겨울 어깨를 다독여 주고 싶었지만 그럴 수도 없는 노릇이었다. 당시에는 김 회장을 체포해 오는 중이었기에, 다수의 검찰 관계자와 몇몇의 기자들이 인산인해를 이루고 있었다. 준현은 그 인파의 한가운데, 은아는 조금 동떨어진 곳에 서 있었으니 두 사람이 닿기엔 거리가 너무 멀었던 것이다.

하지만 준현은 자석에라도 이끌리듯 사람들 틈을 비집고 나와 은아에게 다가갔다. 그리고 그녀의 어깨에 얼굴을 묻은 채 낮게 속삭였다.

"다녀왔어요."

은아는 계속 마음이 쓰였던 그의 어깨를 쓰다듬으며 작게 응답했다.

"수고했어요."

김정환 회장의 행보에 따라 사람들의 시선이 움직였기에, 그 아수라장에서 벌어진 작은 로맨스를 알아챈 사람은 얼마 되지 않았다. 하지만 준현과 은아를 아는 사람들 사이에서는 몇 번씩 회자되곤 했다. 더럽게 닭 털 날린다고.

"꼭 그렇게 죽고 못 사는 티를 내야 직성이 풀리는 사람들이 있죠."

"1절만 하자."

"이가영 말도 틀린 말은 아니지. 하여간 저들이 제일 숭고한 사랑하고 있는 줄 알지?"

"두 분 다 왜 그러십니까. 낭만적이고 좋기만 한데."

남자는 나이가 들수록 여성 호르몬 비율이 높아진다는 말이 사실인가 보다. 사무장은 준현과 은아의 로맨스를 들으며 아련한 표정을 짓고 있었다. 놀리는 가영과 한성보다 아련한 눈빛으로 그녀를 바라보는 사무장이 더욱 거북했던 은아는 헛기침을 하며 자리에서 일어났다.

"잠깐 화장실 좀 다녀올게요."

어느새 어두워진 거리는 화려한 조명들로 가득했다. 봄이라고 하기 무색할 정도로 올라가던 기온도 이번에 내린 비로 인해 조금 꺾여 들었는지 바람이 꽤 상쾌했다. 은아는 담배 냄새가 조금 섞이긴 했지만 달큼한 공기를 양껏 들이마셨다. 그렇게 불편한 자리를 피해 바깥으로 나와 숨통을 좀 트려 하는데,

찰떡같이 따라붙은 가영이 그녀의 옆에 와서 앉았다.

"아직 덜 놀렸어? 무슨, 따라와서까지 놀려."

"그런 거 아니거든."

가게 앞에 쭈그려 앉은 가영은 콧속을 스미는 담배 냄새에 '아, 담배 냄새.' 하고 싫은 기색을 역력히 드러냈다. 그에 옆쪽에서 담배를 피우던 무리가 조금 물러난다.

"하여간 성질은."

"법으로 금연 장소를 더 넓히든가, 단속을 더 철저하게 하든가 해야지. 아니면, 그냥 자기 혼자 비닐 덮어쓰고 담배 피우면 안 되나? 왜 남한테 폐를 끼치냐고."

옆에서 잔뜩 성질을 부리는 친구를 보며 은아가 고개를 저었다. 그런데 또 담배, 하니 준현이 생각나 버린다. 그도 담배를 좀 끊으면 좋겠는데. 담배 냄새 나면 키스 안 할 거라고 하면 금연을 해 줄까.

"야, 고은아. 야."

은아가 이런저런 생각에 잠겨 있는데, 담배 때문에 투덜거리고 있던 가영이 그녀를 불렀다.

"왜?"

"너, 이제 사건 다 해결되면 앞으로 어쩔 거야? 계속 우리 사무실에 있을 생각이야?"

"글쎄……."

"나야 네가 일해 주면 좋긴 한데. 너 원래 하고 싶었던 거 있잖아. 이제 다시 시작해야 되는 거 아냐?"

"그러게."

"그렇게 대충대충 말하지 말고!"

가영의 윽박지름에 은아가 입을 꾹 다물고 있다가 심호흡을 했다. 사실 그녀도 일이 이렇게 마무리되어 가면서 그 생각을 아예 안 한 것은 아니었다. 하지만.

"아직 잘 모르겠다. 어떻게 해야 할지."

은성 없는 '은성 무사 귀환 축하' 회식이 끝나고 난 뒤, 은아는 다량의 알코올 덕분에 잔뜩 업 된 사람들을 배웅하고 돌아섰다. 돌아선 그녀의 입가에 함박웃음이 머물렀다. 저렇게도 좋을까. 남 일을 내 일처럼 기뻐하는 사무실 식구들을 떠올리니 웃음이 그치질 않았다.

"뭘 또 혼자 실실 웃고 그래. 또 김준현 생각하나?"

옆에서 들려오는 불퉁한 말투에 은아가 고개를 돌렸다. 그곳에는 방금 전 택시를 태워 보낸 한성이 떡하니 자리 잡고 있었다.

"아직 안 갔어요?"

빨리 가서 쉬라니까, 은아가 잔소리를 하며 한성에게 다가갔다. 다시 택시를 태워 보내려 그의 등을 밀어 보기도 했다. 하지만 그는 발밑에 못이라도 박힌 듯 꿈쩍도 하질 않는다.

"요즘 계속 너 감시하던 형사님들은 다 어디 가셨냐?"

김 회장이 구속되고 박재환 부장검사를 놓친 후, 준현은 은아의 옆에 형사 두 사람을 붙여 두었다. 너무 부담스럽다고 한사코 만류를 했지만 소용없는 일이었다. 특히나 은아가 저지른 일이 있었기에 준현은 더더욱 완고했다.

'그땐 진짜 무서웠지.'

은아가 당시의 준현을 떠올리며 몸을 잘게 떨었다. 김 회장이 잡혀 온 그날, 감동적인 재회 후에는 호된 불벼락이 떨어졌다. 어떻게 혼자서 아버지를 찾아갈 수 있냐고, 얼마나 고래고래 고함을 질렀는지 모른다. 그녀를 태워 죽일 듯 불길에 휩싸인 그를 보며, 은아는 미안하다는 말밖에 할 수가 없었다.

아무튼 그런 연유로 은아는 자신의 주변에 형사가 따라붙는 현실을 받아들여야 했다.

"그러게요. 아까까지만 해도 계셨던 것 같은데. 며칠 동안 아무 일도 없어서 그냥 물러가신 거 아닐까요?"

한성은 택시를 타고 가다가 주변에 형사들이 없었던 것을 떠올리고, 급하게 돌아온 참이었다. 그런데 정작 당사자는 별생각이 없어 보인다.

"그거 때문에 다시 돌아온 거예요? 나 참, 걱정도 많으셔라. 괜찮으니까 그냥 가요."

"이대로 들어가면 내가 발 편히 못 뻗고 잘 것 같아서 그래. 그냥 집까지 같이 가."

"하여간 오지랖은."

은아가 몇 번 더 그냥 돌아가라고 해 보았지만 한성은 요지

부동이었다.

"아, 잠깐만. 갑자기 뛰었더니 속이 울렁거린다. 뭐 마실 거라도 없어?"

아니, 요지부동이라기보다는 어지러운 몸을 가누지 못하고 주변에 있는 턱에 걸터앉는다. 은아는 어쩔 수 없다는 얼굴로 근처에 갈 만한 편의점을 찾았다.

"나 걱정돼서 온 게 아니라 시중들게 하려고 온 거 아니에요?"

은아가 숙취 해소 음료와 생수를 내밀며 퉁명스럽게 말했다. 한성은 생수부터 받아 들고 꿀꺽꿀꺽 마시다가 숙취 해소 음료도 단숨에 들이켠다.

"윽. 맛없어."

"솔직히 말해 봐요. 무슨 일 있죠?"

은아가 한성의 옆에 쪼그리고 앉아 물었다. 갑자기 뛰어서 속이 안 좋다고 하긴 했지만 오늘 회식에서 한성은 조금 과할 정도로 술을 마셨더랬다. 평소에 그가 먹던 주량을 꽤 넘은 수치였다.

"뭐."

"무슨 일 있는 것 같은데……."

은아가 말끝을 길게 늘이다가 조심스럽게 물었다.

"세영…… 언니 일이에요?"

세영을 언니라고 부르기엔 어색한 감이 없잖아 있었지만, 그래도 친구 언니였기에 은아는 그 호칭을 사용했다. 부당 해고 사건 피해자들이 사무실을 덮쳤을 때 신고해 준 사람이 세영이라는 얘기도 들었더랬다. 그와 함께 세영이 그녀를 감시하고 있었다는 사실도 알게 되긴 했지만 이미 지난 일이었으니 웃어 넘기기로 했다.

"세영 언니랑 잘 안됐어요?"

은아의 입에서 또 한 번 나온 세영의 이름에 한성은 움찔하고 만다.

"그 언니, 조금 막무가내인 면이 있긴 한데. 그래도 선배 좋아하는 건 진심인 것 같던데요. 솔직히 선배도 감정이 조금 남아 있는 것 같고."

"네가 상관할 일이 아니야."

"뭐야. 선배는 내 일에 득달같이 상관하면서. 나는 왜 안 되는데요."

한성이 한숨을 길게 내쉬었다.

"누가 봐도 잘 안된 모양새긴 해. 그치?"

"……."

"하 참. 너희들은 그 어려운 산도 하나하나 잘만 넘어가는데, 난 왜 별것 아닌 거 하나도 넘기질 못하는 건지 잘 모르겠다."

당당하게 힘든 길을 택하는 은아를 보며, 한성도 조금은 스스로의 진심을 제대로 마주하고 싶었다. 세영을 향해 불편하게 남아 있는 감정을 돌아보려 노력했다. 그녀를 진심으로 마주하려고 해 보았다. 하지만 덧없이 흘려보낸 세월만큼 멀어진 두 사람 사이의 간극은 좁혀질 줄을 몰랐다.

"됐다. 이런 얘긴 그만하고 이제 집에 가자."

할 말을 찾지 못한 은아가 입술을 우물거리는 동안, 한성은 자리에서 일어나 바지를 훌훌 털었다.

"오늘 우리 사무소 회식이라는 말 안 했어? 김준현은 뭘 믿고 너 혼자 덜렁 내버려 두는 거래? 일 처리 제대로 못 하는 후배 놈한테 쓴소리 좀 해야겠는데."

한성이 그렇게 말하며 앞서 걸었다. 도피한 박재환 부장검사가 은아에게 접근할 수도 있다는 생각에는 한성도 동의하는 바였다. 준현이 은아의 옆에 형사들을 붙여 두기에 속으로 잘됐다고 생각하고 있었는데 이게 뭐란 말인가.

"왜 또 가만히 있는 준현 씨는 걸고넘어지고 그래요."

은아가 불퉁한 표정으로 한성의 뒤를 따랐다. 그런데 성큼성큼 걷던 그가 돌연 걸음을 멈춰 버린다.

"아…… 믿는 구석이 다 있었던 거네."

"네?"

그게 무슨 소리냐며, 한성의 시선을 따라 고개를 돌리던 은아가 신음을 흘렸다. 두 사람의 시선 끝에는 귀찮아 죽겠다는 얼굴을 한 은성이 버젓이 서 있었다.

"이제 다 끝났냐?"

은성은 사건 조사 때문에 검찰청을 찾았다가, 은아가 근처에서 회식 중이라는 말을 듣고 가게 주변에서 기다리고 있던 중이었다. 은성이 대기하고 있었기에 형사들도 잠시 휴식을 취하러 물러갔던 것이다.

"아, 은성 씨 오랜만이네요."

한성의 인사에 은성이 꾸벅, 하고 인사를 했다. 하지만 그뿐이었다. 은성은 더 이상 할 말 없다는 듯 다른 곳으로 시선을 돌려 버린다. 역시나 대하기 불편한 사람. 한성은 머쓱하게 한 번 웃고는 이만 가 보겠다고 했다. 은성이 있는 이상 그가 더 머무를 필요가 없었다.

"마음에 안 들어."

한성이 가고 난 자리에, 은성이 작게 중얼거렸다. 그 조그만 소리를 용케 들은 은아가 묻는다.

"뭐가?"

"아무것도 아니야."

은성은 은아의 옆에서 자상하게 구는 한성이 마음에 들지 않았다. 마치 은아의 좋은 오빠라도 되는 듯 행동하는 모습이 은성은 좋은 오빠가 아니라고 비난하는 것만 같아서 되도록 마주치고 싶지 않았던 것이다.

오늘만 해도 회식이 끝나고 은아의 앞에 나타나려는데 갑자기 돌아와서는 그의 등장을 막지 않던가. 하지만 이런 말을 곧이곧대로 할 수는 없는 노릇이다. 은성이 짧은 대답 후 무뚝뚝하게 앞장서서 걸었다. 은아가 그 뒤를 따르며 또 한 번 물었다.

"조사받은 건…… 어떻게 됐어?"

사실 은성을 보자마자 가장 먼저 묻고 싶었던 말은 이거였다.

오늘은 은성이 과거에 마약을 운반했던 일 때문에 조사를 받는 날이었다. 증인이 아니라 범죄자로서. 그런데 무정한 오빠는 동생의 궁금증보다 자신의 볼일이 우선이다.

"오늘 김 검사한테 말도 안 되는 얘기를 들었는데."

자욱하게 깔리는 음성에 좋지 않은 예감이 든 은아가 애써 화제를 돌리려 했다.

"아, 오늘 우리 사무소 회식 말이야. 회식 주제가 뭐였는지 알아?"

하지만 그녀의 처절한 몸부림은 별다른 성과가 없었다.

"고은아, 네가 김 회장 집에 혼자 찾아갔다는 말도 안 되는 얘기를 하더라고. 그래서 멱살을 잡아 줬지. 어디서 그런 개소리를 하냐고."

김준현, 이 나쁜 사람! 며칠 내내 그 일로 들들 볶았으면 어느 정도 만족할 줄도 알아야지. 그새 은성에게까지 일러바치다니.

"미치지 않고서야 그런 짓을 할 리가 없잖아, 안 그래?"

은성은 현실 도피를 하고 싶었던 것인지, 연신 그녀에게 아니라고 말하길 강요했다. 동생이 무모한 것은 익히 알고 있었지만 그래도 그 정도는 아닐 거라고 믿고 싶었다.

"……그래도 괜찮지 않아? 결과적으로는 아무 탈 없이 일이 잘 풀렸으니까."

하지만 기어들어 가는 목소리로 스스로의 행동을 변호하는 은아를 보아하니 그 말이 모두 사실인 듯하다. 은성이 앞장서서 걷다 말고 돌아서서 크게 소리를 질렀다.

"지금 그걸 말이라고 해!"

은성의 빠른 걸음에 뒤처지지 않으려 열심히 걸음을 걷던 은아가 움찔 물러서며 방어 태세를 했다. 그저 조금 소리를 지른 것뿐인데 과하게 경계를 하는 은아의 모습에 은성도 멈칫했다. 그리고 언성을 조금 줄였다.

"너 말이야. 그런 짓 할 거였으면 나한테라도 같이 가자고 했어야지. 무슨 배짱으로 거기까지 혼자 가냐고. 같이 하자고 했잖아. 이제부터라도 같이 하자고!"

제발 좀 나한테도 기대라고. 은성은 말로 표현하진 않았지만 온몸으로 그 말을 표현했다. 은아는 머리까지 올렸던 팔을 천천히 내리며 울부짖는 은성을 마주 보았다.

"미안……."

"너 진짜."

"……그래도 어떻게 같이 가자고 그래. 명백한 증거를 가지고 있으면서도, 너 죽이려고 했던 사람한테 자수할 기회를 주러 간 거였는데."

김 회장을 만나러 가기 전, 은아는 먼저 잠든 준현이 악몽에 시달리는 모습을 보게 되었다. 괴로운 신음을 흘리며 '아버지……' 하고 눈물을 흘리는 모습을 보고 말았다. 그래서 사랑하는 남자의 아버지에게 기회를 주고 싶었다.

하지만 오빠를 죽이려 한 사람이었기에 차마 은성에게 함께 가 달라는 말을 할 수가 없었다.

"그리고……."

은아가 한참을 뜸 들이다가 떨어지지 않는 입을 열었다.

"너 죽이려고 했던 사람, 그 아들……. 좋아하고 있어. 그런데 준현 씨는 잘못이 없으니까. 그 사람 아버지가 잘못한 거지. 오히려 준현 씨는 아버지 잘못 파헤치려고 한 사람이니까."

주절주절 준현에 대한 변호를 하다가 문득 은성의 눈을 바라보았다. 아무 말 없는 그 눈이 무슨 말을 하고 있는지는 알 수 없었지만, 은아는 그의 눈을 바로 보지 못하고 고개를 숙였다. 그는 어떤 심정일까. 자기를 죽이려고 한 사람의 아들을 사랑하고 있는 동생을 보면 어떤 생각이 들까.

"안 좋아하려고도 해 봤는데, 그게 잘 안 됐어."

은성의 눈동자에 서린 감정이 배신감일까 봐, 은아는 계속 시선을 아래로 내렸다. 그런 그녀를 가만히 보고만 있던 은성이 손을 들어 은아의 머리를 꾹 누른다.

"너 지금 은근슬쩍 말 돌리는데, 내가 뭐라고 하고 싶은 건 또 너 혼자 위험한 짓을 했다는 거라고. 네가 누구를 만나든 누구를 좋아하든 내가 알 게 뭐야."

그는 숨어 지내는 동안에도 종종 은아를 보러 왔었기에, 준현과 은아의 사이를 이미 알고 있었다. 은아를 감시하던 흥신소 직원을 잡았던 그날, 준현과 은아 사이에 오고 갔던 대화도 우연히 듣게 되었다. 두 사람이 얼마나 힘든 길을 걸어왔는지 전부 보게 되었다.

"그런 건 관심도 없으니까 너 알아서 하고. 것보다 너 혼자 김 회장 찾아간 것 말인데."

은아가 잔뜩 긴장을 하며 털어놓은 게 민망할 정도로 은성은 아무렇지 않은 반응을 보였다. 두 사람의 진심을 엿보게 된 후, 그는 준현과 은아의 관계에 대해 왈가왈부하지 않기로 마음먹었던 것이다.

다만, 그녀가 혼자 성북동 집을 찾아간 것에 대해서는 집에 도착할 때까지 내내 진한 욕설을 섞어 가며 잔소리를 해 댔다. 그 잔소리 때문에 은성이 집행 유예로 풀려날 가능성이 높다는 사실을 은아가 듣게 된 것은 것은 한참 후의 일이었다.

"그런데 오늘은 왜 이 집에 온 거야?"

은아의 옥탑방에 도착하고 나서 은성이 물었다. 왜 준현의 집에 안 가고 옥탑방으로 왔냐는 물음일 터였다. 하지만 아무리 은성이 이미 알고 있다 해도, 오빠에게 남자와 한집에서 지내는 모습을 대놓고 보이고 싶지는 않았다.

"어? 뭐가? 왜?"

"여기보다는 그 집이 안전할 것 같은데. 오늘은 김 검사도 집에 갈 거라고 했고. 그 박 부장인가 박 검산가 그 사람도 아직 안 잡혔다며. 차라리 그냥 그 집에 가는 게……."

은성이 어울리지 않게 일장 연설을 해 가는데, 은아가 그 옆에서 싫은 표정을 지으며 그를 빤히 쳐다보았다.

"뭘 봐."

"아니, 그냥. 고은성 네가 나 걱정하는 것처럼 보이기에. 뭘 잘못 봤나 싶어서."

은아는 '네가 날 걱정할 리가 없잖아.' 하는 얼굴로 그를 보고 있었다. 은성은 어이가 없어서 헛숨을 토해 냈다. 그럼 지금까지 김 회장 집에 혼자 찾아간 걸로 계속 잔소리했던 거라든가 오늘 집까지 데려다준 것을 뭐 때문이라고 생각한 거란 말인가. 당연히 걱정한 거지.

"미친 소리 작작 해라. 내가 네 걱정을 왜 해?"

하지만 은성은 걱정했다, 그 한마디를 하지 못하고 고개를 돌려 버린다. 그래서 그는 보질 못했다. 은아의 입가에 자리 잡은 승리의 미소를.

"그렇지? 안 어울리게 걱정하고 그런 거 아니지? 그러니까 이제 그만 너희 집에 가."

"그, 그래야지."

어쩌다 보니 은성은 은아에게 휘말려 집으로 돌아가야 하게 생겼다. 이게 아닌데, 싶긴 했지만 이제 와서 준현의 집까지 다시 데려다주겠다든가 옥탑방에 같이 있겠다든가 하는 말은 할 수가 없었다. 그는 어쩐지 무거운 발걸음을 터벅터벅 옮기며 아래층으로 내려갔다. 그런데 1층까지 내려간 후에는 조금 가볍게 집으로 돌아갈 수 있었다.

은아는 천천히 돌아서던 은성을 보며 웃지 않으려 입술을 악 다물어야 했다. 그가 시야에서 사라진 후에야 푸핫, 하고 참았던 웃음을 터트려 버린다. 이제 그녀는 자신의 오빠를 원하는 대로 움직이는 방법까지 터득했다. 여전히 그가 큰소리를 내면 조금 과민하다 싶을 정도로 겁을 먹긴 하지만, 서서히 은성을 무서워하지 않게 되어 가고 있었다.

"뭐가 그렇게 재미있어요?"

얼마간 혼자 키득거리며 웃다가 집 안으로 들어가려는데, 뒤쪽에서 누군가의 목소리가 들려왔다. 은아가 입가에 머물렀던 미소를 지우고 돌아섰다.

"여긴 왜……."

"은아 씨 성격상 은성 씨랑 같이 가면 우리 집에는 안 올 것 같았거든요."

은아가 은성의 머리 꼭대기에 있다면, 준현은 그런 은아의 머릿속을 훤히 들여다보고 있었다.

"오지 마요. 어딜 함부로 들어오려고 그래요?"

하지만 은아의 머릿속을 훤히 들여다본다 해서 그녀를 이겨 먹을 수 있는 것은 아니었다. 준현은 오지 말라는 그녀의 엄포에 발걸음을 멈추었다.

"……정말 가지 마요? 나 방금 괴로운 약속을 하나 해 버려서 엄청 속상한데."

방금 전 1층에서 은성과 마주쳤던 준현은 피를 토하며 약속 하나를 해야 했다. 결혼 전까진 은아와 적정선을 지키겠다는, 말도 안 되는 약속을 말이다. 그에 준현은 이미 관계를 가진 사인데 어쩌냐는 말은 굳이 하지 않았다.

시무룩한 준현의 모습에 은아가 웃, 하고 신음을 흘렸다. 도대체 무슨 일이 있었기에 저리도 괴로워하는 걸까. 마음이 쓰인 그녀가 얼른 들어와요, 하고는 집으로 쏙 들어가 버린다.

"우리 빨리 결혼부터 해야겠어요."

문이 닫힐세라 급하게 안으로 들어온 준현이 등을 보이고 있는 은아를 끌어안으며 귓가에 속삭였다. 갑작스러운 결혼 얘기에 은아가 미간을 좁혔다.

"갑자기 웬 결혼이요?"

"음, 그런 게 있어요. 너무 많은 걸 알려고 하지 말고, 그냥 나한테 시집와요."

"누구 맘대로? 난 아직 결혼할 생각 없거든요."

"어, 그러면 안 되는데…….."

준현이 곤란한 듯 중얼거리며 은아의 어깨에 입술을 묻었다. 그리고 그녀를 안은 팔에 더욱 힘을 주었다. 준현이 은성에게 일러바친 일로 토라져 있던 은아도 몸을 돌려 그를 끌어안았다. 단칸방 안, 사랑하는 두 사람이 서로를 원하고 또 원했다. 아마도 약속을 지키는 선에서, 서로를 안고 또 안았다.

살짝 열린 창문 사이로 조금은 더운 기운을 머금은 봄바람이 들어오는 줄도 모르고, 하얗게 피어 있던 벚꽃 사이로 어느새 연둣빛이 스며든 줄도 모르고 행복한 웃음을 지으며 서로의 몸을 꼭 끌어안았다.

14화. 계절의 끝자락에서 2

　빵집 사장의 범행 동기는 마약 중독이 된 아들을 치료할 돈이 필요했다는 거였다. 계속되는 신문에도 침묵으로 일관하던 그녀는 장서준이 체포됨과 동시에 절대 열지 않을 것 같던 입을 열었다. 제약 회사 연구원이었던 아들이 연구 중이던 마약 샘플을 다량 소지하고 있었고, 돈이 필요해서 그런 엄청난 범죄를 저질렀다는 것이다.

　결국은 모정인가. 준현이 신문 조서를 쭉 읽어 내려가다 피곤한 듯 목을 뒤로 늘였다. 그리고 시간을 확인하고 휴게실로 향했다. 바위가 짓누르는 듯 가슴이 답답해져서 기분 전환이 필요했다.

"누가 도와주는 사람이 있질 않고서야……."

몇 명의 검사들이 사담을 나누고 있던 휴게실. 준현이 들어감과 동시에 분위기는 찬물을 끼얹은 듯 조용해진다. 준현이 입가를 살짝 움찔한 뒤 속으로 한숨을 쉬었다. 검찰청 내 이러한 분위기는 김 회장이 구속된 이후부터 계속 이어지고 있었다.

"청 내에 도와주는 사람이 있질 않고서야 사람 한 명이 이렇게까지 안 잡힐 리가 없잖아."

그가 들어서면 대화가 뚝 끊기는 것은 기본이고, 가끔은 저렇듯 대놓고 의심의 시선을 보내는 사람들도 있었다. 평소 같았으면 그런 사람들의 말쯤 간단하게 무시했을 것이다. 하지만 오늘은 때가 좋질 않았다.

"그 말은 청 내에 누군가가, 예를 들면 제가 박재환 부장검사님의 도주를 도와주고 있다는 말입니까?"

준현에게 대놓고 의심의 시선을 보내던 검사가 잠시 머뭇하다가 질 수 없다는 듯 따지고 들었다.

"워, 원래부터 박 부장님이랑 친분이 두텁지 않았습니까. 저 말고도 그런 생각하고 있는 사람은 많습니다. 다들 그렇지 않아?"

검사가 함께 있는 사람들에게 동의를 구하며 고개를 이리저리 돌렸다. 옆에 있는 사람들을 자기편으로 만들려는 애처로운 몸짓에 준현은 절로 비릿한 미소가 흘러나오는 것 같았다.

"아아. 친분. 친분으로 치자면 박 검사님이 더 두텁지 않았습니까? 얼마 전까지만 해도 부장검사님과 같은 성씨라고 먼 친척뻘일지도 모르겠다고 말하고 다니지 않았습니까."

"그, 그건……."

"그리고 부장님 따라 대검에 가고 싶다고도 하셨던 것 같은데. 아무리 생각해도 저보다는 박 검사님이 부장검사님과 더 가깝지 않나 싶습니다만."

적나라하게 까발려진 본인의 과거에, 박 검사는 얼굴이 터질 듯 빨갛게 달아올랐다.

"지금 그 얘기가 왜 나오는 겁니까! 그런 말도 안 되는……. 저 말고도 박 부장님과 친했던 검사들은 많았습니다!"

"친분이 두텁다는 이유로 의심을 하시기에 다른 의심의 가능성도 있다는 걸 알려 주려고 했던 건데. 아무래도 말도 안 되는 의혹이었나 봅니다."

자신이 처음 내건 의심의 근거를 스스로가 부정한 꼴이 된 박 검사는 얼굴이 벌겋게 달아오른 것을 넘어 붉으락푸르락되어 입만 벙긋거렸다.

"그리고 검사가 사건 해결을 위해 의심하는 것은 좋은 현상이나, 앞으로는 그 근거를 좀 더 명확하게 해 주셨으면 좋겠습니다. 증거도 없이 하는 의심은 굳이 검사가 아니라 누구라도 할 수 있는 일이니까."

준현은 그 말까지 마치고, 얼마간 여유를 가지고 상대에게 반론할 기회를 주고 나서야 그 자리를 벗어났다. 반박할 기회가 주어졌음에도 아무 말도 하지 못한 박 검사는 더욱 분해했고, 정작 상대의 말문을 막아 버린 준현도 기분이 좋지 않긴 마찬가지였다.

'쓸데없이 화풀이는…….'

명백한 화풀이였다. 그냥 무시하고 넘길 수 있는 말들이었음에도 유치하게 말꼬리를 물고 늘어졌다. 그 정도로 지금의 준현은 여유가 없었다. 손목시계로 시간을 확인한 그가 천천히 발걸음을 옮겼다. 지금쯤이면 그녀가 도착했을 시간이었다.

"넌 시간 약속 하나 제대로 못 지키니? 이런 데까지 와서 내가 널 기다리고 있어야겠어?"

무거운 발걸음으로 로비까지 내려간 준현이 입 안 여린 살을 질끈 깨물었다.

"어머니."

아들의 부름에 영선은 목소리도 듣기 싫다는 듯 눈살을 찌푸렸다. 애초에 두 사람이 만나기로 했던 시간보다 이른 시각이었다. 그녀가 로비에 도착한 것도 바로 얼마 전의 일이었다. 그럼에도 그녀는 꼬투리를 잡지 못해 안달 난 사람처럼 사사건건 시비조였다.

"언제까지 세워 둘 작정이야? 이러다 너희 불쌍한 아버지 얼굴도 못 보고 가겠다."

준현이 그의 아버지를 직접 구속한 후, 아버지는 생각했던 것보다 무던한 태도를 보인 반면 어머니는 예상했던 것보다 더욱 격한 반응을 보였다. 평소에 아들의 입장을 잘 고려해 주던 어머니였기에 이번에도 그렇지 않을까 기대했던 게 실수라면 실수였다.

"우선은 면회 절차부터 밟으셔야 해요. 조금만 기다리세요."

"기다려라, 기다려라. 대체 언제까지 기다리고만 있어야 해! 내 남편 얼굴 내가 보겠다는데 도대체 뭐가 문제란 거야!"

원래 검찰청에서 피의자를 조사하는 중에는 가족 면회가 잘 허용되지 않았다. 피의자가 가족을 시켜 증거를 은닉, 은폐할 위험이 있다는 이유에서였다. 하지만 이미 명백한 증거가 검찰 손에 있기도 했고, 수사도 어느 정도 막바지로 접어들고 있었기에 가능해진 것이다.

"원칙이 그러니까요."

"하! 보통은 세상 사람들이 다 욕해도 자기 가족 편은 들기 마련이라는데. 넌 도대체 어떻게 된 애가 제 아버지를 제 손으로 잡아넣을 생각을 해!"

아들의 원칙 타령에 신물이 난 영선이 결국 참지 못하고 폭발해 버린다. 그녀는 검찰청 로비 한복판에서 준현의 옷자락을 움켜잡고 고래고래 고함을 질렀다.

그 순간만은 아들의 사정을 고려해 줄 여유가 없었다. 그저 제 아버지를 제 손으로 잡은 아들이 밉고 미워서, 원망스럽고 원망스러워서 견딜 수가 없었다. 영선이 그렇게 할 수밖에 없었던 아들의 심정을 조금쯤 이해하는 것은 한참 후에나 가능한 일이었다.

준현은 자신의 옷자락을 쥐고 흔들다 제풀에 쓰러지는 어머니를 부축하며, 연신 '죄송합니다.'를 반복했다. 이런 일을 당하게 된 어머니에게 몇 번을 해도 부족한 말이었다.

"네 잘못이 아닌 건 안다만……. 팀 분위기라는 것도 있으니, 오늘은 이만 퇴근하는 게 어떠냐."

강제 퇴근을 당하는 입장에서 배원호 부장검사를 원망하는 마음은 없었다. 그가 얼마나 참고 참다가 꺼내는 말인지 그도 알고 있었다. 팀 동료들이 준현에 대해 안 좋은 시선을 보낼 때마다 가장 중요한 증거를 가져온 사람이 준현이라고 감싸 주던 그가 아니던가.

휴게실에서의 화풀이, 로비에서 어머니와 일으킨 소란 때문에 사람들은 허용치 이상으로 준현을 대하기 불편해했다. 결국 준현이 수사 팀에 있는 것이 오히려 방해라고 판단한 배 부검이 준현에게 퇴근할 것을 명한 것이다.

검사의 신분에서 얻게 된 범죄자의 아들이라는 낙인은 생각했던 것보다 더 굵고 강력한 사슬이 되어 그의 목을 옭아매고 있었다. 짐작했던 일이고, 전부 감당하려고 마음먹은 일이었지만, 그렇다 해서 괴롭지 않은 것은 아니었다.

"꼴좋다."

다만 그럼에도 불구하고 웃을 수 있었던 것은 그가 스스로에게 부끄럽지 않은, 옳은 일을 했다는 것에 대한 떳떳함이 있었기에 가능한 일이었다.

이른 저녁. 검찰청 담을 따라 터벅터벅 길을 걷던 준현이 문득 바닥에 버려진 사이다 캔을 보게 되었다. 그와 동시에 떠오른 한 사람의 얼굴에 자조적인 웃음이 아닌 진짜 웃음이 그의 얼굴 가득 번져 갔다.

'아직도 그 가방 안에 있을까.'

은아의 집에 도둑이 들었던 날, 그는 은아가 다급한 손길로 사이다 캔을 가방에 숨기는 것을 목격했다. 당시에 그녀가 화를 냈던 이유가 경찰이 사이다 빈 캔 하나를 발로 차서 그랬다는 것도 후에 듣게 되었다.

웬 사이다 캔, 하고 의아해하던 그도 오래지 않아 떠올릴 수 있었다. 2년 전, 그가 유치하게 질투하며 은아에게 사이다 하나를 건넸던 적이 있었다는 것을.

이미 쓰레기나 다름없는 그것을 여전히 소중하게 간직하고 있던 그녀가 더없이 사랑스러우면서도, 한편으로는 스스로에게 화가 났다. 은아가 사이다 캔 하나를 소중히 여기게 될 정도로 그녀에게 준 것이 없었구나, 싶었던 것이다.

'선물이라…….'

뜻하지 않게 얻게 된 여가 시간. 은아도 하필 오늘 회식이 있다고 했겠다, 딱히 할 일이 없어 느릿하게 걷고 있던 준현이 발걸음을 빨리 서두르기 시작했다.

"우리 빨리 결혼부터 해야겠어요."

농담 반, 진담 반 섞인 고백을 역시나 은아는 단칼에 잘라 버린다. 이미 예상한 반응이었기에 그는 실망할 것도 없이 그저 그녀를 안은 팔에 힘을 더욱 줄 뿐이다. 그런데 불퉁하게 그를 밀어내던 은아가 뜻밖의 위로를 건네 왔다.

"그래도 혹시나 결혼이라는 걸 하게 되면, 그 상대는 무조건 김준현일 거예요. 이런 남자를 두고 어느 누가 눈에 차겠어요."

"은아 씨……."

"나 꼭, 준현 씨한테 부끄럽지 않은 사람이 될 거예요. 그렇게 되면 내가 먼저 고백할 생각이고요."

잔잔하게 귓가를 울리는 목소리는 오늘 내내 시달리기만 했던 그의 마음을 풍만하게 만들어 주었다. 기댈 곳 하나 없이 버텨 내야 했던 그에게 버팀목이 되어 주었다. 버거운 것과는 또 다른, 어떤 넘치는 벅찬 감정의 물결에 몸과 마음이 노곤해지는 것 같았다.

지금 이 순간을 함께해 주는 소중한 사람. 지켜 주고 싶은 사람. 나를 지켜 주는 사람. 그리고 가족이 되고 싶은 사람. 그 외에도 은아가 가지고 있는 수식어는 셀 수 없이 많았다.

"지금도 충분히 나한테 과분한 사람이에요."

그에게 닿는 사람들의 차가운 시선들을 보며 문득 든 생각이 있었다. 은아가 그의 옆에 선다면 지금 이 시선들이 그녀에게 도 향하겠지. 그와 가족이 된다면, 그녀도 범죄자의 가족이라는 오명을 덮어써야 하는 거겠지.

미안한 마음이 들었지만 그렇다 해서 그녀를 놓아주어야겠다 는 생각은 들지 않았다. 그보다 더 힘든 시련도 함께 견뎌 온 두 사람이었기에. 준현은 이럴 때 그가 어떻게 해야 하는지 너 무나도 잘 알고 있었다.

'내 옆에서, 더 행복하게 해 주겠습니다.'

은아를 힘들게 하는 만큼, 아니 그보다 더 많이 그녀를 행복 하게 해 주겠다. 그의 옆에 있었기에 행복할 수 있었다는 생각 을 할 수 있도록 최선의 노력을 하겠다. 준현은 그렇게 스스로 를 다잡았다.

"의외로 보수적인 우리 형님도 입술 정도는 허락해 주시겠죠."

준현이 은아는 알아들을 수 없는 말을 중얼거리며 그녀에게 천천히 다가갔다. 한 몸처럼 맞붙어 있는 이 순간에도 더욱더 그녀와 닿고 싶었다. 그녀의 몸 속 깊숙이 숨겨져 있는 숨결까 지 전부 그의 것으로 만들고 싶었다.

"아……."

그런데 입술에 채 닿기도 전에 다부진 손가락 끝이 그의 입 술을 막아섰다. 은아가 상체를 뒤로 물리며 손끝으로 그를 밀 어내고 있었다.

"왜……."

준현의 눈동자에 시무룩한 기운이 감돌았다. 지금이라도 당장 막아선 손을 내리고 그의 입술에 달려들고 싶게 하는 눈빛이었다. 하지만 은아에겐 차마 그렇게 할 수 없는 이유가 있었다.

"……오늘 회식, 고깃집에서 했어요."

굳이 그렇게 말 안 해도 충분히 알 수 있는 사실이었다. 실제로 그녀의 몸에서는 육류 특유의 맛있는 냄새가 풀풀 풍기고 있었으니까. 준현이 '그게 왜요?' 하는 표정으로 은아를 응시했다. 그녀는 준현을 막아섰던 손으로 자신의 입을 가리며 말했다.

"나, 고기도 먹고 쌈도 싸 먹었어요."

그리고 쌈 안에는 마늘도 있었어요. 은아가 차마 거기까지는 말하지 못하고 입술만 우물거렸다. 이럴 줄 알았으면 마늘은 뺄 것을. 아니, 식당 화장실에서 미리 양치를 해 둘 것을. 그것도 아니면 편의점에 들렀을 때 가글이라도 사서 해 둘 것을! 괜한 후회가 밀려들었다.

"잠깐 화장실 좀."

준현에게 좋은 모습만 보여 주고 싶었던 은아는 차마 마늘 넣은 고기쌈을 먹었던 입으로 키스를 할 수가 없었다.

"음……. 난 괜찮은데. 은아 씨가 뭘 먹었어도."

그녀가 왜 그러는지 얼추 눈치를 챈 준현이 시무룩한 기색을 지우고 짓궂게 다가갔다. 그에 은아는 입술을 철통같이 막고 숨까지 멈추었다.

"으으."

장난기 역력한 그의 모습에 은아가 원망의 시선을 보냈다. 준현은 잔뜩 날을 세워 노려보는 것조차 귀여워 보여서 입술 위 그녀의 손등 위에 입술을 촉, 맞추었다.

　"아쉽지만. 지금은 이걸로 참을게요."

　짧은 입맞춤 뒤에 그가 은아를 잡은 팔을 풀어 주자 그녀는 화장실 안으로 후다닥 들어갔다. 다람쥐처럼 날쌘 몸짓에 준현이 웃음을 터트려 버린다.

　"나 놀리는 게 재미있어요?"

　양치를 몇 번씩이나 한 은아가 입가를 닦으며 샐쭉하게 물었다.

　"이러다 중독될 것 같아요."

　얄미운 대답에 그의 어깨를 주먹으로 툭, 치기도 했다. 하지만 맞으면서도 뭐가 그리 좋은지 준현은 연신 웃기만 할 뿐이다.

　"아직 바닥 차가울 텐데. 매트에 앉아 있지 왜 거기 있어요."

　얄밉긴 해도 차가운 바닥에 앉은 그의 엉덩이가 걱정이 되는 모양이다. 은아가 냉골에 앉아 있는 준현을 다른 쪽으로 이끌려고 했다. 그런데 준현의 힘이 더 셌다. 그는 그를 당기려는 은아의 손을 역으로 끌고 와 그녀를 매트 위에 앉힌다.

　"주고 싶은 게 있어서요."

　매트 위에 주저앉느라 살짝 드러난 은아의 발목을 움켜쥐었다. 그리고 그녀의 발을 그의 다리 위에 올려 두더니 주머니에서 작은 상자 하나를 꺼내 든다.

"이건 시작에 불과해요. 앞으로 더, 더 선물 공세 할 생각이 니까."

은은한 로즈 골드 광채를 내는 발찌 하나가 은아의 발목에 걸렸다. 전체적으로 여성스러운 디자인이었는데, 영롱한 핑크 빛이 도느라 멋스러움이 더해지고 있었다.

"그러니까 다 먹은 사이다 캔은 이제 제발 쓰레기통에 버려 요."

뜻하지 않게 얻게 된 여가 시간. 준현이 찾아간 곳은 백화점 쥬얼리 매장이었다. 그곳에서 목걸이, 반지, 팔찌, 발찌 등 여러 가지 제품을 보며 고심한 끝에, 처음 하는 제대로 된 선물은 발 찌로 하기로 결정했다.

마침 은아와 잘 어울릴 것 같은 디자인을 발견하기도 했고, 이 말을 꼭 하고 싶어서였다.

"그거 알아요? 은아 씨, 이제 나한테 발목 잡혔어요."

은아가 입술을 꾹 깨물었다. 그녀는 기쁜 건지, 슬픈 건지 도 무지 알 수가 없는 표정을 짓고 있었다.

"엄청 정신없을 텐데. 이런 건 또 언제 샀어요."

"아무리 정신없어도 하고자 하면 다 하게 되어 있더라고요."

자기 일만 감당하기도 벅찰 텐데, 언제 또 선물까지 준비한 건지. 가슴 한쪽이 뭉클해지는 것을 견디지 못한 은아가 준현 의 목을 와락 끌어안았다. 지금의 감정을 말로는 표현할 길이 없었다. 그저, 죽을 때까지 이 남자만 사랑해야지, 하는 생각만

이 마음속에서 우러나왔다.

　퇴근길에 들른 편의점. 은아는 차를 타고 따라다니는 형사들을 위해 평소에 다니던 골목이 아니라 큰 도로 쪽으로 돌아서 집에 가던 길이었다.

　"비닐 봉투 두 개도 주세요."

　계산대에 물품을 올려 두고 준현에게 보내 두었던 메시지 창을 켜 보았다. 어쩐 일인지 그는 아직도 메시지를 확인하지 않은 채였다. 준현이 일찍 온다고 하면 마트에서 장을 보고, 그렇지 않으면 편의점 음식으로 간단히 때울 생각이었는데 그는 여전히 묵묵부답이다.

　'많이 바쁜가.'

　은아가 형사들 몫과 자기 몫의 물품을 따로 담아 들고 편의점을 나섰다.

　"이것 좀 드세요."

　도로변에 차를 세우고 대기하고 있던 형사들이 은아가 내민 봉투를 받아 들었다. 그 안에는 간단한 간식거리가 채워져 있었다. 그런데 봉투 안에 있던 음료를 가만히 노려보던 형사가 주섬주섬 차에서 내렸다. 화장실이 급하단다. 그는 빠른 걸음으로 편의점 안에 들어갔다.

　남은 형사와 은아는 어쩌다 보니 화장실 간 형사를 기다려야 하게 생겼다. 하릴없이 운전석에 있던 형사가 주머니를 뒤적이며 무언가를 찾았다.

"아, 맞다."

담배를 찾던 그는 몇 시간 전에 마지막 한 개비를 동료와 나누어 피웠던 것을 떠올렸다.

"혹시 담배 찾으세요?"

차 안에서 진동하는 담배 냄새와 형사가 보이는 몸동작에서 그가 담배를 찾고 있다는 사실은 쉽게 유추할 수 있었다.

"제가 사 올게요."

"안 그러셔도 되는데."

"그렇게 어려운 일도 아닌데요."

그녀를 보호한다는 명목하에 차 안에서 살다시피 하는 그들에게 마음이 쓰인 터였다. 은아는 손수 나서서 담배 심부름을 자청했다.

"아, 죄송합니다."

그런데 편의점 안으로 들어가다가 검은 모자와 검은 마스크를 쓴 어떤 남자와 부딪쳤다. 그녀의 빠른 사과에 남자는 고개를 꾸벅 숙이더니 먼저 편의점 안으로 들어가 버린다. 요즘은 황사다, 미세 먼지다, 마스크를 쓰고 다니는 사람이 많았기에 별로 대수롭지 않게 여기고 뒤따라 안으로 들어갔다. 그렇게 계산대 앞에 선 은아는 담배 종류를 물어보지 않았던 것을 떠올리고 바깥쪽으로 고개를 돌렸다.

"어?"

그런데 방금 전까지 주차되어 있던 형사 차가 사라진 게 아 닌가. 은아는 잠시만요, 하고 편의점 밖으로 나갔다. 도로가 지 나와서 이리저리 둘러보지만 역시나 차는 자취를 감춘 채 도통 보이질 않았다.

"우와, 은아 씨. 이런 데서 또 보네요."

그런 그녀의 앞으로 검정색 차 하나가 멈추어 서더니, 차창 이 내려가고 동수가 모습을 드러냈다. 그는 평소와 다를 것 없 이 사람 좋은 웃음을 실실 보이고 있었다.

"아……. 동수 씨."

은아가 말끝을 흐리며 저도 모르게 뒤로 한 발 물러섰다. 아 는 사람을 보고 한 발 물러난다라. 멀어지는 발끝을 고요히 응 시하던 동수가 지금까지 본 적 없는 비릿한 미소를 머금었다.

"뭐야, 김새게 벌써 알고 있었어요? 놀라게 해 줄 생각이었는 데. 김준현 검사도 폼으로 검사 배지 단 건 아닌가 봐요. 어쩐 지, 정보 얻기가 너무 힘들더라니."

노골적인 비웃음에 은아가 편의점 쪽으로 급하게 고개를 돌 렸다. 아니나 다를까. 편의점 화장실을 빌려 쓴 형사마저 마스 크 쓴 괴한에게 당해 버린다. 사태가 심상치 않음을 느낀 은아 가 몸을 틀어 반대편으로 달려갔다.

"이거 놔!"

하지만 바로 쫓아온 동수의 손에 무참히 잡히고 만다. 그가 은아를 우악스럽게 잡고 질질 끌었다. 끌려가지 않으려 발버둥을 쳐 보지만 소용없는 일이었다. 밤이지만 환한 조명들로 밝기만 한 대로변에서 이런 일이 벌어지다니. 심지어 근처에는 지나가는 행인도 몇 명인가 있었다.

"사람들이 왜 큰길은 안전하다고 생각하는지 모르겠다니까. 옆에 사람들이 있으면 뭘 해. 이런 꼴 보면서도 누구 하나 나서는 사람이 없는데."

그의 말대로 모두들 떨어진 곳에서 놀라기만 할 뿐, 선뜻 도와주는 사람은 없었다.

"지금쯤 김 검사는 허위 제보 받고 다른 데 가 있을 거거든. 돌아와서 무슨 일이 일어난 줄 알면 표정이 가관이겠어, 그렇지?"

양껏 비아냥거리던 그가 주변 사람들에게 '뭘 봐, 씨발!' 하고 소리친다. 사람 좋은 웃음을 거둔 동수는 험상궂게 생기고 덩치가 큰 무법자, 그 이상도 그 이하도 아니었다.

"빨리 와서 좀 잡고 있어 봐. 연락부터 하게."

거기다 편의점에서 형사를 처리한 남자까지 가세해 속절없이 그들의 손에 끌려가는 수밖에 없었다. 은아는 휴대폰으로 어딘가에 연락을 하는 동수를 보며, 입술을 질끈 깨물었다.

재환은 동수의 연락을 받고 안도의 한숨을 내쉬었다. 일단 지금까지는 계획대로 되고 있다. 허위 제보로 수사 팀의 시선을 다른 쪽에 돌려 두었고, 이런저런 귀찮은 인간들의 발도 제대로 묶어 두었다. 게다가 고은아까지 손에 넣었다고 하니, 조금만 더 하면 이 상황을 타파할 수 있을 것이다. 하지만 그렇게 생각하면서도 그의 얼굴에는 짐짓 긴장감이 서려 있었다.

"김준현…… 의외로 복병이란 말이지."

그는 지난 몇 년에 걸쳐서 마약 사건에 대한 증거를 하나하나 없애 갔다. 설사 심증이 있다 해도 물증을 절대 찾을 수 없게, 아예 없었던 일인 것처럼 만들어 가고 있었다. 그런데 그가 오랜 시간 공들여 온 작업이 하루아침에 무너지고 말았다.

처음 준현이 마약 사건의 진범을 알게 되었을 때에는 당황하긴 했지만 그렇게까지 염려하진 않았다. 아직은 새파랗게 젊기만 한 그가 뭘 할 수 있겠나 싶었던 것이다. 확실히, 초창기의 그는 이미 진범을 알고 있음에도 불구하고 사건의 중심 근처에도 접근하지 못하고 있었다. 말단 배달부나 중간 연락책 등 변두리만 쫓는 것이 다였다.

"그걸 찾아낼 줄이야."

재환도 서준이 찍어 둔 영상에 대해서는 알고 있었다. 그가 그 영상을 빌미로 협박을 해 온 적이 있었으니까. 하늘 무서운 줄 모르고 덤벼 오는 그를 조용히 시키기 위해 재환이 선택한 방법은 장서준이라는 존재를 세상에서 없애 버리는 것이었다. 그리고 확실하게 그렇게 했다. 그가 가지고 있던 영상을 찾지 못한 것이 걸리긴 했지만, 서준이 죽었으니 괜찮을 거라 생각했다.

"하!"

지금 생각해도 너무 어이가 없었다. 확실하게 죽였다고 생각한 장서준이 살아 있었을 줄이야. 그리고 그걸 또 찾아낼 줄이야. 의외의 복병의 연속이었다. 그의 인생에서 이렇게까지 궁지에 몰려 본 것은 처음이었다. 하지만.

"흐음."

재환이 소파에 깊게 몸을 묻으며 여전히 뜨거운 차를 즐겼다. 익숙하기까지 한 그 향에 흡족한 미소가 절로 나왔다.

'고은아를 잡은 이상. 이번 해프닝도 이걸로 끝이군.'

사실 박 부검은 김정환 회장과 그를 구속하러 수사 팀이 출발했다는 소식을 듣고 몸을 숨길 때, 은아를 잡아 두라는 명령을 미리 해 두었었다. 그런데 지시를 받은 사람들이 행동으로 옮기기도 전에, 은아는 수사관들에게 보호를 받고 있었다.

첫 번째 시도가 뭉그러지고 나서도 시시콜콜 기회를 노려 보았지만 좀처럼 쉽지가 않았다. 그리고 몇 번의 시행착오 끝에 드디어 손에 넣을 수 있었다. 그런 아무것도 아닌 여자 하나를 잡으려고 이렇게까지 공을 들이다니. 역시나 어처구니없는 일의 연속이었지만, 어쨌든 일이 잘 마무리될 듯하다.

"하! 하하하. 하아."

일이 완전히 끝나기 전까지는 마음을 놓지 않으려 했는데, 머릿속을 부유하는 승리의 예감에 허파에 바람이 든 사람처럼 웃음이 났다. 그렇게 얼마간 웃었을까. 거실 인터폰이 울리기 시작했다.

─저, 손님이 오셨는데요. 어떻게 할까요?

별장 관리인에게서 온 연락이었다. 재환은 지금 건너, 건너 아는 지인의 별장에 몸을 숨기고 있었다. 전국 수배령이 내려져 도피 생활을 하고 있는 그에게 손님이라니?

―어, 어, 이거 왜 이러십니까! 이러시면 안 됩니다!

수화기 너머로 관리인의 다급한 음성이 들려왔다. 재환은 도중에 끊긴 전화를 보다가 일순 드는 불길한 느낌에 눈살을 찌푸렸다. 그리고 그가 상황 파악을 완전히 끝내기도 전에 바깥이 소란스러워진다 싶더니 이 장소에 있을 리가 없는 인물이 별장 안으로 들이닥쳤다.

"오랜만입니다. 박재환 부장검사님."

아버지와 당신을 꼭 잡고야 말겠다고 고래고래 소리치던 신임 검사. 이제는 어엿한 전문 검사임에도 불구하고, 신임 때의 모습이 겹쳐 보이는 건 왜일까. 재환이 쓸데없는 상념을 떨쳐 내려 고개를 흔들었다.

"또 한 번 놀라게 하는구나. 도대체 여긴 어떻게 알았지? 지금쯤 인천에 가 있을 줄 알았는데."

"부장님이 저희 안에 숨겨 둔 사람이 있듯이, 저도 부장님 쪽에 숨겨 둔 사람이 있거든요."

숨겨 둔 사람이라고 하기엔 말에 어폐가 있었지만. 준현이 재환 쪽에 숨겨 둔 사람은 재민이었다. 재민과 재환의 아버지는 전임 판사로, 아직까지 그 명성이 자자한 인물이었다. 그는 마약 사건이나 기타 다른 사건들과는 관련이 없었지만, 자랑스러운 큰아들이 범죄자가 될지도 모른다는 사실에 알게 모르게 아들의 도주를 도와주고 있었다. 그 사실을 알게 된 재민이 아버지가 누구를 시켜 재환을 돕고 있는지 알아내 준현에게 일러준 것이다.

"아쉽겠지만, 이제 여기까지입니다."

바깥에 세워 둔 경호원이 하나둘 쓰러지기 시작한 모양이다. 처음 별장 안에 들어온 준현을 필두로 수사관들이 서서히 들어오고 있었다.

"아쉬운 건 내가 아니라 준현이 너일 텐데. 우선 다른 사람들은 내보내고 이야기 좀 하는 게 어떠냐."

은아를 먼저 잡아 둔 것이 다행이라면 다행이었다. 재환이 자신의 손에 든 패를 떠올리며 여유를 부렸다.

"제가 왜 그래야 하는지 모르겠습니다."

"그래, 아직은 모르겠지."

나를 잡으러 오느라 아직 연락을 받지 못했을 테니까. 박 부검은 상황이 조금 안 좋게 흘러가긴 했지만 중요한 인질이 그의 손에 있는 이상, 크게 달라질 건 없다고 생각했다.

"아, 혹시 오동수 수사관이 하려고 했던 일을 말하는 거라면 그거야말로 부장님께서 안타까우시겠습니다."

준현의 입에서 나온 동수의 이름에 재환이 입가를 씰룩거렸다. 잠시 동요하던 그는 믿을 수 없다는 듯 고개를 저었다.

"정 못 믿으시겠으면 제 휴대폰으로 동수 씨와 영상 통화를 시켜 드릴 수도 있습니다. 제 휴대폰 화질이 아주 괜찮거든요."

준현이 느른한 미소를 지으며 휴대폰을 흔들어 보였다. 한 치의 거짓도 없는 자신만만한 웃음이 그의 입가에서 사라질 생각을 하질 않았다.

"그래, 너희들 말이 맞아."

동수가 재환과 통화를 끝내고 차를 출발시키려는데 갑자기 운전석 문이 벌컥 열렸다.

"씨발, 뭐야!"

어떤 남자가 운전석에 있던 동수를 붙잡고 개 끌듯 끌어 내린다. 동수도 나름 힘깨나 쓰는 축에 속했는데, 그 남자에게는 소용이 없었다.

"요즘 사람들은 바로 옆에서 누가 잡혀가도 누구 하나 나서는 사람이 없지. 나 같아도 곰 같은 놈이 씨발, 씨발 해 대면 무서워서 못 나설 것 같거든."

귀찮아서 안 나서는 거겠지. 방금 전까지 사색이 되어 있던 은아가 남자의 등장에 긴장이 확 풀렸는지 속으로 투덜거렸다.

"다, 당신이 여길 어떻게……."

자신을 끌어 내린 남자의 얼굴을 확인하자, 이번에는 동수의 얼굴이 사색이 되었다.

"그런데 말이다. 잡혀가는 그 사람이 동생이면 얘기가 좀 달라지지 않겠냐."

은성이 그 말과 동시에 주먹으로 동수의 얼굴을 내리쳤다. 뒷자리에서 은아를 붙들고 있던 남자는 욕설을 내뱉으며 두 사람이 있는 곳으로 쫓아갔다. 차라리 옆에 있는 은아를 인질로 잡고 협박했다면 결과는 달라졌을지도 모른다. 하지만 그는 싸움에 나름 자신이 있었고, 인원수상 은성이 불리하다고 생각했는지 뛰쳐나가기 바빴다.

"그리고, 사람들은, 납치하려다 맞아 죽는 사람들을 봐도, 잘 안 나서겠지."

은성은 한 단어, 한 단어 끊어 말할 때마다 박자에 맞춰 연신 주먹을 날렸다. 맞는 순간 숨이 턱 막힐 정도로 묵직한 주먹이었다. 동수와 마스크 쓴 남자는 이어지는 은성의 공격에 억, 소리조차 내지 못하고 당하고만 있었다. 조금 많이 험하다 싶은 인생을 살아온 은성에게 두 사람을 상대하는 것쯤은 그리 어려운 일이 아니었다. 게다가 은아의 안전까지 걸려 있었으니, 그의 주먹에는 평소의 몇 배나 되는 힘이 실려 있었다.

"아, 그리고 너 말이야."

명치를 제대로 맞고 쓰러진 남자를 두고, 은성이 동수 쪽으로 몸을 돌렸다.

"그 재수 없는 목소리, 어쩐지 귀에 익은 것 같은데. 혹시 그때 고은아 가지고 협박 전화했던 개새끼가 너냐?"

차갑게 가라앉은 목소리에 동수가 몸을 흠칫 떨었다.

"너네. 이 씨발 놈아."

은성이 동수를 향해 저벅저벅 걸어갔다. 딱히 별다른 걸 한 건 아니었는데, 그 모양새가 마치 저승사자가 다가오는 것만 같았다. 게다가 그의 눈에는 광기까지 서려 있었다. 그에 동수가 경기를 일으키며 도망가려 했다. 육중한 몸이 다급하게 움직이는 모습이 조금 우스꽝스러울 정도였다.

"뭐가 그렇게 급해."

하지만 얼마 가지 않아 은성의 손아귀에 붙들려 버린다.

"또 혹시나 싶어서 묻는 건데. 그때 애새끼들 잔뜩 데리고 와서 다구리 쳤던 것도 너냐?"

"그, 그건 아닙니다! 제가 한 거 아니에요!"

"아, 그건 너 아니세요. 다행이네. 그것마저 너였으면 오늘 진짜 사람 하나 죽일 뻔했는데. 그건 너 아니라니까 많이 말고 조금만 더 맞자. 너희들 때문에 저기서 뛰어온 거 생각하면 열불이 나서 말이야."

동수의 계획대로라면 은성은 지금 검찰청에서 조사를 받고 있어야 했다. 마약 운반 혐의는 그렇다 쳐도 박영순을 죽인 살해 용의자라는 사실은 변함이 없었기에, 그 문제로 검찰 조사를 받게 하도록 판을 짜 두었던 터였다.

하지만 동수가 몰랐던 사실이 있었다. 2년 동안 준현은 은성이 죽었다고 생각하면서도 그의 혐의를 벗겨 주기 위해 여러 증거를 모아 왔던 것이다. 은성이 범인이 아니라는 증거를 한성에게 건네주어, 국가 배상 청구 소송을 준비하려 했었다. 돈 때문이라기보다는 은아의 오빠가 범죄자가 아니라는 것을 입증해 두고 싶었기 때문이다. 그것이 억울하게 목숨을 잃은 은성에게 할 수 있는 최대한의 예의라고 생각했다.

그렇게 준현이 미리 해 둔 노력의 결과, 은성은 확인 절차만 밟고 검찰청에서 나올 수 있었다. 그리고 걱정하던 은아를 안심시켜 주려고 만날 약속을 잡아 두었다. 은아가 편의점에서 장을 보던 중에 일어난 일이었다.

"하, 씨발. 오랜만에 존나 뛰었네."

거칠게 숨을 몰아쉬는 은성을 보고 있던 은아가 주머니에 있던 휴대폰을 꺼내 통화 종료 버튼을 눌렀다.

"제시간에 못 오면 어떡하나 싶었는데."

동수가 미처 알지 못한 또 한 가지 사실은 은아가 마냥 도망가기만 했던 것은 아니라는 거였다. 그녀는 반대쪽으로 달려가면서 최근 통화 목록에 남은 은성에게 전화를 걸었다. 그리고 스피커폰으로 바꾼 다음 휴대폰을 주머니에 넣어 두었다.

결과적으로 은성은 그 전화를 통해 은아에게 닥친 상황을 알게 되었고, 검찰청 근처에서부터 이곳까지 전속력으로 달려온 것이다. 준현이 2년간 쌓아 온 노력, 은아의 재기, 은성의 체력, 마지막으로 조금의 운이 모두 합쳐져서 지금의 결과를 얻을 수 있었다.

"허세가 늘었어, 김 검사. 그런데 그런 거짓말에 속기엔 나도 그렇게 호락호락한 사람은 아니라서 말이지."

한편 이러한 상황을 알 리 없는 재환은 여전히 큰소리를 쳤다.

"아, 마침 전화가 오네요."

영상 통화는 아니었지만, 상대방에게서 온 전화에 준현이 재환도 들을 수 있게 스피커 모드로 변경했다.

─죄송합니다. 부장님. 이제 다 끝났습니다.

분명 계획대로라면 잠적하고 있어야 할 동수의 목소리가 준현의 휴대폰에서 들려오고 있었다. 그에 재환은 모든 것이 끝났다는 것을 인지하고 바닥에 무너져 내렸다.

"……이럴 수가."

망연자실한 재환을 두고, 준현이 수사관들을 향해 체포할 것을 명했다.

"……얼만데. 내가 잡은 범죄자들 수가 얼만데! 누구 마음대로 날 잡아! 누구 마음대로 날 재판해!"

허망하게 있던 것도 잠시, 이성을 잃은 그가 전에 없던 모습을 보이며 악을 써 댔다.

"회장님 비리, 그거 하나 눈감아 주는 대신 잡을 수 있었던 범죄자들이 얼만지는 아나? 그리고 앞으로 더 잡을 수 있는 범죄자들이 얼만지 상상이나 해 봤나? 마냥 올곧기만 해서 정의가 바로 설 수 있는 건 줄 알아!"

재환이 몸을 비틀어 가며 반항을 했다.

"내가 다 했다. 남들 겨 묻히기 싫어하는 거, 똥 묻히기 싫어하는 거, 내가 다 희생하고 덮어썼다. 내가 그렇게 했으니까 새

털 같던 정의도 바로 설 수 있었던 거다."

재환을 연행하려던 수사관들이 흠칫 놀라며 한 발 물러섰다. 아무리 범죄자라도 아직은 대검의 부장검사 신분이었던 재환을 강력하게 제압할 만한 수사관은 얼마 되지 않았다. 지금 이 자리에는 아예 없다고 해도 과언이 아니었다.

결국 조금 떨어져 있던 준현이 피를 토하듯 고함을 지르는 재환에게 다가갔다.

"부장검사님, 아무래도 수단이 목적을 삼켜 버린 것 같습니다."

정의를 바로 세우기 위해서라는 명목하에 박 부검이 해 오던 위법 행위들이 어느 순간 도를 넘어서 목적이 무엇이었는지조차 알 수 없게 되어 버렸다.

"정의를 바로 세우려고 그랬다기엔, 지금까지 잘못해 오신 일이 너무 많습니다. 또 다른 범죄를 저지르지 않으면 도저히 덮을 수가 없을 정도로요."

재환이 분에 못 이겨 입가 근육을 부들부들 떨었지만, 그것뿐. 이제 와서 그가 할 수 있는 일은 없었다.

"더 걷잡을 수 없는 곳으로 가시기 전에, 제가 멈춰 드리겠습니다."

재환도 정의를 외치며 빛나던 때가 있었다. 준현은 그 시절의 재환을 아주 존경하고, 좋아했었다. 무너지는 그를 보며 통쾌하기보다는 입 안이 쓰게 느껴질 만큼. 그 정도로 그를 따랐었다.

"박재환 씨, 당신을 살인 교사 및 마약 거래법 위반으로 긴급 체포합니다."

결국 아버지의 손목에도, 존경하던 형의 손목에도 준현이 직접 수갑을 채워 걸었다. 역시나 무겁게 채워진 죄의 무게를 보며 길게 한숨을 쉬었다.

김정환 회장과 박재환 부장검사의 완전한 패배. 그리고 몇년에 걸친 노력의 끝에 결실을 맺게 된, 김준현 검사의 완전한 승리였다. 기쁘기보다는 씁쓸하고 허망하기까지 한 승리였지만, 이로써 그의 길고 긴 싸움은 온전히 끝을 맺었다.

"연행하세요."

준현의 부드럽지만 단호한 음성에, 머뭇거리던 수사관들이 바삐 움직였다. 수사관들이 먼저 빠져나간 뒤, 잠시 혼자 남은 그가 별장 안을 둘러보았다. 탁자 위에는 아마도 재환이 마시고 있었을 차가 덩그러니 놓여 있었다. 주인을 잃고, 이제는 뜨거움을 잃어버린 그 차는 남은 온기를 잔잔하게 붙들고 있었다.

"더운 날에도 뜨거운 차 즐기는 버릇은 여전하시네."

그는 찻잔을 한 번 만져 보았다가 탁 트인 창가로 발걸음을 옮겼다. 어느새 계절은 봄의 옷을 벗고 다음 계절로 접어들고 있었다. 준현이 단단하게 매어 두었던 넥타이를 조금 느슨하게 풀었다. 이제야 숨통이 트이는 것 같아 길게 호흡을 내뱉었다.

"후우."

마당에 심어져 있는 연분홍 벚꽃 나무 사이로 바람이 살랑 날아들었다. 그에 하얀 꽃잎들이 비처럼 쏟아져 내린다.

'꽃놀이 가자고 해야겠다. 더 늦기 전에.'

준현이 이런저런 생각을 하고 있는데, 쥐고 있던 휴대폰이 울리기 시작했다. 은아에게서 온 전화였다.

"네, 은아 씨."

─준현 씨.

"네."

─벚꽃 나무에 벌써 잎 나기 시작한 거 알아요?

"네."

─우리 더 늦기 전에 꽃놀이부터 가요. 예쁜 옷 입고, 직접 만든 도시락도 싸 들고.

이 여자는 그의 마음을 읽기라도 하는 걸까. 준현이 빙긋 미소를 지으며 대답했다.

"예쁘게 커플 티 입고 갔으면 좋겠는데."

수화기 너머로 으음, 하고 망설이는 은아의 목소리가 전해졌다. 그러다 곧, 그러자고 하는 음성이 들려왔다.

─저번에는 제가 썼으니까, 이번에는 준현 씨가 도시락 싸 줘요. 요즘은 요리하는 남자가 대세라는데. 엄청 예쁘고, 화려한 도시락 기대할게요.

준현이 웃음기 가득한 음성으로 그러겠다고 했다. 길고 길었던 과제 하나를 이제야 겨우 끝내나 싶었는데, 새로운 과제 하나가 그에게 덮쳐들었다. 하면서도 너무 즐거울 것 같은 과제 하나가.

15화. 꽃이 피고, 지는

공덕동 족발 골목. 준현이 맞은편에 앉아 있는 은성의 잔에 술을 채웠다.

"더 좋은 곳으로 모시고 싶었는데, 죄송합니다."

원래는 은성과의 만남을 위해 더 이른 시각, 한정식 식당에 예약을 해 두었더랬다. 하지만 일이 늦어지는 바람에 이렇게 늦은 시각, 검찰청 근처 족발집을 찾게 된 것이다.

"여전히 바쁘다고 들었는데 나 때문에 무리한 건 아닌가 모르겠⋯⋯ 네."

은성이 아직은 어색한 하대에 말끝을 조금 흐렸다.

"아니요. 그렇게 바쁜 것도 아닙니다."

하는 말과 달리 준현은 아직 마무리 중인 수사와 재판 준비 때문에 눈코 뜰 새 없이 바쁘게 지내야 했다. 그런 상황을 알면서도 은성의 입장에서는 최대한 빨리 준현을 만나고 싶었기에 이런 식으로라도 자리를 마련했던 터였다.

"제가 먼저 자리를 마련했어야 했는데, 죄송합니다."

또 한 번 이어지는 사과에 은성이 손을 내저었다. 항상 느끼는 거지만 준현은 그를 만날 때마다 저렇듯 미안해 죽겠다는 얼굴을 하곤 했다.

"죄송하긴 무슨. 그런 인사는 치우고 일단 술부터 한잔하자고."

역시나 어색한 분위기를 띄우는 데는 술이 최고였다. 준현과 은성은 족발이 나오기도 전에 연거푸 잔을 들이켰다. 후에 족발이 나왔지만 두 사람 다 족발보다는 순댓국을 안주로 하곤 했다. 그렇게 두 남자는 말보다는 술잔을 기울이는 것으로 초반의 친목을 쌓아 갔다.

"죄송합니다."

소주 두 병이 점점 바닥을 보여 갈 즈음. 뭐가 그리도 미안한지 준현이 또 꾸벅 고개를 숙였다. 무뚝뚝한 은성도 이번에는 헛웃음을 터트리며 물었다.

"매제는 도대체 뭐가 그렇게 미안해."

자신이 '매제'라는 호칭을 쓰고 있다는 사실을 알기나 할까. 은성은 준현의 잔을 채워 주다가 술이 떨어진 것을 보고, 술 한

병을 더 주문한다.

"형님한테 그렇게 한 사람들한테 제대로 사과를 받아 내고 싶었는데. 그게 잘 안 됐습니다."

김 회장과 박 부검은 조사를 받는 중에도 여전히 꼿꼿한 자세를 유지하고 있었다. 그들이 틀렸다는 사실을 인정하려고 하지 않았던 것이다.

"그런 사람들한테 죗값 받아 낸 것도 대단한데, 뭘 또 사과까지 받아 내려고 그래."

"하아……."

나름 힘을 북돋아 주려고 한 말이었는데 준현이 더 길게 한숨을 내쉬었다. 그런 그를 멀거니 보던 은성이 새로 도착한 술병을 열어 그에게 따라 주었다.

"그 죗값이란 것도 지금 재판부 사이의 분위기를 보면 솜방망이 수준에서 그치지 않을까 싶습니다."

"뭐, 그렇겠지."

이미 예상한 일인 듯, 은성이 천천히 고개를 끄덕였다.

"안 믿을지도 모르겠지만, 사실 난 그 사람들한테 별로 악감정이 없어."

은성이 자신의 잔을 마저 채우고 바로 들이켜 버린다. 준현도 그에 맞춰 술을 마셨다.

"힘 센 사람이 약한 사람 밟는 거야, 뭐. 나도 그동안 나보다 약한 사람들 많이 괴롭히면서 살아왔으니 할 말이 없지."

룸살롱 관련 일이라는 것이 으레 그런 거겠지만, 은성도 좋은 일을 하며 살아온 것은 아니었다. 다른 사람 눈에서 피눈물 흘리게도 해 봤고, 저주 섞인 비난도 꽤나 들어 봤다. 오늘처럼 거나하게 술을 마실 때면 혹시나 그에게 악감정을 품고 있는 사람을 만나는 건 아닌지 긴장도 해야 했다.

"어찌 보면 이번 일도 다 내가 뿌린 씨앗이니까."

너무 그렇게 미안해하지 말라고. 은성은 뒷말을 줄인 채 다시 술잔을 채웠다. 준현의 잔도 비어 있는 것을 보고 채우려다 문득 그와 눈이 마주쳤다.

"나도 이 바닥이랑 관련된 법은 어깨너머로 조금 아는데, 내가 한 짓들은 이미 공소 시효란 것도 끝난 일이니까 그렇게 눈에 불 켜고 보지 말지그래."

"아, 저도 모르게 그만. 티가 났습니까?"

준현이 날을 잔뜩 세운 눈빛을 감추며 은성이 내미는 술을 받아 들었다.

"이거야 원. 검사 매제 무서워서 룸살롱 일도 못 해 먹겠어."

"그러니까요. 그냥 죄짓고 살지 마세요. 제가 다 지켜볼 겁니다."

"하, 참."

"안 그래도 들었습니다. 가게 정리하고 다른 일 찾으신다고요."

박재환 부장검사가 체포된 이후, 은성과 미령은 룸살롱을 정리하고 다른 일을 준비하고 있었다. 듣기론 작은 식당을 차릴 계획이라고 했다.

"사람 때리던 손으로 음식 만들 생각하니까 좀 웃기기도 한데. 그나마 옛날에 잠깐 배워 둔 게 그것뿐이라."

"은아 씨가 아주 좋아하던데요."

"걔가? 그냥 비웃는 거겠지."

미령에게서 은성의 행보를 전해 들은 은아는 일 때문에 지친 준현을 붙들고 연신 같은 말을 반복할 정도로 좋아했었다. 준현이 그때를 떠올리며 피식, 웃음을 지었다. 그런데 테이블 위에 올려 두었던 휴대폰이 진동을 울리기 시작했다.

"아, 양반은 못 되겠네요."

준현이 휴대폰을 집어 들며 '은아 씨예요.' 하고 말했다. 은성이 고개를 끄덕하자, 준현이 자세를 돌려 전화를 받는다. 은성은 준현이 통화를 하는 동안 아닌 척하면서 그의 표정을 유심히 쳐다보았다. 그러다 통화가 끝나 갈 무렵에는 천천히 입가에 미소를 지었다. 누가 볼세라 술잔으로 가리긴 했지만.

"아, 저번에 형님이랑 했던 약속은 잘 지키고 있습니다."

은아와 통화를 끝내고 나서도 싱글벙글 웃으며 얼마간 휴대폰을 응시하고 있던 준현이 문득 떠오른 듯 말을 꺼냈다. 그에 은성이 순댓국을 먹다가 사레가 들려 기침을 한다.

"무, 무슨……."

"저번에 은아 씨 집 앞에서 한 약속 말입니다."

무슨 약속을 말하는 것인지는 애초에 알고 있었다. 그러니

사례가 들린 거겠지. 그가 묻고 싶었던 것은 굳이 왜 그 얘기를 꺼내느냐 하는 거였다.

"아직은 잘 지키고 있긴 한데……. 죄송한 말씀입니다만, 언제까지 지킬 수 있을지는 잘 모르겠습니다."

"아니, 그런 말을 굳이 왜 해?"

여동생의 그런 일, 알 필요도 없고 알고 싶지도 않다. 그때 준현에게 그런 엄포를 놓았던 것도 아직 결혼도 안 한 여동생의 집에 버젓이 남자를 들여보내는 것이 조금은 마음이 쓰여서 그랬던 거지, 정말로 아무 짓도 하지 말라는 말이 아니었다. 두 사람 일은 두 사람이 알아서 하겠지. 다만 오빠 된 사람으로서 한마디 정도는 해 두자, 이런 심정으로 한 말이었던 거다. 굳이 정말로 잘 지키고 있는지 어떤지 보고를 듣고 싶었던 것이 아니다.

"일단 약속을 했으니……."

"됐고. 그 문제는 자네가 알아서 해. 한두 살 먹은 어린애도 아니고."

은성은 혹시나 준현의 입에서 또 핵폭탄 같은 말이 떨어질까, 손을 휘휘 저었다. 그리고 일언반구도 꺼낼 수 없도록 연신 술잔을 채웠다.

"조심히 가십시오."

어느덧 두 사람의 술자리가 파하고, 준현이 택시를 향해 가는 은성을 배웅했다. 가는 은성을 지켜보던 그가 불현듯 무언가 떠올라 택시 쪽으로 달려갔다.

"그런데 오늘 하실 말씀이 있으셨던 거 아닙니까?"

오늘 자리는 은성이 먼저 말을 꺼낸 자리였다. 그런데 생각해 보니 술자리 내내 준현의 말만 했던 것 같다. 그에 신경이 쓰인 준현이 출발하려는 택시를 붙잡은 것이다.

"그냥. 서로 술 정이라도 쌓자고 불렀어. 이만 들어가 봐."

은성과 택시는 그렇게 준현을 남겨 두고 쌩하니 떠나갔다. 몽롱한 기운에 바람이라도 쐴 겸 차창을 연 은성이 피식, 미소를 지었다. 오늘 그가 준현을 보고자 했던 것은 준현의 진심을 알고 싶었기 때문이었다. 은아에 대한 준현의 감정이 어떤지 궁금했다. 전에 두 사람의 대화를 엿들어 그들의 진심을 조금 보긴 했지만, 그래도 눈앞에서 제대로 확인을 해 두고 싶었다.

"그런 표정을 봤으니, 굳이 말로 확인할 필요가 없지."

은성은 은아와 통화할 때 준현이 지었던 표정을 떠올리며 목울대를 살짝 울렸다. 그의 혼잣말에 택시 기사가 '네?' 하고 묻는다. 은성은 아무것도 아니라고 대답하고는 밤의 거리를 계속 눈에 담았다. 바람에 날려 길가에 떨어진 꽃잎들을 보며 끝을, 그리고 새로운 시작을 가만히 떠올려 보았다. 시작이라. 어감이 좋은 그 단어에 빙긋 웃음을 그렸다.

"무슨 술을 이렇게 많이 마셨어요!"

준현이 현관문을 들어서자마자 풍겨 오는 술 냄새에 은아가 고개를 내저었다. 은성과 둘이서 마신다고 했을 때부터 조금 걱정이긴 했는데, 아니나 다를까 비틀거리는 모양새가 심상치가 않다. 도대체 얼마나 마신 거야?

"형님이랑 그냥, 일 잔 했습니다."

그가 해사한 미소를 지으며 은아를 안으려 다가왔다.

"일 잔은 무슨. 백 잔은 한 것 같은데."

은아는 입으로 연신 투덜거리면서도, 술에 절어 그녀에게 푹 기대 오는 그를 고스란히 받아 주었다. 묵직한 무게감과 함께 덮쳐 온 온기가 그렇게 나쁘지만은 않았다. 준현은 은아의 어깨에 얼굴을 묻은 채, 원래는 한정식 식당을 예약해 뒀는데 어쩌고, 형님에게 미안하다 어쩌고, 약속이 없던 일이 돼서 다행이다 등등 중얼중얼 혼잣말을 이어 갔다.

"네, 네. 그랬어요?"

거의 반 이상 알아들을 수 없는 말이었지만, 은아는 고생 많았을 그의 너른 등을 토닥토닥 두드려 주었다.

"으앗. 그래도 여기서 자진 마요!"

얼마나 그렇게 있었다고. 혼잣말을 멈추기에 그런가 보다 하고 있었는데 그새 잠이 들어 색색 고른 숨소리를 내는 준현 때문에 은아가 기겁을 한다. 이 남자는 어찌 된 게 서서도 잘 자는 걸까. 이제 막 잠이 든 그를 깨워 침대 쪽으로 옮겨 갔다. 다행히 마지막 정신은 있었는지 그는 은아가 이끄는 것에 따라 서툰 걸음으로 잘 따라와 주었다.

"몸도 안 좋으면서 술은."

준현을 침대에 누이고 머리맡에 앉아 그의 머리를 쓰다듬어 보았다. 하루 멀다 반복되는 야근 때문에 지친 상태이면서 주당인 은성과 대작을 했으니. 어찌 보면 준현이 이리 취하는 것도 당연한 수순이었다. 그나마 집까지는 잘 찾아왔으니 칭찬이라도 해 줘야 할 판이다.

은아는 오늘 하루 제대로 시중을 들 마음이라도 먹은 건지 단단하게 매어 있는 넥타이를 끌러 주고, 셔츠 단추도 풀어 주었다. 따로 물수건을 챙겨 와 얼굴과 손발도 말끔히 닦아 냈다. 그녀의 손이 거칠 때마다 준현은 조금씩 더 편안한 숙면을 취할 수 있게 되었다. 은아는 처음보다 더욱 편안해진 숨소리를 들으며 만족스러운 미소를 지었다.

준현과 은성이 둘이서 술을 마셨다는 것도 준현이 그녀의 오빠를 형님이라는 호칭으로 부르는 것도 아직은 익숙하지 않은 일들뿐이었지만 그 불편함이 오히려 가슴을 뭉클해지게 만들었다.

'둘이서만 만나서 무슨 얘길 한 걸까.'

취한 준현의 혼잣말 정도로는 두 사람 사이에 어떤 대화가 오고 갔는지 가늠하기가 힘들었다. 은아는 잠든 준현을 내려다보며 남자들 사이에 무슨 말들이 있었을지 이런저런 상상의 나래를 펼쳐 보았다.

어디선가 들려오는 부스럭거리는 소리에 정신이 번쩍 들었다.

'언제 또 잠든 거지.'

침대 머리맡에 앉아 잠든 준현을 보고 있었던 것 같은데. 언제 잠이 들었던 건지 끊긴 정신이 다시금 돌아왔다. 아무래도 지금 그녀는 침대 위에 누워 있는 것 같다. 은아는 감고 있던 눈을 떴다. 잠결인지 시야가 가물거려서 앞이 잘 보이지 않았다. 눈을 몇 번 껌벅이며 앞으로 손을 내밀어 보았다.

"음?"

아무리 손을 내저어 봐도 그녀의 손에 닿는 것은 아무것도 없었다. 그저 서늘하게 남아 있는 허전함뿐. 이불 안이라 따뜻하긴 했지만 어쩔 수 없는 허전함이 그녀의 손끝에 머물렀다. 그 허허로움은 그녀의 마음에까지 전해졌다.

"준현 씨?"

은아가 잠에서 깨자마자 찾았던 이의 이름을 불러 보았다. 휑한 방 안에 그녀의 목소리만 아릿하게 울렸다. 어느새 시야를 되찾은 그녀가 휴대폰으로 시간을 확인했다. 아직 날이 밝기도 전이었다. 이런 시각에 그는 어디로 간 걸까.

"어? 벌써 깼어요?"

기다림이 더 길어지기 전에 준현이 침실 문을 열고 들어왔다. 샤워라도 한 건지 그의 머리칼이 젖어 있었다. 옷도 깔끔한 실내복으로 갈아입은 후였다.

"그건 내가 할 말이에요. 준현 씨는 피곤하지도 않아요?"

열린 문 사이로 고소한 참기름 냄새가 스며들었다. 코끝을 스치는 향기에 준현이 무엇을 하고 있는지는 대충 짐작할 수 있었다. 아마도 오늘 예정된 꽃놀이를 위해 도시락이라도 싸고 있을 것이다.

"도시락은 그냥 내가 싸겠다고 했잖아요. 안 그래도 일 때문에 바쁜 사람, 실컷 부려 먹는 여자로 만들 셈이에요? 그럴 시간에 잠이라도 더 자지."

준현이 침대 곁으로 와서 불퉁한 은아의 볼을 쓰다듬었다.

"잠이 안 와서 그런 거예요. 몸이 안 자는 거에 익숙해졌나 봐요. 몇 시간 자고 나면 이젠 잠도 안 와요."

이 우직한 남자는 이 말이 더 속상하게 들린다는 것을 알기나 하는 걸까. 은아의 얼굴 위로 더 큰 시름이 쌓였다. 준현은 걱정 말라는 의미에서 한 말이었는데 은아가 더욱 표정을 구기자 의아함에 고개를 갸웃했다.

"은아 씨?"

"도대체 몸을 얼마나 혹사시켰으면 겨우 세 시간밖에 안 잤는데 잠이 안 와요. 그게 정상적인 사람 몸이에요? 그냥 오늘 다른 데 갈 생각하지 말고 집에서 쉬면……."

준현이 은아를 끌어안음으로써 속사포처럼 쏟아지던 잔소리가 멈추었다. 그의 어깨에 입이 틀어막힌 그녀가 불만스러운 듯 웅얼거렸지만, 그의 품 안이 싫지는 않았기에 그녀도 가만히 안겨 있었다.

"걱정해 주는 건 고마운데, 하루 종일 집 안에 있는 것보단 바깥에 나가서 바람이라도 쐬는 게 좋을 것 같아요."

그렇게 말하고는 은아에게서 살짝 떨어졌다가 그녀의 입술에 입을 촉 맞추었다.

"나한테서 아직 술 냄새 많이 나요?"

"음, 별로요. 잘 모르겠어요."

"그래요?"

준현이 느른하게 눈을 빛내며 더욱 깊이 입술을 맞대었다. 두 개의 입술이 퍼즐 조각처럼 꼭 맞게 맞물리고, 두 개의 작은 살덩이가 서로를 찾아 헤매었다.

"하아……."

살짝 떨어진 입술 사이로 낮은 신음이 흘러나올 때쯤, 은아는 준현의 힘에 의해 침대에 눕혀진 후였다. 그녀의 위에 석상처럼 올라선 그는 잠깐의 숨 고르기 후 다시금 그녀의 입술 사이로 깊게 파고들었다. 얇은 입술을 아득 깨물고, 입 안 여린 살을 낱낱이 파헤친다. 부드럽기 그지없던 연인은 온데간데없고 집요한 정복자만이 자리를 지키고 있었다.

"그거 알아요? 어제부로 슬픈 약속 하나가 없어진 거."

"무슨 약속……."

흉포한 짐승을 간신히 묶어 두고 있던 사슬이 풀려 버렸다. 준현은 대답하는 대신 그녀의 목덜미에 입술을 묻고 숨을 들이마셨다. 솜털 하나하나가 곤두서는 감각에 은아가 상체를 들어 올렸다. 그는 한껏 들어 올려진 연인의 가슴을 강하게 쓰다듬다가 꽈악 움켜쥐었다.

"앗."

남자의 악력이 주는 묘한 압박감에 그녀의 입술 사이로 짙은 신음이 터져 나왔다. 잠에서 깨자마자 이런 농도 짙은 키스를 받게 될 줄이야. 어쩌다가 이렇게 된 거였더라. 그래, 무슨 약속이 없어졌다고 했지. 준현의 입맞춤 이후 느리게 움직여 가던 머리가 서서히 생각이라는 걸 하고 있을 무렵이었다.

"아응!"

그녀의 입에서 나왔다고 믿고 싶지 않은 신음 소리가 흘러나와, 하고 있던 모든 생각이 동시에 사라져 버렸다. 그녀의 윗옷을 끌어 올린 준현이 드러난 가슴 정점을 입 속에 넣었을 때 저도 모르게 터진 신음성이었다. 은아가 느릿하게 감기는 눈을 번쩍 뜨고 밀려드는 부끄러움에 얼굴을 가렸다. 준현도 귓전을 파고드는 은밀한 소리에, 물고 있던 것을 놓고 멍하니 그녀의 얼굴만 바라보고 있었다.

"……너무 그렇게 보지 마요."

꽉 닫은 손바닥 사이로 기어들어 가는 듯한 목소리가 흘러나왔다.

"보지도 못하게 하고선."

가녀린 손등만 멀거니 지켜보던 그가 그녀의 얼굴에서 손을 떨어트렸다. 작은 저항이 있었지만, 준현의 강한 힘에 은아의 붉어진 얼굴이 모습을 드러냈다. 열꽃이라도 피어오른 듯 잔뜩 상기된 얼굴이 씩씩거리며 그의 시선을 피했다.

"방금 낸 소리, 또 듣고 싶다고 하면 화낼 거예요?"

"준현 씨!"

다른 곳을 배회하던 눈동자가 그에게 향했다. 더 이상 놀리는 건 용납 못 한다는 강한 기운을 띠고 있었다. 찌를 듯 쏘아보는 여자의 눈과 달리, 한없이 부드러워진 남자의 눈이 반달을 그렸다.

"알겠어요."

알겠다고 말하면서도 짓궂은 손은 스멀스멀 그녀의 가슴으로 향했다.

"천천히, 조심스럽게 하도록 노력할게요. 은아 씨도 소리 안내게 노력해 봐요."

"읏……."

"나는 소리 내는 편이 좋지만, 은아 씨가 정 그렇게 부끄럽다면."

어디 한번 잘 참아 봐요. 그의 눈이 그렇게 도발을 하고 있었다. 난데없는 도발에 은아가 뭐라 대답하기도 전에, 그는 방금전 그녀를 한없이 무너져 내리게 했던 그 공격을 또 한 번 퍼부었다. 혀끝으로 살살 약하게, 입술로 강하게. 강약을 조절하며 이어지는 자극에 은아는 손바닥으로 입술을 강하게 막았다.

'아니, 그러니까 갑자기 왜 이런 상황이 된 거냐고!'

신음 소리가 새어 나갈까 입을 꽉 틀어막고 있느라 하고 싶었던 말을 속으로 삼켜야 했다. 은성과의 약속 때문에 은아와 한집에 있으면서도 매일 밤 참고, 또 참아야 했던 남자의 사정을 알 리가 없는 그녀는 갑자기 달려드는 짐승 한 마리가 어리둥절할 뿐이다. 바로 옆에서 새근새근 숨소리를 내며 잠든 사랑하는 여자 때문에 준현이 몰래 찬물로 샤워를 해야 했다는 것도, 침실로 돌아가기보다는 요리를 택해야 했던 그의 어쩔 수 없음도 알지 못하는 그녀였기에, 이 모든 상황이 갑작스럽기만 하다.

"되게 당황스러운가 봐요."

그녀의 마음을 알아주는 질문에 은아가 고개를 끄덕끄덕했다.

"난 지난 몇 주 동안 은아 씨가 내 옆에 있을 때마다 이렇게 하고 싶어 죽는 줄 알았는데."

숨 돌릴 틈이라도 주는 양, 그녀에게서 조금 떨어져 은근한 시선을 보내던 그가 손가락으로 그녀의 몸의 곡선을 쭉 훑었다.

"그렇게 티를 냈는데, 어쩜 그렇게 몰라요?"

자신의 마음을 몰라준 그녀에게 벌이라도 주듯 준현은 천천히, 그리고 빨리 갖가지 자극으로 그녀의 몸을 몰아붙였다. 특히나 어둠이 살짝 내려앉아 묘한 빛을 내는 그의 눈동자는 그녀를 절로 긴장하게 만들었다. 은아가 마른침을 꿀꺽 삼켰다.

"아니면 설마 모른 척하고 있는 건……."

준현이 띄엄띄엄 천천히 의심의 눈초리를 보내자, 은아가 뜨끔하고 숨을 들이켰다. 눈동자도 그를 향하지 못하고 도르륵 모로 굴러간다.

아직 남녀 간에 관계를 맺는 것이 익숙하지 않았던 그녀가 느끼기에는 기분이 좋은 것보다는 아픔이 조금 더 컸다. 그래서 준현과 함께 있으면서 그 이상의 단계를 망설였던 것도 사실이다. 어쩐 일인지 그도 끝까지 하지는 않았으니 다행이라고 생각했다. 물론 마지막까지 하지 않는 그가 굉장히 힘들어했다는 것도 어느 정도 알 수 있었다. 그걸 어떻게 모를 수 있을까. 그렇게 티가 났는데.

"음? 정말 모른 척한 거예요?"

그녀의 변화를 눈치챈 그가 조금 더 강하게 그녀를 몰아세웠다. 그의 은근한 재촉에 결국 은아는 항복 선언을 하고 만다.

"그거야. 굳이 아는 척할 필요가 없다고 생각했으니까요."

"그렇긴 하죠. 굳이 아는 척할 필요는 없죠. 그렇긴 한데……. 뭔가 억울해요."

그가 아마도 지킬 필요 없었을 약속을 지키느라 고생하는 동안 은아는 그가 힘들어하는 것을 알면서도 모른 척했다는 사실에 왠지 모를 배신감이 들었다. 구체적으로 설명할 수 없는, 막연한 감정이었기에 표현할 길은 없었다.

"엄청 억울해요."

그러니 그저 억울하다는 말만 반복할 수밖에.

"엄청 억울하다고요."

그러니 당황한 은아를 두고, 계속 참아 왔던 그것을 하는 수밖에. 준현은 말도 안 되는 이유를 변명이랍시고 대고는 지금의 행동을 합리화했다. 아직 해가 뜨기엔 이른 시각. 해님이 고개를 들기 전까지 은아를 가만두지 않겠노라고 다짐했다.

이제 막 봉인이 풀린 짐승은 아주 흉포하고, 잔인했다. 은아는 해가 뜨기 전까지 몇 번이나 그의 손에 가야 했는지 모른다. 날이 샐 무렵에는 거의 기진맥진하게 되었다. 계획한 바대로 전부 이행한 준현이 만족스러운 웃음을 흘렸다. 그 웃음이 괜히 얄미워진 은아가 그의 반대편으로 홱 돌아누웠다.

"뭔가 얄미워."

이번에는 아까 전과 반대로 은아가 뾰로통해졌다. 준현이 자신에게 등을 보이고 누운 은아를 뒤에서 끌어안았다. 그리고 드러난 맨 어깨에 입술을 묻었다.

"뭐가 그렇게 얄미워요."

"그렇게 힘들다고 했는데. 끝까지 안 멈추고……."

"무슨 소리예요? 은아 씨가 너무 힘들다고 해서 이 정도에서 멈춘 건데. 그래도 나름 참은 거라고요."

진실인지 거짓인지 모를 말에 은아가 말도 안 된다는 표정을 지었다. 몇 시간 내내 그녀를 달달 볶아 놓고, 그것도 나름 참은 거라고?

"매일 율무차라도 먹여야 되는 거 아닌지 몰라."

룸살롱에서 손님을 상대하는 아가씨들이 우스갯소리로 하는 소리를 들은 적이 있었다. 그쪽 방면의 체력이 과하게 세다 싶은 남자들은 나라에서 의무적으로 율무차를 먹게 해야 한다고. 당시에는 그저 그러려니 넘겼었는데, 여기 한 명 또 있었다. 율무차를 의무적으로 먹어야 하는 남자가.

"뭐라고요?"

준현이 기가 차다는 듯 웃으며 은아를 꼭 끌어안았다. 율무차의 효능에 대해서라면 그도 이미 알고 있는 터였다. 고등학생 때 친구들이 절대 율무차는 먹으면 안 된다고, 율무차의 무서움에 대해서 논하는 것을 들은 적이 있었던 것이다.

"날 위해서 좀 먹어요."

"은아 씨를 위해서 절대 먹으면 안 되죠."

누군가는 피하려 하고, 누군가는 끝까지 잡으려 하고. 준현이 은아를 품 안에 안겠다고 힘을 쓰자, 은아가 비겁하다며 바락, 소리를 지른다. 두 사람은 누가 봐도 유치하다고 혀를 내두를 정도로 이불 안에서 아웅다웅하고 있었다.

"아, 맞다."

그때 준현이 뭔가 떠오른 듯 몸을 일으켰다.

"어제 나, 종이 가방 하나 제대로 들고 왔어요?"

준현이 무리하게 마신 탓에 가물가물한 기억을 더듬으며 침대 밑에 떨어져 있는 옷을 입었다. 그에 은아가 준현이 집에 들어오자마자 종이 가방 하나를 신발장에 내려놓았던 것을 떠올렸다. 취한 그를 챙기느라 종이 가방에는 별 신경을 두지 않았던 그녀였다.

"들고 왔던 것 같긴 한데. 그게 뭔데요?"

"우리 커플룩이요."

준현이 그렇게 말하고는 거실로 나갔다. 은아도 이불로 몸을 가리고 그를 따라나섰다.

"다행히 잘 들고 왔네."

조금 구겨지긴 했지만 멀쩡히 그의 집까지 도착한 종이 가방을 보고 준현이 안도의 한숨을 내쉬었다. 신발장에 버려진 듯 툭 널브러져 있는 종이 가방을 들고 은아에게 전해 주었다. 선물을 주고서 그 자리에 서 있는 건 너무 생색내는 것 같을까 봐, 은아가 마음 놓고 열어 볼 수 있게 자리를 비켜 주기도 했다.

"이건 또 언제 산 거예요? 시간 없었을 텐데."

"이번에는 정말 시간이 없긴 했죠. 그래서 친구 찬스를 썼어요. 박재민이 다른 건 다 쓸데가 없는데 패션 쪽으로는 감이 괜찮거든요. 나름 괜찮을 거예요."

"……와우."

괜히 부엌 쪽으로 발걸음을 옮기던 준현이 뒤에서 들려오는 은아의 목소리에 고개를 돌렸다. 그러고는 그녀의 손가락에 걸려 있는 옷 쪼가리를 확인하고 이를 으득 갈았다.

"박재민, 이 자식이……."

재민이 은아 입으라고 넣어 둔 옷은 너무 작았다. 중요 부위는 가릴 수 있을까, 아니 저런 옷이 사람 몸에 들어가긴 할까 싶을 정도로 작은 옷이었다. 등이 훤히 드러난 검정색 민소매 블라우스. 조금 많이 파격적이다 싶을 정도의 의상이었다.

"요즘 이런 옷을 입는다고 하긴 하던데. 우와. 이것만 입으면 속옷은 그냥 다 보이겠는데요? 나, 도전해 봐야 하는 거예요?"

"말도 안 되는 소리 하지 마요."

준현은 혹시나 은아가 입겠다고 할까 봐, 그 말도 안 되는 옷 쪼가리를 그녀의 손에서 뺏어 왔다. 그의 손에 들리니 옷은 훨씬 더 작아 보였다.

"믿을 사람을 믿었어야 했는데. 그거 다 줘요. 당장 다 버려 버리게."

준현이 은아의 손에 들린 종이 가방마저 뺏으려 하자 은아가 살짝 몸을 틀었다.

"이 예쁜 걸 왜 버려요. 입어야지."

"아니, 왜 그걸……."

"재민 씨가 정말 센스 있는 것 같은데요?"

은아는 그렇게 말하며 종이 가방에 들어 있는 다른 옷을 꺼내 보았다. 이번에는 흰색 칼라가 포인트인 네이비 원피스가 들려 있었다. 같은 민소매이긴 했지만 아주 단정해 보이면서도 캐주얼해 보이는 옷이었다. 그와 세트로 같은 색상의 칼라 티셔츠와 흰색 바지가 함께 들어 있었다.

"커플룩이라고 해서 조금 걱정했는데 이 정도면 저도 괜찮은 것 같아요."

그녀는 처음 종이 가방에 든 옷들을 보고 그 안에 듬뿍 담겨 있는 재민의 장난기를 느낄 수 있었다. 그에 재민의 아바타가 되어 열심히 준현을 놀려 주었던 것이다. 특별히 시간을 내서 커플룩을 사 준 빵집 사장님의 기대를 저버릴 수는 없는 노릇이었다. 물론 해가 뜰 때까지 그녀를 괴롭힌 그에게 작은 복수를 하고자 하는 사심도 조금은 들어 있었다.

"봐요. 완전 예쁘잖아요."

은아가 그렇게 말하며 혀끝을 살짝 내밀었다. 준현이 어쩔 수 없다는 듯 웃다가 눈을 가늘게 떴다.

"그렇게 다른 남자랑 한편 먹고, 나 놀리기 있어요?"

"재민 씨가 이렇게 재미있는 사람인 줄 알았으면 종종 같이 그랬을 텐데. 너무 늦게 안 것 같아 아쉬울 정도예요."

"흠, 반성의 여지가 없으시겠다."

"그럼 난 먼저 씻을게요."

준현이 또 어떤 보복을 해 올지 몰라 허둥지둥 옷을 챙겨 들고 욕실로 가려고 했다. 하지만 꼬리가 길면 밟힌다고. 그녀의 몸을 가리고도 한참은 남은 이불자락이 준현의 발끝에 밟혔다.

"욕실까지 들고 가서 이불 빨래라도 하려고요?"

"으……."

이런 식으로 덜미를 잡힐 줄이야. 하필 이불로 몸을 가린 것이 실수라면 실수였다. 준현이 이불 위를 걸어 은아가 있는 곳까지 다가왔다. 그러고는 바로 뒤에 서서 한 줌도 되지 않을 그녀의 허리를 감싸 안는다.

"지금 여기서 은아 씨가 누구 편에 서야 하는지 똑똑히 알려 주고 싶은 마음이 굴뚝같지만."

그리고 그녀의 관자놀이에 입을 촉 맞춘다.

"이미 많이 고단한 것 같으니까 한 번 봐주는 거예요."

준현이 이불을 밟고 있던 발을 들었다. 그와 동시에 은아는 쏜살같이 욕실로 직행했다. 안에서 손만 빼꼼 나오더니 이불을 밖으로 내던져 버린다.

"이불 빨래는 꼭! 제가 할 테니까 그냥 둬요."

밖에 남은 그는 허물처럼 벗어 던져진 이불을 집어 들고 숨 죽여 웃었다. 정말 이 여자를 어쩌면 좋을까. 그렇게 토라진 목소리로 말하면 더 갖고 싶어진다는 걸 알기나 할까. 준현은 욕실 문손잡이를 얼마간 뚫어지게 바라보다가 겨우 발걸음을 돌려 세탁실로 향했다.

서로 자기가 싸겠다고 실랑이를 벌이다가 결국에는 둘이서 함께 만든 도시락을 들고 봄의 거리를 걸었다. 거리는 벚꽃의 마지막을 함께하겠다고 온 사람들의 행렬로 가득 차 있었다. 꽃 반, 사람 반. 여유롭게 꽃구경을 하고 싶었건만 이거야 원, 사람이 꽃을 구경하는 것이 아니라 꽃이 사람을 구경하는 모양 새가 된 것 같다.

"여기서 돗자리 펴는 건 절대 무리일 것 같은데요."

주말이었기에 사람이 많을 줄은 알았지만 이 정도일 줄은 몰랐다. 일부러 차도 두고 온 터였다.

"아까 전 지하철에서부터 불안, 불안하다 싶긴 했는데."

은아가 방금 전 지하철 속에서의 인파를 떠올리고 고개를 절레절레 저었다. 준현이 그런 은아를 보고 싱긋 웃으며 그녀의 허리를 끌어당겼다.

"그래도 이렇게 같이 올 수 있었던 게 어디예요."

원래 같았으면 준현은 오늘도 검찰청에서 업무를 보아야 했다. 그런데 저번에 준현을 두고 뒷얘기를 하던 동료들이 준현의 몫의 일을 나눠서 맡을 테니 하루쯤은 쉬라고 배려를 해 주었던 거였다. 그들의 배려가 아니었다면 이 꽃들이 모두 지기전까진 검찰청에서 벗어나지 못했을 것이다.

"이번에는 강제 퇴근당한 게 아니란 거, 확실하죠?"

고개를 들어 꽃잎 사이로 하늘을 바라보던 그가 은아 쪽으로 시선을 돌렸다. 강제 퇴근이라니. 물론 그런 일을 당하던 때도 있었지만, 준현은 그에 대해 은아에게 말했던 적이 없었다.

"어떻게 알았어요?"

"다 아는 방법이 있어요. 수사 팀에 제 스파이 한 분 있는 거 모르죠?"

"아아."

은아에게 이런저런 정보를 줄 만한 사람이 딱 한 분 계셨다.

"그 스파이분한테 뇌물이라도 드려야겠네요. 스파이 노릇 그만두시라고."

"그래 봤자 윤 계장님은 제 편이거든요."

은아가 그렇게 말하며 마찬가지로 준현의 허리를 당겨 안았다. 각자 반대쪽 손에는 짐 하나씩을 들고, 한 몸처럼 붙어 있는 모습이 커플이 아닌 사람의 염장을 제대로 지르는 모양새였다.

"어머님은 요즘 어떠세요? 제가 따로 찾아뵙는 게 낫지 않을까요?"

준현이 심호흡을 한 번 하고 고개를 저었다.

"아직은요. 아직은 저한테 난 화가 은아 씨한테까지 미칠지도 몰라요."

"……."

"그래도 시간만 조금 지나면 이해해 주실 거예요. 이해 못 해 주실 분이 아니에요."

아직은 기다리자는 말에 별다른 대답 없이 입을 꾹 다물고 있던 은아가 결심한 듯, 준현의 허리 자락을 꼭 움켜쥐었다.

"그래도 따로 찾아뵙고 싶어요. 준현 씨 일 마무리될 때까지 기다리면 너무 늦어요. 진작 찾아뵀어야 했는데, 생각이 짧았어요."

준현이 몸을 살짝 틀어 은아를 걱정스레 내려다보았다.

"은아 씨 혼자 가서 싫은 소리 듣는 거 싫어요."

"싫은 소리 좀 들으면 어때요. 사실 그때 찾아뵀을 때 그렇게 잘해 주셨는데 일이 이렇게 돼서 마음이 많이 불편했어요. 차라리 싫은 소리라도 들으면 좀 편해질 것 같아요."

"그래도 같이 가요."

"언제요? 오늘 아니면 또 한참 동안 시간도 없을 거면서. 아니면 지금 당장 꽃놀이 그만두고 바로 찾아뵐까요?"

얼마간 고민하다가 차라리 그러자고 말하려고 하는데, 은아가 듣기 싫다는 듯 휙, 하고 시선을 돌렸다.

"남자들끼리 따로 만나서 할 얘기가 있듯이 여자들끼리도 따로 할 얘기라는 게 있는 법이에요. 그런데 준현 씨가 끼면 얘기가 제대로 되겠어요?"

"그래도……."

"그래도 원래 같았으면 이런 말도 안 하고 그냥 혼자서 불쑥 찾아뵀을 텐데, 저 많이 발전한 것 같지 않아요?"

은아는 좀처럼 준현이 반박할 만한 시간을 주지 않았다. 그녀는 칭찬을 바라는 아이처럼 의기양양한 얼굴로 그를 올려다보았다. 동그랗게 뜬 눈동자에는 천진함까지 스며들어 있었다. 그에 준현이 피식 웃음을 흘린다.

"우리 어머니, 잘 좀 부탁해요."

"아무렴요. 나만 믿어요."

아직 아무것도 해결된 것은 없건만. 태평스러운 은아의 미소에 준현에게까지 그 태평함이 옮아 버린다.

"어? 저기 자리 난 것 같은데. 우리 저기 가서 도시락 먹어요."

혹시나 자리를 뺏길까 서두르는 은아를 보며 준현도 그 뒤를 따라간다. 빈자리는 언제 또 봐 두었던 건지. 이쯤 되면 꽃구경이 주목적인지, 도시락 먹는 게 주목적인지 헷갈릴 정도다. 아마도 두 사람이 함께한다는 것이 가장 큰 목적일 터다. 준현과 은아는 괜찮은 자리에 돗자리를 깔고 앉아 흩날리는 꽃을 배경으로 서로를 눈에 담았다. 흐드러지게 피어 아름다움이 절정에 달한 꽃마저도 이들에게는 배경이 될 뿐이다.

"아, 좋다. 내년에도 내후년에도, 그 이후에까지 계속 꽃놀이 같이 와요. 꼭. 나랑 같이."

도시락을 반쯤 다 먹고 나서, 준현이 돗자리 위로 길게 누우며 말했다. 약속인지 맹세인지, 아니면 고백인지 모를 그 말에 은아가 낮게 미소 지었다. 마침 솜사탕을 든 아이들도 그들의 옆으로 지나갔다.

"그때쯤이면 우리 닮은 애들도 같이 있으려나."

아이들을 보며 중얼거리는 준현의 말에 얼핏 올라갔던 입꼬리가 서서히 누그러진다. 은아는 도시락 뚜껑을 닫다가 뭔가 할 말이 있는 듯 입술을 우물거리기 시작했다.

"저, 사무실에 사람 새로 들어오는 대로 일 그만둘 생각이에요."

처음 듣는 얘기에 준현이 몸을 살짝 들었다.

"검찰 사무직 시험, 다시 치를 예정이거든요."

"잘됐네요. 그럼 은아 씨랑 같이 검찰청에서 일할 수 있는 거예요? 이번에도 우리 사무실로 배정받았으면 좋겠다. 아니지,

그냥 행정 부서 배정받는 게 더 낫겠네요. 수사 부서에 오면 또 얼마나 위험한 일 저지를까.”

준현이 생각만 해도 싫다는 듯 몸서리를 쳤다.

“아직 시험도 치기 전이거든요? 무슨 벌써부터 붙은 것처럼 말해요.”

“그거야. 은아 씨라면 어떻게든 붙을 것 같으니까.”

“음, 조금 부담스러운데. 이러다 떨어지면 어떡해요.”

“다시 시험 치면 되지 뭐가 걱정이에요.”

은아가 다시 검찰청으로 들어온다고 생각하니 준현은 마냥 좋기만 한 모양이다. 다시 편하게 몸을 누인 그의 입가에는 느른한 미소가 잔뜩 걸려 있었다.

“그런데 왜 하필 검찰 사무직이었어요? 전부터 궁금하긴 했었는데.”

나랑 만나려고 그랬나? 준현이 농담 섞인 말을 하며 잘게 웃었다. 은아도 그의 말에 살며시 웃다가 제대로 된 대답을 했다.

“안정적인 일이 하고 싶어서 공무원 학원에 찾아갔었어요. 그런데 생각보다 직종이 엄청 많은 거예요. 뭘 해야 하나 싶을 정도로.”

준현이 은아의 말을 들으며 바닥에 놓여 있는 그녀의 손을 지그시 잡았다.

“그래서 일단 수업이나 들어 보자 싶어서, 마침 눈에 띄는 수업을 들었거든요. 그게 또 헌법 수업이었어요.”

"운명이었네요."

"그러게요."

준현의 추임새에 은아도 웃으며 맞장구를 친다. 준현은 누운 자세로, 은아는 앉은 자세로 같은 곳을 바라보며 두런두런 대화를 이어 갔다.

"그때 헌법 과목 선생님이 검찰직 공무원이 되고 나서 할 수 있는 일들을 설명해 주셨거든요. 최대한 빨리 승진할 수 있는 방법이요."

"그런 게 있어요?"

"그런 게 있더라고요. 어떻게 해야 시험에 붙을 수 있다, 보다는 시험에 붙고 나서 이렇게 하면 더 성공할 수 있다, 를 가르쳐 주는 선생님이었어요. 그런데 웃긴 건 그때 그 선생님 말씀을 들으니까 정말로 제 미래가 막 그려지는 거예요."

"좋은 선생님이었나 봐요."

"저한테는요. 미래를 보여 준 선생님이었으니까요."

당시 은아는 꽤 많이 힘들 무렵이었다. 룸살롱 일을 도와주던 중, 그때 다니던 회사 영업부 사원과 마주쳐 버린 것이다. 회사 내에 소문은 소문대로 나고, 어쩔 수 없이 일을 그만두는 수밖에 없었다. 그랬던 그녀에게 선생님이 보여 준 미래는 한 줄기 빛과도 같았다.

"으음, 그런데 최대한 빨리 승진하는 방법이라는 건 뭐예요? 나도 배워야겠네, 그 방법."

과거의 여운에 잠긴 은아를 흐뭇하게 바라보며 준현이 물었
다. 승진할 수 있는 방법이 궁금하기보다는 그녀의 이야기가
계속 듣고 싶은 거였다.

"……해외 연수요."

그런데 은아의 입에서 나온 그 방법은 준현의 얼굴에서 미소
가 사그라지게 만들었다. 그는 조금 굳은 얼굴로 은아를 돌아
보았다. 어쩐지 그녀의 입에서 나온 해외 연수라는 말이 불안
하게만 들렸다.

16화. 당신과 함께

　"해외 연수, 가고 싶긴 한데. 그래도 지금 당장 가겠다는 것도 아니고 사실 갈 수 있을지 어떨지도 모르는 일이니까. 너무 신경 쓰진 마요."

　은아는 멍해진 준현을 두고 그렇게 말했다. 하지만 어떻게 신경을 안 쓸 수 있을까. 사랑하는 여자가 해외 연수를 가고 싶다고 하는데, 어느 누가 멀쩡할 수 있을까. 두 눈 멀쩡히 뜨고 생이별을 하게 생겼는데.

　"해외 연수? 은아 씨도 대단하네. 그런 것까지 다 생각하고. 야, 인간적으로 공부한다는데 네가 뭐라 할 건 안 되지."

준현은 도저히 일에 집중이 안 돼서 점심시간, 잠깐 짬을 내서 재민의 빵집에 들른 참이었다. 그런데 그의 이야기를 들은 재민은 자기 일 아니라고 여유작작이다. 준현은 느긋하게 빵을 우물거리는 재민을 딱 열 대만이라도 때려 주고 싶다고 생각했다.

"얼마 정도 생각하고 있대? 1년?"

준현이 고개를 저었다.

"그럼 2년?"

"3년."

"헐."

사실 준현도 처음 해외 연수 얘기를 들었을 때에는 많이 당황했지만 그래도 1년 정도는 괜찮다고 스스로 마음을 다잡았다. 그런데 무려 3년이란다. 3년이라는 기간에 네가 뭐라 할 건 아니라고 주장하던 재민도 표정을 달리했다. 아무리 그래도 3년은 너무 심하지 않은가.

"연수 자체는 1년인데, 국비로 공부하는 거라서 의무적으로 2년 동안 해외 근무를 해야 한다더라고."

"아, 3년 내내 연수받는 게 아니야? 난 또, 그럼 국비로 안 가고 네가 돈 좀 보태면 안 되냐? 너, 은아 씨 공부시킬 돈 정도는 있잖아."

복잡한 건 딱 질색하는 재민이었기에 자기 편한 대로 해결책을 제시했다.

"내 돈 받을 여자였으면 애초에 이런 걱정도 안 하지."

"하긴."

물론 그가 제시한 해결책은 말을 꺼냄과 동시에 폐기 처분되었다.

"야, 됐어, 됐어. 어차피 그거 가려면 이것저것 복잡할 거 아냐. 우리나라에서 공짜로 해외 연수 보내 주는 건데 절대 쉬울리가 없지. 그리고 그 공무원 시험 자체도 힘들다며. 설마 그걸 다 해내겠냐."

재민이 손사래를 쳐 가며 친구를 위로했다. 아니, 위로하겠답시고 나름의 시도는 했다.

"그런데 왜, 은아 씨라면 그 설마 싶은 일을 해낼 것 같지. 어떻게 해서든 해외 연수 가고 말 것 같은데. 넌 3년 동안 기러기 신세 될 것 같고. 크학. 미래가 보인다. 미래가 보여."

이쯤 되면 위로를 하겠다는 건지, 약 올리겠다는 건지 헷갈릴 지경이다.

"……됐다. 여기 온 내가 등신이지."

고구마라도 들어앉았는지 꽉 막혀 답답해진 속을 주먹으로 내리치며 자리에서 일어났다. 재민에게 정상적인 친구의 반응을 기대한 것이 잘못이다. 이렇게 놀려 먹을 걸 알면서 왜 여길 찾아왔을까.

"아니면 합법적으로 못 가게 하는 방법이 하나 있긴 한데."

그래, 이것 때문이었다. 재민은 가끔가다가 뜬금없지만 기발한 생각을 해내곤 했으니까. 그런 것을 기대하고 온 것이다. 준현이 다시 자리에 앉았다.

"너, 나무꾼이 선녀 잡으려고 뭘 했는지 알아?"

"……."

"애 셋만 낳아. 내가 보기엔 방법은 그것뿐이다."

"말을 말자."

이번에는 정말로 미련 없이 자리에서 일어났다. 뒤에서 '아니면 너도 따라가든가!' 하는 새된 소리가 들렸지만 철저히 무시해 주었다.

비슷한 시각. 가은 변호사 사무실. 은아와 가영이 오후의 티타임을 갖고 있는데, 한성이 사무실로 들어섰다. 그가 두 여자의 편하기 그지없는 포즈를 보고 눈살을 찌푸린다.

"야, 아무리 사표 제출했고, 공동 대표라지만 그 포즈는 너무들 한 거 아니냐? 손님이라도 들어오면 어쩌려고 그래."

"안 들어왔으면 됐지. 뭘, 그렇게 깐깐하게 구시나."

"깐깐……."

한성이 가영이 한 말을 곱씹으며 입술을 삐로통하게 내밀었다. 그에 은아가 낮게 웃음을 흘리며 화제를 돌렸다.

"재판은 잘 끝났어요?"

"그럼."

방금 전까지 은아와 가영에게 한 소리를 할 때는 언제고. 한성도 의자를 가져와 편하게 몸을 누인다. 가영이 그 모습을 보며 뭐라 한마디 했지만 모른 척할 뿐이다.

"그런데 김 검사랑 무슨 일 있었어? 방금 전에 오다가 만났는데, 상태가 영."

은아와 가영의 시선이 마주쳤다. 안 그래도 한성이 들어오기 전까지 두 사람은 그 문제에 대해서 이야기를 하고 있었다. 물론 가영은 오롯이 은아 편이었다.

"뭐? 3년? 미친 거 아냐?"

그와 달리 한성은 준현의 편인가 보다. 자초지종을 전부 들은 한성이 경악스러움을 가감 없이 드러냈다. 또한 준현의 입장에 서서 변론하는 것도 잊지 않았다.

"이제 좀 잘 풀리나 싶은데 3년 동안 뭘 해? 김 검사 기분 상할 만했네. 야, 나 같으면 그 자리에서 헤어지자고 했어."

"역시…… 그렇겠죠?"

은아가 시무룩해지자 이번에는 가영이 변호에 나선다.

"그런 걸로 헤어질 거면 나중에 뭐 때문이든 결국은 헤어지겠지. 김준현 검사 만나기 전부터 네가 하고 싶어 했던 거잖아. 다른 것도 아니고, 공부하러 가겠다는데 그게 왜!"

"야, 그럼 넌 네 남자 친구가 덜렁 해외에 3년이나 나간다는데 아무렇지도 않겠냐?"

"당연히 조금 쓸쓸하긴 하겠지. 그래도 나 같으면 잘 다녀오라고 보내 준다."

"우와, 남 일이라고. 만약에 김 검사가 해외 연수 간다고 했어 봐. 난리, 난리 났겠지."

"그럴 리가……."

그럴 리가 없다고 반박하려던 가영이 입을 꾹 다물었다. 아마도 그녀라면 난리가 났을 것이다. 어떻게 은아를 두고 3년이나 해외 연수를 갈 수 있냐고. 스스로를 잘 알았던 그녀가 마지막 남은 양심은 있었던지 거짓은 고하지 않았다.

"그, 그랬겠지."

"거봐."

가영과 한성이 서로를 노려보며 기 싸움을 했다. 은아가 두 사람의 가운데에서 팔을 휘휘 저으며 분위기를 전환했다.

"아니, 남의 커플 일로 왜 두 사람이 다투고 그래요. 정작 주인공들은 가만히 있는데."

"김 검사가 참고 있는 거겠지! 말이 나와서 하는 얘긴데. 김 검사 얼굴에 수심이 가득하더라. 솔직히 지금 이건, 같은 남자라고 편드는 게 아니라 사람 대 사람으로서 김 검이 너무 안타까워서 그런다."

"아, 정말! 고은아도 그거 다 아니까 고민하고 있는 거잖아! 선배, 우리 이제 남 일에 감 놔라, 배 놔라 하지 맙시다. 나도 그냥 입 다물고 있을 테니까."

은아가 입술을 꾹 다물고 이맛살을 좁혔다. 가영이 은아의 눈치를 보며 한성을 그의 자리로 밀어냈다. 한성은 어쩔 수 없이 밀려나 주다가 은아에게 심부름 하나를 시킨다.

"오는 길에 자기가 다녀왔어도 되면서. 아니, 별 필요도 없는 것 같은데 굳이 왜 지금 가져오라는 거야."

한성의 가차 없는 직언에 서운함이 남아 있는 은아가 사무실을 내려가며 혼자 중얼거렸다. 그가 말한 서류를 복사하려면 이대로 검찰청으로 가야 했다.

"은아 씨."

여전히 한성에 대한 불만을 토로하며 건물을 나서려는데 뒤에서 익숙한 목소리가 들려왔다. 이 인간이. 은아가 속으로 한성을 또 한 번 씹었다. 준현과 마주쳤다더니, 그가 빵집에 가는 길에 마주친 모양이다. 일부러 심부름을 보낸 것도 음흉한 이유가 있었던 것 같고.

"네, 준현 씨."

해외 연수 문제 때문에 아직은 준현을 보는 것이 껄끄러웠던 은아가 어색한 미소를 지으며 뒤로 돌아섰다. 딱히 준현이 반대를 하거나 다른 말을 한 것은 아니었지만 지레 찔려서 그런지 그의 얼굴을 마주 보기가 힘들었다.

"어디 가는 길이에요?"

"그냥. 검찰청에 서류 좀 복사하려요."

"아아."

이후 두 사람은 자연스럽게 나란히 길을 걸었다. 그리고 두 사람 다 아무 말이 없었다. 도로 옆에 차가 지나가는 소리, 사람들이 대화하는 소리, 그런 소소한 소리들이 크게 느껴질 정도로 둘만의 공간은 고요하기 그지없었다.

"점심은 먹었어요?"

침묵 속에서 먼저 말을 꺼낸 것은 준현이었다. 그의 물음에 은아가 아차 싶었는지 느릿하게 고개를 끄덕였다. 그러고 보니 아직 간단한 안부 인사조차 하지 않고 있었다.

"준현 씨는 뭐 좀 먹었어요?"

"뭐 먹었는데요?"

타이밍 안 좋게 말이 겹쳐지자, 두 사람은 어색하게 한 번 웃어 보였다. 또다시 말이 겹칠까, 잠깐 머뭇거린 후에 일상적인 대화를 이어 갔다. 누군가 질문을 하면, 누군가 대답을 하는 그런 과정을 함께하고 있었다. 다만, 평소와 다르게 이상할 정도로 대화가 겉도는 기분이다. 준현과 은아 모두 정작 머릿속을 가득 채우고 있는 문제는 애써 입 밖에 꺼내지도 않고 있었으니 그럴 수밖에 없었다.

'혹시나 내가 해외 연수 가면, 기다려 줄 수 있어요?'

은아는 그 질문 대신 오늘 점심때 가영과 먹었던 메뉴를 하나하나 나열했다.

'꼭 외국까지 가야 하는 거예요?'

준현도 은아를 곤란하게 만들 게 뻔한 말은 굳이 하지 않으려 했다. 그렇게 두 사람은 평온한 일상을 깨트리기 싫다는 명목하에 정말 하고 싶은 말은 가슴에 품어 두기만 한다. 검찰청에 도착해 각자의 갈 곳으로 가게 된 순간에도, 만들어진 평화를 지키는 데만 급급했다.

"굳이 안 와도 된다는데도 끝까지 말 안 듣지."

영선이 자신의 팔에 걸린 은아의 팔을 지그시 내려다보며 말했다. 그녀의 입가에는 인자하면서도 안쓰러운 미소가 살짝 걸려 있었다.

"어차피 가도 좋은 소리 못 들을 거면서."

김정환 회장의 면회를 가는 날. 오늘도 어김없이 성북동 집을 찾았다. 은아는 영선의 안내에 따라 거실 소파에 자리를 잡으며 싹싹하게 말을 잇는다.

"어머님, 제 걱정해 주시는 거예요?"

"내 아들 걱정이 돼서 그래. 너 기분 안 좋아지면 내 아들 기분도 안 좋아질 게 뻔하니까. 아니 넌, 반성의 기미도 없는 그런 양반 뭐 좋다고 계속 찾아가."

"그래도 계속 뵈어야 미운 정이라도 들죠."

은아가 성북동의 저택 안으로 들어올 수 있게 되기까지는 그리 긴 시간이 걸리지 않았다. 물론 처음에는 문전박대도 당해 보고, 좋지 않은 소리를 듣기도 했지만 영선은 생각했던 것보다 쉽게 대문을 열어 주었다. 후에 안 사실이지만, 준현이 은아 몰래 영선을 따로 만났기에 가능한 일이었다.

은아에게는 대문조차 열어 주지 않았던 그녀였지만, 아들의 방문에는 문마저 잠가 버릴 수는 없었다. 어쩌면 앞서 있었던 은아의 방문에 그녀의 마음이 조금 누그러졌기에 가능했던 것일지도 모른다. 영선은 그날, 준현에게 많은 이야기를 듣게 되었다. 김 회장의 죄목, 그로 인해 피해 입은 사람들, 준현의 고뇌, 그리고 은아가 피해자 중 한 사람이라는 것까지.

얼마 전에는 아들의 이야기를 들을 준비조차 되어 있지 않지만, 이제는 상황이 또 달라진 후라 영선은 모든 이야기를 들었다. 어머니에게는 너무 죄송하다는 아들의 진심에 같이 울고 또 울었다. 끝없이 이어진 눈물 후에는 혼자 힘들었을 아들을 보듬어 주기도 했다. 너 혼자 힘들게 해서 미안하다고. 그 짐을 혼자 짊어지게 해서 미안하다고.

그런 과정이 있은 후에 영선은 은아에게도 다시 마음을 열게 되었다. 은아를 바라보는 그녀의 눈빛에는 어느 정도의 미안함과, 어느 정도의 안쓰러움, 그리고 조금의 걱정이 진득하게 담겨 있었다.

"그런데 어머님, 준현 씨는 바쁘다고 잘 찾아오지도 않는데, 아들 걱정만 하시는 거예요?"

"너도 자식 한번 낳아 봐. 아무리 남의 자식도 귀하다지만 그래도 내 자식이 우선이야."

어머니의 화만큼 풀기 쉽고, 또 풀기 어려운 게 또 있을까. 아무리 옳은 일을 했다 해도, 제 아버지를 저버린 아들이 밉지 않을 리가 없을 텐데. 어머니는 아들이 보인 조그만 정성에 자신의 화를 혼자 속으로 삭여 버린다. 자신의 화보다는 아들의 어쩔 수 없었음에 집중을 한다. 혼자 감당하느라 그 화는 오랫동안 가슴속에 자리 잡고 있을 테지만, 그래도 괜찮다고 웃는 얼굴을 한다.

"그러니까 너무 무리는 하지 마. 네가 웃어야 내 아들도 웃어."

영선이 그렇게 말하며 빙긋 미소를 지었다. 자식을 위해 웃음을 보이는 그녀를 보며, 은아는 잠시 자신의 어머니가 어땠는지 떠올려 보았다. 하지만 너무 어릴 때라 엄마의 얼굴조차 잘 기억이 나지 않는다.

"저, 준현 씨한테 질투 나려고 해요."

"뭐?"

"아, 어머님이 우리 엄마였으면 좋았을 텐데. 왜 준현 씨 어머님인 거예요. 김 검사님은 복도 많지. 전생에 무슨 공을 세웠기에……."

"그만, 그만. 아부도 적당히 해야지. 과하면 효과 없어."

짐짓 엄한 얼굴을 하면서도 그 표정에 싫은 기색은 또 없다. 영선은 이처럼 자신에게 살갑게 대하는 은아를 볼 때마다 가슴 한구석이 뭉클, 아려 오는 것 같았다. 그녀에게 잘하기가 쉽지만은 않을 텐데. 이 아이는 참 신기하기만 하다.

처음 은아에 대한 이야기를 들었을 때에는 미안한 마음도 들었지만, 그보다는 걱정이 더욱 앞섰다. 자의는 아니었더라도 피해자와 가해자의 입장에 선 두 사람인데 함께한다는 게 가능할까, 싶었던 것이다. 팔은 안쪽으로 굽는다고. 특히나 아들이 너무 힘든 사랑을 하는 것은 아닐까, 얼마나 마음을 졸였는지 모른다.

두 사람에게는 미안한 일이지만 상황을 보며 둘을 떼어 놓아야겠다는 생각도 했더랬다. 아니, 그녀가 애써 노력하지 않아도 언젠가 서로를 놓게 될 거라 예상했다. 그런 안 좋은 생각을 가지고 은아에게 한 번 물은 적이 있었다. 준현과 가족이 된다는 건, 어쩔 수 없이 김 회장과도 가족이 된다는 건데. 버틸 수 있겠느냐고.

"저도 그 생각 안 해 본 건 아니었어요. 저번에 저 혼자 회장님 만나 뵈러 왔을 때요. 전 회장님이 정말 미울 줄 알았거든요. 그런데 이상하게 밉기만 한 건 아니었어요. 내 가족을 다치게 한 사람이었는데도, 이 사람이 내가 사랑하는 사람의 아버지라고 생각하니까 미움마저도 조금 줄어드는 기분이었어요."

사랑하는 마음 때문에 미움마저 줄었다. 이런 얘기를 듣게 되었는데 어떻게 두 사람을 마냥 반대만 할 수 있을까. 영선은 그 이후로 두 사람의 편에 서 주기로 했다. 더 이상 준현과 은아가 상처받는 일이 없기만을 빌고 또 빌었다.

"요즘 시험 준비 중이라더니. 공부는 좀 어떠니?"

영선이 고용인이 가져다준 아이스커피를 한 모금 마시며 물었다. 은아도 자기 몫으로 있는 커피 잔을 들고 달그락거리는 얼음을 잠시 응시하다가 고개를 들었다.

"여전해요. 일단 책을 보고 있긴 한데, 날씨가 더워져서 그런지 집중도 잘 안 되고 그래요."

"준현이가 들으면 좋아하겠구나."

그 말 그대로였다. 준현은 대놓고 은아의 공부를 방해하거나 그러진 않았지만, 공부가 잘 안 된다고 하면 내심 좋아하곤 했었다. 그가 왜 그러는지는 얼추 예상이 가능했지만 괜히 그 화제를 꺼내서 긁어 부스럼을 만들지 않으려 했다.

"그런데 그 집 에어컨은 꽤 좋은 걸로 장만했던 걸로 기억하는데. 더우면 에어컨을 틀지, 뭐하러 덥게 있어."

영선이 말한 그 집이라면 준현의 집을 말하는 것일 터였다. 은아는 예비 시어머니에게 두 사람이 동거하고 있다는 사실을 언급당해서, 조금 당황해 버렸다.

"아, 아무리 그래도 저 혼자 있을 때 에어컨 트는 건 낭비다 싶더라고요. 집이 워낙 넓어서 에어컨 틀면 전기세가 감당 안 될 것 같기도 하고요. 아직 그렇게 더운 것도 아니라서 괜찮아요."

그러다 보니 주절주절 말이 길어졌다. 영선이 그런 은아를 보며 귀엽다는 듯 빙긋 웃었다.

"뭘 또 그렇게 당황하고 그래. 좋아하는 여자가 위험하면 당연히 안전한 곳에 데리고 와야지. 난 내 아들 그렇게 키웠다."

"어머님……."

"너무 그렇게 절절하게 부르진 마. 이러다 또 어느 순간 마귀

할멈 될 수도 있으니까."

영선의 경고에도 은아는 그저 해사하게 웃기만 한다. 두 사람 사이에는 여전히 어쩔 수 없는 간극이 있었지만, 그럼에도 진짜 가족이 되기 위해 조금은 양보하고, 조금은 배려하며 함께 시간을 보내고 있었다.

오늘 자 김정환 회장은 다른 때보다 더욱 심기가 불편했다. 바로 어제, 회사 직원들이 검찰청을 방문한 탓이었다. 이번 사건으로 회사 이미지가 어떻고, 매출이 어떻고 등등 그런 현실적인 문제를 맞닥뜨리고 나니 기분이 좋을 수가 없었다.

"사람이 왔는데 그래도 인사 정도는 해요."

게다가 영선을 어떻게 구워삶은 건지. 어느 순간부터 그녀는 남편인 그의 편을 들기보다는 은아의 역성을 더 들고 있었다. 역시나 만만치 않은 아이다.

"이번 일 때문에 회사에 입은 손해가 얼만지 알긴 하오! 누구 때문에 이 지경이 됐는데."

"누구 때문이긴요. 다 당신 탓이잖아요. 그러게 누가 그런 짓을 하라고 했어요."

"당신, 지금 누구 편이오?"

"회장님 편이죠! 그러니까 이렇게 꼬박꼬박 면회도 오고 그러는 거지. 안 그랬으면 그런 무서운 짓 저지른 사람이랑은 같이 있기도 싫어요."

두 사람이 티격태격하는 모습에 은아는 입술을 악다물었다. 그러지 않으면 웃음이 터질 것만 같아서였다. 이렇게 직접 만나기 전에는 마냥 멀게만 느껴지던 사람들이었는데, 막상 마주 대하고 나니 사람 냄새가 물씬 나는 것 같았다.

"지금 내 꼴을 보면 아주 기분 좋겠구나."

영선과 대치하는 와중에도 은아의 표정을 놓치지 않은 김 회장이 비꼬듯 말했다.

"나쁘진 않습니다. 솔직히 더 당하셨으면 좋겠다는 생각도 들고요."

"뭐야?"

은아는 영선에게는 한없이 살갑게 대했지만, 김 회장에게는 가차 없었다. 가끔은 싸우자는 건가 싶을 정도로 눈동자에 독기가 가득 서릴 때도 있었다. 영선은 묘한 긴장감이 도사리는 면회실 안에서 고개를 절레절레 저었다. 오늘도 평온한 시간을 보내기는 그른 것 같다.

"은아야, 나가서 마실 만한 것 좀 사 와 줄래?"

이럴 땐 둘을 떼어 놓는 것이 상책이다. 은아도 영선의 의도를 파악하고, 군말 없이 밖으로 나갔다. 바깥 공기를 쐬며 방금 전 욱하고 말았던 스스로를 되돌아보았다.

'딱 한 번만 참으면 될 텐데. 그 한 번이 안 참아진단 말이지.'

김 회장이 변할 리 없다는 건 익히 느껴 온 사실이고, 두 사람 사이가 조금이라도 원만해지려면 그녀가 성질을 죽이는 수밖에 없는데 그게 생각보다 쉽지가 않았다. 미안한 기색 하나 없이 꼿꼿한 태도를 유지하는 김 회장을 볼 때면 괜찮다가도 저도 모르게 속에서 울화가 치밀어 버린다.

"하아."

길게 한숨을 내쉬며 휴대폰을 꺼내 들었다. 이렇게 속이 답답해질 때에는 숨 쉴 구멍이 필요했다. 은아는 그녀만의 산소 마스크가 되어 줄 남자에게 구조 요청을 보냈다.

"오기 전에 연락하라니까. 끝까지 말 안 듣죠."

메시지를 보낸 지 얼마 지나지도 않아서 산소마스크 씨는 모습을 드러냈다. 벽에 기대어 있던 은아가 두 팔 벌려 그를 환영했다.

"아버님 뵐 때마다 일하는 사람 불러내는 것도 좀 그렇잖아요. 뭐, 결국은 불러내고야 말았지만."

준현을 번거롭게 한 것 같아 미안한 마음에 은아의 목소리나 행동에는 애교성이 다분했다. 그의 재킷 옷자락을 잡고, 물끄러미 올려다보는 것도 마다하지 않는다.

"많이…… 바빴어요?"

좀처럼 보기 힘든 애교 있는 모습에, 준현이 주변을 둘러보더니 마침 지나가는 사람이 없는 것을 확인하고 은아의 볼을 양껏 쓰다듬었다. 회사만 아니었으면 뽀뽀라도 할 기세다.

"쉬고 있었어요. 그리고 아버지랑 친해지려고 노력하는 것도 좋긴 한데 천천히 해요, 천천히. 뭐가 그렇게 급해요? 앞으로 시간도 충분한데."

"시간이 충분한지 부족한지 어떻게 장담해요. 연수 가면 몇 년은 못 볼 텐데. 어색한 상태로 굳어지기라도 하면……."

걱정스레 말을 이어 가던 은아가 도중에 하던 말을 멈추었다. 저도 모르게 연수 가는 것을 당연하다는 듯 전제로 두고 말았다. 그가 탐탁지 않게 생각한다는 걸 뻔히 알면서.

"혹시라도 가게 되면 말이에요. 만에 하나라도 가게 될지도 모르니까."

뒤에 말을 덧붙여 보지만 준현의 표정은 조금 굳어진 후였다. 은아는 상황을 모면하기 위해 다른 말을 보태려고 했다. 그런데 준현이 그녀의 손목을 붙잡고 그의 뒤로 당겨 버린다. 그의 굳은 눈동자가 향한 곳은 은아가 아닌 다른 사람이었다.

"벌써 조사가 끝나셨습니까."

"그러게 말이야. 신문하는 검사들이 하나같이 무능해서 버티고 있을 수가 있어야지."

박재환 부장검사가 수사관들과 함께 이동하는 중에 준현과 눈이 마주쳤던 터였다. 은아는 준현의 뒤에 서서 어느새 코앞까지 다가온 박 부검을 응시했다. 박 부검도 은아를 한 번 힐끗 보고는 바로 시선을 돌려 버린다.

"이렇게 인재가 없어서야. 제대로 된 형량이나 받아 낼 수 있을까 모르겠군."

"그런 걱정은 굳이 안 하셔도 될 것 같습니다."

"그래, 밖에서 워낙에 시끄럽게 떠들어 대니 1심에서는 괜찮은 결과를 얻을 수도 있겠지. 그런데 얼마 지나고 나면 사람들 관심도 없어질 텐데. 그때에도 같은 결과가 나올까. 진짜 싸움은 항소심부터라고 해도 과언이 아닐 텐데."

박 부검은 자신의 이야기임에도 남 얘기처럼 쉽게 얘기하고 있었다. 준현과 은아의 앞에서 이처럼 여유로울 수 있는 것도 항소심에서 낮은 형량을 받을 자신이 있었기에 그런 것이다.

"부장검사님 말씀을 들으니까 더 열심히 일해야 할 것 같습니다."

준현이 그렇게 말하며 수사관에게 이만 데리고 가 보라는 눈짓을 주었다. 은아에게는 이처럼 잘못을 하고도 여전히 뻔뻔한 재환의 모습을 보여 주고 싶지 않았다.

"난 아직까지 내가 잘못했다는 생각은 안 드네."

수사관에게 이끌려 돌아가던 재환이 잠시 걸음을 멈추었다.

"그래도 내가 한 일 때문에 피해를 본 사람이 있다는 건, 조금 유감이긴 해."

그는 그렇게 한마디를 더 하고는 미련 없이 자리를 떠났다. 은아는 낮게 헛웃음을 터트렸다. 저것도 나름의 사과라고 봐야 하는 걸까. 자신이 잘못했다고 생각하지 않는 사람이 남기고 간 유감 표현을 어떻게 받아들이는 것이 좋을까.

"저것도 사과라고 받아들이면, 내가 너무 속이 없는 거예요?"

은아의 질문에 준현이 몸을 돌렸다. 은아는 자조적인 미소를 띠고 있었다. 조금은 허탈해 보이기도 했다. 그는 그런 그녀를 가만히 내려다보다가 고개를 저었다.

"은아 씨 편한 대로 생각해요. 그게 맞아요."

"그럼 그냥 사과라고 생각해야겠어요. 그게 그나마 마음 편할 것 같아요."

"굳이 여기까지 와서 일부러 저 말을 하고 가신 걸 보면, 나름 사과하려고 하신 게 맞는 것 같긴 해요."

두 사람이 멋대로 좋은 쪽으로 해석을 하고 있는데, 은아의 휴대폰이 울리기 시작했다. 영선에게서 온 전화였다.

―어디쯤이니? 무슨 음료 하나 사러 가는데 이렇게 오래 걸리냐고, 웬일로 회장님이 먼저 연락해 보라고 하시네.

"네, 이제 들어가요. 그런데 자판기 음료도 괜찮으세요?"

―음, 아무거나 괜찮아.

은아는 통화를 끊고 나서 자판기로 향했다.

"아버님이 저 찾으신대요."

그녀를 따라 함께 걷던 준현이 놀라서 되묻는다.

"아버지가요?"

"네. 오늘은 역시 혼자 들어가 볼게요. 친해지길 바라, 계속 찍어 봐야겠어요."

"무리 안 해도 된다니깐. 그냥 같이 들어가요."

"무리 안 하니까, 검사님은 들어가서 열일 하세요. 열심히 일 해야 재판에서 이기죠."

준현은 여전히 걱정하는 기색이 역력했지만, 은아는 자판기에서 뽑은 이온 음료를 들고 싱긋 웃어 보였다. 그리고 사이다를 하나 더 뽑아서 준현에게 건네주었다.

"이건 우리 검사님한테 드리는 뇌물."

"뇌물 같은 건 받으면 안 되는데."

"그럼 뇌물 말고 선물이라고 할게요."

"그럼 고맙게 받을게요."

은아는 준현에게 작은 선물을 건네고 돌아서서 면회실로 향했다. 준현은 은아의 뒷모습을 가만히 바라보다가 뭔가 결심한 듯 그녀를 불렀다.

"오늘 저녁에 일찍 퇴근할 생각이에요."

꽤 진지하게 들리는 낮은 목소리에, 은아가 발걸음을 멈추고 그의 말을 계속 들었다.

"할 말이 있어요. 해외 연수 문제로. 은아 씨도 그럴 것 같은데."

아무래도 준현은 해변가의 모래성처럼 아슬아슬하게 쌓여 있는 평화의 시간을 깨트릴 작정인 듯하다. 언젠가는 짚고 넘어가야 할 문제. 은아도 돌아서서 고개를 끄덕인다. 그녀는 기다릴게요, 한마디를 남기고 다시 면회실 안으로 들어갔다.

"이게 다…… 뭐예요?"

준현은 식탁 위에 차려진 음식들을 보고 눈이 휘둥그레졌다.

현관문을 들어설 때부터 코를 찌르는 냄새가 심상치 않다고 생각하긴 했는데, 눈에 보이는 광경은 냄새보다 더욱 처참했던 것이다.

"보기에 이래서 그렇지 맛은 괜찮아요."

"맛을…… 봤다고요?"

접시에 담긴 음식들은 하나같이 거무튀튀한 빛을 띠고 있었다. 이마에 땀까지 송골송골 맺혀 가며 열심히 만든 사람에겐 미안한 일이었지만, 정말 먹을 수 있는 것들인가 하는 의문까지 들었다.

'이걸 다 먹으면, 내일 아침 출근은 절대 못 하겠는데.'

준현은 은아 앞에서는 차마 못 할 말을 속으로 삼키고, 어색하게 웃어 보였다.

"속은 괜찮아요?"

짧지만 많은 의미를 내포하고 있는 그 질문에 은아가 눈썹을 씰룩거렸다.

"그거 무슨 말이에요? 설마 내 음식 먹으면 속이 안 좋을 것 같다, 그런 뜻이에요?"

"그렇다기보단…… 아니, 조금 그럴 것 같기도 하고……. 음, 그거 먹으면 많이 아플 것 같아요."

출근은 해야겠다는 생각에 결국 진심을 말해 버린다. 자신이 만든 음식을 먹고 탈이 나면 은아도 마음이 불편할 것이 아닌가. 이럴 땐 솔직해지는 것이 그녀를 위하는 일이리라.

"오늘도 일부러 시간 내서 일찍 퇴근했는데, 내일 출근은 해야죠."

"이 남자가 점점. 한번 먹어나 보고 얘기해요. 내가 설마 못 먹을 걸 준현 씨한테 먹일까."

먹어 보라, 먹지 않겠다. 얼마간 실랑이를 벌이다가 결국 준현은 새카만 덩어리를 입에 넣고야 만다. 그런데 이상한 일이다. 너무 최악의 맛을 예상해서일까, 음식 맛은 그럭저럭 먹을 만했다.

"거봐요. 내가 맛있을 거라고 했죠?"

준현이 얌전히 음식을 오물오물 삼키자, 은아가 그것 보라는 듯 고개를 들고 으스댔다. 맛있는 정도까진 아니었지만, 먹을 수 있는 정도이긴 했기에 준현이 고개를 끄덕였다.

"그러게요. 진작 말 들을 걸 그랬네."

결국 준현은 은아의 뜻대로 얌전히 식탁에 앉았다. 끝끝내는 이렇게 될 수밖에 없나 보다. 사실 그는 그냥 먹어도 될 것을 일부러 더 거부하며 나서 보았다. 어쩌면 실험을 해 보았는지도 모른다. 그가 그녀가 원하는 것을 저버릴 수 있을 것인지. 그녀의 뜻을 꺾을 수 있을 것인지.

"어차피 이렇게 될 일인데."

아무리 그의 주장을 관철하려고 해 봐도, 결국은 은아의 손을 들어 줄 수밖에 없다. 그녀가 뭔가를 원하는 간절한 표정을 지을 때면 어떻게 해서라도 그것을 들어주고 싶어진다. 설사 그것이 두 사람이 오랫동안 헤어져 있어야 하는 일이라 하더라도 말이다. 준현은 본격적인 이야기를 시작하기도 전부터 이 대화의 끝이 어떻게 될지 어느 정도 예상을 하고 있었다.

"해외 연수, 사실은 엄청 가고 싶은 거죠?"

보기에 흉악하기 그지없는 음식을 먹느니 마느니 다투다가 돌연 준현이 물어 왔다.

"나한테 얘기 안 하고는 못 버틸 정도로 가고 싶은 거잖아요."

보통의 연인들 사이에 해외 연수가 어떤 의미로 작용하는지 모를 리가 없었다. 더구나 두 사람은 한 번의 오랜 이별을 겪었던 사이이다. 함께한 시간보다 떨어져 있어야 했던 시간이 더욱 길었던, 비운의 연인들이었다. 그것을 다 알면서도 은아는 해외 연수를 가고 싶다고 입에 담았다. 어지간히 가고 싶은 게 아니고서는 말을 꺼내지 않았을 터였다.

"뭐예요, 갑자기. 그렇게 다 이해한다는 듯이 말하면……."

준현 씨 설득하려고 아득바득 준비한 내가 너무 미안해지잖아요. 은아의 눈빛이 그렇게 말을 하고 있었다. 장난기 가득하던 눈동자에 미안함이 그득히 차올랐다. 그녀가 해외 연수를 가고 싶은 만큼 그는 그녀를 보내기 싫을 터인데. 자신의 감정보다는 은아의 감정을 더 먼저 생각해 주는 그를 보니 차마 입이 떨어지지가 않았다. 준비했던 말들이 납처럼 가슴 한구석을 짓눌러 왔다.

"그럼 어떡해요. 내 욕심대로 은아 씨 잡았던 그날, 앞으로는 은아 씨가 원하는 일만 잔뜩 해 줄 거라고 다짐해 버렸는데."

"……."

"하고 싶은 대로 해요. 그게 내가 원하는 거니까."

처음부터 답은 정해져 있었다. 지금까지 확실한 대답을 미루어 왔던 것은 그에게도 이 말을 할 준비가 필요했기 때문이었다. 은아를 보내기 싫다는 스스로의 감정을 다잡을 시간이 필요했다.

"대신 해외 연수 3년, 그것만 빼고 은아 씨한테 남은 시간은 전부 내 거예요."

은아가 자리에서 일어나 식탁을 돌아 맞은편 준현이 있는 곳까지 걸어갔다. 그리고 그의 목을 와락 끌어안았다.

"약속해요. 남은 평생 전부 준현 씨 옆에만 있을게요."

그의 어깨에 파묻혀 웅얼거리며 하는 맹세에 준현이 낮게 웃음을 터트렸다.

"앞으로, 평생. 이런 약속하는 거 싫어하지 않았어요?"

"지금도 싫어요."

막연한 미래를 향한 지키지 못할 약속. 은아가 굉장히 싫어하는 것들 중 하나였다. 또한 그런 약속들을 믿지도 않았다.

"그런데 준현 씨랑은 하고 싶어요."

앞으로 어떻게 될지 아무도 장담하지 못한다 해도, 이렇게 말로써 두 사람을 묶어 두고 싶었다. 그런다고 해도 정말로 묶이는 것도 아닐진대 맹세의 언약을 맺어 두고 싶었다.

"앞으로 평생 함께할 거라는 약속, 꼭 하고 싶어요."

"약속 같은 거 함부로 하면 안 될 텐데. 나도 약속 안 지키는 사람 정말 싫어해요."

"흠, 약속 못 지킨 사람이 할 말은 아닌 것 같은데요."

2년 전, 두 사람이 함께 여행을 가기로 약속했던 적이 있었다. 결국은 못 가게 됐지만.

"그거야 앞으로 같이 가면 되는 거고. 아직 유보해 두고 있는 거지, 못 지킨 건 아니에요."

"그 말이 그 말이지. 결국은 못 지킨 거잖아요. 난 누구처럼 그럴 일은……. 앗!"

은아가 준현의 어깨에 턱을 기대고 투덜거리고 있는데, 준현이 그녀를 번쩍 들어 올리더니 자신의 다리 위에 안착시켰다. 어느새 그와 가까이에서 얼굴을 마주하게 된 은아가 눈을 몇 번인가 깜박인다.

"아, 정말 보내기 싫다."

불쑥 튀어나와 버린 그의 진심에 은아가 샐쭉한 표정을 지었다.

"흔쾌히 보내 주기로 한 거 아니었어요?"

준현은 양손으로 그녀의 얼굴을 감싸 쥐고 눈을 마주 보며 짐짓 진지한 얼굴을 했다.

"어쩔 수 없이, 눈물을 머금고 보내 주는 거예요. 공항에서 진달래꽃도 뿌려 줄 생각이니까, 사뿐히 즈려밟고 가시지요."

장난인 듯 진심인 듯 이어지는 엄포에 은아가 낮게 웃으며 고개를 절레절레 저었다.

　"나도 조금 더 고민해 볼게요. 해외 연수를 꼭 가야 하는 건지, 안 가도 되는 건지. 아직 시험 합격도 못 했는데, 이런 고민 하고 있는 것도 우습지만요."

　"정말요?"

　"아직은 가고 싶은 마음이 80 이상이긴 해요."

　준현이 두 팔로 그녀의 허리를 감싸고, 어깨에 이마를 대었다.

　"이러는 거, 희망 고문이에요."

　"절망뿐인 것보다는 낫잖아요."

　"흐음, 이 아가씨가 희망 고문이 더 괴롭다는 걸 모르시나 보네."

　그의 괴로움을 조금이라도 더 느껴 보라는 듯, 이마에 힘을 주고 은아의 어깨를 짓눌렀다. 하지만 그러는 동안에도 준현의 입매는 살짝 웃음을 머금고 있었다. 그래, 두 사람 사이에 절망뿐이던 때를 생각하면, 지금 이런 고민들마저 행복하기만 하다. 이 순간을 함께할 수 있다는 사실이 감사하기만 하다.

17화. 다시, 시작

시간은 빠르게 흐르고, 계절은 그 모습을 달리해 갔다. 지영은 달력 한 장을 더 넘기며 새삼 시간이 빠르게 흘러감을 여실히 느껴야 했다. 점심시간 끝 무렵. 밖에서 식사를 하고 이제막 사무실 안으로 들어온 그녀는 지난달의 달력을 쓰레기통에 버리고 자리로 돌아왔다.

"은아 씨!"

그리고 옆자리에서 꾸벅꾸벅 졸고 있는 후배의 이름을 부른다. 은아는 원래는 직장 동기였는데, 어떤 사정으로 인해 후배가 돼 버린 동료였다. 그래서 그녀는 은아를 동기로 대해야 할지 후배로 대해야 할지 가끔 헷갈리곤 했다.

"아니, 봄이면 춘곤증이겠거니 하겠는데. 이 불볕더위에 잠이 와? 이상하게 요즘 들어 계속 그러더라?"

"아, 선배님."

이 동기이자 후배인 여자는 선배님이라는 호칭을 꼬박꼬박 잘도 부른다. 은아는 잠에서 깨려고 볼을 두어 번 두드리더니 그래도 안 되겠는지 자리에서 일어났다.

"저, 바람 좀 쐬고 올게요."

은아는 에어컨 좀 빵빵하게 틀어 주지, 하고 투덜거리는 지영을 뒤로한 채 사무실을 나섰다. 기지개를 켜며 복도를 걷던 그녀는 또다시 하품을 하고 만다. 지영의 말대로 요즘 들어 어찌나 잠이 오는지. 일상생활이 힘들 지경이었다.

"아, 은아 씨."

아직 점심시간이 남아 있으니 1층에라도 다녀올까 싶던 은아는 과장의 부름에 걸음을 멈추어야 했다. 공대훈 과장은 입가에 미소를 잔뜩 걸고서 은아에게 다가왔다. 그는 사무실 내에서 유독 은아에게 잘해 주는 상사였다. 물론 그것이 은아 본인에게 잘해 주는 것이 아니라 김준현 검사의 연인에게 잘해 주는 거라는 것을 모르는 사람은 없었다.

"어디, 가는 길이야?"

통상적인 질문을 먼저 건네던 그는 하고 싶은 말이 있는 사람 특유의 행동을 보이고 있었다. 입가를 계속 움찔거린다든가 눈이 알 수 없는 기대감으로 빛나고 있다든가. 그런 그의 모습에 할 말이 있냐고 묻지 않을 수가 없었다.

"그냥 잠깐 산책 좀 나가려고 했어요. 과장님은 혹시 무슨 일 있으세요?"

"음, 내가 아니라 은아 씨한테 무슨 일이 있지. 아주 좋은 일이."

"저한테요?"

공 과장은 말하고 싶어 죽겠다는 얼굴을 하고 있으면서도 좀처럼 말을 꺼내질 않았다. 아마도 은아가 궁금해서 안달 나는 모습을 보고 싶은 것이리라. 은아는 그의 기대를 조금은 충족시켜 주기로 했다. 그러지 않으면 꽁 과장이라는 별명답게 토라질지도 모를 일이다.

"무슨 일인데요? 좋은 일? 아, 과장님 자꾸 그러시지 마시고 얼른 말해 주세요. 네?"

"으흐흠. 그게 무슨 일이냐 하면."

대훈이 말끝을 늘이고 있는데 두 사람 옆으로 꽃다발 배달원이 스쳐 지나갔다. 배달원의 손에 들린 노란 프리지아에 저도 모르게 시선이 가는 은아였다.

"그게 말이야."

꽃을 따라 시선을 돌리던 그녀는 공 과장이 심호흡을 하자 그제야 고개를 돌렸다. 그는 중요한 말을 꺼내기 전에는 이렇듯 심호흡을 한 번 하곤 했다. 정말로 그가 말할 거라는 신호와도 같았다.

"다음 해외 연수자 명단에 은아 씨 이름도 올려져 있단 말이지."

"……네?"

"나한테 한턱 쏴야 할 거야. 내가 은아 씨를 적극 추천했으니까."

이제 여름이었으니, 입사한 지 그리 오래 지난 것도 아니었다. 당연히 안 될 거라고 생각하며 해외 연수를 신청했다. 몇 번 탈락하고 나면 그녀 스스로도 해외 연수에 대한 욕심을 버릴 수 있지 않을까 싶기도 했다. 차라리 상황이 모든 것을 결정해 주었으면 좋겠다 싶을 정도로, 결정을 내리기가 쉽지 않았던 것이다.

"제가 됐다고요?"

"그래, 그게 다 내 덕분……."

"과장님, 잠시만 실례할게요."

해외 연수를 갈 수 있게 됐다는 사실을 알게 됨과 동시에 떠오른 얼굴이 하나 있었다. 본능적으로 주머니에 손을 넣어 휴대폰을 찾던 그녀는 공 과장의 말이 끝나기도 전에 사무실로 돌아갔다.

"은아 씨, 빨리 왔네? 안 그래도 빨리 와 줬으면 했는데."

지영은 은아의 책상에 올려져 있는 꽃다발을 응시하고 있었다. 은아도 방금 전 자신을 스쳐 지나가던 꽃다발이 자신의 책상에 있는 것을 확인했다.

"누구야? 역시, 김 검사님이려나?"

천천히 걸어와 꽃다발을 손에 들었다. 왠지 모르게 그녀의 눈길을 사로잡던 노란색의 꽃망울. 샛노란 향취를 멀거니 내려다보던 은아가 꽃다발 속 작은 쪽지를 발견했다.

당신의 시작을 응원합니다.

쪽지 안에는 정갈한 글씨체로 그렇게 쓰여 있었다. 한 글자, 한 글자 얼마나 정성 들여 썼는지, 꽃다발을 보낸 사람의 마음이 여실히 느껴지는 것 같았다. 은아는 가슴속에서 울컥하고 무언가가 차올라서 낮게 신음을 흘렸다. 옆에서 지영이 '검사님이야?' 하고 연신 물어 왔지만 주변 소리가 하나도 들리지 않았다. 우스운 건 바로 옆에서 말하는 지영의 말은 들리지 않는데 책상 위에 있던 휴대폰 진동은 아주 잘 들린다는 거였다.

[옥상으로.]

휴대폰 메시지를 확인한 은아는 지영이 원하는 대답은 하나도 해 주지 않은 채, 잠깐 나갔다 오겠다고 하고 사무실을 나섰다. 엘리베이터를 기다릴 여유도 없었던 그녀는 마음속으로 더 빨리, 더 빨리를 외치며 계단을 올랐다. 옥상 정원으로 향하는 문을 열자, 한 남자가 뒤돌아서 있는 게 보였다.

"준현 씨!"

다급한 발걸음 소리만 듣고도 돌아선 얼굴 위로 미소를 잔뜩 그리고 있던 남자는 은아의 부름이 있고 나서야 이제야 눈치챘다는 듯 뒤를 돌아보았다.

"왔어요?"

"어떻게 벌써 알았어요?"

고맙다, 감동이다. 하고 싶은 말은 산더미 같았지만 준현의 지척까지 다가간 은아가 가장 먼저 꺼낸 말은 겨우 이것이었다.

"은아 씨에 대한 일은 정작 내 일보다 더 빨리 내 귀에 들어오는 거 모르죠?"

"설마 오늘 아침에도 알고 있었어요?"

꽃다발 배달까지 준비할 정도면 그는 은아보다 한참은 더 먼저 이 소식을 접해 들었을 것이다. 준현이 고개를 끄덕였다.

"좋은 일 있을 거라고 말했잖아요."

"그거야."

당신이 항상 하던 말이었으니까, 그냥 인사라고 생각했죠. 은아가 하던 말을 멈추고 입술을 꾹 깨물었다. 다정하게 웃고 있는 그를 보니 목구멍이 꽉 막혀 버리는 것 같았다. 준현에게는 좋을 리가 없는 소식이었다. 정작 해외 연수를 가고 싶어 한 당사자인 그녀도 마냥 좋기만 한 게 아닌데 그는 어떻겠는가.

"왜 웃어요."

"은아 씨한테는 엄청 좋은 일이니까요."

"우리 3년간 헤어져 있어야 하는 건 알아요?"

"아닐걸요? 그 3년 동안 항공 마일리지 엄청 쌓을 생각이거든요. 그나저나 주인을 제대로 만나니까 역시 꽃이 더 살아나네요."

준현은 노란 프리지아 꽃다발을 든 은아를 향해 사진이라도 찍는 듯 손가락으로 네모난 프레임을 만들어 보였다. 어설프기 짝이 없는 그 동작에 은아는 헛웃음을 터트린다.

"조화라는 게 조금 아쉽긴 한데. 그래도 뜻이 워낙 좋아서 그걸로 했어요."

이른 아침. 들를 곳이 있다며 따로 출근길에 나섰던 준현은 검찰청 근처 꽃집에 발걸음을 했다. 새로운 시작을 축하해 주고 싶다고 하니, 꽃집 사장님은 그런 거라면 프리지아가 딱이라고 추천을 해 주셨다. 다만, 프리지아가 필 시기가 아니라 조화밖에 없다는 것이 문제라면 문제였다.

"어떤 뜻인데요?"

"당신의 시작을 응원합니다. 그 꽃에 담겨 있는 메시지라고 하더라고요."

당신의 시작을 응원합니다. 은아가 작게 되뇌며 카드에 적혀 있던 정갈한 글자를 떠올렸다. 이런 좋은 메시지가 담겨 있는 꽃도 있었구나. 아무것도 모르고 있을 때에도 예쁜 꽃이었지만, 의미를 알고 나니 더욱 예뻐 보이는 꽃이었다.

"고마워요. 너무 예뻐요."

꽃도, 당신 마음도.

"은아 씨가 워낙 잘해 주니까. 나도 더 분발해야겠다 싶더라고요."

"내가 뭘 한 게 있다고 그래요."

"지난주에 어머니 생신, 은아 씨 아니었으면 그냥 넘어갈 뻔했잖아요."

"아, 준현 씨 그건 좀 반성해야 돼요. 하나뿐인 아들이 어머님 생신도 기억 못 하면 어떡해요?"

"이젠 뭐, 은아 씨가 있어서 괜찮을 것 같기도 하고……."

준현의 능청스러움에 은아가 '뭐예요?' 하고 불평을 토로했다. 불만 가득 삐죽이는 입술 위로 부드러운 입술이 살며시 닿았다가 사라진다. 그 과정에서 준현의 손이 은아의 허리를 감싸 안기도 했다.

"은아 씨야말로 허리가 이게 뭐예요? 이거야 원, 한 줌도 안 되겠네. 오늘 형님 가게에 가서 살 좀 찌워야겠어요."

오늘도 은성은 주방의 열기와 전쟁을 벌여야 했다. 시내에 자리한 삼계탕 전문점. 삼복더위답게 그의 가게는 문전성시를 이루고 있었지만, 정작 사장인 그는 손님이 많은 것이 그렇게 좋지만도 않은 듯했다.

"에이, 씨발! 더워 죽겠는데 무슨 삼계탕이야!"

은성이 들고 있던 뚝배기를 집어 던지며 소리쳤다. 사장의 거친 입담과 뚝배기가 와장창 깨지는 소리에 함께 있는 주방 직원들만 곤욕을 치른다.

"장사 잘되면 좋은 거지. 왜 난리야?"

다행히 개중에 눈치가 제법 빠른 아르바이트생이 미령을 불러왔다. 그녀의 빠른 등장으로 오늘은 뚝배기 그릇이 하나만 희생될 것 같다.

"삼계탕 두 개 추가."

"뭐야?"

그러나 미령의 등장에 조금 누그러졌던 은성은 추가 주문에 다시 발끈해 버린다. 이놈의 인간들은 왜 이렇게 더운 날 삼계탕을 먹고 난리인지. 하긴, 그들은 에어컨이 시원하게 나오는 곳에서 먹을 테니 그다지 상관없긴 할 터였다.

"도대체 어느 정신 나간 놈들이 또 삼계탕 먹겠다고 난리야?"

"그 정신 나간 놈들 중 한 명이 당신 여동생이라는 건 알아?"

"뭐?"

"방금 들어간 주문, 하나는 고은아 몫이고 다른 하나는 말 안 해도 알지? 옵션 씨 말이야."

은성에게 인사나 할 겸 미령을 따라 주방으로 왔던 준현이 잠시 멈칫했다. 그리고 피식 웃었다. 옵션 씨라. 어쩐지 그 별칭이 싫지만은 않다.

"옵션 하나 여기 왔습니다, 형님."

미령은 자신이 옵션이라 칭한 사람의 목소리가 바로 뒤에서 들려오자, 잠시 흠칫했다가 카운터를 비우면 안 된다는 핑계를 대며 자리를 피했다. 은성에게 주방 분위기 흐리지 말고 홀에 좀 나오라고 하는 것도 잊지 않았다.

"그래. 좋은 일 있다더니. 도대체 무슨 일이야?"

"은아 씨가 자기가 직접 말하겠다고 하던데요."

"설마 임신…… 이라든가……."

"에이, 그런 거 아닙니다. 일 관련해서 좋은 일이 하나 있습니다. 그런데 형님, 은아 씨 홀에서 기다리고 있는데."

"이것만 마저 하고."

은성은 다른 사람 것은 몰라도 은아 몫의 삼계탕은 자신이 직접 끓일 생각이었다.

"그런데 둘은 아직 서로 높임말 하나? 지금쯤이면 서로 말 놔도 될 것 같은데."

"네, 저희는 결혼해도 높임말 쓰기로 했습니다."

"꼬박꼬박 그러는 거, 불편하지 않아?"

두 사람이 높임말을 쓰든 말든, 딱히 궁금한 것은 아니었기에 은성은 지나가는 어투로 가볍게 물었다. 생닭을 고르는 중이어서 더욱 대충대충이었다. 하지만 이어지는 대답에 그는 쓸데없는 질문을 한 자신의 입을 꿰매어 버리고 싶어졌다.

"은아 씨가 제가 높임말 쓰는 게 더 섹시하다고 하더라고요."

탁. 은성이 들고 있던 생닭을 내팽개쳤다. 일하면서 은성과 준현의 대화를 듣고 있던 직원들도 하나같이 표정을 굳혔다. 준현의 한마디가 주방 안에 끌고 온 파란은 생각보다 거대했다. 아마 사장의 지인이 아니었다면 다들 욕이라도 한마디씩 했을 것이다.

"……매제."

은성이 음산한 목소리로 준현을 불렀다.

"내가 지금 뚝배기 그릇 안 들고 있었던 걸 다행으로 생각해."

홀에 남은 은아는 그녀의 옵션이 뚝배기 그릇에 맞을 뻔했다는 사실도 알지 못한 채 가게 안을 두리번거렸다. 방금 테이블 하나의 계산을 마친 미령이 은아에게 다가왔다.

"뭘 그렇게 두리번거려?"

"생각보다 사람 많네. 장사 잘되나 봐."

"고 부장이 잘생겼잖아."

맞은편에 털썩 주저앉은 미령의 말에 은아가 으엑, 하고 싫은 얼굴을 했다.

"잘생긴 건 잘 모르겠고. 부장 졸업한 지가 언젠데 아직 부장이야?"

"안 그래도 사장으로 불러 주려고 했는데, 뭔가 영 이상하더라고."

은성이 사장으로 불렸을 때의 호칭을 떠올려 보던 은아가 고개를 저었다. 하여간, 고씨 성이 문제다.

"그런데 고 부장 잘생긴 거랑 장사 잘되는 건 또 무슨 상관이래?"

"근처에 여대가 있더라고. 여기선 내가 마담이 아니라 고 부장이 마담이야. 얼굴 마담."

그러고 보니 가게에는 남성 비율보다는 여성 비율이 확고하게 더 높았다.

"매상에 꽤나 도움이 되는 것 같아서 알바생도 죄다 잘생긴 애들로만 뽑아 놨지."

"그냥 개인 취향인 건 아니고?"

"뭐, 그런 면이 없잖아 있긴 해. 솔직히 너나 나나 얼굴 취향은 비슷하잖아. 너도 우리 애들한테서 시선을 못 떼는 것 같은데."

"여기 참, 좋긴 좋아."

은아가 고개를 끄덕이며 훈훈한 아르바이트생들을 흐뭇하게 바라보았다.

"어린 게 좋다는 말이 이래서 나오나 봐. 훈훈함을 넘어서 풋풋하기까지 하네."

"풋풋함이 뭐가 어째?"

나른하고 평화롭게 안구 정화를 하고 있는데, 뒤에서 살기등등한 목소리가 들려왔다. 은아가 섹시하다고 해서 높임말을 쓰겠다고 하던 준현이었다. 시선으로 바람을 피우는 연인에게 줄 존중은 없었던지, 항상 쓰던 높임말은 어디 사라지고 없었다.

"우와, 잠깐 자리 좀 비운 사이에 그새. 그사이에 난 옵션 취급에 뚝배기로까지 맞을 뻔했는데. 누군 어린 남자들 보면서 헤벌쭉하기나 하고."

"헤벌쭉은 누가 헤벌쭉했다 그래요?"

"아니라고요?"

눈을 가늘게 뜨고 취조하듯 묻는 그의 모습에 은아는 당당하게 그를 마주 보다가 고개를 살짝 돌렸다.

"그냥 조금. 흐뭇해하긴 했네요."

"그거 봐요. 이러니 내가 불안할 수밖에. 나 없이 외국에 가 봐. 또 얼마나 흐뭇해하면서 다닐 거야."

준현이 삐친 것에 3분의 1 정도의 몫을 담당한 미령이 조용히 두 사람의 말다툼을 듣고만 있다가 궁금증이 일어 손을 들었다.

"저기, 고은아. 외국 갈 일 있어?"

"무슨 외국?"

마침 은성도 삼계탕 뚝배기를 가스에 올려 두고 나오는 중이었다. 이번에는 은아가 준현을 찌릿 노려보았다. 그녀의 입으로 짜잔, 하고 밝힐 생각이었는데. 준현 때문에 계획을 다 망쳐 버렸다.

"다 망했어. 나, 말 안 해. 기왕 말 꺼낸 거, 말 꺼낸 사람이 다 말하시죠."

은아가 명백히 토라진 어투로 툴툴거렸다. 그에 당황한 준현이 시선으로 바람피우던 은아 때문에 삐쳐 있는 중이라는 것도 잊고 그녀의 옆으로 바짝 다가가 앉았다.

"에이, 또 왜 그래요. 은아 씨 입으로 말하고 싶다고 했잖아요. 얼른 말해요. 어? 우리 지금 다 기다리고 있는데."

준현이 아무리 어르고 달래도 은아는 묵묵부답이었다. 은성도 어느새 미령의 옆으로 와서 앉은 후였고, 이 자리에 있는 사람들이 그녀의 말을 기다리고 있었지만 역시 아무 말이 없었다. 은아는 심통 난 얼굴로 테이블 옆에 있던 깍두기 단지 뚜껑을 열었다.

"우욱."

은성의 가게 깍두기를 좋아했던 터라 별생각 없이 뚜껑부터 열었는데, 시큼한 깍두기 향내에 욕지기가 치밀었다. 안 그래도 은아에게 이목이 집중되어 있었는데 그녀의 반응에 더욱 시선이 집중되었다.

"뭐야, 왜 그래?"

은성이 약간 긴장한 듯 조심스럽게 물었다. 준현은 너무 놀라서 아무 말도 하지 못하는 중이었다. 은아는 속이 메스꺼워서 도저히 안 되겠던지 급하게 자리에서 일어나 화장실로 달려갔다. 은아의 뒷모습을 심드렁하게 지켜보던 미령이 한마디 했다.

"요즘 해외 원정 출산이 유행이라더니. 설마 그거 때문에 외국 가는 거야?"

준현이 은아의 뒷모습을 어정쩡하게 바라보다가 은성을 보며 거세게 손을 내저었다.

"그런 거 아닙니다! 아닐…… 겁니다."

"아닌 게 아닌 것 같은데. 그런데 옵션 씨는 은아 저대로 혼자 둬도 되는 거야?"

당황해서 손만 내젓던 준현이 미령의 일침에 자리에서 벌떡 일어났다. 그리고 은아가 들어간 화장실로 달려갔다.

"축하드립니다. 임신 5주 차 접어드셨네요."

다음 날 바로 찾은 산부인과. 의사 입에서 나오는 최후통첩에 은아는 몸을 휘청거렸다. 뒤에 서 있던 준현이 그런 은아를 잡아 주었지만, 어디서 힘이 나왔는지 그를 탁 밀쳐 내 버린다.

더 자세한 진료를 마친 후 건물 주차장으로 들어선 은아는 아무 말 없이 정면만 응시하고 걸었다. 그와 달리 준현은 연신 은아의 눈치만 보고 있었다.

"자, 그래도 얼마나 예뻐요. 누구 닮았는지 참."

차에 올라타는 때까지도 굳은 얼굴이던 은아는 준현이 초음파 사진을 내밀자 저도 모르게 화가 누그러진다. 눈가도 촉촉해진다. 이상한 일이다. 딱히 지금의 상황이 실감 나는 것도 아닌데 흑백의 이 사진을 보면 가슴이 뭉클해져 버린다.

"예쁜 게 보여요? 온통 까맣기만 한데. 아들인지 딸인지도 모르잖아요."

"분명 딸이에요. 은아 씨 꼭 닮은."

이 남자. 벌써부터 딸 바보가 될 기질이 역력하다. 은아는 잠깐이나마 피식하고 웃었다.

"이상한 소리 말고 출발이나 해요."

"배고프죠? 음, 뭘 먹으러 가지. 한정식 코스로 할까요?"

"점심시간 30분 정도밖에 안 남았거든요. 그리고 입맛도 없어요."

어제 은성의 가게에서도 속이 울렁거려서 식사를 하지 못했던 그녀였다. 임신이라고 생각을 하고 있어서 그런가. 어제 낮까지만 해도 괜찮았는데 지금은 음식 생각만 해도 헛구역질이 나오는 것 같았다.

"그래도 뭘 좀 먹어야 할 텐데."

"……빵은 먹을 수 있을 것 같아요."

그렇게 준현의 차의 목적지는 재민의 빵집으로 정해졌다.

"은아 씨? 이 시간에 여긴 웬일이에요?"

준현이 주차를 하는 동안 먼저 빵집에 들어선 은아가 숨을 깊게 들이쉬어 보았다. 음식 냄새를 상상하기만 해도 욕지기가 치밀더니, 다행히 빵 냄새는 괜찮았다. 임신하면 입맛이 완전히 변하기도 한다던데. 그녀의 빵 사랑은 아이를 품고도 변함이 없는 듯하다.

"재민 씨 빵이 자꾸 생각나서요."

어떤 칭찬보다 듣기 좋은 소리에 재민이 활짝 웃어 보였다. 여름날 오후. 무료함이 가득하던 그의 얼굴에 생기가 맴돌았다. 은아와 재민이 기분 좋은 대화를 나누고 있는데 커다란 손 하나가 불쑥 나타나서 은아의 눈을 가려 버린다. 이제 막 빵집에 들어선 준현의 손이었다.

"좋은 것만 봐야죠. 앞으로 태어날 우리 아이를 위해서라도."

그럼 재민은 좋은 게 아니란 말인가 뭔가! 등장과 동시에 무례를 범하는 친구에게 한마디 하려던 재민이 이후에 들은 말뜻을 인식하고 입을 쩌억 벌렸다.

"우리…… 애?"

"그래, 우리 딸. 우리 딸 위해서라도 넌 되도록 은아 씨 앞에 나타나지 마라."

준현이 애 아빠가 됐다는 소식에 재민은 자기가 더 펄쩍 뛰었다. 아이라니. 김준현한테 아이라니. 등골이 오싹하다. 팔에도 소름이 쫙 일었다.

"미친...... 아, 실수."

격한 감탄사를 내뱉던 재민이 입을 틀어막았다. 준현은 태교에 방해된다는 명목하에 재민을 저 멀리 떨어트려 버린다. 혼자 남은 은아는 떨어져 있는 두 사람을 가만히 바라보았다. 두 사람 사이에 좋은 소리가 오고 갈 리는 없겠지만, 준현은 웃음을 한가득 머금고 있었다. 좋아하는 준현을 보고 있자니 새삼 울화가 치민다.

'난 복잡해 죽겠는데 당신은 그렇게 좋기만 하다 이거지?'

처음 임신 사실을 알게 되었을 때에는 물론 기쁨부터 다가왔다. 하지만 뒤이어 해외 연수나 앞으로 일은 어쩌나 하는 걱정도 뒤따라와 버렸다. 이런저런 현실적인 걱정을 하다 보니 그녀의 배 속에 자리 잡고 있는 아이에게 한없이 미안해져서 눈물이 핑 돌기도 했다.

이렇듯 그녀는 심경이 복잡한데 아이 아빠라는 사람은 저렇게 천하태평이다. 은아와 있을 때에는 그나마 눈치라도 보더니 친구와 있으니 그런 것도 없다.

"나 갈래요."

은아가 굳은 얼굴을 하고 재민의 빵집을 나서려 했다. 재민과 티격태격하던 준현이 그제야 은아를 붙잡았다.

"따라오지 마요!"

은아는 그의 손을 가차 없이 내치고는 밖으로 나왔다. 그리고 그녀의 편을 들어 줄 사람이 있는 곳으로 향하려 했다.

'뭐야. 따라오지 말란다고 정말 안 따라오는 거야?'

가은 변호사 사무실로 가던 은아가 걸음을 멈추고 뒤를 돌아보았다. 돌아봐도 아무도 없음에 더욱 분개한 그녀가 신경질적으로 발을 굴렀다. 은아의 말을 너무 잘 따른 탓에 준현은 그녀의 화를 더욱 부추기게 되었다.

"아, 너 진짜 안 따라가 봐도 되냐?"

이런 사실을 아는지 모르는지 준현은 은아가 나간 문을 멀거니 바라보다가 천천히 고개를 돌렸다. 재민을 보는 시선도 멍하기만 하다.

"말도 안 돼! 내가 아빠라니!"

은아가 눈앞에서 사라지자, 준현은 전에 없을 몸동작으로 기쁨의 감정을 표출하기 시작했다. 사실 그는 은아의 눈치를 보느라 엄청난 인내심으로 자제를 하고 있던 거였다. 은아를 따라가지 않은 것도 더 이상 버틸 재간이 없어서 따라가지 못한 거였다.

"야, 야. 여기 장사하는 데야."

재민이 기쁨의 포효를 하며 방방 뛰는 친구를 보며 어이없는 웃음을 터트렸다.

"그리고 너 지금 엄청 병, 바보 같아 보여."

준현은 재민이 자신을 어떻게 보는지 신경도 쓰지 않고 마음껏 환희의 비명을 질러 댔다. 경박스럽기 짝이 없는 친구의 모습을 보던 재민은 말없이 휴대폰을 꺼내 들었다. 이처럼 보기 힘든 광경은 기록으로 남겨 둬야 하는 법이니까.

대검찰청 예식장. 신부 대기실에 앉아 있던 은아는 그녀를 찾아온 지인과 스냅 사진을 찍고 있었다. 순백의 하얀 드레스와 설렘으로 가득한 홍조가 그녀를 더욱 아름다워 보이게 만들었다. 사진사 옆에서 디카로 사진을 찍던 가영이 밖에서 대기하고 있던 한성을 보고 입술을 비죽였다.

"왜 이렇게 늦었어."

사진사의 뒤로 돌아 한성에게 다가간 가영이 질책하며 어깨를 툭 밀었다. 그런데 한성의 옆에 있던 중년 여성이 그런 가영을 탐탁지 않다는 듯 쳐다보고 있었다. 어디서 많이 본 것 같은데. 머릿속으로 기억을 더듬어 보던 가영이 뭔가 떠오른 듯 꾸벅 인사를 했다.

"안녕하세요, 어머니."

한성의 어머니인 현숙이었다.

"잘 지냈어요? 이 변호사님."

"어유, 말씀 편하게 하세요."

"이게 편해요."

세 사람이 어색한 시간을 함께하고 있는데, 마침 사진을 다 찍은 은아가 현숙을 발견하고 한달음에 달려온다.

"어머니!"

"그래, 은아야."

현숙이 은아의 어깨를 다독였다. 은아는 친정 엄마라도 만난 것처럼 눈시울을 잔뜩 붉힌다.

"여기까지 오시는 데 안 힘드셨어요?"

"달리는 건 차가 다 했는데 내가 힘들 게 뭐 있어."

"그래도요."

"운전은 내가 했다."

은아와 현숙이 감동적인 재회를 맞고 있는데, 한성이 옆에서 분위기를 흩트려 놓는다. 그에 옆에 있던 가영이 버릇처럼 그의 등짝을 때리려다가 현숙의 앞이라는 것을 깨닫고 도중에 손을 멈추었다.

"어머니, 그러시지 말고 같이 사진부터 찍으세요."

가영의 주도로 은아, 현숙, 한성은 함께 사진을 남겼다. 사진을 찍고 나서도 은아는 현숙을 잡은 손을 놓지를 않았다. 그녀의 눈동자에는 금방 울어 버릴 것처럼 물기가 그득했다.

"누가 우리 며느리 데려가나 싶어서 와 봤는데. 뭐, 이해가 가긴 가더구나."

"엄마, 그거 무슨 말이야. 내가 김준현보다 못하다는 거야?"

하지만 이 사람들은 그녀가 슬퍼할 시간을 주질 않았다. 은아는 가족 같은 정겨운 분위기에 빙긋 미소를 그렸다.

"오는 길에 둘이 같이 찍은 사진 봤는데, 너 보는 눈빛이 참.

이 나이에 내가 다 설레는 거 있지. 좋은 사람 만났네, 우리 딸."

"네, 엄마."

현숙이 자신의 손을 동아줄이라도 잡듯 꽉 붙잡고 있는 은아의 손을 토닥토닥 두드려 주었다. 마음까지 전해져 오는 따스함에 결국 곱게 화장한 신부의 얼굴 위로 눈물 한 방울이 툭 떨어지고 만다.

"자, 이제 곧 11시 정각부터 결혼식을 시작하겠습니다. 하객 여러분은 자리에 앉아 주시기 바랍니다!"

하지만 뒤이어 안내 방송이 들려온 탓에 감정에 휩싸여 있을 수도 없는 노릇이었다. 대부분 다른 사람들은 식장 안으로 들어갔고, 메이크업 담당자는 신부의 눈물 자욱을 지우기 위해 분주히 손을 움직였다. 전문가의 손길에 다시 수줍음 가득한 새색시가 된 은아는 직원의 안내에 따라 이제 그녀가 들어가야 할 문 앞에 섰다.

"빨리빨리 안 움직이지."

먼저 와서 대기하고 있던 은성이 통명스럽게 한마디 한다. 오빠를 보니 또 감정이 울컥했지만, 메이크업 담당자에게 잔소리를 들었던 기억을 떠올리며 눈물을 꾹 참았다.

"신부, 입장!"

사회자의 우렁찬 외침과 함께 은아는 먼저 가서 그녀를 기다리고 있는 준현에게, 그녀의 남편에게 한 걸음, 한 걸음 다가갔다. 많은 사람들의 축복 속에서 영원히 함께하고 싶은 남자와 함께, 사랑의 언약을 굳게 맹세했다.

"독하다, 독해."

인천 공항, 출국 게이트 앞. 가영이 고개를 절레절레 저으며 중얼거렸다. 마냥 젊기만 하던 그녀도 시간은 비켜 갈 수 없었는지 얼굴 가득 세월의 흔적을 남겨 두고 있었다. 가영은 이제 막 중학생 티를 벗어난 소녀의 어깨에 팔을 두르고, 오늘 떠나려는 친구를 바라보았다.

"결국 가는구나. 연아야, 네 엄마는 5급 사무관 정도로는 만족을 못 하시나 보다."

"그럼. 우리 엄마 같은 사람이 높이높이 올라가야 우리나라가 더 살 만해지지."

"어쭈. 우리 발목이 많이 컸는데."

가영은 은아가 임신으로 인해 해외 연수를 포기하게 된 일 때문에 종종 연아를 '발목이'라는 애칭으로 부르곤 했다. 물론 발목이 엄마인 은아는 참 싫어하는 호칭이었다.

"이가영."

은아가 경고하듯 가영을 부르자, 가영은 알겠다고 고개를 끄덕이며 '우리 연아, 다 컸네.' 하고 말을 정정한다.

"연아, 정말 괜찮겠어? 엄마, 그냥 너 대학 가고 나서 가도 되는데."

"됐어. 내가 어린앤가 뭐. 16년 동안 붙잡아 둔 것도 엄청, 엄청 미안하네요."

"붙잡아 두긴 누가 붙잡아 뒀다 그래. 그런 말하지 마."

"그래도, 나 때문에 엄마 꿈 못 이룬 거잖아."

시무룩하게 중얼거리는 딸을 보던 은아가 가영을 한 번 노려보았다. 이게 다 가영이 발목이, 발목이 노래를 부른 탓이리라. 두 사람 사이에서 눈치를 보던 가영이 연아의 어깨에 올렸던 팔을 내렸다. 그녀가 한발 물러섬과 동시에 은아가 연아를 꼬옥 안아 주었다.

"그런 말하지 마. 너 때문에 엄마 꿈 못 이룬 거 아니야. 외국 가서 공부하고 싶었던 것도 엄마 꿈인데, 연아 낳고 같이 행복하게 사는 것도 엄마 꿈이었어. 우리 예쁜 딸이 엄마 꿈 얼마나 잘 이뤄 줬는데."

"엄마……."

어른스럽게 부모님을 배웅하던 소녀도 엄마의 온기에는 와르르 무너져 내린다. 이제껏 눈물 한 방울 보이지 않던 연아의 눈가에 이슬이 살짝 맺혔다. 연아 엄마의 눈에서는 이미 눈물이 한가득 흘러내리고 있었다.

"아……. 우리 연아 두고 어떻게 가지? 역시 그냥 가지 말까 봐. 엄마가 너 밥도 해 줘야 하고, 이제 고등학생 되면 이것저것 챙겨 줘야 할 것도 많은데."

은아가 가지 않는 쪽으로 마음이 기우는 것 같아 보이자, 연아는 소매로 눈물을 찍어 누르고 엄마를 밀어내었다.

"잔말 말고 얼른 가. 솔직히 엄마가 해 주는 밥, 맛없어. 은성 삼촌이 해 주는 게 훨씬 맛있지. 아빠나 되니까 엄마 밥 맛있게 먹어 주는 거야."

"뭐야?"

눈물을 쏟아 내던 은아가 연아를 흘겨보았다. 옆에 있던 가영도 그건 맞는 말이지, 하고 동조했다. 그녀는 집들이 음식이랍시고 내보였던 친구의 요리를 떠올리며 혀를 찼다. 맛은 먹고 죽을 정도는 아니었는데 그 외양이 참 기괴하기 그지없던 요리였다.

"이제 신파는 다 찍었냐?"

준현과 은성이 세 사람이 있는 곳으로 돌아왔다. 두 사람은 수화물을 맡기고 온 참이었다.

"안 그래도 삼촌 얘기하고 있었어. 엄마 요리보다 삼촌 요리가 더 맛있다고."

"너도 참. 입 아프게 굳이 할 필요가 없는 얘기를 하고 그래."

은성이 자신의 조카가 귀여워 죽겠다는 듯 머리를 쓰다듬었다. 연아도 삼촌의 허리에 대롱 매달렸다. 연아는 은성을 두려워하지 않는 얼마 안 되는 사람 중에 하나였다. 은성의 아들들조차 자신들의 아버지를 무서워하는데, 조카인 연아는 은성을 어려워하는 사람들을 보며 도무지 이해가 안 간다고 말할 정도였다.

"연아, 너. 나보다 삼촌을 더 좋아하는 것 같은데."

준현이 질투 어린 눈으로 연아를 흘겨보았다.

"아빠는 나보다 엄마 더 좋아하잖아."

"그건 어쩔 수 없는 거고."

준현의 빠른 대답에 그곳에 있던 모든 사람들이 야유를 보냈다. 딸보다 더 좋아한다는 고백을 들은 장본인도 아내 바보 남편을 밀어내긴 마찬가지였다.

"아무튼 엄마, 아빠 아니라도 한국에 나 챙겨 주는 사람 많으니까, 걱정 말고 다녀오세요."

연아가 다시 어른스러운 얼굴을 하고 은아의 손을 꼬옥 잡았다. 맞잡은 손 위로 탑승 준비를 알리는 안내 방송이 들려온다.

"도착하면 연락하고!"

혼자 남겨 둔 딸이 눈에 밟혔는지 게이트로 들어서는 마지막의 마지막까지 뒤를 돌아보던 은아와 준현이 그렇게 모습을 감추었다. 부모님이 들어간 입구를 멀거니 바라보던 연아가 힘있게 흔들던 손을 스르르 내렸다. 안 가겠다는 엄마를 기어코 보내고 나서야 그녀는 눈물방울을 뚝뚝 떨군다. 가영이 그런 연아를 친구 대신 꼬옥 안아 주었다.

"엄마 생각도 할 줄 알고. 다 컸네, 우리 연아."

뭐라 하는 은아도 없건만, 이제 가영은 연아를 발목이라고 부르는 것을 그만두었다. 어느새 이만큼 자라서, 엄마 앞에서는 눈물을 보이지 않고 자신의 품 안에서 어깨를 떠는 이 아이를 이젠 발목이라고 부를 수가 없었다.

"뭐야, 벌써 갔어요?"

세 사람이 출국 게이트 앞에서 여운을 느끼고 있는데, 중년 남자가 거칠게 숨을 몰아쉬며 그들에게 다가왔다. 지난밤, 송별회를 하겠답시고 술을 왕창 마신 탓에 늦잠을 자 버린 재민이었다.

"아, 인사하러 갔다 올까."

그는 잠깐 아쉬워하는 것 같더니 곧 휴대폰을 꺼내 비행기 티켓을 찾아보기 시작했다. 재민의 이런 행동에 슬픔에 잠겨 있던 세 사람이 허탈하게 웃었다. 그렇다. 많이, 오랫동안 떨어져 지내야 하는 것 같아도 결국은 마음만 먹으면 비행기를 타고 가서 만날 수 있는 정도의 거리였다. 배웅 한번 하겠다고 비행기 표를 찾아보는 재민을 보고 있자니 그 거리가 더욱 아무것도 아닌 것처럼 느껴졌다.

"옛날에 아빠가 못 쌓았던 마일리지, 내가 잔뜩 쌓을까 봐."

은아는 비행기 좌석에 앉아 작은 창문 틈으로 맑게 갠 하늘을 바라보았다. 어찌나 맑은지 시릴 정도로 새파란 하늘이었다. 그 하늘을 고요히 바라보다가 작게 중얼거렸다.

"언제 저렇게 컸나 몰라. 괜히 서운할 정도로 애가 너무 일찍 큰 것 같아요."

"내가 말했잖아요. 엄마 닮아서 엄청 예쁜 딸일 거라고. 해준 것도 얼마 없는 것 같은데 정말 예쁘게 커 줬어요. 엄마 꿈도 위해 줄 줄 알고."

준현이 손잡이 위에 올라가 있는 은아의 손바닥 아래로 손을 넣어 깍지를 꼈다. 은아가 창밖을 보던 시선을 돌려 그녀의 남편을 보았다.

"사랑해요, 준현 씨."

뜬금없이 들려온 고백에 준현이 눈을 동그랗게 떴다. 딸과의 이별에 눈물을 쏟아 내던 그녀가 돌연 사랑한다고 말하니 당황하는 것도 어찌 보면 당연했다.

"하늘이 너무 예뻐서. 그냥 말하고 싶었어요."

덧붙여진 고백의 이유에 준현이 빙긋 미소 지었다.

"사랑해요, 은아 씨."

그리고 은아가 그랬던 것처럼 그가 한 고백에 작은 이유를 덧붙인다.

"하늘이 너무 예쁘다고 말하는 여자가 너무 예뻐서. 그냥 말하고 싶었어요."

평생을 함께하자고 했던 두 사람의 약속은 두 사람의 아이가 어른이 되어 가는 이 순간까지도 변함없이 지켜지고 있었다.

함께하는 것이 당연하게 여겨져, 어느 순간 옆에 있는 이 사람이 날 사랑하는 것조차 당연한 일인 것처럼 치부될 때쯤. 한 사람이 고백을 하고, 다른 한 사람이 응답을 한다. 그렇게 두 사람의 사랑은 다시 시작한다.

〈The End〉